Saskia Berwein
Herzenskälte

SASKIA BERWEIN

HERZENSKÄLTE

Thriller

LYX
EGMONT

Originalausgabe Januar 2014 bei LYX
verlegt durch EGMONT Verlagsgesellschaften mbH,
Gertrudenstr. 30-36, 50667 Köln
Dieses Werk wurde vermittelt durch die Literarische Agentur Thomas
Schlück GmbH, 30827 Garbsen.

1. Auflage
Redaktion: Claudia Schlottmann
Satz: KCS GmbH, Buchholz/Hamburg
Printed in Germany (670421)
ISBN 978-3-8025-8982-9
www.egmont-lyx.de

Prolog

Mit einem eigenartigen Geräusch, das irgendwo zwischen Röcheln und Stöhnen angesiedelt war, entwich das Leben aus ihrem Körper. Ihre wegen der Betäubung ohnehin nur schwache Gegenwehr war bereits erlahmt, als der Sauerstoffmangel sie in tiefste Bewusstlosigkeit geschickt hatte. Die letzte Anspannung fiel aber erst jetzt von ihr ab, ihre Muskeln erschlafften, schwer und leblos sackte sie in seine Arme.

Vorsichtig ließ er sie auf die Liege zurückgleiten und löste die Schlinge von ihrem Hals. Mehrere Sekunden lang beobachtete er sie angespannt, bereit einzugreifen, sollte es notwendig werden. Doch es war vorbei. Ihr Brustkorb bewegte sich nicht mehr, kein Atem zeichnete Wölkchen in die frostige Kälte des Raumes. Als er schließlich nach ihrem Handgelenk tastete, fand er keinen Puls.

Sie war unwiederbringlich tot.

Ihre Lider waren nur halb geöffnet. Behutsam zog er sie etwas höher, darauf bedacht, die Wimpern nicht zu beschädigen. Sie hatte kräftige, geschwungene Wimpern, um die andere Frauen sie mit Sicherheit beneidet hatten. Kein Mascara und kein Make-up-Artist dieser Welt konnten derart lange, dunkle Wimpern zaubern, ganz gleich, was die Werbung versprach.

Ihre Augen starrten ihm kalt, aber noch klar entgegen. Einige Äderchen waren geplatzt, doch es war kein Schaden entstanden, den er nicht würde korrigieren können. Ihr Mund ließ sich problemlos schließen, und durch zärtliches Massieren ließ sich auch der erschrocken wirkende Gesichtsausdruck besänftigen. Die

Schlinge hatte sich tief in ihr Fleisch gegraben, ohne die Haut nennenswert zu verletzen.

Er trat einen Schritt zurück, begutachtete sein Werk und nickte zufrieden. Ihr Mienenspiel war zwar noch weit von seinen Vorstellungen entfernt, aber er hatte eine Basis geschaffen, mit der er würde arbeiten können. Wenn er keine Fehler machte, würde die Frau ihren Zweck erfüllen.

Es lag natürlich noch jede Menge Arbeit vor ihm. In den nächsten Stunden würde er immer wieder Hand anlegen und gegen die einsetzende Totenstarre ankämpfen müssen, um ihr jene Ausstrahlung zu verleihen, die ihm vorschwebte. Alles würde perfekt werden.

Er zog den Metallwagen zu sich heran und begutachtete einen Moment lang ehrfürchtig die darauf ausgebreiteten Instrumente. Er hatte großen Respekt vor diesem Augenblick. Er war nervös und atmete mehrmals tief durch, bevor er zu einem Skalpell griff. Den ersten Schnitt setzte er vorsichtig, denn wenn sie wieder angezogen war, durfte von der Operation nichts mehr zu sehen sein.

Mit jedem Schnitt wurde er aber ruhiger und fand zu seinem gewohnten Selbstvertrauen zurück. Er arbeitete langsam und vorsichtig, schnitt durch Haut und Muskeln, arbeitete sich Stück für Stück voran, bis die Knochen ihres Brustkorbes blutig schimmernd vor ihm lagen – der einzige Schutz, das letzte Hindernis, das noch zwischen ihm und dem Zentrum seiner Begierden stand.

Bald schon lagen Teile der fein gebogenen Rippen in einer Schale auf dem Wagen, und die letzten Schnitte durchtrennten sorgfältig Adern und Gewebe. Dann endlich konnte er zugreifen und das Herz mit beiden Händen, sanft und achtsam wie einen Fötus, aus ihrem Brustkorb heben.

Einen Augenblick lang verharrte er ganz still.

Ihm entglitt die Realität. Das Herz zog sich zusammen, kontrahierte zwei-, dreimal, wobei hellrotes Blut aus den durchtrennten Adern floss und seine Schürze und den Boden besudelte. Er konnte spüren, wie sich der Muskel bewegte, fühlte die lauwarme, klebrige Nässe auf seiner Haut.

Der Moment verging, und das Organ lag wieder still und tot in seinen Händen.

Mit langsamen Schritten trug er es zu dem Tisch hinüber, auf dem alles Notwendige bereitstand. Er brauchte nicht einmal zehn Minuten, um das Herz von sämtlichen Lebenssäften zu befreien und zu säubern. Dann ließ er es in eine Lösung gleiten, in der es einige Stunden ruhen würde, bevor er es in einen Behälter mit höher konzentrierter Flüssigkeit legen konnte.

Dieser Vorgang würde sich mehrmals wiederholen, bis er das Herz in das letzte Gefäß geben konnte, seine finale Ruhestätte, in der die Alkoholkonzentration am höchsten war. Darin würde es, für die Ewigkeit konserviert, Jahrhunderte überdauern.

Mehr als zufrieden mit sich und seiner Arbeit, kehrte er zu seinem Opfer zurück. Bisher gab es keinerlei Anzeichen für das Einsetzen der Totenstarre. Er korrigierte erneut ihren Gesichtsausdruck und glättete ihre Stirn.

Vorsichtig strich er ihr über die noch immer warmen Wangen. Wenn er in der Lage gewesen wäre, Mitleid zu empfinden, hätte sie sein Mitgefühl vermutlich verdient. Sie hatte ihm ein Geschenk gemacht, dessen Bedeutung die wenigsten Menschen begreifen würden. Für sie selbst wäre es allerdings nur ein schwacher Trost gewesen.

Einem plötzlichen Impuls folgend, beugte er sich über sie und drückte ihr einen sanften Kuss auf die leicht geöffneten Lippen. Dann sah er ihr tief in die erstarrten Augen. Seine Stimme war ein heiseres Flüstern, das sich kaum über das stete Brummen der Klimaanlage erhob.

»Ich liebe dich.«

1

Die Heizung kämpfte vergebens gegen die klamme Kälte an, die sich im Wageninneren und insbesondere in seinen Kleidern festgesetzt hatte. Draußen regnete es so stark, dass das Scheinwerferlicht nur mühsam die Dunkelheit durchdrang. Das Außenthermometer zeigte vier Grad über null an, die sich dank der Nässe allerdings eher wie minus zehn anfühlten.

Auf den Straßen stand das Wasser teilweise mehrere Zentimeter hoch. Vermischt mit dem Schneematsch, der von der weißen Pracht der letzten Tage übriggeblieben war, bildete es eine dreckige braune Brühe, die sein Auto mehr als einmal ins Rutschen brachte. Kein Wetter für die hochgelobten Winterreifen. Eigentlich überhaupt kein Wetter, um unterwegs zu sein.

Oliver Grohmann warf einen flüchtigen Blick auf die Uhr am Armaturenbrett. Die Beleuchtung schien Woche für Woche schwächer zu werden, er konnte die Zahlen kaum noch erkennen. Vielleicht sollte er die längst überfällige Inspektion doch nicht weiter aufschieben.

Es war halb zwölf. Für die Strecke von Hanau nach Lemanshain hatte er eine halbe Stunde länger als üblich gebraucht. Er seufzte, als er an einer roten Ampel halten musste, was um diese Uhrzeit an Sinnlosigkeit kaum zu überbieten war. Sein Fahrzeug war das einzige weit und breit, die Kreuzung sehr gut einsehbar. Die Versuchung, einfach weiterzufahren, war groß, doch er übte sich in Geduld.

Fünf Minuten später bog er endlich in die Straße ein, in die er vor zwei Monaten gezogen war. Parkplätze waren um diese Uhrzeit nur mit großem Glück oder einiger Kreativität zu bekommen, weshalb er mit dem privaten Kundenparkplatz vor einem Friseurladen eine Straße weiter vorliebnahm.

Der Staatsanwalt verzichtete auf den Ausweis hinter der Windschutzscheibe. Bis zur Geschäftsöffnung um neun Uhr morgen früh würde er längst wieder verschwunden sein, außerdem kannte die Inhaberin des Salons inzwischen sein Auto. Ein weiterer Punkt auf seiner Liste mit noch ausstehenden Erledigungen: Bei der Nummer auf dem Schild anrufen, das freie Tiefgaragenplätze in dem Mehrfamilienhaus gegenüber seiner Wohnung anpries.

Sein Regenschirm lag mit an Sicherheit grenzender Wahrscheinlichkeit auf der Garderobenablage im Flur, trotzdem riskierte er einen Blick in den Kofferraum seines in die Jahre gekommenen Fords. Wie zu erwarten, ohne Erfolg. Er zog den dunklen Kurzmantel enger um seine Schultern und schlug den Kragen hoch. Der eisige Regen hatte aber längst den Weg seinen Nacken hinunter gefunden.

Grohmann murmelte einen Fluch und begab sich auf den kurzen Spaziergang nach Hause.

Heute war einfach nicht sein Tag. Angefangen bei dem überraschenden Freispruch eines stadtbekannten Schlägers am Morgen bis hin zu seiner Verabredung am Abend. Eine Katastrophe hatte die nächste gejagt.

Auf den Prozess hatte er sich wochenlang vorbereitet. Das Vorstrafenregister des Angeklagten war mehrere Seiten lang, trotzdem hatte der Kerl es immer wieder geschafft, Bewährung zu bekommen. Oliver Grohmanns Ziel war es gewesen, den Mann, der drei Tage vor seiner letzten Tat einundzwanzig geworden war und somit endlich nicht mehr auf das Jugendstrafrecht hoffen konnte, wenigstens für zwei Jahre hinter Gitter zu bringen.

Das Opfer war ein Jugendlicher, der sich noch nie etwas hatte zuschulden kommen lassen und der nun für den Rest seines Lebens sichtbare Narben im Gesicht und an den Armen mit sich herumtragen würde. Es hatte keinerlei Zweifel daran gegeben, dass der betrunkene Angeklagte aus purer Aggressionslust mit einer Bierflasche auf den Jungen losgegangen war.

Ein wasserdichter Fall. Bis der Verteidiger eine Rotz und Wasser heulende, hochschwangere Freundin aus dem Hut gezaubert hatte. Während des gesamten Ermittlungsverfahrens war sie nie auch nur mit einem Wort erwähnt worden, und Grohmann hatte berechtigte Zweifel, dass sie jemals eine Beziehung mit dem Mann auf der Anklagebank gehabt hatte. Zweifel, die ungehört geblieben waren, ebenso wie sein Antrag, die Hauptverhandlung auszusetzen, bis er weitere Ermittlungen angestellt hätte.

Als die Frau den Zeugenstand betrat, hatte Oliver bereits geahnt, dass aus der von ihm angestrebten Gefängnisstrafe nichts werden würde. Sein Gefühl hatte ihn nicht getäuscht: zwei Jahre, einmal mehr zur Bewährung ausgesetzt. Und das, obwohl die Richter bei den beiden vorangegangenen Verurteilungen deutlich gemacht hatten, dass es keine weiteren Bewährungsstrafen geben würde.

Aber die zuständige Richterin war nun einmal bekannt dafür, besondere Milde walten zu lassen, sobald weinende Schwangere oder kleine Kinder ins Spiel kamen. Eine Tatsache, die sich die Verteidigung mit Sicherheit zunutze gemacht hatte.

Diese Niederlage würde Oliver wohl noch länger nachhängen, zumal der Oberstaatsanwalt bereits am Nachmittag entschieden hatte, keine Revision einzulegen. Der Fall war damit abgeschlossen, und zwar mit einem alles andere als zufriedenstellenden Ergebnis.

Umso mehr hatte sich Oliver auf sein Date am Abend gefreut, das dann aber ein noch fataleres Ende genommen hatte als der

Prozess. Die Kündigung der für ihn zuständigen Sekretärin, von der er am Mittag erfahren hatte, und das endgültige Versagen seines Notebook-Akkus hätten ihm allerdings Warnung genug sein sollen.

Er hätte wissen müssen, dass der Tag allenfalls noch mehr unangenehme Überraschungen für ihn bereithielt. So wie das überraschende Ende seiner Affäre.

Der Gang durch den Eisregen zum Tagesabschluss passte insofern vortrefflich. Wenigstens konnte es nicht mehr schlimmer kommen, es sei denn, er rutschte noch auf den letzten Metern aus und brach sich ein Bein.

Oliver erreichte das Mietshaus, in dem mit ihm zusammen insgesamt sechs Parteien wohnten. Weder der Gehsteig noch der Weg durch den kleinen Vorgarten zum Eingang waren geräumt worden. Er brauchte seine ganze Konzentration, um mit den Anzugschuhen nicht doch noch auszurutschen, weshalb er die dunkle Gestalt erst bemerkte, als der Bewegungsmelder endlich reagierte und das Licht über den Briefkästen hektisch zu flackern begann.

Die dick in Winterkleidung eingemummelte Gestalt hatte den Schal bis unter die Augen vors Gesicht gezogen und kauerte reglos auf der Türschwelle, dem einzigen trockenen Fleckchen unter dem Vordach.

Die Person beobachtete ihn auf eine Art, die ihm sagte, dass sie auf ihn gewartet hatte, machte aber keinerlei Anstalten aufzustehen. Er konnte sich beim besten Willen nicht vorstellen, wer kurz vor Mitternacht, noch dazu am Montagabend, hier auf ihn warten sollte. Sein Handy war eingeschaltet, wer ihn hätte erreichen müssen, hätte also problemlos die Möglichkeit dazu gehabt.

Ein ungutes Gefühl machte sich in seiner Magengegend breit.

Als er gut zwei Meter vor der Gestalt im Regen stehenblieb, trafen sich ihre Blicke, und er prallte überrascht zurück.

Diese blaugrauen Augen kannte er. Sie schauten ihm jeden Morgen im Bad aus dem Spiegel entgegen.

Die nächsten Sekunden fühlten sich wie Minuten an, während sie einander schweigend musterten.

Mehrmals versuchte sich Oliver davon zu überzeugen, dass er sich irrte, dass ihm seine Phantasie einen Streich spielte, aber es gab keinen Zweifel. Vier Jahre waren vergangen, vier Jahre, in denen sie gewachsen war, sich verändert hatte, doch er erkannte noch immer das zwölfjährige Mädchen in ihr, das er verlassen hatte.

Als er endlich den Mund aufbekam, fühlte sich seine Zunge schwer und taub an. »Hannah … Was zum Teufel tust du hier?«

Ein Lächeln hob ihre Mundwinkel, erreichte jedoch nicht ihre Augen. »Hallo, Dad. Schön, dich zu sehen.«

Während Oliver vor seiner Tochter die zwei Stockwerke zu seiner Wohnung hinaufging, fragte er sich, ob er irgendetwas verpasst hatte. Hatte er seinen Anrufbeantworter oder seine Mailbox nicht sorgfältig genug abgehört? Hatte er irgendwelchen E-Mails nicht die nötige Beachtung geschenkt? Nein, er war sich sicher, dass ihm nichts entgangen war. Niemand hatte ihm Bescheid gesagt, es hatte keinerlei Ankündigung gegeben.

Trotzdem war Hannah hier, wie aus dem Nichts aufgetaucht, vollkommen unerwartet.

Einen Moment lang dachte er, dass das nur bedeuten konnte, dass seiner Exfrau etwas zugestoßen war. Dann wurde ihm aber bewusst, wie lächerlich der Gedanke war. In dem Fall hätte man ihn kontaktiert und nicht seine sechzehnjährige Tochter einfach in den Zug gesetzt. Außerdem wäre sie dann wohl eher bei ihrem Onkel oder ihrer Oma untergekommen.

Oliver schloss die Wohnungstür auf und bedeutete Hannah, in die Küche zu gehen. Sie ließ ihren Rucksack geräuschvoll auf die

Fliesen vor der Garderobe fallen und gehorchte wortlos. Er blieb im Flur stehen und zog langsam seinen Mantel aus.

Hannah umrundete den kleinen Esstisch und sah sich interessiert in der Küche um, die für eine Mietwohnung recht großzügig geschnitten war. Sie war sauber und bis auf etwas Geschirr in der Spüle aufgeräumt. Allein schon wegen der Küche hatte sich der Umzug von Hanau nach Lemanshain gelohnt, außerdem nannte Oliver nun endlich einen Balkon sein Eigen.

Er blieb in der Küchentür stehen. Der Raum kam ihm paradoxerweise für sie beide viel zu klein vor. »Was machst du hier? Weiß deine Mutter, dass du hier bist?« Sein Blick streifte das Mobilteil des Telefons, das auf dem Küchentisch lag. Die Anzeige für entgangene Anrufe blinkte. Damit war seine zweite Frage eigentlich schon beantwortet. Zum Glück hatte er seiner Exfrau seine aktuelle Handynummer nicht gegeben.

Hannah war stehengeblieben und musterte ihn einen Moment, bevor sie demonstrativ die Arme vor der Brust verschränkte. »Ist das nach vier Jahren deine Art der Begrüßung?« Ihr Tonfall war bissig, sie schien jedoch bemüht, ihre Verachtung, die ihm noch bestens vertraut war, aus ihrer Stimme zu verbannen.

Trotzdem spürte er sofort, wie sich etwas in seinem Inneren zusammenzog, eine alte Verletzung, die sich schon lange nicht mehr gemeldet und die er deshalb sogar schon für vernarbt gehalten hatte. Jetzt wurde ihm schmerzlich bewusst, wie frisch diese Wunde noch immer war und dass allein Hannahs Stimme genügte, sie wieder aufbrechen zu lassen.

Oliver zwang sich, die ihm als Erstes in den Sinn kommende Antwort hinunterzuschlucken. Sie hatte natürlich recht. Nach all dieser Zeit hätte er sich über ihren Besuch, so unerwartet er auch war, freuen sollen, stattdessen verspürte er eine seltsame Mischung aus Misstrauen und Angst.

Er sollte die Vergangenheit ruhen lassen. Immerhin war Hannah damals noch ein Kind gewesen, das nicht ermessen konnte, wie sehr es andere durch sein Handeln und seine Worte verletzte. Doch auch die Klingen einer Zwölfjährigen konnten scharf sein, und ein weiterer Blick in Hannahs Augen genügte, um zu wissen, dass sie die Waffen nicht niedergelegt hatte. Sie war nur bestrebt, sie nicht sofort zum Einsatz zu bringen.

Vier Jahre hatten nichts geändert. Sie hasste ihn noch immer.

Hannah zog ihre nassen Sachen aus und warf sie achtlos über die Lehne eines Küchenstuhls. Sie schien nicht einmal eine Antwort zu erwarten.

»Ich bin nur überrascht«, sagte Oliver schließlich, nachdem er die bittere Erkenntnis aus seinen Gedanken verbannt hatte. »Mit dir habe ich ehrlich gesagt nicht gerechnet.«

In ihre Augen trat ein Funkeln, das er von seiner Exfrau noch sehr gut kannte. »Wenn man Kinder hat, sollte man immer damit rechnen, dass sie bei einem auftauchen.« Sie lehnte sich gegen den Tresen und ließ ihren Blick erneut durch die Küche schweifen.

Oliver nutzte den Augenblick, um sie zu mustern. Hannah war mindestens dreißig Zentimeter in die Höhe geschossen. Aus dem kleinen Mädchen war eine junge, attraktive Frau geworden, die seiner geschiedenen Frau ebenso ähnelte wie ihm selbst. Seine Vaterschaft hätte er niemals leugnen können. Sie hatten dieselben graublauen Augen, dieselbe schmale Nase. Von ihrer Mutter hatte Hannah die dunkelblonden Haare und die Figur geerbt. Und offenbar auch das Temperament.

Sein Blick blieb an ihren Händen hängen, die von der Kälte ganz rot waren, obwohl sie dicke Handschuhe getragen hatte. »Wie lange hast du da draußen auf mich gewartet?«

Hannah zuckte die Schultern. »Keine Ahnung. Ein paar Stunden.«

»Warum hast du nicht angerufen?« Er hoffte, dass seine Frage nicht vorwurfsvoll klang.

»Das habe ich versucht. Du hast meiner Mutter deine neue Handynummer nicht gegeben.«

Vielleicht war das doch keine so gute Entscheidung gewesen. Er hatte aber auch nicht damit gerechnet, dass seine Tochter die Nummer brauchen würde.

»Möchtest du einen Tee?«, fragte er.

Sie schüttelte den Kopf. »Kaffee, schwarz, ohne Zucker.«

Oliver runzelte die Stirn. »Du trinkst Kaffee?« Er hatte die Frage kaum ausgesprochen, als ihm auch schon bewusst wurde, wie idiotisch sie war. Natürlich trank sie Kaffee! Sie war kein kleines Kind mehr!

»Ist das ein Problem?« Ihre Angriffslust war spürbar, auch wenn sie sie zu verbergen versuchte. Die Oberfläche, unter der die alten Vorwürfe und Anschuldigungen brodelten, schien dünn und brüchig zu sein.

Warum war sie hier, wenn sie ihn noch immer verabscheute? »Nein, natürlich nicht.« Ohne ein weiteres Wort durchmaß er den Raum und füllte frisches Pulver in die Kaffeemaschine.

Hannah stand direkt neben ihm, ihre Schultern berührten sich fast, doch sie wich keinen Schritt zur Seite. Ihr Blick brannte auf seiner Haut. Jedes Geräusch, das er verursachte, klang unnatürlich laut in seinen Ohren.

Als sie sich vom Küchentresen abstieß, erschrak Oliver beinahe. »Wo ist das Bad?«

»Zweite Tür rechts.«

Er hörte sie kurz in ihrem Rucksack kramen und dann die Badezimmertür hinter sich schließen. Die einsetzende Stille war angenehm vertraut. Oliver ertappte sich dabei, wie er sich vorstellte, dass er das alles nur geträumt hatte und Hannah noch immer in Kassel bei ihrer Mutter war. Diese Möglichkeit erschien ihm derart verlockend, dass es ihm einen Stich versetzte.

Gerade als er die Tasse mit dem Kaffee auf den Tisch stellte, hörte er Schritte im Flur. Doch Hannah kehrte nicht sofort in die Küche zurück. Er konnte verfolgen, wie sie die beiden anderen Türen öffnete und seine Zweizimmerwohnung inspizierte, offenbar ohne einen Gedanken daran zu verschwenden, dass ihr Tun nicht unbemerkt blieb.

Hannah hatte sich umgezogen. Sie trug einen langärmeligen Pyjama und dicke Socken. Sie glitt auf den freien Stuhl und atmete geräuschvoll den Duft des Kaffees ein. »Danke.« Wenigstens das klang ehrlich. Sie nippte an dem heißen Getränk, ließ sich mit einem Seufzer gegen die Rückenlehne sinken und schloss die Augen.

Oliver musterte sie erneut. Hannah. Seine Tochter. Noch immer kam es ihm wie ein kleines Wunder vor, dass sie von ihm abstammte, sein eigen Fleisch und Blut. Und dass sie hier bei ihm war, in seiner Küche. Etwas, das er sich in den vergangenen Jahren so sehr gewünscht hatte und das ihm jetzt nur Unbehagen und Furcht bereitete.

Sie öffnete die Augen und begegnete seinem Blick. »Sieht so aus, als würde ich auf deiner Couch schlafen. Du hast doch irgendwo noch eine Decke, oder?«

So viel zu seiner dringlichsten Frage, wieso sie hier aufgetaucht war. Sie hatte offensichtlich nicht vor, noch heute Nacht über den Grund für ihr Kommen zu reden. Wahrscheinlich war das aber ohnehin die beste Lösung. Sie waren beide müde, erschöpft und durchgefroren. Keine guten Voraussetzungen für Gespräche in einer – und möglicherweise auch über eine – zerstörte Vater-Tochter-Beziehung.

Oliver beantwortete ihre Frage mit einem Nicken, obwohl er nicht sicher war, wohin er die Wolldecke bei seinem Einzug geräumt hatte. Sein Blick fiel auf Hannahs Rucksack, der im Flur auf dem Boden stand und etwas Schlagseite bekommen hatte. Es war ein großer Rucksack, wie man ihn für längere Bergtouren benutzte. »Wie lange willst du bleiben?«, fragte er in absichtlich beiläufigem Tonfall. »Bis zum Wochenende?«

Für den Bruchteil einer Sekunde erhellte ein schon fast diebisches Grinsen Hannahs Gesicht. Sie schien auf diese Frage gewartet zu haben, setzte aber sofort eine unbeteiligte Miene auf, als sie sich ihres Gesichtsausdrucks bewusst wurde. »Die Bahn sollte meine anderen Sachen eigentlich morgen Vormittag vorbeibringen.« Sie trank einen weiteren Schluck Kaffee, bevor sie hinzufügte: »Irgendwann muss ich trotzdem noch ein paar Kleinigkeiten bei meiner Mutter abholen, allerdings nichts Wichtiges.«

Oliver spürte, wie sich in seiner Magengrube ein unangenehmer Knoten bildete. Ihm schwante Übles. »Das beantwortet nicht meine Frage.«

Sie lehnte sich lässig auf dem Stuhl zurück. »Ich bin nicht zu Besuch hier, Dad. Ich ziehe hier ein.«

Beinahe wäre ihm seine Kaffeetasse aus den Fingern geglitten. Sekundenlang starrte er Hannah wortlos an, nicht sicher, ob er ihre letzten Worte richtig verstanden hatte. »Kannst du das bitte noch einmal wiederholen?«

2

Jennifer Leitner hatte in ihrem Leben schon viele Leichen gesehen, zu viele, wenn sie ehrlich war. Sie kannte den Tod in jeder erdenklichen Ausprägung, trotzdem gab es manchmal noch Überraschungen, wenn auch selten. Dieser Leichnam zählte definitiv dazu. Noch nie hatte sie beim ersten Blick auf eine Tote die Fundsituation als schaurig-schön empfunden.

Die Frau saß im Schaufenster einer Agentur, die sich auf Hochzeitsplanung spezialisiert hatte. Auf ihrem Gesicht lag ein sehnsuchtsvolles, zugleich glücklich wirkendes Lächeln, das von ihrem leblosen Blick nur marginal beeinträchtigt wurde. Ihr braunes Haar war zu einer verspielten Frisur hochgesteckt, und ihr Make-up unterstrich den trügerischen Eindruck von Lebendigkeit. Sie hielt ein kunstvolles Bouquet aus weißen und roten Rosen in den Händen. Die Blumen waren ebenso wie der Schmuck perfekt auf das Kleid abgestimmt, ein Traum aus weißer und cremefarbener Seide, Brokat und Spitze.

Sie verkörperte die perfekte Braut. Allerdings eine tote Braut.

Im Vorbeischlendern hätte man die Frau leicht für eine Schaufensterpuppe halten können. Immerhin saß sie vollkommen reglos vor dunkelblauem Samt in einem Meer aus künstlichen roten Rosenblättern, von zwei schwebenden Herzen und einer weißen Taube mit goldenem Ring im Schnabel umrahmt. Möglicherweise waren in den frühen Morgenstunden tatsächlich arglose Passanten vorbeigekommen und hatten sich an dem Anblick erfreut. Vielleicht wäre die grausige Wahrheit bis zum Eintreffen der Agenturinhaberin unentdeckt geblieben, wenn ein Bäckerlehrling auf seiner Liefertour nicht näher hingesehen und die Polizei angerufen hätte.

Der schlaksige Junge saß noch immer mit zwei Decken um die Schultern und einem Heißgetränk in den Händen im Fond des Krankenwagens, der zwei Häuser weiter parkte. Die beiden Sanitäter wirkten zunehmend gereizt, weil der unter Schock stehende Jugendliche partout nicht in die Klinik gebracht werden wollte. Stattdessen bestand er darauf, seine Tour zu beenden, obwohl die Taschen mit den Brötchen, die am Lenker seines Fahrrads hingen, längst vom eisigen Regen durchnässt worden waren. Dass ebendieses Vorhaben seinen behandlungswürdigen Zustand bewies, wollte er natürlich ebenfalls nicht einsehen.

Inzwischen war es halb acht. Jennifer verschränkte die Arme vor der Brust, doch die Kälte drang trotzdem durch ihre Daunenjacke. Noch einmal ließ sie ihren Blick durch die Fußgängerzone wandern, die zu beiden Seiten mit rot-weißem Flatterband abgesperrt war, um Schaulustige fernzuhalten. »Wie sieht es mit Videoüberwachung hier und in den umliegenden Straßen aus?«, fragte sie Thomas Kramer, der neben ihr stand.

Der Polizeiobermeister war mit seinem Partner als Erster am Fundort eingetroffen und koordinierte den Einsatz der uniformierten Kollegen vor Ort. »Fehlanzeige.«

»Irgendwelche Zeugen?«

»Bisher keine. Aber wir sind noch dran.«

Jennifer nickte. Es war an der Zeit, sich den Fundort und die Leiche ohne eine Fensterscheibe dazwischen anzusehen. Sie folgte Thomas Kramer durch einen Durchgang in den Hinterhof, der zur Warenanlieferung für die umliegenden Geschäfte genutzt wurde.

Die Fassade war auf dieser Seite weit weniger ansehnlich als vorne, und der Asphalt war an vielen Stellen nur notdürftig geflickt, sodass sich das Regenwasser in großen Pfützen gesammelt hatte. Schilder wiesen darauf hin, wo Geschäftsinhaber und Lieferanten parken durften. Der Hof war bis auf ein Polizeiauto jedoch leer.

Jennifer ließ ihren Blick schweifen. Sie konnte auch hier keine Kameras entdecken, und die hintere Einfahrt wurde von einem gut zwei Meter hohen Metalltor versperrt. »Ist das Tor nachts verschlossen?«, fragte sie.

Kramer zuckte die Schultern. »Das sollte es wohl sein, ist es aber nicht. Kein Hinweis auf gewaltsames Öffnen, es war also vermutlich auch schon heute Nacht offen. Die Spusi sollte es sich trotzdem noch mal ansehen.«

Jennifer trat an den geöffneten Kofferraum des Polizeiautos, das unter einem Vordach im Trockenen stand. Thomas Kramer und sein Kollege hatten alles Notwendige dabei, sodass sie nicht auf das Eintreffen der Spurensicherung warten musste. Sie zog ihre Jacke aus, schlüpfte in einen Schutzoverall und tauschte ihre Wollhandschuhe gegen die Latexausführung. Zuletzt zog sie noch Plastiküberzüge über ihre Schuhe.

So ausgerüstet wandte sie sich dem Hintereingang der Agentur zu, der deutliche Einbruchsspuren aufwies. Die Tür war alt und aus nicht besonders robustem Holz gefertigt. Das Schloss schien neueren Datums zu sein, doch es war keine Schließeinrichtung, die einem Einbrecher große Probleme bereitet hätte. Das Holz war gesplittert, vermutlich war der Eindringling mit einem Stemmeisen zu Werke gegangen.

Da kein Licht brannte und der Flur im Dunkeln lag, schaltete Jennifer ihre Taschenlampe ein. Alle Türen standen offen, und sie bewegte sich langsam von Raum zu Raum, darauf bedacht, keine Spuren zu verwischen.

Sie fand eine kleine, aufgeräumte Küche. Ein winziges, erst kürzlich saniertes Bad. Eine Abstellkammer, die mit Kekspackungen, Kaffee und Putzutensilien vollgestellt war. Und ein

Büro, in das der mit Unterlagen und Ordnern übersäte Schreibtisch kaum hineinpasste.

Der vordere Empfangsraum mit dem Schaufenster zur Straße hin, das durch einen blauen Samtvorhang abgetrennt war, wirkte großzügig und war hell gestrichen, das Mobiliar elegant und modern. Es gab einen Schreibtisch mit zwei Stühlen davor, und vor dem Vorhang standen ein niedriger Tisch und zwei mit dunkelrotem Leder bezogene Sessel.

Es war ein gemütlicher, einladender Raum, der der Dienstleistung gerecht wurde, auf die sich die Agentur spezialisiert hatte. An der Wand hinter dem Schreibtisch hingen zwei überdimensionale, ineinander verschlungene Eheringe, von aufgemalten Herzen mit Flügeln umrahmt. Die Fotos an den Wänden zeigten glückliche Hochzeitspaare, die vor verschiedenen Kulissen für die Kamera posierten.

Für Jennifers Geschmack war es ein bisschen viel an Dekoration, verliebte Paare mochten sich hier allerdings wie im siebten Himmel fühlen.

Alle Räume waren sauber und ordentlich aufgeräumt. Bis auf die aufgebrochene Tür gab es keinerlei Hinweise auf ein Verbrechen. Kein Blut, keine Unordnung, keine Schleifspuren, keine Anzeichen eines Kampfes. Es war unwahrscheinlich, dass die Frau hier gestorben war.

Das Einzige, was nicht an seinem Platz war, waren drei Statuen: ein Hochzeitspaar, das Jennifer bis über die Hüfte reichte, und zwei kleinere Puttenengel mit Harfe, Pfeil und Bogen. Von dem Bäckerlehrling, der seit vier Monaten jeden Morgen hier vorbeikam, wussten sie, dass die Statuen gestern noch im Schaufenster gestanden hatten.

Jennifer zog den Samtvorhang ein Stück zur Seite und betrat das Schaufenster. Sofort fühlte sie sich wie auf dem Präsentierteller, denn draußen standen noch immer Polizisten und die Sanitäter herum. Sie schaltete ihre Taschenlampe aus und näherte sich in dem beengten Raum der Toten.

Von Nahem sah sie nicht mehr ganz so schön aus. Ihre Haare waren nicht so makellos hochgesteckt, wie es von außen den Anschein gehabt hatte, und ihre braunen Augen waren bereits stark getrübt. Die Totenstarre hatte zwar eingesetzt, doch die Frau war eindeutig noch nicht lange tot.

Jennifer sah sofort den Draht, der benutzt worden war, um sie auf dem Stuhl in Position zu halten. Das Kleid saß beinahe perfekt, an einigen Stellen war allerdings mit Sicherheitsnadeln nachgeholfen worden. Der Draht und auch die Nadeln waren so angebracht, dass sie von Betrachtern, die vor dem Schaufenster standen, nicht gesehen werden konnten.

Jennifer konnte keine offensichtlichen Wunden entdecken, erkannte aber einige geplatzte Äderchen in den Augen. Möglicherweise war die Frau erstickt, und die dicke Schicht Puder und Schminke an ihrem Hals diente dazu, Strangulationsmarken zu überdecken.

Jennifer verließ das Schaufenster und sah noch einmal kurz in alle Räume, bevor sie wieder nach draußen ging und sich umzog. Ihre Daunenjacke hatte die Kälte inzwischen eingefangen, und sie musste die Zähne zusammenbeißen, damit sie nicht klapperten.

Als sie in die Fußgängerzone zurückkehrte, wäre sie beinahe mit Leander Meurer zusammengestoßen. Der Leichenbeschauer und Gerichtsmediziner von Lemanshain trug einen langen Mantel, und obwohl ihn sein breitkrempiger Hut vor dem Regen schützte, hatte er einen riesigen Schirm aufgespannt.

»Kommissarin Leitner, schön, Sie zu sehen.« Wie es seine Art war, begrüßte er sie per Handschlag. »Was haben wir?«

»Weibliche Tote um die dreißig, bisher nicht identifiziert. Ich vermute, dass sie erstickt ist oder erwürgt wurde, aber das können Sie besser beurteilen als ich.« Jennifer schätzte den auch international außerordentlich gut vernetzten Professor für seine ruhige, professionelle Art und sein überaus großes Fachwissen. »Sie ist nicht hier gestorben.«

Er nickte, als ob er davon bereits ausgegangen wäre. »In spätestens zwei Stunden kann ich sie auf dem Tisch haben.« Mit diesen Worten machte er sich auch schon auf den Weg in Richtung Hinterhof.

Jennifer drehte sich um und entdeckte ihren Chef Peter Möhring vor dem Obst- und Gemüseladen auf halber Strecke zwischen Agentur und Polizeiabsperrung. Als sich ihre Blicke trafen, winkte der Leiter der Einsatzabteilung sie zu sich heran.

Lemanshain verfügte trotz seiner überschaubaren Größe über eigene Strafverfolgungsbehörden. Die Dienstwege waren also kurz, weshalb Peter Möhring die Leitung der Kriminal- sowie der Schutzpolizei oblag.

Dass er persönlich am Fundort aufgetaucht war, konnte nichts Gutes bedeuten. Und dass er sie sofort an eine Stelle lotste, wo sie ungestört miteinander reden konnten, verhieß möglicherweise ein besonders unangenehmes Gespräch. Sein Blick sprach für sich. Sie hoffte, dass es lediglich um den Fall und nicht um ein weitaus brisanteres Thema ging.

Als sie zu ihm trat, ließ er ihr nicht einmal Gelegenheit zu einer Begrüßung. »Womit haben wir es zu tun?«

»Weibliche Leiche, um die dreißig, bisher nicht identifiziert. Ohne das Ergebnis der Obduktion vorwegnehmen zu wollen: Wir haben es ziemlich sicher mit Mord zu tun.«

»Scheiße.« Möhring benutzte nur äußerst selten Kraftausdrücke. Dass er es nun tat, war ein Zeichen dafür, wie angespannt er war. Dann fragte er unvermittelt: »Wie lange werden Sie hier noch brauchen?«

Er meinte nicht sie im Speziellen. »Keine Ahnung. Wir sind

noch ganz am Anfang. Der Notruf kam erst vor gut zwei Stunden rein. Das wird noch eine Weile dauern.«

»Eine Weile ist zu lange.«

Jennifer sah ihn fragend an.

»Der Bürgermeister persönlich hat den Direktor angerufen«, erklärte Möhring. »Er duldet eine Sperrung der Fußgängerzone bis in die Geschäftszeiten hinein nicht und drängt auf baldmöglichste Freigabe.«

Ein Blick auf die Uhr offenbarte Jennifer, dass es inzwischen fast halb neun war. Die Geschäfte öffneten normalerweise um neun. Sie warf ihrem Vorgesetzten einen vielsagenden Blick zu. Er hatte Druck von oben bekommen und gab ihn ungeniert weiter. »Wir können unsere Arbeit nicht machen, wenn wir die Fußgängerzone freigeben.«

»Das weiß ich«, entgegnete Möhring mit einem Schulterzucken, das sie als Entschuldigung wertete. »Ich bin nur hier, um Ihnen begreiflich zu machen, dass Sie nicht herumtrödeln sollen.« Er stieß ein resigniertes Seufzen aus. »Ich habe zugesichert, Sie darauf hinzuweisen.«

»Danke«, erwiderte Jennifer trocken. Sie atmete tief durch und gab sich selbst ein paar Sekunden, um nicht zu ungehalten auf die Forderung der Stadtverwaltung zu reagieren. In dem Moment tauchte Jarik Fröhlich vor der Hochzeitsagentur auf und begann mit seiner digitalen Spiegelreflexkamera Bilder von der Agentur und der Umgebung zu machen. Die Kriminaltechniker hatten offensichtlich die hintere Zufahrt genommen. »Die Botschaft ist angekommen. Ich bin mir sicher, die Kollegen werden es mir nachsehen, wenn ich diesen gut gemeinten Rat nicht weitergebe.«

Jennifer konnte sehen, dass Möhring ihr Tonfall nicht gefiel. Er hasste es genauso wie sie, sich die trivialen Klagen der Politiker anhören und sich noch dazu bei ihnen anbiedern zu müssen, doch im Gegensatz zu ihr war er in seiner Position bis zu einem gewissen Grad dazu verpflichtet.

Jennifer beneidete ihn nicht darum, bewunderte aber seine Fähigkeit, diesen Spagat täglich hinzulegen. Normalerweise scheute er auch nicht davor zurück, sich für seine Leute einzusetzen. Immerhin war er es gewesen, der sie vehement verteidigt hatte, als Bürgermeister und Stadtrat sie vor nicht einmal einem halben Jahr am liebsten sonst wohin versetzt hätten, weil sie für ihren Geschmack ein paarmal zu oft auf einen Serienkiller geschossen hatte. Letztlich war sie mit einer vierwöchigen Suspendierung und zehn Sitzungen beim Polizeipsychologen davongekommen.

Jennifer verbiss sich deshalb jede weitere Bemerkung zu dem Thema. »Die Spurensicherung ist eben eingetroffen, und ich gehe davon aus, dass Professor Meurer die Leiche bald für den Abtransport freigeben wird. Allerdings wird das nicht passieren, bevor der zuständige Staatsanwalt hier ist und sich den Fundort angesehen hat.«

»Grohmann bekommt den Fall?«, fragte Möhring.

Obwohl die Frage rhetorischer Natur war, beantwortete Jennifer sie. Wenn es einen Staatsanwalt gab, der sich nicht auf Fotos verließ, sondern sich jeden Fund- oder Tatort persönlich ansah, dann war es Oliver Grohmann. »Ja. Er ist mit Sicherheit schon auf dem Weg hierher.«

Ihr Vorgesetzter nickte. Eigentlich hätte er jetzt gehen können, doch das Schaufenster der Hochzeitsagentur schien ihn magisch anzuziehen. Er schlenderte darauf zu, während er fragte: »Wer hat sie gefunden?«

»Ein Bäckerlehrling, der in aller Frühe Brötchen ausliefert.« Der Krankenwagen war inzwischen verschwunden, das Fahrrad mit den durchweichten Taschen lehnte jedoch noch immer an der Mauer einer Änderungsschneiderei. Der Junge hatte sich also doch noch von den Sanitätern überzeugen lassen. »Er kam mit seinem Fahrrad hier durch und hat die 110 angerufen.«

»Ein Fahrrad? Bei dem Wetter?«

Jennifer warf einen vielsagenden Blick auf Möhrings aufgespannten Regenschirm. Sie selbst spürte den eisigen Regen kaum noch, ihre Wangen waren längst taub. »Er ist nicht zu beneiden.«

Sie erreichten das Schaufenster, in dem Leander Meurer und sein Assistent bei der Toten knieten. Peter Möhring blieb wie angewurzelt stehen und starrte die Frau mehrere Sekunden lang an. »Haben Sie sie schon identifiziert?«

»Nein, wie ich schon sagte, aber das steht als Erstes auf meiner Liste. Sie hat keinerlei Ausweispapiere dabei, was bei der Aufmachung aber auch kein Wunder ist.«

»Ich glaube, ich kenne sie.« Möhring trat noch etwas näher an das Schaufenster heran. »Ja, doch, das ist sie.«

Jennifer rieb sich die Nässe aus den Augen. »Wer?«

»An ihren Namen kann ich mich nicht erinnern, aber ich habe ihr Gesicht vor einiger Zeit in der Lokalpresse gesehen. Ihre bevorstehende Hochzeit wurde mit ganzseitigen Anzeigen öffentlich inszeniert.« Er warf Jennifer einen Seitenblick zu. »Schauen Sie denn nie in den gesellschaftlichen Teil Ihrer Tageszeitung?«

Jennifer hatte nicht einmal eine Tageszeitung abonniert und selbst wenn, wäre sie wohl kaum dazu gekommen, den Gesellschaftsteil zu lesen. Das galt wohl für die meisten Beamten vor Ort, denn bisher hatte niemand die Tote erkannt. »Ist sie irgendeine Berühmtheit?«

Möhring schüttelte den Kopf. »Alles private Anzeigen, deshalb erinnere ich mich wohl daran. Geld spielte jedenfalls keine Rolle. Sie sollten einen Blick ins Zeitungsarchiv werfen oder das Standesamt bemühen.«

Er schlug ihr nicht vor, direkt bei der Lokalzeitung anzurufen.

Erfahrungsgemäß hätten sie keine Informationen bekommen, ohne selbst irgendetwas Druckbares zu liefern.

»Vielleicht war sie sogar Kundin dieser Agentur«, mutmaßte die Kommissarin.

»Haben Sie die Geschäftsführerin bereits ausfindig gemacht?«

»Ja, und wir wissen auch, dass das da drinnen weder sie noch ihre Angestellte ist.« Anhand der Fotos auf der Homepage der Agentur hatten sie die beiden Frauen als Opfer eindeutig ausschließen können. »Ich habe Freya damit beauftragt, sie anzurufen und aufs Präsidium zu bitten.«

Möhring nickte zufrieden. »Die Frauen sollten sich unbedingt auch noch die Geschäftsräume ansehen, wenn die Leiche abtransportiert wurde und die Spurensicherung fertig ist. Wenn irgendetwas fehlt oder verändert wurde, können sie das naturgemäß am besten beurteilen.«

Eigentlich war es nicht Peter Möhrings Art, seinen Leuten zu sagen, wie sie ihre Arbeit machen sollten. Dass er es an diesem Morgen dennoch tat, war wahrscheinlich auch dem Anruf des Polizeidirektors geschuldet. Er wollte wahrheitsgetreu sagen können, sich persönlich um den Fall gekümmert zu haben.

Jennifer sah zu der Toten hinüber, die noch immer auf dem Stuhl saß, inzwischen aber an Schönheit eingebüßt hatte. Der Rechtsmediziner und sein Assistent waren verschwunden und bereiteten vermutlich gerade den Transport in die Rechtsmedizin vor. »Wenn sie erst vor Kurzem geheiratet hat, sollten wir wohl als Erstes ihren Ehemann befragen.«

»Sie gehen von einem Beziehungsverbrechen aus?«, hakte der Leiter der Einsatzabteilung nach.

Die Kommissarin zuckte die Schultern. Um sich festzulegen, war es eindeutig noch zu früh. »Heute ist Valentinstag, und sie liegt als perfekte Braut im Schaufenster einer Hochzeitsagentur … Es deutet zumindest vieles in diese Richtung.«

»Ein ehemaliger Geliebter?«, schlug Möhring vor.

Wieder zuckte sie die Schultern. Einige Sekunden lang herrschte betretenes Schweigen. Jennifer ließ ihren Blick durch die Fußgängerzone schweifen und entdeckte jenseits der Absperrung einen altersschwachen Ford, der ihr nicht unbekannt war. Direkt dahinter fuhr der Leichenwagen.

»Da kommt Grohmann.« Jennifer war froh, dass sie die Unterredung mit ihrem Chef beenden konnte, die bisher noch nicht den befürchteten Ausgang genommen hatte. »Ich werde sehen, ob wir die Fußgängerzone bis zum frühen Mittag freigeben können.« Sie nickte ihm zu und wandte sich ab.

Doch noch bevor sich Erleichterung in ihr ausbreiten konnte, rief ihr Möhring hinterher: »Wo ist eigentlich KOK Meyer?«

Jennifer blieb stehen und biss die Zähne aufeinander. Sie würde ihrem Chef nichts vormachen können, versuchen musste sie es aber trotzdem. Mit möglichst neutralem Gesichtsausdruck drehte sie sich zu ihm um. »Ich habe ihn aufs Revier geschickt. Er fühlte sich nicht gut. Anscheinend die Grippe.«

Als sie sich wieder abwenden wollte, hielt Möhring sie erneut auf. »Leitner?«

Oliver Grohmann, der zunächst auf sie zugesteuert war, erkannte offenbar, dass er ungelegen kam, beließ es bei einem knappen Nicken und wandte sich in Richtung Durchgang. Thomas Kramer würde die Aufgabe übernehmen müssen, ihn einzuweisen.

Peter Möhring fasste die Kommissarin scharf ins Auge. »Eine Grippe oder *diese* Art von Grippe?«

Jennifer wusste sofort, was er meinte. Möhring hatte vor gut drei Monaten von Marcel Meyers Alkoholproblemen erfahren und war verständlicherweise alles andere als begeistert.

Die Kommissarin stieß ein Seufzen aus. »Er hatte einen Rückfall«, gab sie zu. »Seine Frau …«

»Das interessiert mich nicht«, unterbrach ihr Chef sie schroff. »Das war seine letzte Chance, und das wissen Sie, Leitner. Mir reicht's.«

Möhring hatte gegenüber ihrem Partner in den letzten Monaten erstaunlich viel Geduld bewiesen. Zuerst war Marcels Ehe in die Brüche gegangen, dann hatte sein Leben zu bröckeln begonnen, und schließlich hatte er zur Flasche gegriffen. Jennifer konnte verstehen, dass ihr Vorgesetzter inzwischen genug hatte, ihr erging es oft ähnlich, doch sie konnte trotzdem nicht zulassen, dass er ihren Kollegen suspendierte.

»Er hat einen Therapieplatz«, sagte sie schnell, bevor Möhring sich umdrehen und sie stehenlassen konnte. »Er kann in drei bis vier Wochen auf Entzug.«

»Tatsächlich?« Möhrings Tonfall machte deutlich, dass er, nicht ganz unberechtigt, Zweifel hatte. Marcel Meyer hatte sich zu lange gegen eine professionelle Therapie gewehrt.

Es gab eine Menge, was Jennifer zu Marcels Unterstützung hätte anführen können, doch es war weder die passende Zeit noch der richtige Ort für eine großangelegte Verteidigungsrede. Deshalb nickte sie nur bestätigend.

Zu ihrer Überraschung nahm sich Möhring tatsächlich ein paar Sekunden, um seine Entscheidung zu überdenken. »Na schön«, sagte er schließlich. »Aber ich will ihn bis dahin nicht mehr im Dienst sehen. Und falls er den Entzug nicht schaffen sollte, kann er direkt seine Sachen packen. Richten Sie ihm das aus.«

Jennifer versuchte sich ihre Erleichterung nicht allzu sehr anmerken zu lassen. »Mache ich.«

Oliver Grohmann erschien im Durchgang zum Hinterhof und blieb im überdachten Bereich stehen, um auf die Kommissarin zu warten, was auch Möhring nicht entging. »Wenn Sie bei diesem Fall Hilfe brauchen, ziehen Sie Mironowa und

Herzig hinzu«, wies er Jennifer knapp an und wandte sich zum Gehen.

Katia Mironowa und Frank Herzig bildeten das zweite Ermittlerteam der Kripo und waren hauptsächlich für Vermögens- und Drogendelikte zuständig. Die erfahrene Kommissarin mit ukrainischen Wurzeln und ihr junger Partner waren zuverlässige Kollegen und immer eine willkommene Unterstützung.

Während Möhring in Richtung Absperrung strebte, trat Jennifer zu Oliver Grohmann. Sie war froh, endlich aus dem Regen herauszukommen, auch wenn das ohnehin nicht mehr viel half. Sobald sie ins Präsidium zurückkehrte, würde sie als Erstes duschen und sich umziehen müssen. »Morgen«, begrüßte sie den Staatsanwalt, ohne sich an einem Lächeln zu versuchen. »Schöne Bescherung.«

Grohmann hatte sich den Fundort inzwischen angesehen und sowohl mit dem Team der Spurensicherung als auch mit Thomas Kramer und Leander Meurer gesprochen. Sie hatten denselben Informationsstand. »Nicht unbedingt das, was man an so einem Ort erwarten würde.« Er blickte sich nach der Stelle um, an der sie zuvor mit Peter Möhring gestanden hatte. »Eure Unterredung sah alles andere als freundlich aus.«

Er hatte ein Gespür für die falschen Fragen zum richtigen Zeitpunkt oder umgekehrt. Jennifer verzog das Gesicht. »War sie auch nicht.«

»Worum ging's denn?«

»Das willst du überhaupt nicht wissen.«

Oliver brauchte sich nicht umzusehen. Er wusste längst, wer fehlte. Er fragte nur: »Marcel?«

Sie nickte. »Marcel.«

Der Staatsanwalt war einer der wenigen, die über Marcel Meyers Alkoholproblem informiert waren. Er hatte seine eigene Meinung dazu, vor allem zu Jennifers unerschütterlicher Loyalität ihrem Partner gegenüber. Es war allerdings nicht der richtige Moment, sie ihr zum wiederholten Male mitzuteilen.

»Wissen wir schon, wer die Tote ist?«, fragte er stattdessen.

»Nein, aber Möhring hat eine Vermutung geäußert. Er meint, ihre Hochzeit sei vor Kurzem in der Lokalpresse zelebriert worden. Ich setze Freya darauf an. Je früher wir wissen, wer sie ist, desto eher können wir mit ihrem Umfeld sprechen.«

»Irgendein Hinweis auf den Tatort?«

Jennifer schüttelte den Kopf. »Jedenfalls nicht hier.« Sie warf einen Blick auf das Display ihres Smartphones. Während sie mit Möhring gesprochen hatte, hatte Freya Olsson, die Sekretärin und Assistentin der Kriminalpolizei, versucht, sie zu erreichen. Sie hatte ihr außerdem eine SMS geschickt. »Die Inhaberin der Agentur und ihre Angestellte sind auf dem Weg ins Präsidium.«

Oliver nickte. »Wir treffen uns dort.«

»Zuerst wirst du wohl deine Verabredung irgendwo absetzen müssen«, bemerkte Jennifer, während er sich bereits abwandte. Die junge Frau auf dem Beifahrersitz war ihr nur deshalb aufgefallen, weil Grohmann den Motor angelassen hatte, damit die Heizung weiterlief. »Ein kleines bisschen zu jung für dich, oder? Eine international tätige Wirtschaftsanwältin hätte ich mir schon ein wenig älter vorgestellt.«

Natürlich wusste sie, dass der Teenager in seinem Ford keinesfalls sein Rendezvous vom Abend zuvor war. Dass er kein Wort über die Unbekannte verloren hatte, bestätigte allerdings ihre Vermutung, dass sie der Grund für die dunklen Schatten unter seinen Augen war. Er hatte eine lange Nacht gehabt, befriedigend war sie jedoch nicht gewesen.

Oliver seufzte. »Ich bin wirklich nicht zu Scherzen aufgelegt.«

»Okay. Aber wer ist sie?«

»Meine Tochter.«

»Deine Tochter?« Jennifer war ehrlich überrascht. »Hannah?«

Normalerweise hätte er ihr einen verärgerten Blick zugeworfen, doch er war viel zu erschöpft für eine allzu ausgefeilte Mimik. »Ich habe nur eine.«

»Was macht sie hier?«

Wenigstens war er nicht der Einzige, der sich diese Frage als Allererstes stellte. »Lange Geschichte. Wenn es nach mir ginge, säße sie ohnehin längst wieder im Zug nach Kassel.«

Jennifer spürte, dass es ein heikles Thema war, doch ihre Neugier war zu groß. »Ich dachte, sie redet seit Jahren nicht mehr mit dir?«

»Meine Exfrau hat seit zwei Monaten einen neuen Freund, der einige Jahre jünger ist als sie. Hannah kann ihn nicht ausstehen, was offenbar Grund genug ist, um den Entschluss zu fassen, bei mir einzuziehen.«

Jennifer blieb buchstäblich der Mund offen stehen. »Wow … Sie scheint immerhin zu wissen, was sie will.« Ganz im Gegensatz zu Oliver. Seine Zerrissenheit war ihm deutlich anzumerken, doch das sprach sie nicht aus.

»Ich hoffe es.«

Der Leichenwagen war vorgefahren und hielt jetzt vor dem Durchgang. Die Ermittler machten Platz, als zwei Beamte mit einer Trage, auf der eine zusammengefaltete Plane lag, an ihnen vorbeigingen.

Der Staatsanwalt nutzte die kurze Unterbrechung, um weiteren Fragen Jennifers zuvorzukommen. »So wie ich das sehe, brauchst du mal wieder einen Ersatzpartner, oder?«

»Könnte sein.«

»Was sagt dein Chef dazu?«, fragte Oliver.

»Er mag dich.« Jennifer versuchte es mit einem leichten Grinsen.

Zum ersten Mal an diesem Morgen hellte sich Olivers Gesicht

ein wenig auf. »Dann bleibt mir wohl nichts anderes übrig. Ich werde Hannah in ein Taxi setzen und zurück zu meiner Wohnung schicken. Wir haben viel zu tun.«

3

Als Jennifer im Präsidium eintraf, telefonierte sie zuerst mit dem Leiter der Spurensicherung und ließ sich von Freya Olsson auf den neuesten Stand bringen, bevor sie unter die Dusche sprang.

Als sie endlich wieder in trockener Kleidung steckte, fühlte sie sich schon fast wie neugeboren. Sie hoffte nur, dass ihre Daunenjacke, die sie über die Heizung gelegt hatte, einigermaßen trocken sein würde, wenn sie wieder losmusste. Sie hätte sie vor Winterbeginn neu imprägnieren sollen.

Auf dem Flur begegnete sie dem Staatsanwalt, der offensichtlich gerade erst eingetroffen war. Der Kragen seines Hemdes war vollkommen durchnässt, und er bedachte ihren trockenen Pullover mit einem neidischen Blick.

»Doppelter Espresso?«, fragte sie und deutete auf den Kaffeebecher in seiner Hand.

Oliver hielt drei Finger der freien Hand hoch. »Dreifach. Wo stehen wir?«

»Möhring hatte recht, sodass wir jetzt immerhin den mutmaßlichen Namen unseres Opfers kennen: Larissa Schröder. Freya stellt die Anzeigen zusammen und versucht, den Ehemann oder die Eltern zu erreichen. Meurer wartet mit der Obduktion auf uns. Ich hoffe, wir können sie eindeutig identifizieren lassen, bevor er sie aufschneidet.«

Oliver hielt Jennifer die Tür zu dem Trakt auf, in dem ihr Büro lag. Der winzige Empfangsbereich, in dem Freya Olssons Schreibtisch stand, war verlassen, doch sie hörten den Kopierer am Ende des Flurs.

Jennifer bog in die andere Richtung ab und fuhr fort: »Jarik und seine Leute nehmen die Agentur auseinander. Es gibt sehr viele Spuren, die aber vermutlich alle nichts mit unserem Fall zu tun haben, und selbst wenn, schwierig zuzuordnen sein dürften. Er wollte mir so bald wie möglich Fotos schicken.« Diese konnten sie für die Vernehmung der Inhaberin und ihrer Angestellten gut gebrauchen.

Sie betraten das Büro, das sich Jennifer mit ihrem Partner teilte. Marcel Meyer saß leicht vornübergebeugt an seinem Schreibtisch und schreckte erst hoch, als sich Jennifer ihm gegenüber in ihren Stuhl fallen ließ.

Oliver hatte den Kommissar das letzte Mal vor zwei Wochen gesehen, und der offensichtliche Verfall war erschreckend. Die dunkelbraunen Augen lagen tief in den Höhlen, und seine Haut wirkte wächsern und aufgedunsen. Er hatte augenscheinlich Schwierigkeiten, überhaupt wach zu bleiben.

Jennifer schaltete ihren Computer ein, bevor sie ihren Kollegen ansah. »Geh nach Hause«, sagte sie entschieden. »Schlaf dich aus. Dann geh zum Arzt und besorg dir für die nächsten Wochen einen gelben Schein.«

Marcel Meyer öffnete den Mund, doch Jennifer kam seinem Protest zuvor. »Keine Diskussion. Du gehst. Jetzt. Sofort.«

Zwei Sekunden lang starrte er sie nur über die beiden Tische hinweg an. Dann stand er auf, nahm seine Jacke, die er über den Stuhl gehängt hatte, und verließ den Raum.

Jennifer konzentrierte sich auf den Bildschirm und vermied es, Oliver Grohmann anzusehen, der sich einen Stuhl heranzog und sich neben sie setzte.

Ihr Rechner brauchte mal wieder eine kleine Ewigkeit zum Hochfahren. Bevor die Stille richtig unangenehm werden konnte, begrüßte sie glücklicherweise die Aufforderung zum Einloggen.

Jarik Fröhlich hatte Wort gehalten und ihr einige Fotos vom Fundort geschickt, inklusive einer guten Aufnahme vom Gesicht der Toten. Sie schickte es an den Fotodrucker, der surrend mit der Arbeit begann, dann jeweils noch eines von der aufgebrochenen Tür, dem Stuhl, auf dem die Tote gesessen hatte, und den vermutlich vom Täter bewegten Skulpturen.

»Wurde Larissa Schröder eigentlich als vermisst gemeldet?«, fragte Oliver.

»Nein, deshalb ist die bisherige Identifizierung auch mit Vorsicht zu genießen. Es gibt aber auch sonst keine Vermisstenanzeige, die zu unserer Toten passen würde.«

Freya Olsson tauchte im Türrahmen auf. »Wusste ich doch, dass ich die Tür gehört habe.« Das Sicherheitssystem, das eigentlich eine Chipkarte zum Betreten des Flügels erforderte, war schon vor Monaten ausgefallen. Wenn die Sekretärin nicht an ihrem Platz war, konnte theoretisch jeder ein- und ausgehen, der den Sicherheits-Check am Gebäudeeingang passiert hatte.

Freya trug einen kleinen Papierstapel auf dem Arm, den sie jetzt neben Jennifer auf die Schreibtischplatte legte. »Das sind alle Verlobungs- und Hochzeitsanzeigen der Schröders, die ich gefunden habe. Die müssen ein kleines Vermögen gekostet haben. Wisst ihr, wie teuer es ist, eine ganze Seite im *Hanauer Anzeiger* zu buchen, noch dazu in Farbe?«

Jennifer und Oliver schüttelten gleichzeitig den Kopf.

Freya Olsson arbeitete hauptsächlich für die beiden Ermittlerteams der Kriminalpolizei. Sie unterstützte die Kommissare tatkräftig bei deren Arbeit, sorgte aber auch dafür, dass sie ihren Schreibkram pünktlich erledigten. Freya war klein und zierlich und verströmte immer eine unglaubliche Energie. Sie war schwedischer Herkunft, und obwohl sie ansonsten perfekt und akzentfrei Deutsch sprach, hatte sie die Art der Schweden übernommen, alle in ihrem Umfeld zu duzen.

Jennifer nahm den obersten Ausdruck zur Hand. Es war eine Verlobungsanzeige in Farbe, mit einem Foto des glücklichen Paares. Die beiden lächelten übertrieben in die Kamera und hatten ihre Hände mit den Verlobungsringen ineinander verschränkt. Larissa Tröbst und Sascha Schröder. Sie hatten sich am 19. August des Vorjahres verlobt.

Jennifer hielt den Ausdruck neben den Bildschirm, nachdem sie ein Foto der Toten geladen hatte.

»Sieht nach unserem Opfer aus«, bemerkte der Staatsanwalt.

Daran konnte tatsächlich kaum ein Zweifel bestehen, auch wenn der Tod die Frau trotz allen Make-ups sichtlich gezeichnet hatte. Am Tag ihrer Verlobung wirkte sie rosig und strahlend, eine natürliche Schönheit, auf deren Gesicht jegliche Schminke überladen gewirkt hätte. Trotzdem war leicht zu erkennen, dass es sich um ein und dieselbe Frau handeln musste, allenfalls kam noch eine Schwester oder eine Doppelgängerin infrage.

Das reichte allerdings noch nicht für eine sichere Identifizierung. Erst wenn ein naher Angehöriger oder sehr guter Bekannter die Identität der Frau bestätigt hatte, würde der Ermittlungsrichter sie anerkennen.

»Bald werden wir es mit Sicherheit wissen«, warf Freya ein. »Ich habe Sascha Schröder ausfindig gemacht. Er arbeitet in einem Bankhaus in Frankfurt, und eine Streife ist auf dem Weg zu ihm. Wegen der Identifizierung habe ich darum gebeten, ihn direkt in die Klinik zu bringen. Falls er vor euch eintrifft, sagt Professor Meurers Assistent mir Bescheid.«

Jennifer hatte eine ziemlich genaue Vorstellung davon, was Sascha Schröder in Kürze durchmachen würde. Er würde erfahren, dass er eine Leiche identifizieren sollte, die die Polizei für seine Frau hielt. Zuerst würde er versuchen, sie zu erreichen, dann würde er darauf beharren, dass sich die Beamten irrten. Er würde sich vorstellen, wie er auf eine Tote hinabblickte, die eine völlig Fremde für ihn war, und sich den Augenblick der Erleichterung in allen Farben ausmalen.

Es kam nur leider selten vor, dass sich die Polizei irrte. Sie baten niemanden um die Identifizierung eines Toten, wenn sie sich nicht so gut wie sicher waren. Jennifer hatte nur ein einziges Mal erlebt, dass sich eine vermutete Identität nicht bestätigt hatte, und damals hatten sie anstelle des mutmaßlichen Opfers seinen Zwillingsbruder auf dem Tisch gehabt.

Den ganzen Weg über würde der Ehemann abwechselnd versuchen, seine Frau anzurufen und den Beamten, die ihn fuhren, mehr Informationen zu entlocken. Mit jeder Minute mehr, in der Larissa für ihn unerreichbar war, würde seine Selbstsicherheit weiter zerbröckeln, bis schließlich nur noch kalte Angst übrigblieb.

Die Fahrt von Frankfurt nach Lemanshain dauerte normalerweise mindestens eine Stunde. Sascha Schröder hatte also genügend Zeit, sich alle möglichen Szenarien auszumalen. Wenn sie Pech hatten, war er bei seiner Ankunft mit den Nerven bereits so am Ende, dass sie nicht mehr aus ihm herausbekommen würden, als dass das Opfer auf dem Tisch der Rechtsmedizin tatsächlich seine Frau war.

Jennifer warf dem Staatsanwalt einen Seitenblick zu. »Wir sollten alle notwendigen Beschlüsse bereit haben, wenn er uns ihre Identität bestätigt. Vielleicht hat er die Nacht nicht zu Hause verbracht, und sie wurde dort ermordet. Außerdem können wir nicht ausschließen, dass er in den Kreis der Verdächtigen gerät.«

Oliver nickte. Er wusste, welche richterlichen Beschlüsse sie aller Voraussicht nach brauchen würden, um sich schnellstmöglich den Zugriff auf wertvolle Informationen zu sichern oder den Zutritt zu betroffenen Orten zu verschaffen. Während Jennifer durch die von Jarik Fröhlich geschossenen Fotos scrollte, hörte sie, wie Grohmann an ihrem Telefon eine ganze Reihe von Beschlüssen herunterrasselte, die eine Mitarbeiterin der Staatsanwaltschaft vorbereiten sollte.

Als er auflegte, sagte er: »Im Zweifelsfall fehlt dann nur noch meine Unterschrift.«

»Und die des Richters«, gab Jennifer zu bedenken.

»Den habe ich bereits auf dem Weg hierher vorgewarnt.«

»Sehr schön. Bis Sascha Schröder bei Meurer eintrifft, haben wir noch genügend Zeit, um uns mit der Inhaberin der Agentur und ihren Angestellten zu unterhalten.« Jennifer ging davon aus, dass die Frauen inzwischen eingetroffen waren. Sie sah Freya fragend an. »Wo hast du die beiden untergebracht?«

»Im Besucherraum.« Die Assistentin grinste, denn die Bezeichnung war ein interner Witz. Im Grunde handelte es sich um einen wenig einladenden Verhörraum, bei dem jeder Versuch gescheitert war, ihn für die Befragung von Opfern, Zeugen und Angehörigen angenehmer zu gestalten. Ungefragt lieferte Freya alle Informationen, die sie über die beiden Frauen hatte sammeln können: »Doris Kilian, einundfünfzig, wohnhaft in Bad Orb, verwitwet, zwei erwachsene Kinder. Sie hat die Agentur vor neun Jahren gegründet. Ihre Angestellte heißt Nuran Sahin, ist dreiunddreißig und arbeitet seit drei Jahren für Kilian. Frau Sahin ist verheiratet, hat vier Kinder und wohnt in Hanau. Gegen keine von beiden liegt irgendetwas vor. Sie sind sauber.«

Etwas anderes hatten Jennifer und Oliver auch nicht erwartet. Auf ihrer Liste der möglichen Verdächtigen standen die beiden Frauen jedenfalls nicht.

Freya fuhr fort: »Über die Agentur habe ich nichts Interessantes gefunden, ein Geschäft mit Zahlen im grünen Bereich. Im Allgemeinen ist die Planung von Hochzeiten ein kaum umkämpfter Geschäftszweig. Wenige, dafür aber zahlungskräftige Kunden, die sich zumindest hier in der Region recht gleichmäßig auf die Anbieter zu verteilen scheinen.«

»Steht die Agentur irgendwie im Zusammenhang mit unserem Opfer und seiner Hochzeit?«

»Ich habe keine Verbindung gefunden.«

Jennifer war zufrieden. »Gute Arbeit. Wenn sich irgendetwas Neues ergibt, weißt du, wo du mich findest. Kümmere dich bitte in der Zwischenzeit darum, alle Infos zusammenzutragen, die du über unser Opfer, ihren Ehemann und ihre Familie bekommen kannst.«

Freya nickte.

»Und schick eine Streife zur Adresse der Schröders. Falls die Kollegen niemanden antreffen, sollen sie dafür sorgen, dass keiner das Haus betritt. Ich will nicht, dass ein möglicher Tatort kontaminiert wird.«

»Wird erledigt.«

Jennifer nahm die ausgedruckten Fotos und einen leeren Spiralblock, dann machte sie sich, gefolgt von Grohmann, zu dem sogenannten Besucherraum auf.

Die beiden Frauen saßen nebeneinander und blickten auf, als der Staatsanwalt und die Kommissarin eintraten.

Jennifer musterte sie unauffällig, während sie sich setzte und vorgab, ihre Unterlagen zu sortieren.

Doris Kilian war eine hagere Frau, die in ihrem dunkelblauen Kostüm einen souveränen Eindruck machte, obwohl sie ziemlich angespannt zu sein schien.

Nuran Sahin verblasste fast ein bisschen neben ihrer geschminkten und mit teurem Goldschmuck behängten Chefin. Sie trug ein ordentliches, hochgeschlossenes Kostüm, keinerlei Make-up oder Schmuck und wirkte nicht nur dank ihrer großen, dunkelbraunen Augen wie ein scheues Reh im Scheinwerferlicht.

Zufrieden registrierte Jennifer, dass die Fingerkuppen beider Frauen geschwärzt waren. Freya hatte dafür gesorgt, dass sie während ihrer Wartezeit erkennungsdienstlich behandelt wurden. Jarik und sein Team würden ihre Fingerabdrücke zum Abgleich mit den Abdrücken brauchen, die sie in der Hochzeitsagentur fanden.

Jennifer übernahm wie gewöhnlich die Vorstellung, obwohl die Gesprächseröffnung bei Befragungen gewöhnlich dem Staatsanwalt vorbehalten war. Oliver gab aber glücklicherweise nichts auf derartige Regeln und überließ ihr ohnehin meist die Führung.

Sie kam sofort zum Thema: »Ich gehe davon aus, dass Frau Olsson Sie über den Grund Ihrer Vorladung informiert hat?«

Doris Kilian nickte, während Nuran Sahin die Lippen so fest aufeinanderpresste, dass sie jegliche Farbe verloren. »Sie haben eine Tote in meinen Geschäftsräumen gefunden.«

»Das stimmt. Um genauer zu sein, in Ihrem Schaufenster. Sie trug ein Hochzeitskleid und wurde mehr oder weniger ausgestellt.«

»Das ist ja furchtbar.« Trotz des Make-ups war deutlich zu sehen, dass Doris Kilian erbleichte. Sie fragte nicht, ob die Frau getötet worden war. Die Fundsituation war selbst für Laien aufschlussreich genug. »Wer tut so etwas? Und warum?«

»Das wollen wir herausfinden.« Jennifer hasste diesen Standardsatz, kam meist aber nicht ohne ihn aus. »Wir hoffen, dass Sie uns dabei helfen können. Ich möchte Sie bitten, sich ein paar Fotos anzusehen und uns zu sagen, ob Ihnen irgendeine Veränderung in Ihren Geschäftsräumen auffällt.«

Die Inhaberin nickte. »Selbstverständlich.«

»Allerdings würde ich gerne mit einem Foto des Opfers beginnen.« Jennifer zog das Bild hervor, das sie zuvor ausgedruckt hatte. Sie schob es den beiden Frauen über den Tisch zu, ohne zu fragen, ob sie bereit waren, es sich anzusehen.

Wie Jennifer nicht anders erwartet hatte, schrak Nuran Sahin vor dem Foto zurück und wandte sofort den Blick ab, während ihre Chefin zweimal tief Luft holte, das Foto dann aber in die Hand nahm und es einige Sekunden lang genau studierte.

»Im Augenblick deutet vieles darauf hin, dass es sich bei der Toten um Larissa Schröder handelt«, erklärte Jennifer. »Die Identifizierung ist allerdings noch nicht endgültig. Kennen Sie sie vielleicht?«

Doris Kilian nickte. »Und ob ich sie kenne. Zu Lebzeiten sah sie natürlich anders aus, aber das ist eindeutig Larissa Schröder. Identifizieren kann ich sie allerdings nicht für Sie. Dafür kannte ich sie nicht gut genug.«

»Das würden wir auch nie von Ihnen verlangen.« Zwei Personen hatten das Opfer unabhängig voneinander erkannt. Das war eine ziemlich sichere Identifizierung, letztlich stützen konnten sie sich aber nur auf das Urteil des Ehemannes. »Sie sagen, Sie kannten Larissa Schröder? War sie eine Kundin von Ihnen?«

Die Inhaberin legte das Foto mit einem leisen Schnauben auf den Tisch zurück. »Ja und nein. Wir kamen über die Angebotsphase nicht hinaus. Letztlich entschieden Frau Tröbst und Herr Schröder, ihre Hochzeit von einer Frankfurter Agentur planen und durchführen zu lassen.«

»Das klingt ein wenig enttäuscht.«

Doris Kilian nickte. »Die haben mich eiskalt hintergangen und betrogen.« Einmal auf das Thema angesprochen, war sie kaum mehr zu stoppen. Sie erzählte ausführlich, wie viel Arbeit sie in den Entwurf investiert hatte, der ihr anschließend von den Eheleuten gestohlen und von einer anderen Agentur in deren Auftrag umgesetzt worden war. Zumindest war das Doris Kilians Sichtweise.

»Sie hätten sie anzeigen oder verklagen können«, warf Oliver schließlich mitten in ihre Litanei ein, um die Sache abzukürzen. »Haben Sie sich anwaltlich beraten lassen?«

Doris Kilians Lächeln wurde bitter. »Haben Sie sich schon über die Schröders informiert? Die Anwälte dieser Familie hätten mich in ihrer Faust zerquetscht, wenn ich es gewagt hätte, etwas zu unternehmen. Und selbst wenn ich geklagt und gewonnen hätte, ein Prozess gegen einen ehemaligen Kunden macht sich nie gut. Für meine Konkurrenz wäre das ein gefundenes Fressen gewesen.«

»Soweit wir wissen, ist die Konkurrenz in Ihrem Geschäftsbereich nicht besonders groß.« Jennifer erinnerte sich noch gut an das, was Freya gesagt hatte. »Oder sehen wir das falsch?«

Doris Kilian machte eine wegwerfende Handbewegung. »Es ist nicht so, dass wir uns gegenseitig die Augen auskratzen würden. Aber jedes Geschäft auf dieser Erde ist dreckig genug, um die Unbill, die einem Konkurrenten widerfährt, für die eigenen Zwecke auszunutzen.« Sie seufzte, und ihre Finger spielten mit der Handtasche auf ihrem Schoß. »Jetzt muss ich mir aber ohnehin neue Geschäftsräume suchen. Eine Leiche macht sich nicht so gut als Werbung.«

Jennifer ging nicht auf die Bemerkung ein, sondern reihte die Fotos, die die Räume der Agentur zeigten, vor den beiden Frauen auf, wobei sie sich jetzt mehr auf Nuran Sahin konzentrierte. Die junge Frau machte einen etwas verstörten Eindruck und hatte bisher noch nichts gesagt.

»Diese Bilder … Wir würden gerne wissen, ob unsere Annahme richtig ist, dass die drei Skulpturen zuvor im Schaufenster standen und nicht von Ihnen bewegt worden sind.« Jennifer deutete auf das Foto, das das Brautpaar und die beiden Puttenengel zeigte.

Wieder war es Doris Kilian, die antwortete, obwohl Jennifer Nuran Sahin angesehen hatte. »Ja, das stimmt. Gestern Abend waren sie noch im Schaufenster.« Die Agenturchefin wandte sich dem Foto zu, das den leeren Stuhl zeigte, auf dem das Opfer fixiert gewesen war. »Der Stuhl stammt aus Nurans Büro, der Draht gehört mir allerdings nicht, soweit ich weiß.«

Jennifer sah Nuran Sahin direkt in die Augen. »Wissen Sie etwas über diesen Draht?«

Die junge Frau schien überrascht und zugleich schockiert zu sein, dass sich plötzlich die gesamte Aufmerksamkeit auf sie richtete. Sie warf Doris Kilian einen kurzen Blick zu, der sie um Hilfe anzuflehen schien, dann fing sie sich aber wieder. »Nein«, bestätigte sie. Ihre Stimme war beinahe ein Flüstern. »Wir hatten nirgendwo Draht.«

Die Kommissarin deutete erneut auf die Fotos. »Bitte sehen Sie sich die Bilder genau an. Gibt es irgendetwas, das Ihnen auffällt? Fehlt vielleicht etwas, oder ist noch etwas anderes nicht mehr an seinem Platz?«

Die beiden Frauen nahmen sich fast eine Minute lang Zeit, die Bilder zu studieren.

Nuran Sahin schien sich etwas zu erholen, mied aber bewusst den Anblick der toten Larissa Schröder auf dem Foto, das jetzt zwischen Jennifer und dem Staatsanwalt auf der Tischplatte lag. Jennifer beobachtete die junge Frau genau. Sie legte ein Verhalten an den Tag, das man leicht fehlinterpretieren konnte. Letztlich kam die Kommissarin aber zu dem Schluss, dass Nuran Sahin einfach nur besonders schüchtern war und sie der Tod an sich schockierte. Wahrscheinlich hätten sie ihr ein Foto von jeder beliebigen Leiche vorlegen können, und sie hätte nicht anders reagiert.

Beiden Frauen fiel nichts weiter auf, und Jennifer sammelte die Fotografien wieder ein. »Allgemeiner gefragt: Ist Ihnen in der letzten Zeit irgendetwas merkwürdig vorgekommen? Hatten Sie eigenartige Kunden? Irgendeine Art auffälligen Besuchs? Anrufe, die Ihnen seltsam vorkamen? Jemand, der komische Fragen gestellt hat?«

Doris Kilian schüttelte fast augenblicklich den Kopf. »Warum fragen Sie das?«

»Wir haben Einbruchsspuren an der Hintertür gefunden. An der Vordertür haben Sie einen Aufkleber mit dem Hinweis, dass eine Alarmanlage installiert ist. Es gibt aber gar keine.« Das war ein Trick, den nicht nur Geschäfte, sondern auch Privatpersonen gerne anwandten, wenn sie sich die Technik nicht leisten konnten oder wollten. Zumindest Gelegenheitsverbrecher schreckte ein solcher Aufkleber meistens ab. »Die Frage, die sich uns stellt, ist, ob der Täter wusste, dass es keine Sicherheitsmaßnamen gibt, und wenn ja, wie er davon erfahren hat? Kurz gesagt, könnte es sein, dass er Vorarbeit geleistet und Ihre Räumlichkeiten ausgespäht hat?«

Der Eindringling hatte im Geschäft von Doris Kilian Zeit gebraucht, und er hatte eine Leiche transportiert. Niemand, der auch nur über den geringsten Hauch von Verstand verfügte, hätte die Tür aufgebrochen, ohne sicher zu sein, dass er damit keinen Alarm auslöste. Wenn der Täter Ahnung von derartigen Anlagen hatte, hätte ein vorgetäuschter Termin in der Agentur ausgereicht. Falls er nicht ohnehin zu dem äußerst kleinen Personenkreis gehörte, der über die Ausstattung der Geschäftsräume Bescheid wusste.

»Mir fällt nichts und niemand ein.« Doris Kilian zuckte mit den Schultern. »Ab und zu kommt mal eine verirrte Seele vorbei, die fälschlicherweise annimmt, dass wir Hochzeiten vermitteln, also als Kuppler auftreten. Keiner von denen war aber je lange genug in meinem Geschäft, um es ausspionieren zu können.«

Jennifer fragte sich, ob die Angestellte sich jemals allein in den Räumen der Agentur aufhielt. Sie sah Nuran Sahin an, die schüttelte aber sofort den Kopf.

Resigniert warf Jennifer Oliver Grohmann einen Seitenblick zu. Mit einem kaum wahrnehmbaren Kopfschütteln gab er ihr zu verstehen, dass er keine Fragen mehr hatte. »In Ordnung«, murmelte sie und reichte den beiden Frauen jeweils eine Visitenkarte, wobei sie Nuran Sahin fixierte. »Falls Ihnen noch irgendetwas einfällt, das auch nur im Entferntesten mit dieser Sache zu tun haben könnte, rufen Sie mich bitte an.«

Doris Kilian nahm die Karte, steckte sie in ihre Handtasche und beugte sich vor. »Ich möchte keinesfalls pietätlos erscheinen, aber wann kann ich mein Geschäft wieder betreten? Und wer macht dort sauber?«

»Wir rufen Sie an, sobald der Fundort freigegeben ist. Frau Olsson kann Ihnen die Adresse eines Unternehmens geben, das auf derartige Reinigungen spezialisiert ist.« Auch wenn ihr Geschäft lediglich der äußerst saubere Fundort und keineswegs ein blutiger Tatort war, konnte Jennifer verstehen, wenn Doris Kilian sich lieber Profis ins Haus holen wollte. Erfahrungsgemäß würde sie ein ungutes Gefühl trotzdem nie mehr loswerden, zumindest nicht in diesen Räumen. »Wir möchten Sie noch bitten, die erste Begehung gemeinsam mit einem Beamten durchzuführen und nochmals vor Ort alles durchzusehen, um auszuschließen, dass irgendetwas Wichtiges fehlt.«

Doris Kilian seufzte. »Wenn Ihnen das weiterhilft.«

Jennifer lächelte. »Wären Sie auch so freundlich, uns alle Unterlagen in Bezug auf die Schröders zu überlassen?«

»Ich kann Ihnen Kopien geben.«

Jennifer bedankte sich für ihr Entgegenkommen. »Es wäre toll, wenn Sie den Beamten die Papiere direkt heute Nachmittag mitgeben könnten.«

Doris Kilian brummelte etwas, das wie eine Zustimmung klang, und stand auf.

Oliver wollte bereits die Tür öffnen, als der Agenturinhaberin doch noch etwas einfiel.

»Darf ich Ihnen einen Rat geben?« Ohne auf eine Antwort zu

warten, fügte sie hinzu: »An Ihrer Stelle würde ich mich an den Ehemann von Frau Schröder halten, und das sage ich nicht aus Rache oder so.«

Die Ermittler runzelten beide die Stirn. »Wieso gerade an den Ehemann?«, fragte Oliver.

Doris Kilian lächelte. »Eines habe ich in den vielen Jahren als Hochzeitsplanerin gelernt: Je pompöser und öffentlicher eine Hochzeit begangen wird, desto kaputter ist zu diesem Zeitpunkt bereits die Beziehung. Und eine pompösere Hochzeit als die der Schröders habe ich in dieser Kundenklasse noch nie erlebt.«

4

Jennifer manövrierte ihren VW aus dem Hinterhof des Präsidiums. Als sie sich in den Verkehr eingefädelt hatte, fragte sie: »Was hältst du von der Kilian und ihrer Angestellten?«

»Frau Kilian hat betroffen und ruhig reagiert. Ihre Angestellte schien sehr geschockt zu sein«, fasste Oliver seine Eindrücke zusammen. »Wenn einer der beiden tatsächlich noch etwas einfällt, dann wohl am ehesten Nuran Sahin.«

Jennifer nickte, sie teilte seine Meinung. Allerdings war sie sich nicht sicher, ob die junge Frau sich tatsächlich melden würde, falls sie etwas zu sagen hatte. Auch ohne das Foto einer Leiche vor Augen war sie vermutlich extrem zurückhaltend. Jennifer konnte sich gut vorstellen, dass sie vor ihrer resoluten Chefin sogar Angst hatte. »Ich habe Thomas Kramer gebeten, die beiden in die Agentur zu begleiten. Vielleicht fällt ihnen in der gewohnten Umgebung noch irgendetwas auf.«

Sie gingen eigentlich beide davon aus, dass sie durch die Begehung keine neuen Erkenntnisse gewinnen würden, aber es war einen Versuch wert.

»Ich bin gespannt, was Freya über die Schröders herausfindet«, warf Oliver ein. »So wie Doris Kilian über sie geredet hat, muss Sascha Schröder über gewisse Mittel verfügen.«

»Oder seine Familie. In Hanau gibt es ein Autohaus Schröder, und mit Autohaus meine ich einen architektonischen Klotz, in dem nur äußerst hochklassige Wagen verkauft werden. Ferrari, Lamborghini, Porsche. Ich habe die ungute Vermutung, dass der Ehemann einer von diesen Schröders sein könnte.«

Oliver war nicht überzeugt. »Schröders gibt es wie Sand am Meer.«

»Ja, aber keine schwerreichen Familien. Zumindest nicht hier in unseren Gefilden.« Jennifer warf ihm einen schnellen Seitenblick zu. »Die Adresse würde auch dazu passen. Erfolgreicher Banker hin oder her, mit Anfang vierzig könnte er sich trotz aller Boni kein Anwesen in der Liliengartenallee leisten.«

Diese Information war für Oliver neu, doch er wusste, was sie bedeutete. Die Liliengartenallee war eine der teuersten Adressen in Lemanshain. »Und die Kollegen haben keine Angestellten angetroffen?«

»Es ist eines der kleineren Anwesen.« Jennifer wusste, wie unpassend die Bezeichnung »klein« in diesem Zusammenhang war.

»Überprüft Freya, ob es eine Verbindung zu dem Autohaus gibt?«

»Ich habe ihr den Tipp gegeben, während du dir einen Kaffee geholt hast.«

»Das heißt also, dass wir spätestens übermorgen irgendeinen übermotivierten Familienanwalt am Hals haben.« Oliver seufzte. »Prächtig.«

Jennifer war von dieser Aussicht ähnlich begeistert wie er. »Hoffen wir, dass ich unrecht habe. Und selbst wenn: Vielleicht haben wir Glück, und Larissa war eine unbeliebte Schwiegertochter.«

Der Blick des Staatsanwalts sagte alles. Normalerweise hatten sie bei solchen Angelegenheiten nie besonders viel Glück. »Woher kennst du überhaupt dieses Autohaus? Wir sitzen in einem stinknormalen VW.«

»Was nicht bedeutet, dass ich noch nie darüber nachgedacht hätte, mir einen Zweitwagen zuzulegen.«

»Oha.« Oliver kannte ihren Fahrstil. Vor allem, wenn sie es eilig hatte, war sie ihm definitiv zu schnell und zu risikofreudig.

Beides keine Eigenschaften, die man mit sechshundert oder noch mehr PS verknüpfen sollte.

Jennifer antwortete lediglich mit einem Grinsen.

Oliver zog es vor, sich wieder auf den Fall zu konzentrieren. »Was hältst du von der Bemerkung über den Ehemann?« Auf Nachfragen hatte Doris Kilian keine Angaben machen können, die Anlass für einen konkreten Verdacht geboten hätten. »Ich denke ja nicht, dass er etwas damit zu tun hat. Normalerweise würde ich zwar auch zuerst den Ehemann verdächtigen, aber die Ausführung der Tat passt in kein Szenario mit ihm als Täter.«

Jennifer nickte, denn ihre Überlegungen gingen in eine ganz ähnliche Richtung. »Wenn der Lebenspartner ausrastet, sieht die oder der Tote gewöhnlich nicht mehr so unberührt aus. In den meisten Fällen versuchen die Täter, die Leiche loszuwerden, vorzugsweise so, dass sie nicht entdeckt oder gefunden werden kann.«

»Das Opfer im Schaufenster auszustellen wäre zu kompliziert und zu riskant für ein Ablenkungsmanöver«, spann Oliver den Gedanken fort.

Jennifer nickte. »Ich denke, wir haben es mit einer Person zu tun, die entweder in Larissa oder in Sascha Schröder unsterblich verliebt ist beziehungsweise war. Das Hochzeitskleid würde ich als Hinweis auf die kürzlich stattgefundene Trauung deuten, möglicherweise war sie sogar der Auslöser.« Der Täter hätte in der Heirat ein Ereignis sehen können, das das Objekt seiner Begierde für ihn endgültig unerreichbar machte. »Sie hat keine sichtbaren Verletzungen … Ich würde den Täterkreis sogar so weit einschränken, dass wir jemanden suchen, der in Larissa Schröder verliebt war.«

Oliver ließ sich das einen Moment lang durch den Kopf gehen. »Ein Mann. Und ein Einzeltäter.«

»Nicht zwingend ein Mann«, erwiderte Jennifer mit einem

leichten Lächeln. »Von einem Einzeltäter würde ich allerdings schon ausgehen.«

Sie erreichten endlich die Hauptstraße, die zu den Echtermann-Kliniken führte. Obwohl es sich um eine private Einrichtung handelte, war dort das Rechtsmedizinische Institut angesiedelt. Professor Meurer leitete hauptberuflich die Abteilung Diagnostik.

»Jetzt weiß ich wenigstens, warum meine Ehe vor die Hunde gegangen ist«, sagte Oliver unvermittelt, als sie an der nächsten Ampel hielten. »Den Kredit für die Hochzeitsfeier habe ich drei Jahre lang abbezahlt.«

Jennifer war überrascht. Normalerweise war seine gescheiterte Ehe ein absolutes Tabuthema. »Das ist eine lange Zeit.«

»Nichts gegen die Unterhaltszahlungen.« Er versuchte den Gedanken an die Beträge zu verdrängen, die jeden Monat von seinem Konto abgebucht wurden und es seiner Frau ermöglichten, ein angenehmes Leben zu führen, ohne auch nur ans Arbeiten denken zu müssen. »Wie war es bei dir? Die Feier, meine ich.«

Jennifer erinnerte sich nur ungern an ihre Hochzeit. Sie hatte vor elf Jahren geheiratet und war drei Jahre später bereits wieder geschieden gewesen. Der Mann, den sie zu kennen geglaubt hatte, hatte sich als notorischer Fremdgänger entpuppt. Sie war ehrlich überrascht gewesen, dass er der Grund für ihre Scheidung gewesen war und nicht seine Eltern, die sie von ihrer ersten Begegnung an abgelehnt und keine Gelegenheit ausgelassen hatten, ihr das auch zu zeigen.

Als sie jetzt an den angeblich schönsten Tag in ihrem Leben zurückdachte, merkte sie, dass er ihr beinahe schon gleichgültig war. »Prachtvoll und teuer. Allein das Kleid und die Schuhe haben einen fünfstelligen Betrag verschlungen.«

Oliver musste unwillkürlich schmunzeln. Er konnte sich Jennifer beim besten Willen nicht in einem Kleid vorstellen. Seit sie sich kannten, trug sie tagtäglich dasselbe Outfit: Jeans sowie T-Shirt oder Pullover. Sie in Hosenanzug und Bluse zu sehen, als er sie das erste Mal als Zeugin vor Gericht erlebt hatte, war bereits ein kleiner Schock gewesen.

»Ich wette, deine Schwiegereltern haben die Hochzeit damals aus der Portokasse bezahlt«, sagte er schnell, bevor sie sein verräterisches Lächeln entdecken konnte.

Jennifer entlockte diese Erwiderung nur ein Schnauben. »Gott sei Dank haben meine Eltern zu dieser Veranstaltung keinen einzigen Cent beigesteuert. Von den zweihundert Gästen stammten ohnehin nur dreißig aus meinem Verwandten- und Bekanntenkreis.«

Das überraschte Oliver nicht besonders. Er wusste, dass sie in eine vermögende Familie eingeheiratet hatte. Ihr Exmann zahlte ihr heute noch hohe Unterhaltsbeträge, zu denen er aufgrund eines Ehevertrages verpflichtet war, ob sie nun arbeitete oder nicht. Im Umgang mit Jennifer war davon allerdings nichts zu spüren, allein ihre Eigentumswohnung verriet, dass sie nicht nur über ihren Beamtensold verfügte.

»Du hättest dir eine andere Art von Feier vorgestellt«, vermutete der Staatsanwalt.

»Allerdings. Wenn ich mich durchgesetzt hätte und Frau Kilians Beobachtung stimmt, müsste ich heute noch verheiratet sein.« Wie gerne hätte sie eine kleine Feier ausschließlich im engsten Verwandten- und Bekanntenkreis gehabt. In einer kleinen Kirche. Sogar mit einer Trauung auf dem Standesamt und einem guten Essen im Anschluss wäre sie zufrieden gewesen. An der Untreue ihres Mannes hätte das aber wohl nichts geändert.

Sie wechselte schnell das Thema, um nicht weiter darüber nachdenken zu müssen. Dieser Punkt machte ihr sehr wohl noch etwas aus. »Was ist eigentlich gestern Abend aus deinem Date geworden? Wolltest du dich nicht mit deiner Freundin treffen?«

»Ich habe mich mit ihr getroffen. Sie ist aber nicht meine Freundin«, widersprach Oliver und unterdrückte ein Seufzen. Es verging eine Sekunde, bevor er hinzufügte: »Nicht mehr. Wir hatten offenbar unterschiedliche Vorstellungen von unserem Miteinander.«

Er versuchte das Bild ihrer Augen aus seinem Kopf zu vertreiben. Die Art, wie Tanja ihn angesehen hatte, ein bedauerndes, beinahe mitleidiges Lächeln auf den Lippen. Sie waren seit drei Monaten liiert. Zwar hatten sie sich nicht allzu oft gesehen, da Tanja international tätig und deshalb ständig unterwegs war, trotzdem hatte Oliver ihrer Verbindung eine Chance gegeben.

Für ihn war es nicht einmal etwas Besonderes gewesen, sie zu fragen, ob sie ihren Sommerurlaub gemeinsam verbringen wollten. Er musste die ganze Zeit über blind gewesen sein, denn sie hatte ihm daraufhin mit sanfter Stimme, aber in aller Deutlichkeit erklärt, warum eine gemeinsame Reise für sie nicht infrage kam. Für sie war ihre Beziehung offenbar nur eine bedeutungslose Affäre gewesen. Er war lediglich einer von mehreren Männern, die sie über die Welt verteilt hatte, um sich an jedem ihrer regulären Arbeitsorte entsprechend vergnügen zu können.

Oliver war ihre Deutschlandaffäre gewesen. Nicht mehr und nicht weniger.

»Oh«, sagte Jennifer leise. »Das tut mir leid.«

»Ich werde darüber hinwegkommen«, erwiderte er lapidar.

Zwar hatte er bisher selbst keine ernsten Absichten gehabt, er hatte sich aber durchaus vorstellen können, eine festere Bindung mit Tanja einzugehen. Erst jetzt, nachdem es vorbei war, merkte er, dass er drauf und dran gewesen war, sich zu verlieben. Er hatte Gefühle für sie entwickelt, und das unerwartete und plötzliche Ende tat weh.

Jennifer spürte seine bedrückte Stimmung. Den Rest der Fahrt legten sie schweigend zurück.

Es war fast Mittag, als sie die Echtermann-Kliniken erreichten. Jennifer fuhr in die Tiefgarage und zur hinteren Ausfahrt, wo sie klingeln und ihren Ausweis vorzeigen musste, um die Schranke passieren zu dürfen. Hinter den Klinikgebäuden lag ein Parkplatz, der eigentlich nur für die Mitarbeiter reserviert war, von dem aus man aber direkt in die im Erdgeschoss eingerichtete Rechtsmedizin gelangte. Im angrenzenden Park lag noch immer Schnee. Schneeglöckchen hatten an vielen Stellen die weiße Decke durchbrochen, und einige blühten sogar bereits.

Am Empfangstresen des Rechtsmedizinischen Instituts saß eine junge Krankenschwester, die Jennifer und Grohmann nicht kannten. Offenbar gehörte sie einer anderen Abteilung an. Sie stand auf, als sie hereinkamen. Aus irgendeinem Grund schien ihr die ungewohnte Aufgabe unangenehm zu sein, denn sie wirkte fahrig. »Kommissarin Leitner und Staatsanwalt Grohmann?« Sie kam um den Tresen herum. »Professor Meurer erwartet Sie bereits im Sektionssaal.«

Der Temperaturunterschied zu draußen war enorm. Während Oliver aus seinem Mantel schlüpfte, fragte er: »Ist der Ehemann des Opfers noch nicht eingetroffen?«

»Doch, schon. Aber der Professor sagte, ich solle Sie direkt zu ihm schicken, sobald Sie eintreffen. Er muss Ihnen irgendetwas Wichtiges zeigen, bevor Sie mit dem Ehemann sprechen.«

Die beiden Ermittler wechselten einen kurzen Blick und machten sich auf den Weg in den Sektionssaal.

Leander Meurer saß hinter seinem stählernen Schreibtisch. Als er aufblickte und seine Lippen sich nicht einmal zu einem kleinen Begrüßungslächeln kräuselten, wussten sie bereits, dass er auf etwas Unangenehmes gestoßen war.

»Da sind Sie ja endlich«, sagte er. »Der Ehemann wartet schon seit fünfzehn Minuten.«

Er bedeutete ihnen, ihm zu folgen, und trat durch eine Tür am Ende des Saals in einen winzigen, ebenfalls gefliesten Nebenraum mit greller Neonbeleuchtung. Die eine Längsseite des Raumes wurde von einem dunkelroten Vorhang dominiert, der die Glasscheibe zwischen diesem und dem angrenzenden Raum vollständig abschirmte. Hier wurden die Leichen aufgebahrt, um sie den Hinterbliebenen ohne direkten Kontakt präsentieren zu können, wenn die rechtsmedizinische Begutachtung und die Obduktion noch nicht abgeschlossen waren. Jenseits der Scheibe wartete in diesem Moment Sascha Schröder auf das Eintreffen der Ermittler.

Der Raum war gerade groß genug für die Bahre, auf der die Tote lag, bis zum Hals mit einem blütenweißen Tuch zugedeckt. Professor Meurer und sein Assistent hatten sie wie üblich vorbereitet, wozu in diesem Fall das Entkleiden, das Öffnen der Haare, die Entfernung des Make-ups und die Korrektur der Körperhaltung gehört hatten.

Zuvor hatten sie jede Spur gesichert, die sonst bei ihrer weiteren Arbeit zerstört worden wäre. Jennifer hatte die Beweismitteltüten und Behälter auf einem Beistelltisch im Sektionssaal gesehen. Die meisten würde Jarik Fröhlich nach der Obduktion mitnehmen, um die gesicherten Beweise zu untersuchen.

Die Augen des Opfers standen nach wie vor offen, da die Leichenstarre noch nicht abgeklungen war. Die Tote war schön, auch wenn durch das Fehlen der Schminke ihre Haut jetzt fahl aussah und die Fältchen um Mund und Augen stärker hervortraten. Trotzdem sah sie der Frau auf den Fotos in den Verlobungs- und Hochzeitsanzeigen noch immer sehr ähnlich.

»Sobald die Leiche identifiziert ist, können wir sie rüberbringen und mit der Obduktion beginnen«, sagte Leander Meurer, als Jennifer und Grohmann sich hinter ihm in den Raum gequetscht hatten.

»Die Dame am Empfang sagte, sie müssten uns etwas zeigen«, warf Jennifer ein.

Der Professor hatte seine eigene Art, die Dinge anzugehen, und ließ sich nicht aus der Ruhe bringen. »Ich habe natürlich bereits eine erste Sichtung vorgenommen. Im Moment teile ich Ihre Einschätzung, was das Erdrosseln angeht. Außer den Malen am Hals gibt es keine offensichtlichen Spuren von Gewalteinwirkung. Ebenfalls keine äußerlichen Hinweise auf ein Sexualverbrechen.«

Er schlug das Tuch zurück. »Das hier allerdings geschah post mortem.«

Jennifer und Grohmann blickten auf den entblößten Brustkorb der Frau hinunter. Über ihrem Brustbein befand sich eine große, kreuzförmige Verletzung. Die Schnitte waren sauber ausgeführt. Die Einstiche zu beiden Seiten der Wunde deuteten darauf hin, dass sie vernäht gewesen sein musste.

»Was zum Teufel?!«

»Ihr Herz fehlt«, sagte Leander Meurer.

»Ihr wurde das Herz entnommen?«, fragte der Staatsanwalt entsetzt.

Der Professor nickte, während er die Leiche wieder bis zum Hals zudeckte. »Ich war nach dem Röntgen so frei, die Nähte zu öffnen und eine erste oberflächliche Untersuchung vorzunehmen. Von einer fachgerechten Entnahme würde ich in diesem Fall nicht sprechen. Das Herz wurde entfernt. Den Verletzungen im Brustraum nach zu schließen, von einem Laien, der sich aber sehr geschickt angestellt hat. Kein Chirurg, kein Arzt, aber jemand, der wusste, was er tat.«

»Scheiße.« Jennifer war schockiert. Das verlieh dem Fall noch einmal ein ganz anderes Gewicht. Sie hatten es eindeutig mit einem Verrückten zu tun.

»Ich teile nicht Ihre unangemessene Art, sich auszudrücken, aber sinngemäß stimme ich Ihnen zu.« Leander Meurer ließ ihnen nur wenige Sekunden Zeit, um die Neuigkeit zu verdauen. »Ich denke, Sie sollten Herrn Schröder nicht länger warten lassen. Sie kennen den Weg.« Er warf sie förmlich aus dem kleinen Raum hinaus.

Schweigend legten sie den kurzen Weg durch den Sektionssaal und über den Flur zurück, der sie in den Raum auf der anderen Seite der Glasscheibe führte. Er war spärlich eingerichtet, mit fünf aufgereihten Stühlen, einem Wasserspender und einigen aktuellen Zeitschriften auf einem niedrigen Tisch. Die Jalousien vor dem Fenster zum Parkplatz hin waren wie immer beinahe vollständig heruntergelassen. An der Wand über den Stühlen hing ein schlichtes Bronzekreuz.

Sascha Schröder wirkte verloren. Er saß in einem teuren, perfekt sitzenden Anzug auf dem mittleren Stuhl. Sein Gesicht zeigte Spuren von Verzweiflung und Unsicherheit. Er hielt sich an seinem Kurzmantel fest, den er auf seinen Knien zusammengeknüllt hatte, während seine Rechte verkrampft um ein Smartphone geschlossen war.

Die Fahrt von Frankfurt nach Lemanshain hatte die zu erwartende Wirkung gezeigt. Die Art, wie er sein Handy hielt, sagte alles. Er wünschte sich inständig, dass es endlich klingelte und er die Stimme seiner Frau am anderen Ende hören würde.

Die Minuten des Wartens hatten ihn zusätzlich zermürbt. Er sprang sofort auf, als sie den Raum betraten. Er überragte den Staatsanwalt um gute zehn Zentimeter, wirkte aber trotzdem nicht besonders eindrucksvoll. Vielleicht lag es an dem Bauchansatz, über dem sich sein Hemd ein wenig spannte, oder an den kurzen, braunen Locken, die ihm trotz seiner dreiundvierzig Jahre etwas Jugendliches verliehen.

Freya hatte ihnen einen kurzen Überblick über die Person geben können, bevor sie aufgebrochen waren. Einen erfolgreichen Investmentbanker, der eine ziemlich risikobehaftete Abteilung leitete, hatte Jennifer sich irgendwie anders vorgestellt. Seine Verunsicherung, die ihm ins Gesicht geschrieben stand, mochte dazu ihren Teil beitragen.

Diesmal überließ sie Grohmann den Vortritt. Der Staatsanwalt begrüßte Sascha Schröder mit festem Händedruck, bevor er sich und die Kommissarin vorstellte. »Wir leiten in diesem Fall die Ermittlungen.«

»Was ist überhaupt passiert? Wieso glauben Sie, dass die Tote meine Frau ist?« Der Mann war verzweifelt. In einem Moment hatte er noch in einem wichtigen Meeting gesessen, im nächsten wurde er von zwei Polizisten abgeholt. »Ich verstehe das alles nicht.«

»Wir können uns vorstellen, dass das alles sehr verwirrend und beängstigend für Sie ist. Leider haben wir aber Grund zu der Annahme, dass die Tote Ihre Frau ist.« Grohmann würde ihm keinerlei Details nennen. Im Moment war es besser, wenn er so wenige Informationen wie möglich erhielt. »Fühlen Sie sich in der Lage für eine Identifizierung?«

Schröder warf einen Blick auf das Display seines Smartphones. Er hoffte, dass ein Wunder geschah und er noch in letzter Sekunde ein Lebenszeichen erhielt. »Habe ich eine andere Wahl?«

Die hatte er tatsächlich nicht. Er stand ohnehin schon direkt vor der Scheibe mit dem roten Vorhang, der ihm höchstwahrscheinlich den Weg in seine ganz persönliche Hölle öffnen würde.

Jennifer streckte die Hand nach dem Schalter aus, mit dem der Vorhang betätigt wurde.

»Sind Sie bereit?«, fragte Oliver.

Sascha Schröder umklammerte seinen Mantel und sein Telefon noch fester. Das Plastikgehäuse ächzte unter dem Druck.

Jennifer wertete sein Schweigen als Zustimmung und drückte auf den Schalter. Lautlos glitt der Vorhang zur Seite.

Neben der Stahlliege stand jetzt Meurers Assistent mit verschränkten Händen und gesenktem Blick. Aus irgendeinem Grund legte der Professor Wert darauf, bei den Angehörigen den Eindruck zu erwecken, dass die Verstorbenen nie allein gelassen wurden. Tatsächlich kamen die meisten direkt aus einem stählernen Kühlfach.

Sascha Schröder starrte das Gesicht der Toten mehrere Sekunden lang regungslos an, bevor sich eine erste Reaktion einstellte. Seine Mundpartie begann zu zittern, und er biss übertrieben stark die Zähne aufeinander. Er rang sichtlich um Fassung.

Obwohl seine Reaktion bereits Hinweis genug war, musste Jennifer für das Protokoll fragen: »Ist das Ihre Frau? Larissa Schröder?«

Er nickte und atmete zweimal heftig ein, bevor er ein »Ja« hervorpresste. Seine Hand schoss vorwärts, auf das Gesicht der Toten zu, und stieß gegen die Scheibe. Obwohl der Zusammenprall schmerzhaft gewesen sein musste, verzog er nicht einmal das Gesicht. »Darf … darf ich zu ihr?«

Jennifer betätigte erneut den Schalter, und der Vorhang schloss sich wieder.

»Leider nein. Die Untersuchungen sind noch nicht abgeschlossen«, erklärte Grohmann mit Bedauern in der Stimme.

Sascha Schröder wandte den Blick erst ab, als der Vorhang gänzlich geschlossen war. Seine Stimme zitterte leicht, und seine Augen waren feucht, doch er hielt sich tapfer. »Sie werden sie doch nicht aufschneiden, oder?« Er sah von Grohmann zu Jennifer. »Oder?«

»Lassen Sie uns in einen anderen Raum gehen, Herr Schröder. Dort können wir in Ruhe über alles reden.«

Er wollte erst protestieren, fügte sich dann aber dem Vorschlag und ließ sich widerstandslos in den freundlich eingerichteten und in beruhigenden Farben gehaltenen Besprechungsraum führen, der aber auch über die – hier verborgene – Technik eines Verhörraums verfügte.

Jennifer trat an das Sideboard, auf dem eine Kaffeemaschine und ein Wasserspender standen, und startete über den in die Wand eingelassenen Touchscreen die audiovisuelle Aufzeichnung. Während der Staatsanwalt auf dem Flur noch mit seinem Büro telefonierte, um einige richterliche Beschlüsse auf den Weg zu bringen, bot sie Sascha Schröder etwas zu trinken an. Er lehnte verständlicherweise ab, weshalb auch sie auf Kaffee verzichtete.

»Ihr Verlust tut uns sehr leid«, eröffnete Jennifer das Gespräch, als Oliver eintrat und sich zu ihnen an den Tisch setzte. »Wir verstehen, dass Sie aufgeregt und in Trauer sind, trotzdem müssen wir Ihnen einige Fragen stellen. Zuallererst muss ich Sie aber darauf hinweisen, dass dieses Gespräch per Video mitgeschnitten wird. Wenn Sie sich nicht gut genug fühlen …«

»Ich schaffe das schon«, unterbrach er sie. »Was ist passiert?«

Jennifer hoffte, dass er seinen Zustand richtig einschätzte. »Ihre Frau wurde heute Morgen tot im Schaufenster der örtlichen Hochzeitsagentur aufgefunden. Die Situation, in der wir sie aufgefunden haben, lässt den Schluss zu, dass sie keines natürlichen Todes gestorben ist.«

Schröder starrte sie mehrere Sekunden lang an. »Sie ist die Frau, die man …« Er verstummte, und seine Hautfarbe wechselte von bleich zu grau.

Zwar hatten die Reporter, die im Laufe des Vormittags am Fundort aufgetaucht waren, keine Fotos machen dürfen, sie hatten aber genügend Informationen aufgeschnappt, um kurze Meldungen über den Fund bringen zu können. »Oh Gott.«

Sie ließen ihm etwas Zeit, diese Neuigkeit zu verdauen.

»Wie … wie ist sie gestorben? Wie … was ist passiert?«

»Wir stehen mit unseren Ermittlungen noch ganz am Anfang«, erwiderte Jennifer. »Wir müssen aber leider davon ausgehen, dass Ihre Frau ermordet wurde.«

»Ermordet?«, wiederholte Sascha Schröder. Sein Gesichtsausdruck veränderte sich schlagartig. Seine Augen waren zwar noch gerötet, doch in seinem Blick lagen jetzt Wut und Entschlossenheit. Er hatte nicht vor, vor den Ermittlern zusammenzubrechen, und konzentrierte sich auf das Einzige, was ihn davor bewahren konnte: den Täter. »Wer hat ihr das angetan?«

Jennifer und Oliver kam dieser Stimmungsumschwung mehr als nur entgegen. »Wir tun alles, um das herauszufinden.«

Sascha Schröder nickte grimmig. »Und ich werde alles tun, um Sie dabei zu unterstützen.«

»Sie helfen uns bereits sehr, wenn Sie uns einige Fragen beantworten.« Jennifer leitete direkt in die Befragung über. Sie wollte ihm möglichst wenig Zeit zum Nachdenken geben. »Wann haben Sie Ihre Frau zum letzten Mal gesehen?«

Zuerst schien er die Frage überhaupt nicht gehört zu haben. Sie musste ihm überaus trivial erscheinen. »Gestern Morgen, bevor ich zur Arbeit fuhr. Irgendwann am Nachmittag hat sie noch mal angerufen, aber da war ich in einem Meeting.«

Seine Mundwinkel begannen erneut zu zittern. Er bereute, dass er nicht erreichbar gewesen war.

»Gestern Abend haben Sie sie nicht mehr gesehen? Das ist ungewöhnlich.« Jennifers Stimme klang sanft, nicht der Hauch eines Vorwurfs schwang in ihren Worten mit.

»Nein, das ist überhaupt nicht ungewöhnlich.« Er schüttelte den Kopf. »Sie hatte gestern ihren Frauenabend.« Er bemerkte die fragenden Blicke der Ermittler. »Einmal im Monat zieht sie montags mit ihren Freundinnen los. Sie feiern die Nacht durch, und Larissa übernachtet dann bei einer von ihnen. Ich muss früh raus, wissen Sie, ich brauche meinen Schlaf, und wenn sie getrunken hat …«

Oliver ließ ihm keine Zeit, sich zu fragen, ob er überhaupt so offen über sie reden sollte oder welchen Eindruck die Ermittler möglicherweise durch seine Aussagen bekamen. »Wissen Sie, wo Ihre Frau zusammen mit ihren Freundinnen hinwollte?«

»Frankfurt, glaube ich. Meistens fahren sie nach Frankfurt.«

»Haben Sie gestern noch versucht, Sie zurückzurufen? Oder haben Sie sie heute Morgen angerufen?« Jennifer bekam ein ungutes Gefühl, was die Beziehung der Schröders anging. Vielleicht irrte sie sich aber auch.

»Das Meeting ging bis nach acht … Da ist sie längst bei ihren Mädels, und da störe ich sie nicht.« Das schien für ihn eine Selbstverständlichkeit zu sein. »Wenn sie etwas Wichtiges mit mir zu besprechen gehabt hätte, hätte sie meiner Sekretärin Bescheid gesagt.«

Oder auch nicht, dachte Jennifer. »Sie haben sie bisher nicht vermisst?«

Sascha Schröder schluckte hart. »Dafür gab es überhaupt keinen Grund. Sie ruft mich gewöhnlich am Nachmittag an, wenn sie wieder fit und auf dem Weg nach Hause ist.«

»Wir müssen mit den Freundinnen Ihrer Frau sprechen, Herr Schröder«, erklärte Oliver. »Können Sie uns bitte Namen und Adressen geben?«

Sascha Schröder starrte mehrere Sekunden lang auf das Display seines Smartphones, ohne etwas zu tun. Dann endlich sagte er: »Eigentlich kenne ich nur Larissas beste Freundin.« Die Erkenntnis traf ihn sichtlich. »Melanie Schmidt. Sie wohnt in der Sudetenstraße. Ich glaube, Nummer drei. Sie kennen sich seit der Grundschule.«

»Haben Sie bereits mit ihr gesprochen?«, fragte Oliver.

Schröder schüttelte den Kopf. »Auf die Idee bin ich gar nicht gekommen … Vielleicht ist Larissa ihrem Mörder in Frankfurt begegnet …«

»Das ist nicht auszuschließen«, bremste Jennifer ihn aus, bevor er selbst irgendwelche Theorien entwickeln konnte. »Sie haben die gestrige Nacht zu Hause verbracht?«

Er nickte.

Das Haus der Schröders konnten sie als Tatort damit vermutlich ausschließen, sofern Larissa tatsächlich mit ihren Freundinnen bis spät in die Nacht unterwegs gewesen und nicht nach Hause zurückgekehrt war. »Ist Ihnen an oder in ihrem Haus irgendetwas merkwürdig vorgekommen?«

Zuerst schüttelte er den Kopf, dann fiel ihm offenbar doch etwas ein, und er setzte sich auf. »Ihr Auto war nicht da. Larissa fährt normalerweise nicht mit dem Wagen, wenn sie sich mit ihren Freundinnen trifft.«

»Können Sie sich irgendeinen Grund vorstellen, warum sie es diesmal getan hat?« Jennifer fand dieses Detail sehr interessant. »Ist sie vielleicht irgendwo anders hingefahren als geplant?«

Sascha Schröder zuckte die Schultern. »Ich wüsste nicht, wohin.«

»Hatte Ihre Frau außer der Verabredung mit ihren Freundinnen sonst gestern noch irgendwelche Termine, von denen Sie wissen?« Sofern sich kein anderer Ansatz ergab, würden sie zunächst versuchen müssen, Larissa Schröders Tagesablauf zu rekonstruieren.

Er schüttelte den Kopf.

»Was für ein Auto fährt Ihre Frau?«, hakte der Staatsanwalt nach.

»Einen dunkelblauen Mercedes SL, einen 63 AMG Roadster. Das Kennzeichen ist HU-LS-777.«

Grohmann nickte, während Jennifer die Daten notierte. »Wir werden das Fahrzeug zur Fahndung ausschreiben. Beschäftigen Sie im Haus irgendwelche Angestellten? Jemand, der gestern dort war und Ihre Frau noch gesehen haben könnte?«

»Wir haben zwei Haushaltshilfen, aber die kommen immer mittwochs und freitags. Der Gärtner kommt ebenfalls mittwochs.«

Drei Angestellte, die möglicherweise mehr über das Ehepaar wussten als sonst irgendjemand. »Wir bräuchten trotzdem die Kontaktdaten«, sagte Jennifer.

Sascha Schröder runzelte die Stirn. Widerwillig tippte er auf dem Touchscreen herum und gab ihnen die Informationen.

»Wenn Sie gerade dabei sind«, fügte Jennifer beiläufig hinzu. »Wir würden auch gerne mit Larissas Eltern sprechen.«

Er sah auf. Seine grünen Augen starrten sie mehrere Sekunden lang an, bevor sein Kiefer erschrocken nach unten sackte und er aufstöhnte. »Ihre Eltern … Oh Gott. Ich muss ihren Eltern Bescheid sagen.« Seine Stimme zitterte, als er Jennifer Namen und Telefonnummer nannte. »Wie soll ich ihnen das nur beibringen?«

»Haben Sie ein gutes Verhältnis zu Ihren Schwiegereltern?«, fragte Grohmann.

Die Frage überraschte ihn sichtlich. »Nicht wirklich.«

»Sie waren mit der Wahl ihrer Tochter nicht einverstanden?«

Sascha Schröder presste die Lippen fest zusammen. Der Staatsanwalt hatte einen wunden Punkt getroffen. »Sie haben es Larissa nicht verziehen, dass sie ihr Studium abgebrochen hat. Sie haben nicht viel übrig für das Leben, für das Larissa sich entschieden hat. Wundern Sie sich nicht, wenn sie mir die Schuld … dass sie mir die Schuld geben werden.«

Jennifer tauschte einen vielsagenden Blick mit Oliver.

Es war an der Zeit, tiefer in die Beziehung der Eheleute vorzudringen. Der Staatsanwalt sagte: »Sie waren noch nicht lange verheiratet.«

»Nein, erst seit Dezember …«

Grohmann wählte seine nächsten Worte mit Bedacht. »Wir möchten Ihnen keinesfalls zu nahe treten, aber ist es nicht etwas ungewöhnlich, wenn sich in einer so jungen Ehe einer der Partner die Nächte mit Freunden um die Ohren schlägt? Noch dazu mit Freunden, die der andere nicht wirklich kennt?«

Sascha Schröder hörte das offensichtlich nicht zum ersten Mal. »Die Tage im Jahr, an denen ich pünktlich Feierabend mache, kann ich an einer Hand abzählen. Wenn ich nicht in der Bank bleibe, arbeite ich von zu Hause aus. Hätte ich von Larissa erwarten sollen, dass sie das Sofa hütet, während ich mich in meinem Büro verbarrikadiere?«

Anders hätte ihre Beziehung vermutlich auch nicht funktioniert. Seine Frau war sechzehn Jahre jünger als er, und er hatte ihr gewisse Freiheiten gewähren müssen, um sie halten zu können. Oliver sprach diese Gedanken allerdings nicht aus. »Es war also in Ordnung für Sie, dass sich Ihre Frau ins Nachtleben stürzte? Hatten Sie keinerlei Bedenken?«

»Ich habe ihr vertraut. Es gab nichts, worum ich mir hätte Sorgen machen müssen.«

Jennifer beobachtete ihn genau und achtete auf jede Nuance in seiner Stimme. Doch da war nichts, was darauf hindeutete, dass er nicht die Wahrheit sagte.

Sie konnten sehen, wie es hinter seiner Stirn arbeitete. »Wieso stellen Sie mir diese Fragen?« Plötzliches Entsetzen flammte in seinen Augen auf. »Mein Gott, Larissa wurde doch nicht …«

»Vergewaltigt?«, beendete Jennifer die Frage für ihn, als er ins Stocken geriet. »Nein, nicht nach unseren bisherigen Erkenntnissen.«

Sascha Schröder öffnete den Mund und schloss ihn wieder, ohne etwas zu sagen. Falls er sich gerade fragte, ob seine Frau vor ihrem Tod einvernehmlichen Sex gehabt hatte, so behielt er diesen Gedanken für sich. »Sie haben mir noch gar nicht gesagt, was ihr eigentlich zugestoßen ist«, sagte er leise und wandte den Blick ab. Ein ersticktes Schluchzen entrang sich seiner Kehle, doch er bemühte sich noch immer um Fassung. »Entschuldigen Sie … Ich habe noch immer nicht begriffen … Ich habe sie da liegen sehen, aber …«

Jennifer verspürte Mitleid mit dem Mann. Er war erfolgreich in seinem Beruf und hatte in seinen Augen eine gute Ehe geführt, an der es nichts zu beanstanden gab. Er schien Larissa ehrlich geliebt zu haben. Sie war für ihn nicht nur ein junges Statussymbol gewesen. Doris Kilians Vermutung hinsichtlich des Zustands der jungen Ehe schien eindeutig nicht zuzutreffen. »Das verstehen wir natürlich. Und es ist uns auch bewusst, dass unsere Fragen Sie möglicherweise zusätzlich aufregen. Leider deutet aber vieles darauf hin, dass Ihre Frau das Opfer eines Beziehungsverbrechens wurde. Vielleicht kannte sie ihren Mörder sogar.«

Es gelang ihm nicht sofort, die Bedeutung ihrer Worte zu erfassen. »Ein Beziehungsverbrechen?«, wiederholte er schließlich lahm. »Larissa soll den Täter gekannt haben? Wie kommen Sie darauf?«

»Ihre Frau wurde im Schaufenster einer Hochzeitsagentur gefunden«, erinnerte ihn Jennifer. Sascha Schröder hatte diese Information bisher offenbar nicht weiter hinterfragt. »Es ist Valentinstag. Sie trug ein Brautkleid.« Jennifer unterschlug das fehlende Herz. Sie wollte seine Selbstbeherrschung nicht überstrapazieren.

Er blinzelte mehrmals. »Ich verstehe«, sagte er schließlich, auch wenn sein Gesichtsausdruck eher das Gegenteil nahelegte. »Aber das …« Er verstummte und begann auf seinem Stuhl zu schwanken.

»Brauchen Sie eine Pause?«, fragte der Staatsanwalt, bereit aufzuspringen und über den Tisch zu greifen, falls Sascha Schröder zusammenbrechen sollte.

Doch es gelang ihm erneut, sich zusammenzureißen. »Kann … Kann ich ein Foto von ihr sehen, so, wie Sie sie gefunden haben?«

»Trauen Sie sich das zu?« Jennifer war skeptisch, auch wenn sie froh war, dass er selbst danach fragte. Vielleicht konnte er ihnen irgendetwas zu der grotesken Fundsituation sagen.

Er nickte. »Ich muss … Ich will es sehen.«

Jennifer zog ein hochauflösendes Foto unter ihrem Block hervor und reichte es ihm. Es zeigte Larissa Schröder genau so, wie man sie aufgefunden hatte. In diesem Format ausgedruckt sah sie einer besonders detailgetreu gestalteten Schaufensterpuppe wesentlich ähnlicher als einem toten Menschen.

Sascha Schröder musterte das Bild mehrere Sekunden lang. Eine einzelne Träne floss ihm über die Wange. »Spitze«, sagte er verächtlich, als er Jennifer das Foto zurückgab. »Larissa hätte dieses Kleid gehasst.«

Falls der Täter diese Abneigung gekannt hatte, konnte das möglicherweise ein nützlicher Hinweis sein, weshalb Jennifer sich eine entsprechende Notiz machte. Dann fragte sie: »Fällt Ihnen irgendjemand ein, der Ihrer Frau das angetan haben könnte? Hatte sie Feinde? Gab es vielleicht jemanden, der in Ihre Frau verliebt und mit der Heirat nicht einverstanden war?«

Sascha Schröder schüttelte den Kopf. Zu schnell, als dass er ernsthaft über die Frage nachgedacht haben konnte.

Grohmann hakte deshalb nach. »Verschmähte oder ehemalige Liebhaber?«

»Nein.« Schröder sah Jennifer dabei zu, wie sie das Foto wieder unter ihren Block schob. »Das ist alles viel zu lange her.« Weitere Sekunden vergingen, bevor er noch einmal entschieden den Kopf schüttelte.

»Sind Sie sicher?«

»Absolut.« Er schluckte. »Wir hatten keinerlei Geheimnisse voreinander.«

Eine Überzeugung, die sich nach Jennifers Erfahrung nur allzu oft als Trugschluss herausstellte. Jede Beziehung hatte ihre Geheimnisse. Nur waren sie manchmal so klein und unbedeutend, dass sie nicht zählten. Oder sie waren einfach nur gut genug verborgen.

»Sie kennen die Hochzeitsagentur hier in Lemanshain?«, fragte Grohmann.

»Sicher. Die Inhaberin hat für unsere Hochzeit ein Angebot erstellt. Wir haben uns anders entschieden«, antwortete er lapidar.

Gerade wegen der aktuellen Situation hätten sie ein wenig mehr Selbstreflexion erwartet. Zum ersten Mal während ihres Gesprächs zeigte sich der Geschäftsmann in Sascha Schröder.

»Frau Kilian sagte uns, dass sie über den Verlauf ihrer Geschäftsbeziehung etwas unglücklich gewesen sei …« Oliver ließ den Satz bewusst offen.

»Wir haben letztes Jahr jeden Hochzeitsplaner im Umkreis von fünfzig Kilometern um ein Angebot gebeten und haben uns entschieden. Es ist mir bekannt, dass Frau Kilian ein Problem damit hatte. Aber mit dem Tod meiner Frau hat das sicher nichts zu tun.«

Die Ermittler waren derselben Meinung. Vermutlich hatte der Täter die Entscheidung, sein Opfer in der Agentur von Doris Kilian auszustellen, auf rein logistische Überlegungen gestützt.

»Wir haben bei Ihrer Frau keine weitere Kleidung oder Schuhe gefunden. Auch keine Handtasche«, wechselte Jennifer das Thema. »Können Sie sich erinnern, was Ihre Frau gestern Morgen getragen hat?«

Diese Frage entlockte Sascha Schröder ein Lachen mit hysterischem Beiklang. »Als ich sie gestern Morgen gesehen habe, trug sie nicht mehr als ein Negligé. Kleidung, Handtasche, Schuhe? Woher soll ich das wissen? Ihr Kleiderschrank ist größer als dieser Raum hier.«

Jennifer warf Oliver Grohmann einen Blick zu. Im Moment hatte sie keine weiteren Fragen mehr. Der Staatsanwalt bestätigte ihr mit einem Nicken, dass es auch von seiner Seite im Augenblick nichts hinzuzufügen gab.

»Wir werden alles tun, um denjenigen zu finden, der Ihrer Frau das angetan hat, Herr Schröder«, versicherte die Kommissarin noch einmal. »Dazu ist es notwendig, dass wir den Tagesablauf Ihrer Frau möglichst genau rekonstruieren können und solche Dinge wie ihr Auto, ihre Kleidung oder ihr Handy finden. Wir bräuchten dafür Zugang zu Ihrem Haus und Zugriff auf die Unterlagen Ihrer Frau, die Daten ihres Mobiltelefons und Festnetzanschlusses, ihren Computer sowie die Aufzeichnungen möglicherweise vorhandener Sicherheitskameras in Ihrem Haus. All das hilft uns, ihren Weg zu verfolgen und mögliche Hinweise auf den Täter zu finden.«

Sascha Schröder nickte. »Sie bekommen, was immer Sie wollen.«

»Danke, das hilft uns sehr. Wir werden umgehend ein Team zu Ihrem Haus schicken, um alles Notwendige zu sichern.« Sascha Schröder zeigte auf diese Ankündigung keine nennenswerte Reaktion. »Wir würden Sie daher bitten, zuallererst nach Hause zu fahren und unseren Kollegen den Zutritt zu ermöglichen.«

Seine Antwort war nur noch ein stoisches Nicken.

Zum zweiten Mal an diesem Tag schob Jennifer ihre Visitenkarte über den Tisch. »Wir werden mit Ihnen in Kontakt bleiben. Sollte Ihnen noch etwas einfallen, ganz gleich, wie unbedeutend es Ihnen auch erscheinen mag, rufen Sie mich an. Egal, wann.«

Er starrte durch die Visitenkarte hindurch auf die Tischplatte.

»Wir werden einen Kollegen rufen, der Sie nach Hause bringt.«

Sascha Schröder sah Jennifer an, doch sein Blick war vollkommen leer. »Wieso ... Wieso nur ...« Er stand auf, seine Beine und Hände zitterten.

Sie sahen seinen Zusammenbruch kommen. Obwohl er sofort aufsprang, bekam Grohmann ihn nicht mehr zu fassen. Sascha Schröder sackte ohnmächtig zusammen und landete mit einem dumpfen Geräusch auf dem Boden.

5

»Wieso ausgerechnet das Herz?«, murmelte Oliver und starrte nach draußen, während sie sich die Hauptstraße entlangquälten. Nicht weit vor ihnen fuhr die Müllabfuhr und behinderte nachhaltig den Verkehr. »Was will er damit? Es behalten?«

Jennifer musste zuerst einen Bissen des Brötchens hinunterschlucken, das sie in der Kantine der Echtermann-Kliniken gekauft hatte, bevor sie antworten konnte. »Ich denke, es ist eine Art von Inbesitznahme. Eine Leiche lässt sich schlecht aufbewahren, ein einzelnes Organ schon. Noch dazu das Organ, das symbolisch für die Liebe steht.«

Oliver warf Jennifer einen Seitenblick zu, als sie das letzte Stück Brötchen verschlang. Zwar hatte auch er seit dem Frühstück nichts mehr gegessen, doch direkt nach einer Sektion bereitete ihm allein der Gedanke ans Essen Übelkeit. Jetzt konnte sich sein Magen allerdings nicht entscheiden, ob er wegen des Anblicks oder vor Hunger rebellierte.

Der Beginn der Obduktion hatte sich noch etwas verzögert. Es hatte einige Minuten gedauert, bis die hinzugerufenen Ärzte Sascha Schröder so weit stabilisiert hatten, dass er in ein Krankenzimmer gebracht werden konnte. Inzwischen hatte er sich glücklicherweise so weit erholt, dass ein Kollege der Schutzpolizei ihn nach Hause begleiten konnte.

Jennifer und Grohmann waren gespannt, ob sie in den Unterlagen und Daten, die die Beamten derzeit sicherten, etwas Brauchbares finden würden. Die Obduktion hatte leider keinerlei neue oder überraschende Ergebnisse erbracht.

Larissa Schröder war mit einem dünnen Seil oder Draht erdrosselt worden. Es gab keine Abwehrverletzungen, weshalb die entnommenen Blut- und Gewebeproben im Labor darauf hin untersucht werden mussten, ob der Täter möglicherweise ein Betäubungsmittel verwendet hatte. Nach ihrem Tod hatte sie einige Zeit auf dem Rücken gelegen, bevor sie in ihre endgültige Position gebracht worden war. Es gab Hinweise darauf, dass der Täter die Leiche kühl gelagert hatte. Der Todeszeitpunkt lag vermutlich zwischen achtzehn Uhr am Abend und drei Uhr morgens. Aufgrund der vorliegenden Informationen musste Larissa Schröder spätestens um halb zwei in der Nacht gestorben sein. Es gab keinerlei Hinweise auf sexuelle Aktivitäten. Keine weiteren Unregelmäßigkeiten. Keine aufschlussreichen Spuren.

»Du denkst also tatsächlich, dass wir jemanden suchen, der krankhaft in Larissa Schröder verliebt war?«, fragte Oliver.

»Das würde zumindest Sinn ergeben. Die Vorgehensweise passt auf gar keinen Fall zu jemandem, der Larissa Schröder aus dem Weg haben wollte, um an ihren Ehemann heranzukommen.«

»Dann kannte ihr Verehrer sie aber nicht gut genug, um zu wissen, dass sie Spitze hasste«, warf der Staatsanwalt ein.

»Oder er musste mit dem vorliebnehmen, was er kriegen konnte. Wenn wir Glück haben, weiß ihre beste Freundin mehr über sie. Ihr Mann erschien mir doch ein wenig naiv …« Allerdings machten die meisten Angehörigen einen naiven Eindruck, wenn sie gerade vom Tod eines geliebten Menschen erfahren hatten. Sie blendeten einfach alles aus, was auch nur den Hauch eines negativen Beigeschmacks hatte.

Es war später Nachmittag, als die beiden Ermittler die Eigentumswohnung von Melanie Schmidt erreichten. Die junge Frau erwartete sie bereits. Sascha Schröder hatte sie in der Zwischenzeit angerufen und über Larissas Tod informiert. Sie öffnete den Beamten mit vom Weinen verquollenen Augen die Tür und bat sie in ihr Wohnzimmer.

Eine Packung Kleenex stand auf dem Tisch, und um das Sofa herum lagen überall zerknüllte Taschentücher. Als sie sich setzte, brach sie sofort wieder in Tränen aus, trotzdem war sie redselig.

»Entschuldigen Sie das Drama, aber Larissa und ich, wir waren wie Schwestern.« Sie hielt sich an einer leeren Kaffeetasse fest, die sie ständig zwischen den Händen hin und her rollte. »Ich kann noch immer nicht begreifen, dass sie tot ist … ermordet. Ein Unfall, ja, aber *ermordet*?«

Jennifer fragte sich, wie tief die Trauer der Frau tatsächlich ging. Das »Drama« wirkte auf sie irgendwie inszeniert, auch wenn sie nicht wusste, worauf genau dieses Gefühl beruhte. »Wir hoffen, dass Sie uns weiterhelfen können. Larissa war gestern Abend mit Ihnen verabredet.«

Melanie Schmidt nickte und stellte die Tasse auf dem niedrigen Couchtisch ab. »Sascha hat mich auch schon nach unserer Verabredung gefragt. Ich habe Larissa gestern aber gar nicht gesehen. Sie hat unser Treffen überraschend abgesagt. Das war schon eigenartig.«

»Inwiefern?« Oliver ließ seinen Blick unauffällig durch das Wohnzimmer schweifen, das annähernd so groß wie seine gesamte Wohnung war. Das Mobiliar stammte eindeutig nicht von Ikea, und alleine der Fernseher musste ein kleines Vermögen gekostet haben. Offenbar hatte Larissa Schröder eine Vorliebe für reiche Freunde gehabt.

»Erst schrieb sie mir, dass sie sich etwas verspäten würde, weil sie nichts mehr zum Anziehen hätte. Zweieinhalb Stunden später kam dann die SMS, dass ihr etwas dazwischengekommen sei und sie absagen müsse.« Melanie Schmidt schüttelte den Kopf. »Das sah ihr überhaupt nicht ähnlich. Ich habe sofort versucht, sie anzurufen, aber da war ihr Handy bereits aus.«

»Wann genau kamen diese Nachrichten?«

Melanie Schmidt beugte sich vor, um ihr Handy vom Tisch zu nehmen, wobei sie unabsichtlich einen zu tiefen Blick in ihr Shirt gewährte. Sie überprüfte die SMS-Daten. »Die erste kam um halb fünf. Die zweite um viertel vor sieben.«

»Wann waren sie ursprünglich verabredet?«, hakte Jennifer nach.

»Wir treffen uns mit den Mädels immer um achtzehn Uhr. Zum Vorglühen.«

»Es war also ungewöhnlich, dass Larissa zu spät kam oder absagte?«

»Nein, dass sie zu spät kam, nicht. Das war schon fast normal.« Melanie Schmidts Mundwinkel hoben sich zu einem Lächeln, sackten jedoch sofort wieder nach unten. »Abzusagen, noch dazu so spät und ohne Begründung, das passte nicht zu ihr.«

»Haben Sie Larissa an diesem Abend noch öfter zu erreichen versucht? War ihr Handy die ganze Zeit ausgeschaltet?«

Die Frage war der jungen Frau sichtlich unangenehm. Sie wich den Blicken der Ermittler aus. »Ehrlich gesagt, nein. Ich war nicht mehr nüchtern ...« Ein heftiges Schluchzen entrang sich ihrer Kehle, und sie zupfte ein weiteres Kleenex aus der Packung. »Mein Gott, ich hätte etwas tun müssen!«

»Sie konnten nicht ahnen, dass ihr etwas zustoßen würde«, versuchte Grohmann sie zu beruhigen. Es war eine ehrlich gemeinte Phrase, die allerdings nur selten Gehör fand. »Ist Ihnen denn irgendetwas Bestimmtes durch den Kopf gegangen, warum Larissa abgesagt haben könnte?«

Tränen rannen Melanie Schmidt jetzt wieder unaufhaltsam übers Gesicht. Ihr Mascara hinterließ schwarze Streifen auf ihren Wangen. Sie musste ihn erst kurz vor ihrem Eintreffen neu aufgetragen haben. »Ich habe mir gestern Abend keine Gedanken darüber gemacht. Ich war in Feierlaune.« Sie biss sich auf die Unterlippe. »Eine schöne beste Freundin bin ich, was?«

Dazu wollten sich weder Jennifer noch Grohmann äußern. Als Freundin hätte sie sich wenigstens ein klein wenig Sorgen machen sollen. Das war hinterher jedoch leicht gesagt. »Sie sagten, Larissa habe ihre Verspätung damit begründet, dass sie nichts mehr zum Anziehen habe.« Was bei der Beschreibung ihres Kleiderschranks, die ihnen Sascha Schröder gegeben hatte, eigentlich kaum vorstellbar war. »Was genau bedeutete das?«

»Dass sie in ihre Lieblingsboutique fahren würde, um sich etwas Neues zu kaufen. ›Coco & Giorgio‹ in Bad Orb.« Wieder erschien ein Sekundenlächeln auf ihren Lippen. »Sie konnte Stunden in diesem Laden zubringen. Sie hörte immer erst auf, wenn sie einen fünfstelligen Betrag erreicht hatte.«

Die beiden Beamten warfen sich einen kurzen Blick zu. Sie wussten inzwischen, dass Jennifer mit ihrer Vermutung goldrichtig gelegen hatte, denn Sascha Schröder war tatsächlich der jüngste Sprössling des Autohauses Schröder. Für eine junge Frau aus normalen Verhältnissen hatte Larissa sich offenbar sehr schnell an die Platin-Card ihres Mannes gewöhnt. Dass ihren Eltern das sauer aufgestoßen war, konnten sie beide nachvollziehen.

»Könnten Sie uns die Namen und die Kontaktdaten Ihrer anderen Freundinnen geben?«

Melanie Schmidt nahm erneut ihr Mobiltelefon zur Hand und diktierte Jennifer drei Namen mit Adressen und Telefonnummern. Die Frauen wohnten alle in Lemanshain, und die Straßennamen waren Hinweis genug, dass sie vermutlich ebenfalls der monetären Oberschicht angehörten.

Jennifer streckte die Hand nach dem iPhone aus. »Darf ich? Ich möchte mir den genauen Wortlaut der beiden Kurzmitteilungen notieren.«

»Klar.«

Während die Kommissarin noch schrieb, verwickelte der Staatsanwalt Melanie Schmidt in ein Gespräch über ihre Freundin, deren Angewohnheiten und Eigenschaften sowie über Bekannte und mögliche Feinde. Zwischen kurzen Weinkrämpfen erzählte die junge Frau offen über Larissa Schröder und gab auch ein paar Anekdoten zum Besten.

Selbst auf wiederholtes Nachfragen hin fand sich jedoch nichts, was ihnen irgendeinen entscheidenden Hinweis gegeben hätte. Zwar hatte Larissa gerne geflirtet, sie war aber immer darauf bedacht gewesen, niemandem falsche Hoffnungen zu machen. Erst hatte sie ihren Verlobungsring, später dann ihren Ehering offen getragen.

Ihr Mörder war allem Anschein nach zuvor nicht in Erscheinung getreten. Wo aber hätte Larissa regelmäßig auf einen stillen Verehrer treffen können, ohne es zu merken? Suchten sie möglicherweise sogar jemanden, der ihr oder ihrer Familie derart nahestand, dass er sich ihr nicht hatte offenbaren können? Der zu viel riskiert hätte, wenn er es getan hätte?

Sie ließen sich von Melanie Schmidt noch sämtliche Orte nennen, die Larissa Schröder regelmäßig aufgesucht hatte: Geschäfte, Friseur, Nagel- und Kosmetikstudio, Fitnesscenter, Wellness-Oase, Restaurants, Cafés und Ärzte. Es kam eine erstaunlich lange Liste zusammen, die ihre Mutmaßungen darüber, womit sich die junge Frau ihre Zeit vertrieben hatte, endgültig bestätigten.

Auch Larissas beste Freundin baten sie, sich bei ihnen zu melden, sollte ihr noch etwas einfallen. Dann verließen die Ermittler ihre Wohnung.

Auf dem Weg zum Auto schwiegen sie. Die bisherigen Erkenntnisse waren enttäuschend. Seit dem Fund der Leiche waren fast zwölf Stunden vergangen, und sie hatten immer noch keinen konkreten Ansatz, geschweige denn einen Verdächtigen.

Was für Beziehungsverbrechen statistisch gesehen eher ungewöhnlich war. Ein Gedanke, der Jennifer unterschwellig beunruhigte, den sie aber noch für sich behielt.

Der Staatsanwalt stieß ein Seufzen aus, als er die Beifahrertür zuschlug. »Ich fürchte, ihre Eltern werden uns auch nichts anderes erzählen können. Was meinst du?«

»Vermutlich nicht«, erwiderte Jennifer mit einem Kopfschütteln. Sie holte ihr Mobiltelefon hervor und startete den Internetbrowser. »Mein Vorschlag wäre ohnehin, unsere Pläne zu ändern und Larissas Eltern auf morgen zu verschieben.«

Oliver hatte bereits eine Ahnung, dennoch fragte er: »Wieso?«

»Ich will in diese Boutique. Wir müssen wissen, ob, und falls ja, wann und wie lange sie dort war. Und was sie gekauft hat. Vielleicht ist sie dem Täter dort begegnet, oder er hat ihr dort aufgelauert. Immerhin war sie Stammkundin in dem Laden.« Jennifer suchte nach dem digitalen Auftritt des Geschäftes und gab die Adresse in das Navigationsgerät ein. »Der Täter muss sie über einen langen Zeitraum hinweg verfolgt, beobachtet und das Ganze genau geplant haben. Er ist Larissa nicht zufällig irgendwo über den Weg gelaufen und hat kurz entschlossen entschieden, sie umzubringen.«

Sie hätte Oliver gar nicht überzeugen müssen. Er nickte ihr zu, während er sich anschnallte. »Einverstanden.«

Jennifer startete den Motor und ließ das Auto anrollen. »Ich habe übrigens die Gelegenheit genutzt und mir noch ein paar von Larissas anderen Kurzmitteilungen auf Melanie Schmidts Handy angesehen.«

Der Staatsanwalt stieß hörbar die Luft aus. Damit hatte die Kommissarin eindeutig eine Grenze überschritten. Was auch immer sie gelesen hatte, sie würden es nur mit gültigem Durchsuchungsbeschluss vor Gericht verwenden können. Und bisher hatten sie nichts in der Hand, was eine richterliche Verfügung auch nur im Entferntesten begründen würde. »Herrgott, Jennifer …«

Sie unterbrach ihn, denn seine Vorhaltungen in solchen Fällen kannte sie nur allzu gut. »Entspann dich. Ich habe nichts gelesen, was inhaltlich unseren Fall betreffen würde. Ich glaube allerdings nicht, dass die letzte SMS von Larissa stammt. Sie liest sich vollkommen anders als die anderen, irgendwie gestelzt.«

Oliver runzelte die Stirn und klaubte Jennifers Notizblock vom Rücksitz. Er las die Nachrichten, deren Wortlaut sie sich aufgeschrieben hatte, und kam zu demselben Schluss. »Dann hätte sie sich um viertel vor sieben bereits in den Händen ihres Mörders befunden.«

Jennifer nickte. »Und genau deshalb halte ich es für möglich, dass der Täter sie bei der Boutique abgefangen haben könnte.«

Im einsetzenden Berufsverkehr brauchten sie über eine halbe Stunde bis nach Bad Orb, einem Kurort, der sich in ein benachbartes Tal des Spessarts schmiegte. Jennifer parkte widerrechtlich in der Fußgängerzone der Altstadt, in der sich Geschäfte und Cafés aneinanderreihten, die größtenteils auf Kurgäste zugeschnitten waren.

Die nahegelegenen Spessart-Kliniken behandelten hauptsächlich Depressive und Übergewichtige, das Angebot an Kleidergeschäften fiel entsprechend unspektakulär aus. Mit einer Ausnahme. Die Boutique *Coco & Giorgio* lag in einer kleinen Seitenstraße, abseits der stark genutzten Hauptwege. Sie war derart abgelegen, dass sie ein Geheimtipp unter Eingeweihten sein musste.

Das Geschäft befand sich in einer umgebauten Scheune in einem Hinterhof, der als Parkplatz diente. In der Gasse gab es keinen Hinweis auf die Boutique, und im Schaufenster hing vor schwarzem Samt lediglich ein moderner silberfarbener Schriftzug mit dem Namen des Geschäfts. Kein Schild, keine Information zu den Öffnungszeiten.

Von außen konnte man nicht in die Geschäftsräume hineinsehen. Sie hätten ebenso gut vor einem Bordell stehen können. Jennifer probierte die schwarz gestrichene, alt aussehende Tür, doch sie war verschlossen.

»Merkwürdiger Laden«, kommentierte Oliver, während er seinen Blick über das Gebäude und die umliegenden Häuser schweifen ließ. »Standen im Internet keine Geschäftszeiten?«

»Die Seite war ähnlich einfach aufgezogen wie das Schaufenster. Schwarzer Hintergrund, silberne Schrift.« Jennifer hatte lediglich nach der Adresse gesucht und sich nicht um weitere Menüpunkte gekümmert. Immerhin gab es neben der Tür eine Klingel. Ein melodischer Ton drang stark gedämpft aus den Tiefen der Scheune, als sie den Knopf betätigte. Es folgte aber keinerlei Reaktion.

Sie klingelte ein weiteres und dann noch ein drittes Mal. Oliver wollte gerade die Vermutung äußern, dass das Geschäft geschlossen war und sie am nächsten Tag wiederkommen müssten, als ein dumpfes Rumpeln zu hören war, gefolgt von einem derben Fluch. Dann ertönte das leise Piepsen einer Alarmanlage und ein vielsagendes Klicken.

In der Tür erschien ein extrem schlanker Mann in schwarzer Lederhose und einem mit Strass verzierten T-Shirt, der alles andere als frisch und ausgeschlafen aussah. Er musterte die beiden Beamten von oben bis unten, dann verhärtete sich sein Gesichtsausdruck. »Bedaure, aber unser Geschäft ist besonderen, eingeweihten Personen vorbehalten.«

Jennifer zückte ungerührt ihren Dienstausweis. Sie hatte diesen hochnäsigen Kerl sofort gefressen. »Das hier sollte reichen, um uns zu besonderen und eingeweihten Personen zu machen.«

Der Typ starrte das Dokument mehrere Sekunden lang an. »Kripo? Worum geht es?« Als keiner der beiden Anstalten machte, etwas zu erklären, trat er einen Schritt zurück. »Kommen Sie rein.«

Obwohl sie nicht erwartet hatten, ein gewöhnliches Geschäft zu betreten, überraschte sie die Innenausstattung. Der vordere Verkaufsraum erinnerte eher an eine Lounge mit Bar als an eine Boutique, mit Ausnahme einiger ausgefallener Kleidungsstücke, die auf einem fahrbaren Kleiderständer hingen.

Der Mann deutete mit einer theatralischen Geste auf eine Gruppe Ledersessel. »Setzen Sie sich.« Er umrundete die Theke, hinter der sich ein verspiegeltes Regal mit Gläsern und einer ansehnlichen Sammlung Alkoholika befand. »Darf ich Ihnen etwas zu trinken anbieten?«

Jennifer hob lediglich eine Augenbraue, während Grohmann den Kopf schüttelte.

»Dann eben nicht.« Er öffnete den Kühlschrank und schenkte sich ein Glas Champagner ein, bevor er zu ihnen zurückkehrte. Sie standen noch immer mitten im Raum, was ihm zuerst einen irritierten Blick und dann ein missbilligendes Kopfschütteln entlockte. Mit einem übertriebenen Seufzer ließ er sich in einem der Sessel nieder. »Was verschafft mir die Ehre?«

»Vielleicht sollten Sie uns erst einmal Ihren Namen verraten«, erwiderte Jennifer.

»Meine Kunden nennen mich Giorgio. Für Sie aber wohl eher Roberto Gallo.« Jennifer bezweifelte, dass das der Name war, der in seinem Ausweis stand, denn vom Aussehen eines Italieners oder Südländers war er weit entfernt. Seine Haut war bleich, die Haare eindeutig gefärbt. »Und Sie waren?«

Jennifer verzog das Gesicht zu einem künstlichen Lächeln. »Leitner, Kriminaloberkommissarin, und das ist Herr Grohmann, Staatsanwalt.«

»Aha.« Gallo stürzte den Champagner in einem Zug hinunter.

»Warum so einsilbig?« Der Typ versuchte offensichtlich, seinen Kater mit dem denkbar schlechtesten Mittel zu bekämpfen, nämlich mit noch mehr Alkohol.

»Ich hatte gestern einen langen, harten Tag, und eigentlich habe ich geschlossen.« Er empfand die beiden Beamten eindeutig als Störfaktor und gab sich nicht die geringste Mühe, höflich zu bleiben. »Sagen Sie mir jetzt endlich, was Sie hier wollen?«

Jennifer wollte es ihm nicht so einfach machen. Seine bockige Reaktion ließ vermuten, dass er einschlägige Erfahrungen mit der Polizei hatte. »Haben Sie denn überhaupt keine Idee?«

Er stöhnte auf. »Geht das etwa schon wieder los? Himmel noch mal, ich wusste nicht, dass mir gefälschte Ware untergejubelt worden ist! Und meine Steuern habe ich ebenfalls ordnungsgemäß bezahlt!«

Daher wehte also der Wind. Erst jetzt nahmen sie seine zuvor ausgesprochene Einladung an und setzten sich. Mit einem bittersüßen Lächeln sagte Jennifer: »Eigentlich geht es um eine Ihrer besten Kundinnen. Larissa Schröder.«

»Oh, Larissa!«, rief er mit übertriebener Begeisterung aus. »Sie ist eine meiner *liebsten* Kundinnen.« Sein aufgesetztes Lächeln verschwand, als ihm wieder bewusst wurde, dass eine Kriminalbeamtin und ein Staatsanwalt vor ihm saßen. »Was ist mit ihr? Sie war gestern hier, geht es darum?«

Volltreffer. Ein Puzzleteil mehr, das sich in den Tagesablauf der Toten einfügte. »Es geht um ihren gestrigen Besuch«, bestätigte Jennifer. »Wir müssen wissen, wann sie hier ankam, was sie gekauft hat und wann sie gegangen ist.«

»Wieso denn das?«, fragte Roberto Gallo alarmiert.

»Beantworten Sie doch bitte unsere Fragen«, forderte Jennifer ihn ungerührt auf.

Gallo verdrehte die Augen. »Wenn das nur so einfach wäre!

Wissen Sie, wir hatten gestern ein Happening, eine Modenschau der besonderen Art, und es waren so viele Gäste hier, Fotografen, Presse ...« Als die beiden Ermittler ihn nur fragend ansahen, fügte er hinzu: »Wir hatten gestern keinen normalen Betrieb. Eigentlich war Larissa auch eingeladen, doch sie hatte andere Pläne. Und dann stand sie plötzlich doch vor der Tür, ohne Termin, und sagte, sie bräuchte dringend etwas zum Anziehen.«

Jennifer fand es bezeichnend, dass man offensichtlich Termine machen musste, um in diesem Laden einkaufen zu dürfen. »Sie haben sie reingelassen? Ohne Termin?«

»Larissa geht hier ständig ein und aus. Sie kennt den Laden bald so gut wie ich. Ich schlug ihr vor, sie könne sich selbst umsehen, müsse aber wegen der Veranstaltung auf Service und Beratung verzichten.« Er schüttelte den Kopf. »Sie war ja so verzweifelt!«

Jennifer schloss daraus, dass sie sein Angebot angenommen hatte. »Hat Frau Schröder erwähnt, wieso sie so dringend etwas zum Anziehen brauchte?«

Der Geschäftsinhaber zuckte die Schultern. »Das war bei ihr nichts Ungewöhnliches. Wahrscheinlich hatte sie wieder einen ihrer Frauenabende. Jedenfalls hat sie sich ein ganz exquisites rotes Cocktailkleid mit passenden Schuhen und Accessoires ausgesucht. Ich könnte die Kleine einstellen, sie hat einen so vorzüglichen Geschmack und braucht meine Beratung eigentlich gar nicht.« Gallo ließ einen abschätzigen Blick über Jennifers gesamte Erscheinung schweifen und gab ihr so zu verstehen, dass er ihr Stilgefühl für das genaue Gegenteil hielt. Das fing vermutlich bei ihren zu einem Zopf zusammengebundenen braunen Haaren an und endete bei den praktischen Winterstiefeln.

Oliver fand, dass es an der Zeit war, sich einzuschalten. Zwar prallte die unausgesprochene Kritik ohne sichtbare Folgen an

Jennifer ab, doch er wusste, wann es besser war, die Wogen ein wenig zu glätten. »Wir müssten genau wissen, was sie gekauft hat. Wenn Sie Fotos von den Stücken hätten …«

Gallo seufzte und verdrehte erneut die Augen. »Klar, sicher, ich kann Ihnen alles ausdrucken, auch den Rechnungsbeleg. Ich habe ja nichts anderes zu tun.«

»Ihre Expertise wäre bestimmt sehr hilfreich für uns.« Der Staatsanwalt zwang sich zu einem Lächeln. »Wissen Sie zufällig noch, was Larissa Schröder gestern Abend getragen hat?«

»Selbstverständlich«, erwiderte Gallo geringschätzig und zählte jedes an Larissa Schröder sichtbare Kleidungsstück, Schuhe, Handtasche und sogar den Schmuck samt Designer und Markenname auf. »Das ist alles. Vielleicht wären Sie jetzt endlich so freundlich, mir zu sagen, was überhaupt los ist?«

Weder Jennifer noch Grohmann hatten die Absicht, dieser Bitte nachzukommen. Die Kommissarin blickte von ihrem Notizblock auf. »Wann genau kam Larissa Schröder hier an und wann hat sie Ihr Geschäft wieder verlassen?«

Gallo schüttelte missbilligend den Kopf, antwortete aber trotzdem. »Larissa ist gegen fünf eingetroffen und ging schon um halb sieben. Sie fühlte sich nicht wohl.« Er hielt kurz inne, offenbar nicht sicher, ob er ihnen die nächste Information überhaupt geben sollte. »Ich fürchte, sie hatte zu viel getrunken.«

»Sie trank, obwohl sie mit dem Auto da war?«, hakte Oliver nach.

Der Geschäftsinhaber verstand seinen Einwurf offensichtlich falsch. »Ich bin Geschäftsmann, nicht der Babysitter meiner Kunden.« Dann wich allerdings plötzlich jegliche Aggressivität mitsamt dem letzten Rest Farbe aus seinem Gesicht. »Oh, mein Gott … Larissa hatte doch keinen Unfall, oder?«

Die beiden Ermittler schüttelten gleichzeitig den Kopf.

Trotzdem wirkte Roberto Gallo keineswegs erleichtert. Offenbar begann ihm langsam zu dämmern, dass irgendetwas Schlimmes passiert sein musste.

»Wissen Sie, ob Larissa Schröder hier gestern zu anderen Gästen Kontakt hatte?«, fragte Jennifer, bevor er sich zu lange mit der Frage beschäftigen konnte, ob einer seiner Stammkundinnen etwas zugestoßen war.

»Ich habe sie nur gesehen, als sie kam und als sie ging.« Gallo zuckte die Schultern.

Larissa Schröder musste eine extrem gute Kundin gewesen sein, dass er sie die ganze Zeit über allein in seinem Verkaufsraum gelassen hatte. »Sie war ohne Begleitung?«

Die Frage entlockte Gallo ein Stirnrunzeln. »Wenn sie nicht ihre beste Freundin im Schlepptau hatte, war sie immer allein.«

»Ist Ihr Geschäft videoüberwacht?« Jennifer hatte bisher keine Kameras entdeckt, was nicht weiter verwunderte. Die übliche Kundschaft neigte wohl eher nicht zum Stehlen. Doch noch hatte sie Hoffnung.

»Nur der Kassenbereich und die Büros.«

Nicht perfekt, aber besser als nichts. »Wir brauchen die Aufnahmen«, erwiderte Grohmann an Jennifers Stelle. »Außerdem eine Liste aller Personen, die gestern bei der Veranstaltung dabei waren.«

Der Geschäftsinhaber musterte den Staatsanwalt einen Moment lang, während sich auf seinem Gesicht nacheinander die unterschiedlichsten Emotionen abzeichneten. Endlich begriff er. »Ihr ist etwas passiert, nicht wahr?«

Es gab keinen Grund, ihn noch länger im Unklaren zu lassen. »Leider ja, Herr Gallo. Larissa Schröder ist tot. Sie wurde gestern nach dem Besuch Ihres Geschäfts ermordet.«

Auf dem Rückweg nach Lemanshain diskutierten die Kommissarin und der Staatsanwalt ihre Eindrücke. Als sie im Präsidium mit dem Aufzug zu Jennifers Büro hochfuhren, waren sie sich noch immer nicht einig.

»Denkst du wirklich? Das wäre sehr riskant gewesen.« Oliver konnte sich mit der Annahme, dass der Mörder Larissa Schröder in der Boutique ein Betäubungsmittel verabreicht hatte, vermutlich mit dem Champagner, nicht recht erwärmen.

Jennifer beharrte auf ihrer These. »Er hat sich die Veranstaltung zunutze gemacht, und er wusste, dass sie lange genug bleiben würde, um das Mittel wirken zu lassen.« Die Aufzugtüren öffneten sich, und sie traten auf den Flur hinaus. »Natürlich hätte er niemals riskiert, sie so hinters Steuer zu lassen. Er hat sie sich auf dem Parkplatz geschnappt und ist mit ihr und ihrem Auto davongefahren.«

»Du hoffst, dass er dabei beobachtet worden ist.«

Jennifer nickte. Dann hätten sie vielleicht demnächst eine Beschreibung des Täters. Allerdings war die Gästeliste der Veranstaltung in der Boutique nicht vollständig, da viele der Geladenen selbst wieder Gäste mitgebracht hatten. Die Aufstellung zu vervollständigen würde vermutlich ein paar Tage dauern. »Er hätte außerdem jederzeit die Möglichkeit gehabt, sich doch noch anders zu entscheiden, wenn ihm etwas dazwischengekommen wäre. Er hätte leicht so tun können, als ob er sich um sie kümmern würde, weil es ihr nicht gutging.«

»Trotzdem, ich bleibe dabei: zu viel Risiko.«

»Du darfst nicht vergessen, dass wir es hier nicht mit jemandem zu tun haben, der unbedingt auf Risikovermeidung aus war. Denk an die Aktion mit dem Schaufenster«, erinnerte sie.

Der Staatsanwalt gab sich mit einem Seufzer geschlagen. »Das war tatsächlich riskant. Okay, deine Theorie hat was.«

Jennifer grinste, hob aber im nächsten Moment erstaunt den Kopf, als sie die Eingangstür zu den Büros der Kripo erreichten. Dass trotz der relativ späten Stunde noch Licht brannte, war nicht ungewöhnlich, dass Freya Olsson aber noch an ihrem Platz saß, war alles andere als normal.

Die Assistentin hatte im Gegensatz zu ihren meisten Kollegen ein Privatleben. Ihr kleiner Sohn musste spätestens um sechs Uhr von der städtischen Kita abgeholt werden. Überstunden machte Freya nur in absoluten Notfällen und dann auch nur, wenn sie auf die Schnelle einen Babysitter fand oder es verantworten konnte, den Kleinen mit aufs Präsidium zu bringen, bis ihr Mann ihn einsammeln konnte.

Von dem Knirps, dessen Name Jennifer schon wieder entfallen war, fehlte allerdings jede Spur. Freya musste also entweder einen Babysitter organisiert haben oder ihr Mann war früher von der Arbeit gekommen.

Als sie die Tür zum Empfang öffneten, reichte ein kurzer Blick in die Augen der Sekretärin, um zu wissen, dass während ihrer Abwesenheit irgendetwas gehörig schiefgelaufen war. Freya war geblieben, um die schlechten Neuigkeiten persönlich zu überbringen. Kein gutes Zeichen.

»Will ich wissen, warum du noch hier bist?«

»Das hat leider nichts mit Wollen zu tun.«

Freya warf Oliver Grohmann einen kurzen Blick zu und sah dann wieder Jennifer an. Dass sie damit stumm signalisierte, den Staatsanwalt eigentlich nicht einweihen zu wollen, ließ Jennifers inneres Alarmsystem noch ein wenig lauter schrillen. Oliver hatte den wortlosen Austausch der beiden Frauen bemerkt, tat ihnen aber nicht den Gefallen, sich ohne konkrete Aufforderung zurückzuziehen.

»Was ist passiert?«, fragte Jennifer.

Die Assistentin schob ihr einen Aktendeckel über den Empfangstresen hinweg zu. »Marcel hat Nuran Sahin befragt.«

»Marcel?!« Jennifer blieb der Mund offen stehen. »Den habe ich doch heute früh nach Hause geschickt!«

Freya zuckte hilflos die Schultern. »Das mag sein, aber er ist noch mal zurückgekommen, wollte irgendwas aus dem Büro holen oder so, keine Ahnung … Er hat mitbekommen, wie ich Frau Sahin sagte, dass sie auf deine Rückkehr warten müsse, und hat sich einfach eingeklinkt.« Freya war über Marcels Probleme im Bilde und wusste, dass er keineswegs wegen einer Erkältung außer Dienst war. »Ich habe versucht, ihn davon abzuhalten, aber im Beisein der Zeugin konnte ich das unmöglich ausdiskutieren.«

Jennifer schlug die Akte mit der ausgedruckten Zeugenaussage auf. An den entsprechenden Stellen war ihr Name eingetragen, von Marcel Meyers Name keine Spur. Nuran Sahin hatte bereits unterschrieben. Jennifer spürte, wie sich ihr Magen zusammenzog, als sie die Seiten durchblätterte.

Sie konzentrierte sich auf das Wesentliche. »Wieso hat er sie denn überhaupt befragt?«

»Als Frau Sahin mit Thomas Kramer und ihrer Chefin in der Agentur war, hat sie Thomas signalisiert, mit ihm alleine reden zu wollen. Offenbar wollte sie nicht im Beisein von Frau Kilian erzählen, dass vor einiger Zeit ein merkwürdiger Typ im Geschäft aufgetaucht ist, dem sie unbeabsichtigt Informationen gegeben hat, die sie besser für sich behalten hätte.« Freya deutete auf die gedruckte Aussage. »Vor fünf oder sechs Wochen kam ein Vertreter für Alarmsysteme in die Agentur, als Frau Sahin alleine dort war. Er war wohl ziemlich aufdringlich. Sie hat ihm gesagt, dass sie keine Anlage hätten und auch keine haben wollten.«

»Und sie hat sich nicht versichert, ob er tatsächlich ein Vertreter war«, mutmaßte Oliver.

»So ist es.« Freya nickte. »Sie konnte sich nicht mehr exakt an den Firmennamen erinnern, ›Janosch Sicherheit‹ oder etwas Ähnliches. Ich habe das nachgeprüft, und es gibt kein Unternehmen, das auch nur im Entferntesten so heißt und der Branche nahesteht.«

»Konnte sie den Kerl beschreiben?«, fragte Jennifer.

»Nicht gut genug, um sie zu einem Zeichner zu schicken. Vielleicht würde sie ihn bei einer Gegenüberstellung wiedererkennen. *Vielleicht.*«

Das war nicht viel, jedoch besser als nichts.

»Jetzt wissen wir zumindest, woher unser Täter wusste, dass er es nicht mit einer Alarmanlage zu tun bekommen würde«, stellte Oliver fest. »Und wir können fünfzig Prozent aller potenziellen Verdächtigen ausschließen.« Es war ein Mann gewesen, der Nuran Sahin in eine Falle gelockt hatte, um die gewünschten Informationen zu erhalten.

»Mit Vorbehalt«, betonte Jennifer. »Wir können nicht hundertprozentig ausschließen, dass es nicht doch irgendein Vertreter war.«

»Vermutlich nicht.«

»Nein, vermutlich nicht.« Jennifer sah wieder Freya an. »Ich kläre das mit Marcel.«

»Es tut mir leid, Jennifer, ich hätte ihn irgendwie davon abbringen müssen …«

»Es ist nicht deine Schuld.« Das war es tatsächlich nicht. Marcel Meyer hatte geschickt zu verhindern gewusst, dass die Assistentin ihn zur Rede stellen konnte.

»Ich brauche deine Unterschrift«, sagte Freya.

Jennifer nickte und schlug den Aktendeckel zu. »Ich lese mir die Aussage in Ruhe durch. Danke.« Hoffentlich hatte Marcel es nicht versaut. Zumindest hörte es sich nicht danach an. »Irgendwelche Neuigkeiten von Professor Meurer oder Jarik?«

»Erste Blutergebnisse, aber bis auf einen Blutalkoholwert von 0,8 Promille nichts Auffälliges.« Das Labor konnte bisher allenfalls ein großes Blutbild erstellt und vielleicht noch einige zusätzliche Werte untersucht haben. Der Nachweis eines Betäubungsmittels, wenn es denn überhaupt eines nachzuweisen gab, würde mindestens noch einmal einen Tag dauern, wenn nicht länger.

»Jariks Team bearbeitet alle gesicherten Spuren und legt im Labor eine Nachtschicht ein. Die Kisten mit den im Haus der Schröders sichergestellten Beweisstücken stehen in deinem Büro. Das Notebook wird bereits untersucht. Außerdem hat die Telekom die Einzelverbindungsnachweise der letzten drei Monate elektronisch übermittelt. Sie lassen die Daten heute Nacht durch den Rechner laufen.«

Jennifer nickte. Einerseits waren es gute Neuigkeiten, dass die Maschinerie auf Hochtouren lief, die schlechte Nachricht war allerdings, dass es bisher keine Ergebnisse und keine nennenswerten Hinweise gab. »Danke, Freya. Ich denke, morgen wissen wir mehr. Geh nach Hause.«

»Soll ich nicht noch …«

»Nein«, unterbrach Jennifer sie. »Du hast schon genug getan. Wir gehen noch mal alles durch, damit wir morgen früh direkt starten können. Dann ist auch für uns Schluss.«

»Okay. Also dann …« Freya griff nach Handtasche und Mantel und machte sich auf den Weg.

Oliver folgte Jennifer wortlos in ihr Büro, wo sie den Aktendeckel etwas zu heftig auf den Tisch knallte. Der Staatsanwalt setzte sich schweigend ihr gegenüber an den Schreibtisch. Ein wenig bedauerte er, dass Marcel Meyer nicht hier war, denn er wäre gerne dabei gewesen, wenn Jennifers Zorn über ihn hereinbrach.

Er ließ ihr Zeit, den idiotischen Alleingang ihres Partners zu verarbeiten und auf den hintersten Platz ihrer Prioritätenliste zu verbannen. Schließlich stand sie auf und trat an das Whiteboard, das fast die gesamte Wand gegenüber der Fensterfront einnahm. Es standen einige Notizen darauf, andere, weit weniger brisante Fälle betreffend. Sie überflog sie kurz, dann nahm sie den Tafelwischer und tilgte alle Aufzeichnungen von der weiß lackierten Fläche.

Die nächste halbe Stunde verbrachten sie gemeinsam damit, sämtliche Fakten und sicheren Erkenntnisse über Opfer, Tat und Täter zusammenzutragen. Schließlich folgte noch eine Liste mit möglichen Verdächtigen, wobei sie den Ehemann als unwahrscheinlich markierten.

Peter Möhring stieß um halb acht zu ihnen. Jennifer informierte ihn über den Stand der Ermittlungen.

»Das ist nicht viel«, kommentierte der Leiter der Einsatzabteilung und verbarg seine Enttäuschung hinter einer ausdruckslosen Miene. Sie alle wussten, dass es kein gutes Zeichen war, innerhalb der ersten vierundzwanzig Stunden keinen konkreten Verdächtigen zu ermitteln. »Wie wollen Sie weiter vorgehen?«

»Es gibt viele Fragen zu klären, die Ermittlungsansätze ergeben könnten«, antwortete Jennifer. »Unter anderem müssen wir Larissa Schröders Auto finden, ebenso ihre Kleidung, ihre Handtasche, ihr Handy.«

»Wir haben dank der Angaben des Boutique-Besitzers sehr genaue Informationen über das, was sie getragen und gekauft hat«, fügte Oliver Grohmann hinzu. »Es sind teure und auffällige Stücke. Ich denke, es würde sich lohnen, die Fotos davon zusammen mit dem Auto in die Tageszeitungen zu setzen.«

Möhring nickte zufrieden. »Guter Ansatz.« Sein Blick wanderte zu Jennifer. »Darum können sich Mironowa und Herzig morgen früh kümmern. Die beiden sollen außerdem die Pfandleihen und einschlägigen Internetplattformen überprüfen, wo der Täter die Sachen anbieten könnte.«

Nachdem Jennifer bestätigend genickt hatte, ließ Möhring seinen Blick über die Notizen auf dem Whiteboard schweifen. Er stieß ein leises, kaum hörbares Seufzen aus. Vor ihnen lag eine Menge Arbeit.

Sie mussten Antworten finden: Woher stammten das Brautkleid, die Schuhe, das Bouquet, die Haarspangen und der Schmuck? Welche Vorbereitungen setzte die Tat voraus, logistisch, zeitlich, örtlich? Wie konnten sie den Tatort finden?

Zudem gab es unzählige Personen, die als Täter infrage kamen, falls die Ermittlungen im nächsten Umfeld des Opfers keinen Namen zutage förderten. »Sie sollten auch Larissa Schröders ehemalige Studienkollegen nicht vergessen«, sagte Möhring, nachdem er die Liste der Verdächtigen eine Weile stumm gemustert hatte.

»Stimmt.« Jennifer ärgerte sich, dass sie noch nicht selbst daran gedacht hatte. Larissa Schröder hatte das Studium erst kurz nach ihrer Verlobung abgebrochen. Es war also durchaus möglich, dass sich der Täter unter ihren ehemaligen Kommilitonen befand. Die Befragung der Studenten würde außerdem ihr Bild von Larissa Schröder komplettieren. Die Tat schien derart eng mit dem Opfer verknüpft zu sein, dass jede Information über sie einen brauchbaren Hinweis ergeben konnte.

Das Whiteboard war zu mehr als zwei Dritteln gefüllt, als Jennifer, Grohmann und Möhring der Meinung waren, nichts übersehen zu haben, und die Marschroute für die nächsten Tage grob skizziert war.

Grohmann verabschiedete sich schließlich als Erster. Möhring blieb an die Wand gelehnt stehen und musterte die Kommissarin einen Moment, bevor er endlich fragte: »Wie lief es mit KOK Meyer?«

Jennifers Herz machte einen klitzekleinen Aussetzer. Was, wenn ihr Chef Wind von Nuran Sahins Befragung durch Marcel bekommen hatte? Doch dafür wirkte er viel zu entspannt.

Eigentlich hätte sie ihn einweihen und dafür sorgen müssen, dass Marcel vorübergehend suspendiert wurde, damit er keinen weiteren Mist mehr bauen konnte. Zornig genug war sie, doch sie brachte es trotzdem nicht über sich. »Er wird sich krankmelden.«

»Gut.« Möhring stieß sich von der Wand ab und ging zur Tür. »Was ist mit Ihnen? Sie sollten auch Feierabend machen.«

»Ich dachte, ich schaue mir wenigstens noch die Aufzeichnungen aus der Boutique an.« Sie hielt die DVD hoch, auf die Roberto Gallo ihnen die Aufnahmen der Überwachungskameras gebrannt hatte.

Ihr Chef schüttelte den Kopf. »Das hat bis morgen früh Zeit. Raus hier, Leitner.«

Wenigstens verlangte er nicht von ihr, nach Hause zu fahren, was durchaus schon vorgekommen war. Geändert hätte es allerdings nicht viel, wenn sie der Anweisung nachgekommen wäre. Im Zweifel nahm sie die Arbeit einfach mit nach Hause.

Diesmal tat sie das jedoch nicht. Sie legte die DVD ganz bewusst auf ihren Schreibtisch zurück.

Denn sie hatte noch etwas Wichtiges vor.

Als Oliver Grohmann seine Wohnungstür aufschloss, verharrte er und lauschte. Im ersten Moment hatte er geglaubt, sich getäuscht zu haben, doch seine Ohren hatten ihm keinen Streich gespielt. Jemand spielte auf seiner Gitarre die ersten Töne von »Nothing Else Matters« von Metallica. Dieser Jemand musste Hannah sein, trotzdem verwirrte ihn die Vorstellung zutiefst.

Die E-Gitarre verstummte nicht, als er die Tür geräuschvoll hinter sich schloss und seinen Schlüsselbund auf den Schuhschrank neben der Garderobe warf. Hannah hatte offensichtlich nicht nur seine Gitarre entdeckt, sie hatte sie auch angeschlossen und den Subwoofer eingeschaltet. Er nahm bei jedem Ton das Vibrieren des Basses unter seinen Füßen wahr.

Oliver spürte das deutliche Verlangen, direkt ins Wohnzimmer zu gehen und seine Tochter zur Rede zu stellen, doch er ermahnte sich zur Gelassenheit. Er hatte sich fest vorgenommen, heute Abend in Ruhe mit ihr zu reden, ohne Vorwürfe und Vorhaltungen. Da war seine Gitarre wirklich kein guter Einstieg, auch wenn es ihm nicht gefiel, sie in den Händen einer Sechzehnjährigen zu wissen.

Immerhin hatte sie genug Interesse an dem Instrument, um die ersten Töne eines Songs zu rekonstruieren. Noch dazu die eines Klassikers, von dem er nicht erwartet hätte, dass sie ihn überhaupt kannte. Es war eine erste, wenn auch sonderbare Verbindung zu seiner Tochter, und das half ihm, den Übergriff auf sein Eigentum zu ignorieren.

Er stellte die Tüten mit den Einkäufen auf der Arbeitsplatte in der Küche ab. Erleichtert nahm er dabei zur Kenntnis, dass Hannah keine Unordnung hinterlassen hatte. Er verstaute die Lebensmittel im Kühlschrank und ging hinüber ins Wohnzimmer.

Hannah saß auf dem Sofa, die Gitarre auf dem Schoß, und schlug vorsichtig ein paar weitere Töne an. Offenbar versuchte sie sich Stück für Stück vorzutasten, um den Song weiterspielen zu können. Dabei probierte sie auch ein paar einfache Akkorde aus. Sie trug Jeans und T-Shirt, ihre Füße hatte sie auf dem Couchtisch platziert.

Die Küche hatte sie zwar sauber gehalten, hier im Wohnzimmer hatte sie sich allerdings ziemlich ausgebreitet. Zwei Koffer und zwei Umzugskisten waren wie angekündigt von der Bahn geliefert worden. Teilweise hatte sie bereits ausgepackt und seinen Schreibtisch als Ablage für Kleidung und Bücher missbraucht. Sie hatte seine Tastatur beiseitegeräumt, um Platz für ihr Notebook zu schaffen, in dem das Netzwerkkabel seines Rechners steckte. Eine Playstation stand jetzt auf dem Boden vor dem TV-Rack, Kabel verschwanden konfus zwischen SAT-Receiver und DVD-Player, und Spiele stapelten sich neben dem Fernseher.

Selbst auf die Entfernung erkannte Oliver auf der obersten Hülle einen roten Kreis mit einer Achtzehn darin – zumindest das Spiel war nur für Volljährige freigegeben.

Entweder ignorierte Hannah ihn absichtlich, oder sie war vollkommen in die Musik vertieft. Vermutlich traf beides zu, denn als er ein »Hey« murmelte, antwortete sie in abwesendem Tonfall ebenfalls mit einem »Hey«.

Oliver ging die wenigen Schritte zu dem neben dem TV-Rack stehenden Subwoofer. »Die Wände im Haus sind ziemlich dünn«, sagte er entschuldigend, bevor er das Gerät ausschaltete. Es war fast zehn Uhr und somit ein Wunder, dass noch keiner seiner Nachbarn vor der Tür stand und sich beschwerte.

Hannahs Spiel verlor an Intensität und Kraft, wovon sie sich zunächst nicht abhalten ließ. Schließlich gab sie aber den Versuch auf, den weiteren Verlauf des Songs zu rekonstruieren, und beschränkte sich wieder auf die Anfangssequenz. »Willst du denn gar nichts wegen der Gitarre sagen?«, fragte sie schließlich über die gespielten Töne hinweg.

Sie durchschaute ihn entweder mühelos, oder sie erinnerte sich daran, wie empfindlich er in Bezug auf das Instrument war. »Du gehst doch offensichtlich gut mit ihr um.«

»Ich habe gegoogelt, was diese Fender kostet, Dad«, erwiderte sie mit dem Anflug eines Grinsens. »An deiner Stelle wäre mir allein schon deshalb das Herz stehengeblieben.«

Er zuckte die Schultern. Der monetäre Wert der Gitarre spielte noch die geringste Rolle.

»Spielst du in einer Band?«, fragte sie, noch immer ohne aufzusehen.

Sie hatte früher kein großes Interesse an seinen Hobbys gezeigt und schien tatsächlich vergessen zu haben, wieso er so oft erst spätnachts nach Hause gekommen und auch häufig an den Wochenenden unterwegs gewesen war. »Ja.«

Jetzt hatte er ihre volle Aufmerksamkeit. Ihre graublauen Augen leuchteten förmlich, als sie ihn überrascht ansah. »Echt?!«

Oliver nickte. »Allerdings spielen wir nur Cover, hauptsächlich Hard Rock und Metal.«

»Cool. Tretet ihr auf?«

Dass sie keine eigenen Songs komponierten, war für Hannah offenbar ohne Bedeutung. »Ab und zu in ein paar Bars. Nichts Weltbewegendes.«

»Wow.« Sie schien ehrlich beeindruckt und ließ ihren Blick schon beinahe andächtig über die Gitarre schweifen. »War das mal dein großer Traum? Rockstar zu werden?«

Oliver musste unwillkürlich lächeln. Ihre Begeisterung war ansteckend. »Sogar bis in meine Studienzeit hinein. Dann kam der 5. April 1994.«

Hannah blinzelte, während sie nachdachte. Das Datum sagte ihr nichts, und sie war sichtlich erleichtert, dass er weder seinen Hochzeitstag noch ihr Geburtsdatum genannt hatte. »Was war denn am 5. April 1994?«

»Kurt Cobain hat sich erschossen.«

Sie nickte bedächtig. *»The day Seattle died.«*

Die Referenz auf einen Song der Band Cold, der Kurt Cobains Tod behandelte, überrumpelte Oliver. Woher kannte sie ausgerechnet diese Band? Hatten seine Tochter und er etwa denselben Musikgeschmack?

»Kurt Cobain wurde allerdings erschossen«, widersprach Hannah. Sie sah seinen überraschten und fragenden Blick. »Lies bei Gelegenheit ›Mordfall Kurt Cobain‹ von Ian Halperin. Ich halte normalerweise nichts von Verschwörungstheorien, aber dieses Buch hat mich überzeugt.«

»Werde ich mir merken.« Oliver bezweifelte allerdings, dass er je die Zeit finden würde, es tatsächlich zu lesen.

»Kannst du ›Nothing Else Matters‹ spielen?«, fragte Hannah.

Oliver nickte.

Sie hielt ihm auffordernd die Gitarre entgegen.

Er schüttelte den Kopf. »Nicht heute Abend.«

»Kannst du es mir beibringen?«

Bevor er erneut den Kopf schütteln konnte, wiederholte sie mit einem sanften Lächeln: »Nicht heute Abend.«

»Gern ein andermal. ›Nothing Else Matters‹ gehört mehr oder minder zu unserem Standardrepertoire. Vielleicht nehme ich dich ja mal zu einem unserer Auftritte mit.« Er verstummte, als er sich bewusst wurde, was er gerade gesagt hatte. »Falls du dann noch hier bist ...« Er verschluckte sich beinahe an dem Satz.

Ihre Miene verdüsterte sich.

Bevor sich seine Tochter für einen neuerlichen Streit in Stellung bringen konnte, hob Oliver beschwichtigend beide Hände. »Wir müssen über deinen Wunsch, hierzubleiben, reden, Hannah. Ruhig, sachlich und wie zwei Erwachsene.« Er war froh, dass sich ihre Mundwinkel wenigstens ein klein wenig entspannten. »Okay?«

Ihr Blick sagte das Gegenteil, doch sie nickte.

»Danke.« Oliver atmete innerlich tief durch. »Ich warte in der Küche auf dich, während du hier zusammenpackst.«

Hannah riss den Mund im selben Moment auf, in dem ihm zu Bewusstsein kam, dass er sich missverständlich ausgedrückt hatte.

»Ich meine, während du die Gitarre zusammenpackst ... verstaust ... was auch immer ...«

Sie entspannte sich nur ein wenig. »Klar.«

Während er sich innerlich für seine unbedachte Äußerung schalt, kehrte er in die Küche zurück und riss den Kühlschrank auf. Er holte eine Packung Käse heraus und begann sich zwei Brote zu machen.

Als Hannah in die Küche kam und sich an den Tisch setzte,

sagte Oliver: »Ich habe dich gar nicht gefragt, ob du auch etwas essen willst.«

»Ich habe vorhin Pizza bestellt, als mir klarwurde, dass du nicht zu irgendeiner normalen Uhrzeit auftauchen würdest.«

»Ich hätte dich anrufen sollen, tut mir leid.«

Sie zuckte die Schultern. »Nach der Toten heute Morgen hatte ich eigentlich auch gar nicht damit gerechnet. Seid ihr vorangekommen?«

»Nicht wirklich.«

Sie schien zu verstehen, dass er mit ihr nicht über laufende Ermittlungen reden konnte, denn die befürchtete Flut an Fragen blieb aus.

»Hm«, machte Hannah und klang ein klein wenig enttäuscht. »Das heißt dann wohl, ich werde nicht so bald von deinen legendären Kochkünsten profitieren.«

Da er mit Kauen beschäftigt war, konnte er ihr nur einen fragenden Blick zuwerfen.

»Mom sagt, es gab nur zwei Orte, an denen du echtes Talent gezeigt hast. In der Küche und im Bett.«

Oliver verschluckte sich beinahe an seinem letzten Bissen. Während er noch mit einem kurzen Hustenanfall kämpfte, beschloss er, die Bemerkung zu übergehen. »Wenigstens hat sie überhaupt etwas Positives über mich zu berichten.«

»Ja. Das ist allerdings auch das Einzige.«

Er wusch sich die Hände und widerstand dem Drang, Hannah zu fragen, was alles in dem Roman über seine negativen Eigenschaften stand, den seine Exfrau verfasst hatte. Dann setzte er sich ihr gegenüber an den Küchentisch. »Bevor wir über deinen Aufenthalt hier bei mir reden, möchte ich mich noch für gestern Nacht entschuldigen. Du hast mich mit deinem Auftauchen ziemlich überrascht und …«

»Fangen wir doch einfach noch mal bei null an«, schlug Hannah vor. Sie schien weitaus milder und versöhnlicher gestimmt zu sein als am Abend zuvor.

»Einverstanden.« Oliver überlegte, wie er das Thema angehen sollte. »Deine Entscheidung, bei mir wohnen zu wollen, erwischt mich ziemlich kalt, was du sicher nachvollziehen kannst. Ich weiß, dass du deine Gründe hast, auch wenn ich sie zugegebenermaßen nicht vollkommen verstehe, und ich bin mir auch nicht sicher, ob deine Entscheidung von Dauer sein wird … Aber ich akzeptiere sie. Allerdings müssen wir erst einmal ein paar Wochen oder Monate ausprobieren, ob es überhaupt funktioniert.«

»Du meinst eine Art Testphase«, stellte Hannah lächelnd fest und nickte. Sie versuchte offensichtlich, ihm nicht zu deutlich zu zeigen, dass sie sein Einlenken als persönlichen Sieg verbuchte. »Das klingt doch nach einer Vereinbarung. Und viel besser als ›Du fährst morgen mit dem ersten Zug zu deiner Mutter zurück!‹«

»Ja, sicher, aber du kannst trotzdem nicht einfach hierbleiben, Hannah. Zuerst müssen ein paar wichtige Dinge geregelt werden.«

Zu seiner Überraschung blieb sie ruhig und hob nur eine Augenbraue. »Und die wären?«

»Da wäre zum einen die Schule. Ein Wechsel vollzieht sich nicht von heute auf morgen.«

»Gutes Argument.« Hannah nickte bedächtig, bevor sich erneut ein Lächeln auf ihre Lippen stahl. »Ist aber bereits alles organisiert. Ich bin ab morgen vorerst per Besuchsregelung am hiesigen Gymnasium angemeldet.«

Oliver konnte sie nur verständnislos anstarren. »Wie das?«

Hannah seufzte, stand auf und verschwand kurz im Wohnzimmer, um eine Umhängetasche zu holen, die ihr vermutlich als Schultasche diente. Sie öffnete sie, nahm ein mehrseitiges Formular heraus und schob es ihrem Vater über den Tisch hinweg zu. »Alle Angaben sind vollständig, meine Schule hat bestätigt, Mom hat unterschrieben, fehlt nur noch deine Unterschrift.«

Oliver blickte auf das Formular hinunter. »Deine Mutter hat das unterschrieben?!«, fragte er zweifelnd, ohne in den Unterlagen zu blättern.

Hannah zögerte kurz, denn ihr war die Sprengkraft ihrer nächsten Worte sehr wohl bewusst. »Sie hat sich um alles gekümmert und selbstverständlich auch unterschrieben. Schließlich muss ich für unbestimmte Zeit zu meinem anderen Elternteil ziehen, weil sie mit der Pflege ihrer schwerkranken Mutter überfordert ist.«

Oliver wusste sofort, was das bedeutete. Seine ehemalige Schwiegermutter war bereits vor drei Jahren gestorben. »Du hast das alles in die Wege geleitet, indem du dich als deine Mutter ausgegeben hast?«, fragte er trotzdem ungläubig.

Hannah unterdrückte ein Schulterzucken. »Das Internet ist eine praktische Erfindung. Ich wusste schließlich von vorneherein, dass die Schule dein absolutes Totschlagargument sein würde.«

»Und du hast ihre Unterschrift gefälscht?«

»Das machen doch alle.«

Ein paar Sekunden lang sah er sie verblüfft an. »Das hier ist keine Fünf in Mathe, Hannah.« Er hielt das Formular in die Höhe. »Das ist Urkundenfälschung. Das ist kein …«

»Kavaliersdelikt«, unterbrach sie ihn. »Ich weiß. Ich habe mich vorher erkundigt, was mich möglicherweise erwarten könnte, falls mein Vater auf die Idee käme, sich seinem Amt allzu sehr verpflichtet zu fühlen.«

Oliver bekam den Mund nicht mehr zu. »Du rechnest ernsthaft damit, dass ich dich deswegen anzeigen könnte?«

»Wärest du nicht dazu verpflichtet?«

Ihm fehlten die Worte. Er schloss kurz die Augen und atmete mehrmals tief durch. Eigentlich wollte er ihre Tat jetzt nicht einfach so stehenlassen, sie war aber kein geeignetes Thema, um ruhig zu bleiben. Ein weiterer Eintrag in die Liste der Dinge, die er mit ihr zu einem anderen Zeitpunkt klären musste, inklusive der Konsequenzen für sie. »Du hast dich also selbst um den Schulwechsel gekümmert. Und das gibt keine Probleme?«

»Dasselbe Bundesland, außerdem haben wir gerade erst vorletzte Woche Halbjahreszeugnisse gekriegt«, erklärte Hannah. »Willst du es sehen?«

»Äh … ja … Vielleicht … später.« Oliver war noch immer viel zu geschockt. Seine Tochter war schlau, unverfroren und fest entschlossen, ihre Interessen durchzusetzen. Wenn sie wirklich bei ihm bliebe, würde das alles andere als leicht werden.

»Du solltest es dir aber ansehen.« Sie zog ein weiteres Dokument aus der Tasche und reichte es ihm. »Wir haben morgen früh unseren Antrittstermin bei der Rektorin.«

»Ach, haben wir das?« Er nahm das Zeugnis und verkniff sich die Frage, ob sie vielleicht daran gedacht hatte, dass er wichtige Termine haben könnte. »Um wie viel Uhr?«

»Viertel nach sieben. Ich habe dann gleich meinen ersten Schultag.«

»Prima.« Er überflog das Zeugnis, ohne die einzelnen Noten wirklich wahrzunehmen. Er registrierte lediglich erleichtert, dass ihr Durchschnitt gut war. Er gab ihr das Zeugnis zurück. Hannah schien es nicht zu stören, dass er im Augenblick nicht in der Lage war, ihre Leistungen zu würdigen. »Ich nehme an, du weißt auch bereits, wie du zur Schule und zurück kommst.«

»Bus oder Fahrrad, je nach Wetterlage. Ich brauche keinen Chauffeur.«

»Okay.« Den hätte sie auch nur in absoluten Ausnahmefällen bekommen. »Das zweite Problem, das ich sehe, ist meine Wohnsituation«, sagte er schließlich. »Du siehst selbst, dass hier wenig Platz ist und du auf dem Sofa schlafen müsstest …«

»Das macht mir nichts aus. Ich werde mich schon so einrichten, dass wir beide Platz im Wohnzimmer finden. Außerdem ist es ja nicht für lange, nur, bis wir eine größere Wohnung finden.«

Diese Bemerkung entlockte Oliver ein kurzes Lachen. »Eine größere Wohnung. Und wer bezahlt die?«

»Du«, erwiderte sie fröhlich. »Ich weiß, was du verdienst, und wenn mein Kindesunterhalt auf deinem Konto bleibt, ist genügend da für eine größere Wohnung und meine Verpflegung. Und sobald ich hier in Lemanshain gemeldet bin, können wir außerdem noch das Kindergeld ummelden.«

»Du hast wirklich gut recherchiert.« Oliver schüttelte fassungslos den Kopf. Sie musste alle Unterlagen ihrer Mutter und das halbe Internet gewälzt haben. »Eine Frage hätte ich allerdings noch.«

»Welche?«

»Was ist mit deinen Freunden? Willst du sie einfach so zurücklassen? Nach Kassel fährt es sich nicht mal eben zwischendurch.«

Hannahs Gesicht verdüsterte sich abrupt. Er hatte einen wunden Punkt getroffen. »An meiner alten Schule habe ich keine Freunde mehr«, antwortete sie lahm.

Oliver hätte zu gerne gewusst, was passiert war, doch mit der Frage hätte er in diesem Augenblick wohl eine Grenze überschritten. Er versuchte so sanft wie möglich nachzuhaken. »Und was ist mit einem Freund?«

»Aus und vorbei.« Was so viel hieß wie: Das geht dich nichts an.

Sie saßen sich daraufhin fast eine ganze Minute schweigend gegenüber und versuchten dem Blick des anderen auszuweichen.

»Also gut«, sagte Oliver schließlich. »Wenn es dein Wille ist und du mit meinem Sofa vorliebnehmen kannst, dann bleib. Unsere Testphase dauert zwei Monate, einverstanden?«

Sie nickte. »Einverstanden.«

»Du hast ja mitbekommen, dass ich gerade einen ziemlich komplizierten Fall habe, was heißt, dass ich mich nicht um dich kümmern kann.«

»Ich brauche keine Nanny, Dad.«

»Ich weiß. Das bedeutet aber auch, dass du viel Zeit allein hier verbringen wirst, und dafür gibt es ein paar Regeln: Du schwänzt nicht die Schule, du kümmerst dich um deine Hausaufgaben, du hinterlässt in der Wohnung weder Chaos noch Dreck, gibst keine wilden Partys und machst auch sonst keine Dummheiten.«

Hannah verdrehte die Augen. »Das Mantra der verantwortungsbewussten Eltern. Dann muss ich jetzt wohl das Mantra der Gegenseite aufsagen: Meine Sachen sind tabu, keine Kontrollanrufe, kein Bemuttern, keine unsinnigen Verbote, keine peinlichen Auftritte vor Mitschülern oder Freunden. Ich bin kein Kind mehr, halt dich aus meinem Leben raus, es sei denn, ich fordere explizit deine Intervention an. Keine Familienevents.«

Was sie unter unsinnigen Verboten verstand, wollte er jetzt lieber noch nicht ergründen. »Gibt es irgendetwas, das ich über dich wissen sollte?«

»Hm.« Hannah lehnte sich zurück und dachte nach. »Ja, da gibt es wohl ein paar Dinge: Ich bin Morgenmuffel und normalerweise erst eine Stunde nach dem Aufstehen ansprechbar. Ich bleibe auch am Wochenende lange im Bett und will dann nicht gestört werden. Ich brauche länger im Bad. Ich hasse Fisch, dafür liebe ich Nutella.« Sie blickte nachdenklich zur Decke. »Ach ja, ich rauche nicht, trinke ab und zu in Maßen, genehmige mir gelegentlich einen Joint, und mein monatliches Taschengeld beträgt zweihundert Euro.« Sie warf ihm einen leicht provokanten Blick zu. »Das war's. Und bei dir?«

Oliver musste die ganzen Informationen erst einmal sortieren. »Okay, damit kann ich so weit leben, außer mit dem Joint.«

Hannah stöhnte auf. »Bitte keine Moralpredigt, nicht das Drogenaufklärungsprogramm und keine Verbote.«

Oliver schüttelte den Kopf. Seine Begeisterung über die Tatsache, dass seine Tochter Gras rauchte, hielt sich verständlicherweise in Grenzen, doch er wusste, wie sinnlos es war, hier mit aller Gewalt gegensteuern zu wollen. »Kein Verbot. Lediglich vier Bitten.«

»Gleich vier?«

Oliver zählte sie an den Fingern seiner rechten Hand ab. »Erstens: Du rauchst kein Gras hier in der Wohnung. Zweitens: Lass dich nicht erwischen. Drittens: Wenn du dich erwischen lässt, sag niemandem, dass ich davon gewusst habe. Und viertens – und das ist die wichtigste Bitte: Halt dich von härteren Sachen fern.«

Hannah nickte. »Mach dir da mal keine Sorgen.«

Das haben schon zu viele vor dir gesagt. Es war ein Gedanke, den er für sich behielt. Er konnte nicht mehr tun, als Hannah im Blick zu behalten, solange sie bei ihm wohnte, und auf jedes Anzeichen zu achten, das darauf hindeutete, dass es nicht bei einem gelegentlichen Joint geblieben war. Und zu hoffen, dass das eben nie passieren würde. »Na schön«, sagte er deshalb nur.

»Und?«, fragte sie erneut. »Was ist mit dir? Was sollte ich über dich wissen?«

Oliver zuckte die Schultern, denn er hatte sich darüber wirklich noch nie Gedanken gemacht. Wieso auch?

»Hast du eine Freundin?«, fragte Hannah, als er keine Antwort gab.

»Nein.« Die Wunde, die am Vortag gerissen worden war, begann wieder ein wenig zu schmerzen.

»Irgendwelche Macken?«

»Keine Ahnung.«

Hannah sah ihn abschätzend an, entschied dann aber offenbar, dass sie das im Zweifel schon noch selbst herausfinden würde.

Sie blickte auf die Uhr an der Wand. »Es ist spät geworden. Ich muss morgen früh raus.«

Wer musste das nicht? Immerhin hatte er jetzt noch einen weiteren Termin für den morgigen Tag auf der Liste.

Hannah stand auf. »Ich blockiere jetzt noch kurz das Bad, und das Wohnzimmer ist dann Sperrzone bis morgen früh.« Im Türrahmen blieb sie noch einmal stehen. »Ach ja, du sollst Mom anrufen, egal, wie spät es ist. Sie ist ziemlich sauer, weil du sie noch nicht zurückgerufen hast.«

Selbst wenn die Nachrichten seiner Ex auf der Mailbox nicht nur aus Gift und Galle bestanden hätten, hätte er das nicht getan. Heute Abend würde er sich ganz bestimmt kein Telefonat mehr mit ihr antun. »Ist sie wenigstens auch auf dich wütend?«

»Nicht wirklich.«

Das hieß, Bianca würde den gesamten Kübel ausgesuchter Höflichkeiten über seinem Kopf ausschütten. Wenn er denn jemals zurückrief. »Prächtig.«

6

Als Oliver am Mittwochmittag Jennifers Büro betrat, saß sie gerade vor ihrem Rechner und sah sich das Überwachungsvideo aus der Boutique an. Der Staatsanwalt kam weitaus später als angekündigt und ließ sich schweigend auf Marcels Stuhl fallen, ohne seine Jacke auszuziehen.

Ihm war anzusehen, dass er gereizt war, weshalb Jennifer beschloss, die spitze Bemerkung, die ihr auf der Zunge lag, hinunterzuschlucken. Es gehörte einiges dazu, Oliver Grohmann aus der Ruhe zu bringen, und noch einiges mehr, bis er seine negativen Gefühlsregungen offen zeigte.

Jennifer stoppte die Aufzeichnung und warf ihm über den Bildschirm hinweg einen fragenden Blick zu. »Alles in Ordnung?«

Er schüttelte den Kopf und stieß ein Seufzen aus.

»Dein Termin oder deine Fahrt hierher?« In der Nacht waren die Temperaturen wieder deutlich gefallen, und es herrschte dichtes Schneetreiben, das selbst kurze Fahrten in der Stadt zu einem Abenteuer machte. Die Streu- und Räumfahrzeuge wurden der Schneemassen kaum noch Herr.

Oliver schloss für einen kurzen Moment die Augen und versuchte vergeblich, seine Verärgerung unter Kontrolle zu bekommen. »Zwei Stunden fröhliches Warten auf Zeugen, die offenbar Besseres zu tun hatten, als vor Gericht zu erscheinen, ein hochbezahlter Verteidiger, der sich aufgeführt hat wie in einer amerikanischen Soap, und vom Verkehr will ich gar nicht erst anfangen.«

Jennifer musterte ihn. Instinktiv spürte sie, dass das noch nicht alles war, beließ es aber dabei. Wahrscheinlich neuer Ärger mit Hannah. Sie ließ das Video weiterlaufen.

Oliver konnte sich erst aus seiner brütenden Stimmung reißen, nachdem er sich einen Kaffee geholt und die Tasse zur Hälfte geleert hatte. Er nickte in Richtung des Bildschirms. »Wie weit bist du mit den Aufnahmen?«

Jennifer lehnte sich zurück, ließ das Video jedoch nicht aus den Augen. »Die kritischen Phasen habe ich mir schon angesehen. Larissa Schröder taucht nur zweimal im Kassenbereich auf – bei ihrer Ankunft und als sie gezahlt hat. Die Uhrzeiten, die uns Gallo genannt hat, stimmen. Ich schaue mir gerade noch die Aufzeichnungen des gesamten Abends an, also bevor Larissa eingetroffen und nachdem sie wieder gegangen ist, aber die Kameras decken wirklich nur einen verdammt kleinen Bereich ab.«

»Das war nicht anders zu erwarten.« Oliver suchte ihren Blick. »Bring mich auf den neuesten Stand. Wo stehen wir?«

Die Kommissarin überlegte kurz, womit sie beginnen sollte. »Thomas Kramer und sein Kollege haben die Angestellten und die Nachbarn der Schröders befragt. Ohne Ergebnis. Das Personal hat nichts gesehen, nichts gehört und ergo auch nichts zu sagen. Denen war nicht der Ansatz eines Gerüchtes über das Ehepaar zu entlocken.«

»Was hält Kramer von ihren Aussagen?«, hakte Oliver nach. Der Polizeiobermeister hatte ein Gespür dafür, Lügengeschichten aufzudecken und im Zweifel auch die richtigen Fragen zu stellen. Auf seine Einschätzung war Verlass.

»Er hält sie für glaubwürdig. Ihre Loyalität dürfte zwar teuer erkauft sein, aber sie hatten ohnehin kaum Kontakt zu den Eheleuten. Sascha Schröder bekommen sie eigentlich nie zu Gesicht, und auch Larissa war für sie so gut wie unsichtbar.« Jennifer zuckte die Schultern. »Sie hatten nicht wirklich die

Gelegenheit, am Eheleben der Schröders teilzuhaben.« Was Zufall oder durchaus auch gewollt sein konnte. »Die Nachbarschaft hat ebenfalls weder irgendwelche Beobachtungen noch Klatsch beizutragen. Falls es Probleme oder Geliebte gab, haben die Schröders das seltene Wunder vollbracht, dass niemandem etwas aufgefallen ist.« Jennifer brauchte nicht hinzuzufügen, dass das nichts bedeuten musste. Je unscheinbarer die Fassade, desto widerwärtiger waren manchmal die Geheimnisse, die sich dahinter verbargen.

Oliver ahnte, dass auch Jennifers eigene Befragungen keine nennenswerten Ergebnisse geliefert hatten. »Was ist mit Larissas Eltern und ihren anderen Freundinnen?«

»Ihre sogenannten Freundinnen hatten über Larissa nicht besonders viel zu erzählen. Das waren allenfalls oberflächliche Bekanntschaften.« Die drei Frauen waren vom Tod ihrer Freundin zwar geschockt, aber nicht wirklich berührt gewesen. Ganz anders Herr und Frau Tröbst, mit denen Jennifer am Vormittag gesprochen hatte. Sie waren derart aufgewühlt gewesen, dass es eine Ewigkeit gedauert hatte, bis sie auch nur die einfachsten Fragen beantworten konnten. »Ihre Eltern konnten leider nur das bestätigen, was wir ohnehin schon gehört haben: keine Feinde, keine Geliebten, keine Stalker. Niemand, der Larissa hätte schaden wollen.«

Jennifer hielt kurz inne und trank einen Schluck Kaffee, bevor sie hinzufügte: »Unser Täter ist offenbar vor dem Mord nicht in Erscheinung getreten. Zumindest hat Larissa in ihm offenbar weder eine Bedrohung gesehen, noch hat sie sich von ihm belästigt gefühlt.«

»Davon können wir wohl ausgehen.« Der Staatsanwalt nickte beklommen. Es war kein gutes Zeichen, dass sie noch immer ohne ernstzunehmenden Ansatz dastanden. »Irgendwelche guten Neuigkeiten?«

»Katia und Frank haben die notwendigen Informationen für die Pressestelle zusammengetragen.« Jennifer reichte ihm mit einem aufmunternden Lächeln einen Ausdruck. »Unsere Chefs haben den Wortlaut bereits genehmigt.«

Oliver überflog den Dreizeiler und musste unwillkürlich grinsen. Die Mitteilung enthielt nur das absolut Nötigste und somit keinerlei Zusatzinformationen neben den ohnehin bereits bekannten Details. »Da werden die Kollegen von der Presse aber einen schlechten Tag haben.«

Jennifer nickte. Sie waren derselben Meinung, wenn es um Journalisten ging. »Die Zeitungen werden viel Platz für die Fotos brauchen. Da wäre jedes Wort mehr ohnehin zu viel gewesen. Sie sollten uns also dankbar sein.«

Oliver ließ diese sarkastische Bemerkung unkommentiert. »Freya Olsson bearbeitet Gallos Gästeliste, wie ich mitbekommen habe.« Die Assistentin hatte selten schlechte Laune, doch eine Liste mit fast hundert Personen abzutelefonieren, von denen die wenigsten kooperationsbereit waren, hatte selbst dieser Frohnatur einen empfindlichen Dämpfer versetzt. »Die meisten werden wir offiziell vorladen müssen.«

»Sieht so aus.« Die Aussicht, mit jedem Einzelnen auf Gallos Liste reden zu müssen, war alles andere als erbaulich. Freyas Erfahrungen ließen einige unerfreuliche und vermutlich wenig hilfreiche Gespräche erwarten. »Katia und Frank werden uns bei den Vernehmungen unterstützen, soweit ihre eigenen Fälle das zulassen. Sie haben die Informationen über Larissas Schmuck, ihre Kleidung sowie ihre Einkäufe in die Systeme eingespeist und bemühen außerdem ein paar ihrer Kontakte. Falls irgendjemand versuchen sollte, etwas davon zu verkaufen, werden wir ihn kriegen. Es gibt für derartiges Designerzeug keinen großen Markt.«

»Sehr gut.« Oliver warf einen Blick auf die Umzugskartons

mit Larissa Schröders Habseligkeiten, die noch unberührt in der Ecke des Büros standen. »Das heißt, sobald du mit den Videos durch bist, können wir uns um ihre Besitztümer kümmern?«

Jennifer schüttelte den Kopf. »Wir werden bereits von Morpheus erwartet.«

Oliver runzelte die Stirn. »Morpheus?«

»Moritz Sprenger. Unser IT-Spezialist. Er hat die Daten auf Larissas Notebook und ihrem iPhone ausgewertet. Da du nicht rechtzeitig aufgetaucht bist, habe ich ihn auf halb drei vertröstet, aber ich habe das unbestimmte Gefühl, dass er es uns hoch anrechnen würde, wenn wir sofort kommen würden.«

»Das heißt, wir müssen in die Katakomben?«, fragte der Staatsanwalt.

»Genau.«

Oliver Grohmann war von dieser Aussicht wenig begeistert, folgte ihr aber schweigend zu den Aufzügen.

Die Labors und Büros der Kriminaltechnik im Keller des alten Gebäudes wurden im Polizeipräsidium Lemanshain allgemein als Katakomben bezeichnet. Die niedrigen Decken waren nur grob verputzt, und nicht alle Kabel und elektrischen Anlagen waren unter-Putz verlegt worden, was den Räumlichkeiten einen ganz eigenen Charme verlieh: den eines Militärbunkers.

Die Kriminaltechniker und Mitarbeiter der Spurensicherung, die hier unten arbeiteten, beschwerten sich entweder über ihr wenig ansprechendes Umfeld oder sie kokettierten damit. Worum sie allerdings jeder andere Beamte im Haus beneidete, war das angenehme Klima. Die Luft war dank eines zwar alten, aber ausgeklügelten Belüftungssystems immer frisch, im Winter war es warm und im Sommer angenehm kühl.

Trotzdem hätten Jennifer und Oliver ihre Tageslichtbüros niemals gegen eines der Gewölbe im Keller eintauschen wollen. Dank des Energiesparlampen-Dekrets herrschte kaltes, bläuliches Licht, das den Gängen und Räumen noch das letzte bisschen Atmosphäre nahm.

Es gab eigentlich nur eine Person, die sich hier unten schon fast wie zu Hause fühlte: Moritz Sprenger alias Morpheus. Er hatte sich in einem der hintersten Zimmer eingerichtet. Neben einem chaotischen Sammelsurium technischen Geräts, von dem Jennifer vermutete, dass er nicht einmal die Hälfte davon tatsächlich für seine Arbeit brauchte, gab es alle möglichen verrückten Gadgets, von denen sie nur wenige irgendwelchen Filmen oder Fernsehserien zuordnen konnte. Poster an den Wänden, teilweise mit – zumindest ihrer Meinung nach – sinnfreien Sprüchen, rundeten das Bild ab.

Obwohl sein Büro den üblichen Klischees über Computerfreaks entsprach, war Moritz Sprenger zumindest äußerlich das krasse Gegenteil davon. Er war Mitte vierzig, gut aussehend und trug grundsätzlich Anzug. Die Krawatte sparte er sich zwar meistens, trotzdem hätte er genauso gut in ein Finanz- oder Anwaltsbüro gepasst.

Wie üblich hatte sich der IT-Spezialist hinter seinem Schreibtisch verschanzt, auf dem mehrere Bildschirme standen. Als er Jennifer bemerkte, lehnte er sich lässig zurück, verschränkte die Hände hinter dem Kopf und schenkte ihr ein jungenhaftes Grinsen.

»Da ist ja meine Lieblingskommissarin. Und der Staatsanwalt.« Moritz Sprenger bedachte Oliver mit einem knappen Nicken, womit er ihm nicht halbwegs den Respekt zollte, den der leitende Ermittler theoretisch verdient hätte. Dann wandte er sich direkt an Jennifer. »Ihr seid zu früh.«

Die Kommissarin zog fragend eine Augenbraue hoch. »Hattest du mich am Telefon nicht netterweise darauf hingewiesen, dass jede Minute, die wir früher kämen, eine Minute deines Lebens bedeuten würde, die du nicht in diesem Kellerloch verschwendest?« Obwohl er sich hier unten heimisch fühlte, ließ er keine Gelegenheit aus, sich schon fast theatralisch über die Katakomben zu beschweren.

»Ach, so habe ich das ganz bestimmt nicht ausgedrückt, und falls doch, dann habe ich es sicher nicht so gemeint.« Er deutete auf die beiden Stühle, die neben seinem Schreibtisch standen. »Setzt euch! Setzen Sie sich!«

Sie kamen seiner Aufforderung nach.

»Was haben Sie für uns?« Oliver versuchte sich nicht anmerken zu lassen, dass er sich in diesem beengten Raum alles andere als wohl fühlte und auch nicht besonders gut mit der aufgedrehten Art des IT-Fachmanns zurechtkam.

»Nun ja.« Moritz nahm ein Notebook und ein iPhone von einer Ablage, wobei er beinahe zwei Actionfiguren zu Fall brachte. »Ich habe diese beiden Schätzchen hier untersucht. Verdammt teures, neuwertiges Gerät, aber fürchterliche Installation.«

»Nur die wichtigsten Punkte«, bat Jennifer, die den Hang des Informatikers zu weitschweifigen Erklärungen nur zu gut kannte.

Er verdrehte die Augen. Offenbar hatte sie ihm gerade die Pointe versaut. »Was ich damit sagen will, ist, dass es kein Problem war, an die Daten heranzukommen. Von Sicherheitseinstellungen hat euer Opfer offenbar noch nie was gehört. Die Passwörter alle gespeichert oder leicht zu erraten. Veraltete Version von Internet Explorer, Cookies ohne Ende! Ein Wunder, dass sie sich bisher keinen Virus eingefangen hat.«

»Sie konnten also auf alle Daten zugreifen?«, fragte Oliver, um das Ganze etwas abzukürzen.

Moritz Sprenger warf dem Staatsanwalt einen konsternierten Blick zu, begriff aber offenbar, dass dies nicht die Zeit für Vorträge über Internetsicherheit war. »Die Passwörter zu knacken war ein Spaziergang. Deshalb habe ich Larissa Schröders Installation und ihre Konten zunächst darauf hin überprüft, ob sie gehackt oder ausspioniert wurden. Beides ist nicht der Fall.« Er wandte seine Aufmerksamkeit Jennifer zu. »In der kurzen Zeit war natürlich nur ein erstes Abtasten möglich. Sollte es irgendeinen Grund für die Annahme geben, dass sich jemand an Frau Schröders Rechner oder online an ihren Daten vergriffen hat, muss ich das noch mal genauer unter die Lupe nehmen.«

Oliver runzelte die Stirn. An diese Möglichkeit hatte er noch gar nicht gedacht. Wenn sie mit ihrem Verdacht richtiglagen, was die Motivation des Täters anging, war es allerdings ein naheliegender Gedanke. »Wie tief gingen denn Ihre bisherigen Untersuchungen?«

Moritz Sprenger sah ihn fragend an.

»Es gehört ein gewisses Know-how dazu, einen Computer oder Online-Konten anzuzapfen.« Oliver überlegte einen Moment, wie er die Frage formulieren sollte, damit der IT-Experte ihn richtig verstand. »Von welchem Level reden wir, wenn es um die Möglichkeiten geht, die Sie noch nicht überprüft haben?«

»Ah, jetzt weiß ich, was Sie meinen.« Sprenger lächelte auf eine Art und Weise, die überlegen, wenn nicht sogar überheblich wirkte. »Die Angriffsmöglichkeiten, die ich überprüft habe, schließen all das Wissen ein, das jeder beliebige Nutzer, der es darauf anlegt und sich nicht allzu dumm anstellt, aus dem Internet beziehen kann, den Durchschnittsinformatiker eingeschlossen. Die Techniken, die ich bisher nicht berücksichtigt habe, würden schon eine gewisse Expertise voraussetzen.«

»Also Normalsterbliche ausgeschlossen?«, hakte Jennifer nach.

Sprenger nickte.

Demnach war es eher unwahrscheinlich, dass ihr Täter Zugriff auf Larissas Daten gehabt hatte. Dennoch entschied Oliver, eine vollständige Überprüfung anzustoßen. »Ich will nicht, dass uns hier irgendetwas entgeht.«

»Das wird dauern«, erwiderte der Experte. »Und entsprechend kosten. Alle möglichen Angriffswege sind ohnehin nicht zurückzuverfolgen oder zu beweisen.«

»Trotzdem. Tun Sie es einfach.«

Sprenger nickte. »Wie Sie wollen.«

»Was hat die Auswertung von Computer und Handy denn nun ergeben?«, lenkte Jennifer die Aufmerksamkeit auf das eigentliche Kernstück von Morpheus' Untersuchungen.

Der IT-Experte räusperte sich. »Wie vereinbart habe ich alle Daten einer ersten Sichtung unterzogen, lokal und online, außerdem habe ich ihre gesamten Kontakte ausgewertet. Zunächst das Wichtigste: Ich bin auf niemanden gestoßen, der offensichtlich als Täter infrage käme. Niemand hat ihr online oder per Handy nachgestellt oder sie belästigt. Nach allem, was ich gesehen und gelesen habe, hatte sie keine Affäre. Auch ihre Such- und Netzhistorie ergibt keinerlei Verdachtsmomente. Larissa Schröder hat niemandem gegenüber irgendetwas erwähnt, weder per Chat noch per E-Mail. Auch nicht in Bezug auf eine mögliche Affäre ihres Ehemanns. Sie hat kein Tagebuch geführt, ihr Seelenstriptease spielte sich hauptsächlich auf den üblichen sozialen Plattformen ab, allerdings nicht öffentlich. Wie angefordert, habe ich die Einzelverbindungsnachweise ihres Handys und des Festnetzanschlusses der Schröders ausgewertet, aber auch hier keinerlei Auffälligkeiten. Ich habe alle möglichen Daten miteinander verknüpft, in Relation zueinander gesetzt – aber auch da kam nichts auf, was in irgendeiner Weise in Richtung Stalker oder Affäre weisen würde.« Er zuckte die Schultern. »Das ist natürlich meine persönliche bescheidene Meinung. Vielleicht entdeckt ihr bei euren Detailuntersuchungen ja noch irgendetwas von Interesse.«

Jennifer bezweifelte es. Sprengers Arbeit war nahezu perfekt. Mit welchen Programmen er auch arbeitete, ihm war bei digitalen Daten noch nie irgendeine Auffälligkeit entgangen. »Okay.« Sie schluckte ihre Enttäuschung herunter. »Was kannst du uns über Larissas Leben erzählen? Mit wem hatte sie Kontakt, was beschäftigte sie gerade, womit vertrieb sie sich die Zeit?«

»Sie hat in den Wochen vor ihrem Tod regelmäßig mit einem ihrer ehemaligen Kommilitonen gechattet, einem Paul. Offenbar überlegte sie, ihr abgebrochenes Studium wiederaufzunehmen.«

Das war eine neue und überraschende Information. Jennifer und Oliver tauschten einen kurzen Blick.

Während die Kommissarin sich eine Notiz machte, fragte der Staatsanwalt: »Wie ernst waren ihre Absichten? Bisher hatten wir eigentlich den Eindruck, dass sie mit ihrem Leben zufrieden war.«

»Nach dem, was ich aus den unterschiedlichsten Chats mit ihrer Freundin Melanie und diesem Kommilitonen herauslesen konnte, war sie nicht unbedingt unglücklich. Aber ihr Leben füllte sie offenbar auch nicht aus.«

»Ihre Platin-Card hatte sich also schon abgenutzt?«

Die bissige Frage Jennifers war nicht an Moritz gerichtet, doch er beantwortete sie trotzdem. »Das trifft den Nagel auf den Kopf. Sie hat mehrfach mit Melanie Schmidt über ihre Gefühlslage und ihre Pläne gesprochen. Die hielt aber nicht viel von der Idee mit dem Studium, im Gegensatz zu ihrem ehemaligen Kommilitonen.«

»Wer ist dieser Kommilitone, dieser Paul?«, wollte Jennifer wissen.

»Paul Kiesow, siebenundzwanzig. Studiert im vorletzten Semester an der Frankfurter Uni Politikwissenschaft. Wohnt in einer WG mit zwei anderen Studenten. Single, schwul, Anhänger der Linkspartei, bekennender Atheist, Sportfreak und Veganer.«

»Schwul?«, hakte Oliver nach. »Sicher?«

Der IT-Experte nickte. »Absolut sicher.«

Keine Information, die Jennifer gefiel, denn das schloss ihn eigentlich direkt als Verdächtigen aus. Gerade deshalb mussten sie seine Neigung aber überprüfen. »Und wie stand er zu Larissa Schröder?«

»Sie hat ihn vor knapp sechs Wochen angeschrieben, um mit ihm über eine Wiederaufnahme ihres Studiums zu reden, das sie schon kurz nach ihrer Verlobung hingeschmissen hatte. Scheinbar ist er so eine Art Betreuer für jüngere Semester. Er war sehr hilfsbereit und sehr engagiert, sie von einer Wiederaufnahme ihres Studiums zu überzeugen.« Moritz zuckte die Schultern. »Meiner Meinung nach nicht zu engagiert und außerdem, wie ich schon sagte, ist er bekennend homosexuell. Einen Link zu seinem Facebook-Profil habe ich abgespeichert. Dann kannst du dir selbst ein Bild machen.«

Er hielt ihnen eine tragbare Festplatte entgegen. »Hier ist alles drauf: eine Kopie der Festplatte und aller Handydaten, die Auswertungen, Einzelverbindungsnachweise, Zusammenfassungen und natürlich eine Datei mit allen Passwörtern und PINs. Auf ihrer Festplatte und auf dem Handy sind keine besonderen oder gar illegalen Daten zu finden. Sie fotografierte wohl gerne, aber nicht sonderlich gut. Keine bemerkenswerten Hobbys. Der offizielle Bericht folgt morgen.«

Oliver nahm die USB-Platte entgegen. »Danke.«

»Immer wieder gerne. Wann ich eine definitive Aussage hinsichtlich irgendwelcher Hackerangriffe machen kann, lässt sich noch nicht abschätzen. Falls es Fragen gibt, Sie wissen, wo Sie mich finden.«

Jennifer und der Staatsanwalt verließen das Büro des IT-Experten und schauten noch kurz bei Jarik Fröhlich vorbei. Der Leiter der Spurensicherung hatte allerdings keinerlei Neuigkeiten für sie.

Als sie in den Aufzug stiegen, brach Jennifer das entstandene

Schweigen. »Was hältst du von diesem Paul Kiesow?«, fragte sie, während er die Festplatte noch immer nachdenklich in den Händen drehte.

»Nachfragen schadet nichts.« Oliver warf ihr einen Seitenblick zu und konnte sich ein Lächeln nicht verkneifen. Meistens hatten sie dieselben Gedanken. »Wir sollten ihn zu einem Gespräch einladen. Schwul hin oder her.«

Auf dem Flur der Kripo wurden sie bereits von Freya Olsson erwartet. Die Büroassistentin begrüßte sie, indem sie mit einem Stapel Papier winkte und ihn dann hörbar auf den Empfangstresen fallen ließ. »Die Universität hat die Liste der Studenten aus Larissa Schröders Studiengang geschickt. Dank Gerichtsbeschluss samt Geburts- und Kontaktdaten. Das sind an die zweihundert Leute.«

Freyas Laune hatte sich inzwischen etwas gebessert, doch noch immer war ihr anzumerken, dass sie vom Listenabtelefonieren entschieden genug hatte. Weder Jennifer noch Oliver konnten es ihr verübeln.

»Ich habe gute Neuigkeiten. Im Moment sind wir nur an einem Einzigen interessiert.« Jennifer unterstrich die Information, indem sie ihren rechten Zeigefinger in die Luft streckte. »Paul Kiesow. Ich will ihn morgen früh um acht Uhr hier im Präsidium sehen.«

Freyas Gesichtsausdruck wechselte zwischen Freude und Skepsis. »Und wie soll ich das bewerkstelligen, nur für den unwahrscheinlichen Fall, dass der werte Herr ebenfalls auf einer offiziellen Vorladung besteht?«

»Im Zweifelsfall stellen wir ihm die Vorladung persönlich zu«, antwortete Oliver mit einem Lächeln. »Oder wir lassen ihn von der Schupo direkt abholen. Seine Entscheidung.«

»Das ist nicht unbedingt die gängige Vorgehensweise …«

Der Staatsanwalt sah aus dem Augenwinkel, wie Jennifer

verhalten grinste, sich aber einen Kommentar verkniff. Für gewöhnlich war sie diejenige, die mit derartigen Winkelzügen aufwartete. »Für ihn ist sie es. Zumindest dieses eine Mal.«

Freya überlegte kurz, dann zuckte sie mit den Schultern. »Sie sind der Boss.«

»Wie weit bist du mit Gallos Liste?«

Jennifers Frage ließ das Lächeln auf Freyas Lippen zusammenfallen wie ein Kartenhaus. »Ich habe ungefähr die Hälfte. Ich muss immerhin auch noch alle überprüfen, deren Identität ich bereits zweifelsfrei festgestellt habe.«

Sie wollte sich bereits abwenden, als Freya hinzufügte: »Marcel hat sich krankgemeldet. Er meinte, du wüsstest Bescheid.«

Jennifer nickte nur. Zurück in ihrem Büro, checkte sie zuerst ihre E-Mails, während Oliver sich einen Stuhl heranzog.

»Also gut, wie fahren wir fort?«, fragte sie, als er sich gesetzt hatte.

Er hielt die Festplatte hoch. »Larissa Schröders Daten sichten, vor allem die Chatprotokolle zwischen ihr und Paul Kiesow. Ich bin gespannt, was Sprenger unter ›sehr engagiert‹ versteht. Und dann haben wir ja auch noch die Kartons mit ihren Habseligkeiten.«

Jennifers Blick fiel auf die Umzugskisten, die in der Nähe des Fensters gestapelt waren. »Hier ist zu wenig Platz. Was hältst du davon, wenn wir uns in ein freies Besprechungszimmer zurückziehen? Du holst deinen Laptop und siehst dir die Festplatte an, während ich Larissas Sachen durchgehe. Oder umgekehrt.«

»Gute Idee.«

Gemeinsam trugen sie die Kisten in ein Besprechungszimmer am Ende des Flurs, in dem mehrere Tische aneinandergestellt waren. Während Oliver den Laptop aus seinem Büro holte, öffnete Jennifer die Kartons und begann, den Inhalt auf den Tischen auszubreiten.

Oliver kehrte mit dem Notebook unter dem Arm zurück und schloss die Festplatte an den Rechner an. Er ließ seinen Blick nur kurz über die ausgebreiteten Besitztümer des Opfers schweifen, bevor er sich schweigend an den Bildschirm setzte.

Jennifer nahm sich zuerst die Ordner vor, die Larissa Schröder während ihrer Studienzeit angelegt hatte. Die Unterlagen zeugten nicht unbedingt von besonderem Interesse oder Können. Sie waren ungeordnet, die Ränder der Mitschriften voller gekritzelter Muster und Kringel, offensichtlich ein Zeichen von Langeweile.

Larissas Absicht, das Studium wiederaufzunehmen, erschien Jennifer in diesem Zusammenhang etwas fragwürdig.

Sie stapelte die Unterlagen an einem Ende der Tischreihe und legte noch ein paar Fachbücher dazu, die thematisch eindeutig zum Studium gehörten. Larissa hatte sie offenbar neu gekauft und nur selten in die Hand genommen, denn Gebrauchsspuren waren kaum zu sehen.

Die junge Frau hatte für das Leben an Sascha Schröders Seite eine Menge aufgegeben, nicht nur ihre Ausbildung. Das zeigten ihre privaten Hinterlassenschaften deutlich. Ihre Interessen hatten sich offenbar verschoben. Vor ihrer Beziehung hatte sie viele Hobbys gehabt, beispielsweise hatte sie gemalt und mit Speckstein gearbeitet. In den Kartons fanden sich einige ihrer Werke. Ihren künstlerischen Bestrebungen war sie aber seit über einem Jahr nicht mehr nachgegangen.

Nur die Liebe zur Fotografie hatte Bestand gehabt. Auf der Festplatte befand sich eine beachtliche Anzahl von digitalen Fotos, die Oliver in diesem Moment sichtete. Larissa Schröder hatte aber auch Alben angelegt und – als diese aus der Mode gekommen waren – Fotobücher drucken lassen.

Jennifer blätterte die einzigen beiden professionell gestalteten Bücher durch: das von der Verlobung und das von der Hochzeit.

Die Bilder zeigten eine Vielzahl von Menschen, die alle mit dem glücklich in die Kamera lächelnden Brautpaar abgelichtet worden waren.

»Wir sollten uns von Sascha Schröder eine Liste der Hochzeitsgäste geben lassen«, murmelte sie über den Tisch hinweg. »Ein paar von ihnen machen nicht gerade den Eindruck, als würden sie die Feier genießen.«

Oliver blickte von seinem Notebook auf und nickte. Die Bilder von der Hochzeit lagen in digitaler Form auch auf der Festplatte. »Über ein paar dieser Fotos bin ich ebenfalls gestolpert.«

Jennifer blätterte bis zum Ende des Fotobuchs, dann zog sie sich einen Stapel alter Geburtstags- und Weihnachtskarten heran, sortierte sie nach Datum und überflog den Inhalt.

Sie musste sich zum konzentrierten Arbeiten zwingen, denn ihr entging nicht, dass Oliver sie zwischendurch immer wieder musterte.

Es vergingen fast zehn Minuten, bevor er in die Stille des Raumes hinein sagte: »Darf ich dich etwas fragen?«

Jennifer hielt inne. Bereits sein Tonfall war Warnung genug. Sie wusste, worum es ging. Sie ließ die kitschige Karte sinken und sah auf. »Immer.«

Oliver ließ zwei Sekunden verstreichen, bevor er fragte: »Wieso riskierst du deinen Job für Marcel Meyer?«

Direkt und ohne Umwege. Sie stieß hörbar die Luft aus. »Ich habe meine Gründe.«

»Und die wären?«

»Gründe eben.«

Oliver klappte den Bildschirm seines Notebooks herunter. Eine eindeutige Geste. »Ich würde sie gerne hören.«

Seine Stimme war ruhig, vielleicht zu ruhig.

Trotzdem versuchte sie auszuweichen. »Ich kann verstehen, dass du von seinem Auftritt gestern nicht gerade begeistert bist.

Aber ich war abends noch bei ihm. Er wird sich in nächster Zeit vom Präsidium fernhalten.«

»Davon bin ich ausgegangen. Das beantwortet aber nicht meine Frage.« Olivers Tonfall war vollkommen neutral. Dass er sie noch immer direkt ansah, empfand Jennifer als irritierend. Sie führten keine Unterhaltung, er unterzog sie einem verdammten Verhör.

»Darüber möchte ich eigentlich nicht sprechen.«

»Ich aber schon.«

Die Beharrlichkeit des Staatsanwalts machte sie wütend. Sie wollte ihn schon anfahren, ihm sagen, dass ihn das verdammt noch mal nichts anging, als sie erneut seinem Blick begegnete, und ihr Zorn verflog.

Jennifer begriff. Oliver musste wissen, wofür er im Zweifel selbst seinen Kopf hinhielt. Sie hatte sich bisher keine Gedanken darüber gemacht, aber jetzt fragte sie sich, warum er Marcels Alleingang nicht längst gemeldet hatte. Er wäre dazu ebenso verpflichtet gewesen wie sie selbst. Er hatte keinerlei Beziehung zu ihrem Partner, wahrscheinlich konnte er ihn noch nicht einmal ausstehen.

Schlagartig wurde ihr bewusst, dass er keinesfalls Marcel deckte, er deckte *sie*. Der Preis dafür war allerdings, dass sie ihm erklären musste, warum sie noch immer loyal zu ihrem Partner stand.

»Ich schulde ihm eine Chance«, sagte sie schließlich verstimmt. »Ich habe mich ihm gegenüber mehr als mies verhalten, als ich hier in Lemanshain ankam, und …«

»Mies?«, hakte Oliver nach. »Das würde ich schon gerne genauer wissen.«

Jennifer schüttelte mit einem entnervten Seufzen den Kopf. Sie war auf diese Episode alles andere als stolz. »Ich habe mich wie eine Idiotin aufgeführt. Es gab fast nichts zu tun, trotzdem habe ich Überstunden geschoben, alte Fälle aufgerollt, uns immer neue Arbeit gesucht. Darüber hinaus war ich wohl mehr als unausstehlich. Ich habe die Großstadtpolizistin raushängen lassen.«

Oliver nickte. Er konnte sich sehr gut vorstellen, was das in ihrem Fall bedeutete.

»Trotzdem fing Marcel mit mir einfach noch mal von vorne an, als ich endlich wieder zu mir kam. Wir wären nie gute Kollegen geworden, geschweige denn Freunde …« Jennifer verstummte für einen kurzen Moment. »Kannst du das verstehen?«

Sie hatte bei Weitem nicht alles gesagt und hoffte, dass Oliver nicht auch noch auf der Ausbreitung jener Details bestehen würde, die sie auf gar keinen Fall mit ihm erörtern wollte.

Oliver ließ sich mit seiner Antwort Zeit. Sie war erleichtert, als er endlich nickte. »Schon. Und ich respektiere das auch.« Er beugte sich vor und sah ihr erneut direkt in die Augen. »Aber du hast ihm schon mehr als eine Chance gegeben, Jennifer, und du riskierst viel zu viel für ihn.«

Sein Tonfall lag irgendwo zwischen Warnung und gut gemeintem Rat, einem Rat, den sie eigentlich nicht mehr brauchte. »Das war das letzte Mal«, sagte sie nur.

Er hielt ihren Blick weiterhin gefangen. »Das hoffe ich. Denn wenn Marcel sich noch einmal so eine Aktion leistet wie gestern, werde ich höchstpersönlich dafür sorgen, dass er aus dem Dienst entfernt wird. Und wenn ich das auch nicht gerne tun würde: Auf dich könnte ich dann ebenfalls keine Rücksicht mehr nehmen.«

Jennifer nickte nur. Mehrere Sekunden verstrichen, bevor sie sagte: »Danke für dieses Mal. Ich schulde dir etwas.«

Er schüttelte den Kopf. »Du schuldest mir nichts, Jennifer. Manchmal wünsche ich mir nur, dass du dich hin und wieder ernsthaft fragen würdest, ob du dir nicht selbst etwas schuldig bist.«

Jennifer antwortete nicht darauf. Sie blieb nur stumm sitzen und sah ihm dabei zu, wie er sich wieder seinem Notebook zuwandte.

Seine letzte Bemerkung ließ sie nicht mehr los. Als sie aber keine Antwort auf die von ihm gestellte Frage fand, schob sie sie energisch beiseite. Im Moment konnte sie sich wirklich nicht damit beschäftigen.

Schuldig war sie im Moment nur einer Person etwas, und das war Larissa Schröder. Sie musste ihrem Mörder ein Gesicht geben.

7

Als Jennifer und Oliver am Freitagvormittag das Großraumbüro im Polizeipräsidium in Offenbach betraten, nahmen die anwesenden Beamten erst einmal keine Notiz von ihnen. Jennifer fragte sich gerade, ob sie hier möglicherweise falsch waren, als ein Mann an einem der hinteren Schreibtische auf sie aufmerksam wurde und ihnen entgegengeeilt kam.

Er trug einen mäßig sitzenden, verknitterten Anzug, der ihn wie ein schlechtes Double von Columbo wirken ließ, nur der Mantel fehlte. Er streckte ihnen die Hand entgegen. »KOK Leitner und Staatsanwalt Grohmann?« In der Geräuschkulisse aus Gesprächen und Tastaturgeklapper ging seine leise Stimme fast unter. »KHK Paschold. Die Staatsanwältin hat Sie angerufen.«

Oliver nickte. »Wir sind wegen der Beweisstücke hier.«

»Ich habe die beiden Jugendlichen, die sie verkaufen wollten, schon in einen Verhörraum bringen lassen. Kommen Sie.« Er deutete auf die Tür, durch die sie eben erst eingetreten waren.

»Sind die Eltern inzwischen aufgetaucht?«, fragte der Staatsanwalt, während sie dem Kommissar einen langen Flur entlang folgten.

»Der Vater des Mädchens und die Mutter des Jungen waren vor knapp einer Stunde hier, aber die Kids wollen ihre alten Herrschaften nicht dabeihaben. Außerdem haben beide Parteien wie erwartet auf einen Anwalt verzichtet.« Paschold fuhr sich durch das ergraute Haar. »Man braucht bei einem solchen Desinteresse der Eltern kein Hellseher zu sein, um zu wissen, warum die Kids mit ihren vierzehn Jahren schon dicke Akten bei uns haben.«

»Die Jugendgerichtshilfe ist informiert?«

»Ja. Man sagte mir allerdings, sie würden erst dann jemanden schicken, wenn Sie auf die Idee kommen sollten, in Ihrer Mordsache gegen die beiden zu ermitteln.« Paschold blieb vor einer dunkelblau gestrichenen Tür stehen. »Da sind wir.«

Sie betraten einen Raum, der dem eigentlichen Verhörraum vorgelagert und durch eine Tür und einen Halbspiegel mit ihm verbunden war. Auf der anderen Seite stand ein grauer Tisch mit vier Stühlen, an dem zwei Jugendliche saßen.

Der Junge hatte die Arme vor der Brust verschränkt und starrte feindselig in die Luft. Seiner Kleidung nach zu urteilen machte er einen auf Gangster. Das Mädchen neben ihm fuhr mit dem Fingernagel ihres rechten Daumens imaginäre Muster auf der Tischplatte nach. Sie war zu stark geschminkt, und obwohl sie sich Mühe gegeben hatte, war auf den ersten Blick zu erkennen, dass ihre Eltern weder Geld für Markenklamotten noch für teuren Schmuck hatten.

»Was haben die beiden denn schon alles ausgefressen?«, fragte Jennifer.

»Das Übliche: ihre Mitschüler abgezogen, Diebstähle, Prügeleien, Beamtenbeleidigung.« Paschold zuckte die Schultern. Er hatte sich längst daran gewöhnt, mit jugendlichen Gewohnheitskriminellen zu tun zu haben. »Sie sitzen hier in mehr oder weniger regelmäßigen Abständen. Nur dass sie die Habseligkeiten von Mordopfern auf dem Schulhof verscherbeln, das ist neu.«

Und mehr als überraschend. Jennifer hatte Oliver zuerst gar nicht glauben wollen, dass Larissa Schröders Einkäufe und die Kleidung, die sie am Tag ihrer Ermordung getragen hatte, auf einem Offenbacher Schulhof aufgetaucht waren. Die Kreisstadt lag im Rhein-Main-Gebiet, gut fünfzig Kilometer westlich von

Lemanshain, und grenzte direkt an Frankfurt. Doch die Kollegen hatten ihren Fund sehr sorgfältig mit den von Katia erstellten Datenbankeinträgen verglichen, bevor die Staatsanwältin in Lemanshain angerufen hatte.

Paschold deutete auf einen Tisch, der einen Großteil des Raumes einnahm. »Das sind die Sachen, die wir sichergestellt haben. Alles bereits erfasst und katalogisiert. Die Details der Übergabe hat Staatsanwältin Weidenbach ja mit Ihnen geklärt. Die Formulare habe ich auf dem Schreibtisch.«

Oliver und Jennifer traten näher und sahen die in durchsichtige Beweismitteltüten verpackten Kleidungs- und Schmuckstücke oberflächlich durch. Es gab keinen Zweifel. Es waren Larissa Schröders Habseligkeiten, und sie schienen vollständig zu sein.

Nur von den Ohrhängern, die sie getragen hatte, als sie ihrem Mörder begegnet war, fehlte einer. Jennifer hielt die Beweismitteltüte hoch. »Haben die beiden etwas zu dem fehlenden Ohrring gesagt?«

Paschold nickte. »Sie behaupten, es hätte nur diesen einen gegeben. Angeblich haben sie es nicht geschafft, auch nur ein Teil zu verkaufen. Könnte gelogen sein, sie hatten allerdings auch keine größeren Mengen Bargeld dabei.«

Was bedeuten konnte, dass der Ohrhänger irgendwann verlorengegangen war. Die Frage war nur, ob vor oder nach der schicksalhaften Begegnung, die Larissa Schröder das Leben gekostet hatte. Vielleicht sagten die Kids aber auch nicht die Wahrheit. Der Schmuck war aus Gold gefertigt, und in das Metall waren hochkarätige Diamanten eingelassen. Ein Pfandleiher oder Goldschmied würde auch ein Einzelexemplar nehmen.

»Irgendeine Spur von dem Auto?«, wollte Grohmann wissen.

Der Kommissar schüttelte den Kopf. »Bisher noch nicht. Mein Partner versucht derzeit, die Typen zu ermitteln, die sich den Mercedes angeblich unter den Nagel gerissen haben.«

Oliver tauschte einen Blick mit Jennifer. Sie kannten die Aussage, die die Jugendlichen gegenüber den Offenbacher Kollegen gemacht hatten. Die Staatsanwältin hatte ihnen sofort nach ihrem Anruf Kopien der Vernehmungsprotokolle gefaxt. Trotzdem wollten sie den beiden noch einmal persönlich auf den Zahn fühlen.

»Haben Sie ihnen schon gesagt, was Sache ist?«, fragte Jennifer.

»Nein«, entgegnete Paschold. »Diese Ehre wollte ich Ihnen überlassen.«

Die Kommissarin nickte zufrieden, dann deutete sie auf die Tür, die in den Verhörraum führte. »Nach dir.«

Die beiden Jugendlichen hoben die Köpfe, als die Ermittler eintraten. Der Blick des Jungen wurde noch feindseliger, und auch das Gesicht des Mädchens verfinsterte sich augenblicklich. Jennifer und Oliver setzten sich ihnen gegenüber und musterten sie unverhohlen, was nach einigen Sekunden zumindest bei dem von Akne geplagten Jungen leichte Anzeichen von Nervosität hervorrief.

Grohmann blätterte betont desinteressiert in der Mappe, die Jennifer ihm überlassen hatte. Neben ein paar Fotos und den Vernehmungsprotokollen beinhaltete sie einige Blätter, die mit wahllosen Informationen bedruckt waren und lediglich dazu dienten, den Jugendlichen den Eindruck zu vermitteln, dass die Beamten bestens über sie Bescheid wussten.

Aus einem unbestimmten Gefühl heraus wandte der Staatsanwalt sich direkt an den Jungen. »Hast du deiner bisherigen Aussage noch irgendetwas hinzuzufügen, Florian?«, fragte er.

Der Angesprochene schüttelte den Kopf.

»Und du, Vanessa?«

Auch von dem Mädchen erhielt er nur ein stummes Kopfschütteln als Antwort.

»Also gut«, seufzte Grohmann. »Dann gehen wir jetzt alles noch einmal durch.«

Vanessa setzte sich auf. Hinter der ganzen Schminke verbarg sich ein Mädchen, das zwanghaft versuchte, älter auszusehen, als es war. »Wieso denn das?!«, fragte sie mürrisch. »Wir haben alles gesagt, was wir wissen. Wann können wir endlich gehen?«

»Gehen?«, wiederholte der Staatsanwalt überrascht, bevor er mit einem Blick in die Aktenmappe den Kopf schüttelte. »Nicht so bald.«

Die Jugendliche öffnete den Mund, ohne etwas zu sagen. Dann verschränkte sie die Arme vor der Brust und wich sowohl Grohmanns als auch Jennifers Blick aus.

»Ihr habt heute Morgen also versucht, Kleidung und Schmuck an eure Mitschüler zu verkaufen.« Keine Reaktion. »Wo habt ihr die Sachen her?«

Florian verdrehte die Augen. »Ey, Alter, was soll das?! Das haben wir den anderen Bullen jetzt schon zweimal erzählt!«

»Dann erzählt ihr es uns eben ein drittes Mal.«

»Und weshalb?«, schnappte Vanessa. »Wer sind Sie überhaupt?«

Grohmann schenkte den beiden ein geduldiges Lächeln. »Zwei weitere Bullen, die sich eure Geschichte anhören wollen, um zu entscheiden, ob ihr Märchen erzählt oder die Wahrheit sagt.«

Vanessa stieß ein entnervtes Schnauben aus. »Wieso sollten wir lügen? Alles, was wir gesagt haben, ist wahr.«

»Das werden wir sehen. Ihr seid nicht gerade für eure Wahrheitsliebe bekannt.« Der Staatsanwalt gab den beiden keine weitere Gelegenheit, sich zu profilieren. »Also noch einmal: Woher habt ihr die Kleidung und den Schmuck?«

»Aus einem Auto, von einem Typen, der die Karre einfach stehengelassen hat«, erklärte Florian gereizt. »Wir haben die

Sachen mitgenommen. Er wollte sie offenbar nicht mehr. Das war's.«

»Geht das etwas präziser?«, hakte Jennifer nach. Sie folgte Olivers Ansatz, sich nicht aus der Ruhe bringen zu lassen, auch wenn sie ihre Zweifel hatte, dass die Samthandschuhmethode sie zum Ziel führen würde. »Wo und wann genau war das?«

Die beiden Vierzehnjährigen schüttelten unisono den Kopf. »Das haben wir doch alles schon zweimal durchgekaut«, protestierte Florian erneut. »Ich will jetzt gehen.«

Grohmann lehnte sich mit einem Seufzer zurück und musterte die Jugendlichen schweigend, bevor er einen konspirativen Blick mit Jennifer tauschte. »Also schön, na gut. Wir werden so fair sein, euch eine letzte Chance zu geben, auch wenn ihr die nicht verdient habt. Es läuft folgendermaßen: Entweder ihr macht jetzt den Mund auf und kooperiert, oder ihr geht heute überhaupt nicht mehr nach Hause.«

Vanessa kniff die Augen zusammen. Sie war offensichtlich die Intelligentere von den beiden, denn im Gegensatz zu Florian schaltete sie sofort. »Was soll das denn? Sie können uns doch gar nicht festhalten, selbst dann nicht, wenn wir die Klamotten irgendwo geklaut hätten.«

»Wenn wir davon ausgehen müssen, dass ihr in einen Mord verwickelt seid, dann schon.«

»Mord?!«, wiederholte das Mädchen entsetzt, während ihrem Freund der Mund offen stehenblieb.

Oliver nickte. »Die Frau, der die Sachen gehört haben, ist tot.«

»Fuck!«, fluchte Vanessa. »Damit haben wir doch nichts zu tun!«

Der Staatsanwalt zuckte die Schultern. »Überzeugt uns davon.«

»Scheiße, Mann!« Vanessa verschränkte die Arme vor der

Brust. Es war deutlich zu sehen, wie es hinter ihrer Stirn arbeitete, während Florian neben ihr nur undeutlich Flüche vor sich hinmurmelte.

Sie ließen ihnen noch ein paar Sekunden Zeit, sich über die Botschaft und ihre Folgen klarzuwerden, bevor Jennifer fragte: »Wann und wo seid ihr diesem Typen begegnet? Was genau ist passiert?«

Vanessa und Florian tauschten einen kurzen Blick, bevor das Mädchen endlich die gewünschten Informationen herausrückte. »Wir haben Dienstagnacht mit ein paar anderen unter der Autobahnbrücke abgehangen. War eigentlich recht ruhig, bis dann auf einmal dieses Auto aufgetaucht ist.«

»Wann war das genau?«, hakte Oliver nach.

Sie zuckten zuerst die Schultern, dann sagte Florian: »So um halb zwei.«

Normalerweise wäre dies der Zeitpunkt gewesen, um zu fragen, wieso sich zwei Vierzehnjährige um diese Uhrzeit unter einer Autobahnbrücke herumtrieben, doch das war im Moment nebensächlich. Die genauen Umstände und Hintergründe aufzudecken war Sache der örtlichen Polizei.

»Was ist dann passiert? Wir brauchen Details«, erinnerte der Staatsanwalt.

»Das war 'ne ziemlich fette Karre. Noch neu. Haben uns sofort gewundert, was der da wollte.« Vanessa begann erneut, imaginäre Linien auf der Tischplatte nachzuzeichnen. »Der Kerl ist ausgestiegen, hat die Fahrertür offen gelassen und ist einfach weggegangen.«

Florian nickte. »Einer von den anderen hat ihm noch was hinterhergeschrien, daraufhin hat er uns den Mittelfinger gezeigt. Dann war er verschwunden und ist nicht mehr zurückgekommen.«

»Und?«, hakte Jennifer nach.

Vanessa zuckte die Schultern. »Na, was wohl? Wir sind hin zu dem Wagen und haben gleich gesehen, dass der Schlüssel steckte … Die anderen haben den Kofferraum aufgemacht. Einer meinte noch, dass da vielleicht 'ne Leiche drinliegt. Tat sie aber nicht. Das Auto war sauber.«

Jennifer schüttelte innerlich den Kopf über so viel Dummheit. Unwillkürlich fragte sie sich, ob Florian und Vanessa einem Alkohol- und Drogentest unterzogen worden waren. Ein Cocktail aus jugendlicher Abenteuerlust und illegalen Substanzen war bestens geeignet, den Verstand auszuschalten, das wusste sie aus eigener Erfahrung.

»Jedenfalls habe ich in die Einkaufstüten geguckt und die Klamotten entdeckt. Die anderen haben von so was keine Ahnung, die haben gar nicht gerafft, was das für teures Zeug ist. Sie haben nur gelacht und gemeint, wir könnten den Scheiß haben. Also habe ich die Tüten mitgenommen. Die anderen sind dann mit dem Auto weggefahren, und wir sind abgehauen.«

Dieselbe Geschichte, die sie den Offenbacher Kollegen erzählt hatten, ohne die geringste Abweichung. So unglaubwürdig sich das Ganze auch anhörte, gab es keinen greifbaren Hinweis darauf, dass sie logen. Allerdings waren sie mit Sicherheit im Lügen echte Profis.

»Könnt ihr den Typen beschreiben?«, fragte Oliver.

Schweigsames Kopfschütteln.

»Größe, Körperbau, Haarfarbe? Irgendetwas?«

»Der hatte dunkle Sachen an und die Kapuze tief ins Gesicht gezogen«, antwortete Florian. »Der war so schnell verschwunden …«

»Mit wem genau habt ihr unter der Brücke abgehangen? Habt ihr eine Ahnung, wohin sie mit dem Auto gefahren sind?«

Vanessa zuckte die Schultern, während Florian keinerlei sichtbare Reaktion zeigte. Die Offenbacher Staatsanwältin hatte

Grohmann bereits vorgewarnt, dass sie nicht damit rechnen konnten, Namen aus den beiden herauszubekommen.

»Das ist sehr wichtig«, fügte er hinzu. »Der Mann, den ihr gesehen habt, hat sehr wahrscheinlich einen Mord begangen und euch dazu benutzt, Beweise zu vernichten.«

»Wenn er denn überhaupt existiert«, warf Jennifer zweifelnd ein.

»Das ist die Wahrheit«, schnappte Vanessa sofort.

»Sicher doch. Ich glaube eher, dass ihr die Sachen von einem eurer Kumpels bekommen habt.« Jennifer beugte sich vor. Dass sie mit einem Mord in Verbindung gebracht wurden, war bisher das Einzige, was irgendeine spürbare Wirkung auf die beiden gezeigt hatte. »Ihr deckt einen Mörder. Das nennt man Strafvereitelung, und das ist gleichbedeutend mit Knast.«

Vanessas trotzige Miene zeigte nur für den Bruchteil einer Sekunde Risse, dann wiederholte sie: »Der Typ hat das Auto mit den Klamotten unter der Autobahnbrücke abgestellt. Die anderen haben die Karre mitgehen lassen. Das ist alles.«

Einschüchtern ließ sie sich also offenbar nicht. »Was für ein Auto war das genau?«, hakte Grohmann nach.

»Ein Mercedes«, antwortete Florian sofort.

»Und was für ein Modell?«

»Keine Ahnung. Groß, bestimmt teuer. Hatte Ledersitze. Dunkelblau.«

Der Staatsanwalt zog einige Fotos aus der Aktenmappe und legte sie vor den Jugendlichen auf den Tisch. Sie zeigten sieben verschiedene Mercedes-Modelle, doch nur eines davon entsprach dem Wagen, den Larissa Schröder gefahren hatte.

Florian deutete augenblicklich darauf. »Der da war's.«

Der Staatsanwalt wechselte einen Blick mit Jennifer. Um sich eines Autos zu entledigen, war die Vorgehensweise absolut unüblich, aber äußerst effektiv. Ihr Täter hatte die beiden und ihre unbekannten Freunde erfolgreich für seine Zwecke missbraucht.

»Wie heißen eure Kumpels, die das Auto mitgenommen haben?«, versuchte Grohmann es noch einmal. »Wir müssen diesen Wagen finden. Eure Freunde sind uns dabei ziemlich egal.«

»Wir sind keine Verräter.« Vanessa zuckte nur die Schultern. »Pech für Sie.«

Der Staatsanwalt schüttelte leicht den Kopf, um seinen Zorn zu überspielen. Die Kriminellen wurden nicht nur immer jünger, sondern auch immer dreister. »Was ist mit dem Ohrhänger passiert? An wen habt ihr ihn verkauft?«

»An niemanden«, empörte sich Vanessa. »Wie oft werden wir eigentlich noch danach gefragt?! Es war einer, okay, ein einziger Ohrring, von Anfang an!«

»Das glauben wir euch nicht«, erwiderte Jennifer unbeeindruckt. »Wir wollen jetzt endlich einen Namen hören.«

»Es gibt keinen Namen, gottverdammt!« Vanessa war inzwischen so zornig, dass sie mit der Faust auf den Tisch schlug. »Keinen einzigen! Wir hatten doch noch gar nicht richtig angefangen, da ist irgendwer zur Pausenaufsicht gerannt, und die haben uns direkt hochgenommen!«

Grohmann startete einen letzten Versuch. »Davon werdet ihr dann wohl den Richter überzeugen müssen. Es könnte natürlich auch sein, dass ihr die Wahrheit sagt, und der Ohrring befindet sich möglicherweise noch in dem Auto. Doch wenn wir den Wagen nicht haben …«

Vanessa durchschaute seine Strategie. Ihr entschiedenes Kopfschütteln unterbrach ihn. Sie beugte sich vor und sah ihm direkt in die Augen. »Vergessen Sie's. Keine Namen.« Dann lehnte sie sich zurück und starrte demonstrativ den Kalender an der Wand an.

Es war vorbei. Mehr würden sie aus den beiden Kids hier und

heute nicht herausholen. Der Staatsanwalt bedeutete Jennifer mit einer wortlosen Geste, dass sie fertig waren, und stand auf. Sie erhob sich ebenfalls, um ihm nach draußen zu folgen.

Noch im Türrahmen hielt sie jedoch inne. Die Selbstherrlichkeit der beiden Teenager schürte ihre Wut. Eigentlich wusste sie, dass es sinnlos war und sie sich an Olivers Marschrichtung halten sollte, doch sie konnte sich nicht einfach schweigend umdrehen und gehen.

Also machte sie kehrt und fixierte die Jugendlichen. »Weshalb schützt ihr diese Typen?«, fragte sie barsch. »Was geben sie euch für eure Loyalität? Kippen? Alk? Das Gefühl, cool zu sein?«

Sie spürte Olivers Blick in ihrem Rücken, doch er schritt nicht ein. »Glaubt ihr, die würden für euch den Mund halten, wenn sie an eurer Stelle hier säßen?!«

Jennifer schüttelte den Kopf. »Dieses Scheißverhalten, das ihr an den Tag legt, führt zu nichts. Im Moment fühlt ihr euch wie die Könige. Ihr seid besser als alle anderen, oder? Besser als eure Eltern, eure Mitschüler, die Lehrer, die Bullen.«

Jetzt hatte sie die volle Aufmerksamkeit der beiden. Offenbar wussten sie nicht, wie sie den plötzlichen Ausbruch der Kommissarin deuten sollten. Zumindest hatte es ihnen die Sprache verschlagen.

»Einen Scheiß seid ihr besser. Ihr haltet eure Köpfe für irgendwelche Typen hin, die euch nur ausnutzen, denen ihr vollkommen am Arsch vorbeigeht und die euch bei der ersten Gelegenheit in den Rücken fallen werden. Denkt ihr, das ist es wert?« Jennifer nickte grimmig. »Im Moment denkt ihr das noch. Das, was euch die Erwachsenen erzählen, ist ja nur Bullshit. Sollen sie doch reden, nicht wahr? Ist doch nichts dabei, als Hartz-IV-Empfänger in irgendeiner versifften Bude zu enden und nichts anderes zu tun zu haben, als den ganzen Tag dumpf in die Glotze zu starren oder für einen Euro die Stunde den

Dreck anderer Leute wegzumachen. Ist doch eigentlich schon fast erstrebenswert, oder?«

Sie sah Florian an. »Du glaubst, du wirst mal der ganz große Macker, ein Typ, dem die Frauen scharenweise hinterherlaufen. Irgendwo wird die Kohle schon herkommen, im Zweifel findet sich irgendeine illegale Quelle. Vielleicht siehst du aber auch so gut aus, dass die Mädels das Geld freiwillig mitbringen. Nur, soll ich dir mal was sagen? Mädchen stehen nicht auf Macho-Versager, und erst recht nicht auf Typen, die den Großteil ihrer Zeit als Huren ihrer Mitgefangenen im Knast verbringen.«

Jennifers Blick wanderte zu Vanessa. »Und dir wird auch nicht irgendein Prinz zufliegen, der dich aus der ganzen Scheiße herausholt und dich bis an sein Lebensende durchfüttert. Für die Männerwelt wirst du mit ganz viel Glück nur die Matratze sein, mit etwas Pech zusätzlich auch noch das Dienstmädchen. Und eine Schwangerschaft oder ein Kind ändern gar nichts daran. Spätestens dann sind die Typen verschwunden, aber nicht, ohne sich vorher über dich kaputtzulachen.«

Jennifer sah zwischen Vanessa und Florian, die vollkommen erstarrt auf ihren Stühlen saßen, hin und her. »So stellt ihr euch also euer Leben vor? Für die nächsten vierzig oder fünfzig Jahre? Abhängig von einem Staat, der jederzeit die Regeln ändern und über euch bestimmen kann? Bodensatz der Gesellschaft, Unterschicht? Das ist euer Ziel? Viel Spaß dabei.«

Mit diesen Worten drehte sie sich um und verließ den Verhörraum.

Einige Stunden später stand Jennifer vor dem Whiteboard in ihrem Büro und ließ den Blick über das Schaubild schweifen, in dessen Mitte der Name des Opfers stand. Von Larissa Schröder ausgehend hatte sie im Laufe der Woche mehrere Linien gezogen und mögliche Verdächtige und Zeugen notiert. Es waren einige Namen hinzugekommen, genauso viele hatte die Kommissarin wieder durchgestrichen, darunter auch Paul Kiesow. Larissas ehemaliger Kommilitone hatte die junge Frau lediglich gemocht, Zweifel an seiner Homosexualität bestanden keine.

Sie hatten niemanden ermitteln können, der als Täter auch nur entfernt infrage kam. Weder im Freundes- und Familienkreis der Schröders noch im weiteren Umfeld. Mit Hilfe von Oliver, Katia und Frank hatte Jennifer am Donnerstag Dutzende Personen befragt, darunter die Gäste der Modenschau in Gallos Boutique und ehemalige Mitstudenten von Larissa. Sie hatten sogar die Überwachungsvideos der bevorzugten Clubs von Larissa und ihren Freundinnen angefordert und durchforstet.

Es gab keinerlei Hinweise auf einen Stalker oder Liebhaber. Weder auf Seiten von Larissa noch auf der ihres Ehemanns.

Nichts.

Sie waren jeder noch so kleinen Spur gefolgt, doch noch immer hatten sie keinen vielversprechenden Ansatz. Larissas Mörder war ein gesichtsloses Phantom. Sie tappten im Dunkeln.

Ihre Hoffnung auf einen Durchbruch konzentrierte sich jetzt auf die am Morgen sichergestellten Beweisstücke. Nachdem sie aber bereits durch mehrere Hände gegangen und die Kleidung von den Jugendlichen noch dazu gewaschen worden war, waren die Aussichten auf brauchbare Fingerabdrücke oder andere Spuren eher gering.

Jennifer war erschöpft und resigniert. Ihr Hochgefühl vom Morgen war bereits auf der Rückfahrt von Offenbach nach Lemanshain verflogen.

Der Mercedes war verschwunden. Ob sie das Auto finden würden und falls ja, in welchem Zustand, war ungewiss.

Am meisten beschäftigte sie aber die Tatsache, dass der Fund von Larissas Kleidung ihre gesamten bisherigen Annahmen auf den Kopf gestellt hatten.

Jennifer war so tief in Gedanken versunken, dass sie Oliver erst bemerkte, als er sie am Arm berührte. Irritiert sah sie auf die Uhr. Sie hatte über eine Stunde lang auf das Schaubild gestarrt und vergeblich versucht, die vor ihr liegenden Puzzleteilchen irgendwie logisch zusammenzusetzen.

»Schon zurück?«, fragte sie, als sich der Staatsanwalt hinter Marcels verwaisten Schreibtisch setzte.

»Ich habe die wichtigsten Sachen erledigt. Alles andere hat bis Montag Zeit.« Er lehnte sich auf dem Stuhl zurück und ließ den Blick von Jennifer zum Whiteboard und wieder zurück schweifen. »Hast du schon überprüft, ob irgendjemand auf unserer Liste Verbindungen nach Offenbach hat?«

Jennifer schüttelte abwesend den Kopf.

»Immerhin können wir unsere Liste mit dem erweiterten Personenkreis einer gewissen Sortierung unterwerfen, bevor wir mit den Vernehmungen beginnen. Nach Offenbach sind es fünfzig Kilometer. Und der Kerl muss vorher gewusst haben, wo er das Auto abstellen kann, um es loszuwerden.«

Jennifer nickte nur.

Da alle bisherigen Ansätze versandet waren, hatten sie am Abend zuvor beschlossen, tiefer in die Vergangenheit ihres Opfers vorzudringen. Sie wollten Personen überprüfen, die schon länger nichts mehr mit Larissa zu tun gehabt hatten, und allen ihren Exfreunden und -liebhabern einen Besuch abstatten.

Jetzt war Jennifer sich allerdings nicht mehr sicher, ob das eine brauchbare Vorgehensweise war.

Sie grübelte noch eine Weile schweigend vor sich hin, bevor sie murmelte: »Er hat sie mit Diazepam betäubt. Die Dosis war hoch genug, um sie mehrere Stunden lang abzuschießen. Wenn er sie gekannt hätte, wäre das nicht notwendig gewesen, oder?«

Oliver versuchte ihrem Gedankengang zu folgen. Professor Meurer hatte am Tag zuvor die Ergebnisse der Laboruntersuchungen erhalten. Larissa Schröder war mit einem gängigen verschreibungspflichtigen Beruhigungsmittel betäubt worden. Sie gingen davon aus, dass der Täter ihren Champagner im »Coco & Giorgio« damit versetzt hatte. Es war eine weitere Spur, die sich noch als nützlich erweisen konnte, allerdings erst dann, wenn sie irgendeinen konkreten Verdächtigen hatten.

»Was ist los, Jennifer?«, fragte Oliver schließlich.

Sie antwortete nicht sofort. »Ich denke, dass wir die Sache falsch angehen. Dass wir möglicherweise die ganze Zeit falschen Spuren nachgejagt sind.«

»Wie meinst du das?«

»Bisher sind wir davon ausgegangen, dass wir jemanden suchen, der in Larissa verliebt war. Ich denke, diese Annahme könnte komplett falsch sein.«

»Weil er sich ihrer Sachen entledigt hat?«, mutmaßte der Staatsanwalt.

Jennifer nickte. »Wenn er krankhaft in sie verliebt gewesen wäre, hätte er ihre Sachen nicht entsorgt, jedenfalls nicht auf diese Art und Weise. Zumindest nicht die Kleidung, die Larissa am Körper getragen hat. Er hätte den Gedanken niemals ertragen können, dass irgendeine andere Frau ihre Sachen anzieht. Vielleicht hätte er die Kleidung vernichtet, aber er hätte sie doch nicht irgendwelchen Typen unter einer Autobahnbrücke überlassen.«

»Nehmen wir einmal an, dass du recht hast. Was schließt du dann daraus?«

Jennifer zuckte die Schultern und schüttelte den Kopf. »Ich bekomme einfach kein Gefühl für diesen Kerl, Oliver. Ein wichtiger Teil unserer Arbeit besteht darin, uns in die Täter hineinzuversetzen, zu versuchen, ihre Beweggründe nachzuvollziehen und zu verstehen. In den meisten Fällen führt das früher oder später zum Erfolg. Jetzt habe ich aber den Eindruck, dass wir uns die ganze Zeit im Kreis drehen, ohne auch nur den Hauch einer Ahnung zu haben, nach wem wir eigentlich suchen.«

Oliver nickte. »Wenn er nicht in sie verliebt war, was ist es dann?«

Die Kommissarin zögerte einen Moment, bevor sie sagte: »Vielleicht ging es ihm gar nicht um Larissa. Ich meine um Larissa als Person. Vielleicht stellt sie einfach nur ein Symbol dar. Möglicherweise ging es ihm nicht um die Liebe seines Lebens, sondern um etwas ganz anderes. Die Sache mit dem Herz … Es passt irgendwie alles nicht zusammen.« Jennifer drehte Oliver den Kopf zu und sah ihn zum ersten Mal an. »Was, wenn er sie lediglich als Opfer ausgewählt hat, weil sie gerade erst geheiratet hatte? Wenn er sie überhaupt nicht kannte, außer aus der Zeitung? Wenn sie allein deshalb sein Opfer wurde, weil sie ihre Liebe öffentlich zelebrierte?«

»Möglich«, räumte Oliver zögernd ein. »Aber ehrlich gesagt würde ich das nur äußerst ungern in Erwägung ziehen. Denn du weißt, was das im Zweifelsfall bedeuten würde, oder?«

Jennifer nickte. »Im Zweifelsfall noch mehr Leichen. Aber ich denke, es ist an der Zeit, auch diese Eventualität in Betracht zu ziehen.«

Der Staatsanwalt stieß ein leises Seufzen aus. »Bevor wir uns detaillierter damit auseinandersetzen, möchte ich eine Expertenmeinung einholen.«

»Das wollte ich dir ohnehin vorschlagen.«

Oliver zögerte noch einen Moment, dann fragte er: »Rufst du Doktor Rabe an?«

Jennifers Mundwinkel verzogen sich zu einem gequälten Lächeln. »Habe ich schon. Wir haben direkt Montagmorgen einen Termin.«

Als sich Hannah am späten Freitagnachmittag von Aileen verabschiedete, war sie bester Laune. Sie hatte ihre ersten drei Tage an der neuen Schule mehr oder weniger erfolgreich hinter sich gebracht und das Gefühl, eine neue Freundin gefunden zu haben. Oder zumindest eine *mögliche* neue Freundin.

Sie hatte Aileen im Leistungskurs Politik und Wirtschaft kennengelernt. Es standen Hausarbeiten an, und Aileen war die Einzige gewesen, die noch ohne Partner gewesen war. Was offensichtlich Gründe hatte.

Aileen war auf den ersten Blick anzusehen, dass sie anders war als die anderen Jugendlichen. Sie kleidete sich ganz in schwarz, ihre Füße steckten in hochhackigen Stiefeln, sie trug Netzhandschuhe, und ein Ring mit einem dunkelroten Stein schmückte ihre linke Hand. Ihre Haare waren schwarz gefärbt, allerdings mit dunkelroten Strähnen durchsetzt, und hingen ihr so weit ins Gesicht, dass sie es fast vollständig verbargen. Die eng geschnittene, mit Spitze besetzte Bluse, die sie an Hannahs erstem Tag in der Schule trug, hatte einigermaßen zu ihrer restlichen Erscheinung gepasst, ganz im Gegensatz zu der viel zu weiten Cargo-Hose.

Als Hannah sie gefragt hatte, ob sie eine Arbeitsgruppe mit ihr bilden wolle, hatte Aileen zum ersten Mal den Blick gehoben. Ihre Augen hatten die Farbe von Eis und hatten sich voller Ablehnung und Feindseligkeit direkt in die Augen ihres Gegenübers gebohrt.

Hannah neigte nicht dazu, in Schablonen zu denken, dennoch hatte es sie ein wenig verwirrt, dass sie Aileen nicht irgendeiner Gruppierung zuordnen konnte, wie sie es von Jugendlichen in ihrem Alter gewöhnt war. Ihre Mitschülerin gehörte augenscheinlich weder zur Heavy-Metal-Fraktion noch zu den sogenannten Emos. Wahrscheinlich war sie Mitglied irgendeiner Subkultur der Gothic-Szene.

Oder sie war einfach nur Aileen.

Dieser Gedanke gefiel Hannah am besten. Inzwischen betrachtete sie das sonderbare Mädchen einfach als Individualistin.

Aileen hatte sich Hannah gegenüber zuerst extrem ablehnend verhalten, doch dank ihrer Hartnäckigkeit war es Hannah schließlich gelungen, ihre Mitschülerin zur Zusammenarbeit zu bewegen. Sie war sogar ein klein wenig aufgetaut, auch wenn sie darauf bedacht schien, möglichst wenig über sich preiszugeben.

Als Hannah vorgeschlagen hatte, sich am Samstag zu treffen, um gemeinsam an dem Referat zu arbeiten, hatte Aileen äußerst zögerlich reagiert. Sie hatte erst zugestimmt, als Hannah sie direkt zu sich nach Hause eingeladen hatte, weshalb Hannah inzwischen vermutete, dass Aileens Verhältnis zu ihren Eltern nicht das beste war.

Irgendwie hatte Hannah das Gefühl, Aileen bereits zu mögen. Sie mochte sonderbar und in sich gekehrt sein, doch zumindest machte sie einen ehrlichen Eindruck und schien keinesfalls so oberflächlich und affektiert zu sein wie die meisten anderen Mädchen in ihrem Alter.

Eben das genaue Gegenteil der drei Schülerinnen, die Hannah jetzt auf dem Weg zur Bushaltestelle in den Weg traten und ihr die gute Laune verdarben.

Sie waren ihr bereits in der Mensa aufgefallen. Sie hatten in der Mittagspause am Nebentisch gesessen und lebhaft über den neuesten Promiklatsch diskutiert, wenn sie nicht gerade damit beschäftigt gewesen waren, sie und Aileen kritisch zu mustern und wenig unauffällig über sie zu tuscheln.

Hannah konnte sich denken, was sie von ihr wollten: sie darauf hinweisen, dass sie auf dem besten Weg war, sich zu blamieren und im gesellschaftlichen Gefüge ihrer neuen Schule ziemlich tief zu fallen. Hannah hatte früher an ihrer alten Schule selbst zu diesen »elitären« Kreisen gehört und kannte die Spielregeln.

Unbewusst verschränkte sie die Arme vor der Brust, als sie stehenblieb und den Blicken der drei durchgestylten Mädchen begegnete.

Die Blondine in der Mitte kam sofort zur Sache. »Wir haben dich heute mit Aileen gesehen. Ihr arbeitet zusammen?«

Am liebsten hätte Hannah auf diese dämliche Frage gar nicht geantwortet, weshalb sie recht einsilbig blieb. »Sieht so aus.«

»Für uns sah es eher so aus, als würdest du mit ihr anbandeln«, bemerkte die Blonde.

Hannah vermisste den sonst üblichen hochnäsigen Tonfall. Offenbar wollten sie ihre Warnung höflich verpackt rüberbringen. »Und wenn schon.«

»Das ist keine gute Idee. Aileen ist kein guter Umgang.«

Ihre Worte bestätigten Hannahs Vermutung, der Tonfall passte jedoch überhaupt nicht. Sie musterte die drei Mädchen skeptisch und sah der Blonden in die Augen. Irgendetwas stimmte nicht, lief nicht nach den gewohnten Regeln. »Weshalb?«

»Du solltest etwas über sie wissen«, sagte das Mädchen schon beinahe zögerlich. »Aileen ist gefährlich.«

»Gefährlich?«, wiederholte Hannah irritiert, denn mit dieser Aussage hatte sie am allerwenigsten gerechnet. Aileen mochte anders sein, unangepasst, vielleicht auch sonderbar, aber *gefährlich*? »Wie kommt ihr denn darauf?«

Ein Auto hielt am Straßenrand, das offenbar gekommen war, um die Clique einzusammeln. »Das ist nur ein gut gemeinter Rat«, sagte die Blonde ernst. »Halte dich lieber von Aileen fern. Sie ist Mitglied in einer Sekte.«

Dann stiegen die drei in den Wagen und fuhren davon.

8

Jennifer hielt vor der Absperrung und streckte dem wachhabenden Polizisten ihren Ausweis entgegen. Er warf einen kurzen Blick darauf, dann winkte er sie durch. Obwohl das abgesperrte Areal recht groß war, gab er ihr keine weiteren Anweisungen. Sie ließ ihr Auto über den holprigen Kiesweg rollen und parkte schließlich auf dem Hof eines heruntergekommenen, halb verfallenen Gebäudes.

Sie ließ sich noch ein paar Sekunden Zeit und lauschte dem leisen Singsang aus dem Radio, bevor sie den Zündschlüssel zog und ausstieg. Die Temperaturen waren erneut unter null Grad gefallen, doch wenigstens schneite es nicht mehr.

Kurz nach sechs Uhr, Samstagmorgen. Der Fund war irgendwann zwischen ein und zwei Uhr in der Nacht gemeldet worden.

Jennifer näherte sich den sechs Männern, die vor einer beinahe vollständig eingestürzten Betonwand Position bezogen hatten. Von dort aus war vermutlich auch der Zugang zu den Überresten des Industriegebäudes möglich, dessen Umrisse sich dank der Beleuchtung im Innern deutlich aus der Dunkelheit hervorhoben.

Als die Beamten auf Jennifer aufmerksam wurden, verstummten ihre Gespräche sofort. Neugierig musterten sie die Kommissarin, während sie sich über die letzten Meter plattgetretenen Schnees kämpfte.

Der leitende Ermittler machte schließlich einen Schritt auf sie zu. Er stellte sich als Kriminalhauptkommissar Achim Freytag vor und begrüßte sie knapp, auf jegliche Floskeln verzichtend. In der nächsten halben Minute schüttelte Jennifer alle möglichen Hände und versuchte sich die Namen der wichtigsten Akteure einzuprägen. Kriminalpolizei, Spurensicherung, Rechtsmediziner und Staatsanwalt.

Anschließend wandte sie sich direkt an Kommissar Freytag. Er war ein großer, breitschultriger Mann um die fünfzig. Die Lichtverhältnisse ließen kaum Mimik erkennen.

»Warum haben Sie uns angerufen?« Die Frage war so simpel wie unnötig. Jennifer ahnte längst, weshalb sich die Kollegen wegen eines Leichenfundes im Hanauer Hafen bei ihnen gemeldet hatten: weil er möglicherweise im Zusammenhang mit ihrem ungelösten Mordfall stand.

Der leitende Beamte deutete auf den Durchgang in den Mauerresten neben ihnen. »Sehen Sie es sich selbst an.«

Von ihm gefolgt betrat Jennifer daraufhin die Ruine. Von dem ehemaligen Industriegebäude war nicht mehr allzu viel übrig. Ein großer Teil des Daches fehlte, die wenigen noch vorhandenen Wände waren mit Graffiti verunstaltet, und verrostete Metallstreben ragten aus dem Beton. Überall lagen Müll und benutzte Spritzen herum. Der Geruch von Alkohol und Urin lag unverkennbar in der Luft. Wie viele verlassene Gebäude war auch dieses hier Heimstätte von Obdachlosen und Drogenabhängigen geworden.

Am anderen Ende, wo die Mauern noch einigermaßen intakt waren und einen akzeptablen Schutz vor Wind und Wetter boten, saß inmitten der aufgestellten Flutlichter eine mit einem Tuch bedeckte Gestalt. Sie lehnte an den Überresten einer zusammengestürzten Treppe, inmitten von Glasscherben und Stofffetzen. In einem Radius von gut zwei Metern war sie von getrockneten Blutspritzern und Flecken umgeben.

Jennifer blieb stehen und ließ den Anblick einen Moment lang auf sich wirken. Mit einer Geste in Richtung Leiche fragte sie: »Darf ich?«

Achim Freytag nickte. »Sicher. Die Spurensicherung ist schon durch. Wir haben mit dem Abtransport der Leiche nur auf Sie gewartet. Anordnung seitens Ihres Staatsanwalts.«

Jennifer legte die letzten Meter trotzdem vorsichtig zurück, darauf bedacht, weder in das Blut noch in die Glasscherben zu treten. Nachdem sie Handschuhe übergezogen hatte, zog sie das Laken zur Seite.

Ihr Blick fiel sofort auf das Loch im Brustkorb, das freie Sicht auf zerfetztes Gewebe und gebrochene Rippen gewährte. Das Herz fehlte.

»Scheiße«, fluchte Jennifer.

»Jetzt wissen Sie, warum wir Sie angerufen haben«, sagte der Hanauer Kommissar neben ihr ruhig.

Sie schloss die Augen und atmete tief durch, bevor sie sich erneut dem Anblick stellte. Sie lenkte ihre Konzentration fort von der klaffenden Wunde, die aussah, als hätte jemand einfach in die Brust des Mannes gegriffen und das Leben mit einer einzigen Bewegung aus ihm herausgerissen.

Die Haltung des Toten wirkte unnatürlich. Er starrte sie aus gebrochenen Augen an, zähnefletschend, einen Ausdruck im Gesicht, der ihm eher das Aussehen eines rasenden Tieres als das eines toten Menschen verlieh. Er war nackt. Sein ganzer Körper war mit beschriebenen Zetteln in Notizblockgröße bedeckt, die verwendeten Pinnnadeln hatten sich tief in sein Fleisch gebohrt.

Trotz der vielen Zettel fielen Jennifer sofort die Einstiche ins Auge. Auf den Mann war unzählige Male mit einem Messer oder einem ähnlich scharfen Gegenstand eingestochen worden. Allerdings erst nach seinem Tod.

Die Kommissarin trat einen Schritt zurück und ließ ihren Blick über den Boden wandern.

Die Anordnung der Blutspritzer kam ihr merkwürdig vor. Man brauchte kein Experte zu sein, um zu erkennen, dass das Muster nicht zur Fundsituation passte. Das Blut, falls es denn überhaupt echtes Blut war, war nachträglich verspritzt worden, um den Anschein eines Angriffs vor Ort zu erwecken. Der Mann war allerdings nicht hier gestorben.

Jennifer deckte den Toten wieder zu. Dann sah sie Achim Freytag an. »Woher wussten Sie …?« Sie hatten bisher keine Fallbeschreibung in die Systeme eingespeist, um einen bundesweiten Vergleich des Tatgeschehens zu ermöglichen. Larissa Schröders Tod war trotz der Zweifel, die ihnen inzwischen gekommen waren, noch als Einzeltat eingestuft worden.

Der Kommissar zuckte die Schultern. »Buschtrommeln. Sie wissen doch, wie das läuft.«

Natürlich wusste sie es. Der eine Kollege erzählte einem anderen von seinem Fall, der es wiederum dem nächsten erzählte. Spätestens der dritte Beamte gehörte nicht mehr zum selben Zuständigkeitsbereich. Es war ein Wunder, dass Informationen, die nicht für die Öffentlichkeit bestimmt waren, meist erfolgreich unter Verschluss gehalten werden konnten.

»Konnten Sie das Opfer schon identifizieren?«, fragte Jennifer.

Der Hanauer Ermittler zog eine durchsichtige Beweismitteltüte aus den Tiefen seines Mantels und reichte sie ihr. Darin befand sich ein dünnes Taschenbuch. »Das hatte der Tote in der Hand. Sehen Sie sich die Rückseite an.«

Dort waren neben der Inhaltsangabe ein Autorenfoto und eine Kurzbiografie abgedruckt. Das Foto ließ keinen Zweifel daran, dass sie den Verfasser des Buches vor sich hatten: Cedric Mattes, Diplom-Psychologe. Der Titel des Buches jagte Jennifer einen kurzen, dafür umso kälteren Schauer über den Rücken: »Hass und andere verkannte Gefährten.«

»Was steht auf den Zetteln?«

»Zitate, würde ich annehmen, zumindest sind sämtliche Aussagen in Anführungszeichen gesetzt. Alles dreht sich um dasselbe Thema: Hass.«

Jennifer musste an Larissa Schröder denken: die perfekte Braut, umgeben von Symbolen der Liebe.

Hass. Liebe. Liebe und Hass.

In Jennifers Magen bildete sich ein harter Klumpen. Hätte ihre Intuition sie nicht wenigstens dieses eine Mal täuschen können?

»Dieser Mord steht offensichtlich in direktem Zusammenhang mit Ihrem aktuellen Fall.«

Jennifer hatte überhaupt nicht bemerkt, dass der Hanauer Staatsanwalt ihnen gefolgt war. Er stand ein paar Meter entfernt und musterte sie eindringlich. In seinem Tonfall schwang eine unausgesprochene Mitteilung mit: *Ihre* Zuständigkeit. Die Hanauer würden sich nicht um den Fall reißen, so viel war klar. Kein Beamter, der einigermaßen bei Verstand war, hätte sich bei dieser Sachlage freiwillig für zuständig erklärt.

Jennifer sagte lieber nichts dazu. Sie würde dem Staatsanwalt keine Munition liefern, um diesen Mord in die Zuständigkeit von Lemanshain abschieben zu können.

»Entschuldigen Sie mich einen Moment, ich muss telefonieren.« Sie gab dem Kommissar das Buch zurück und verließ das Gebäude, den Blick des Staatsanwalts im Rücken. Sie wussten beide, dass sie sich dadurch wenig elegant einer Antwort auf seine Feststellung entzog.

Deshalb war Jennifer froh, draußen auf dem Hof Olivers alten Ford zu entdecken, der gerade neben ihrem VW hielt. Sie ging ihm entgegen.

Selbst in dem diffusen Licht sah er furchtbar aus. Seine schwarzen Haare standen ungewaschen vom Kopf ab, er hatte tiefe Schatten unter den geröteten Augen und roch noch aus zwei Metern Entfernung nach abgestandenem Zigarettenrauch.

»Welcher Zug hat dich denn überfahren?«, fragte Jennifer entsetzt. Ihre Sorge galt dabei allerdings eher den bevorstehenden Verhandlungen als seiner Gesundheit.

»Ich habe nicht mal eine Stunde geschlafen.« Seine Stimme klang ungewöhnlich rau und tief. Wenn sie es nicht besser gewusst hätte, hätte Jennifer eine schwere Erkältung vermutet. »Meine Band hatte gestern – oder vielmehr heute – einen Auftritt.«

Jennifer musterte ihn eingehend. Ihr gefiel nicht, was sie sah, ganz und gar nicht.

Oliver verstand ihren Blick auch ohne Worte. »Ich bin vollkommen übermüdet, das ist alles. Sonst wäre ich nicht hier.«

»Wo ist dein Chef?« Jennifer hoffte, dass sich der Oberstaatsanwalt auf dem Weg hierher befand. »Kommt er noch?«

Oliver schüttelte den Kopf. »Er hat mir die Ehre übertragen.« Ihm entging keinesfalls, dass die Kommissarin von dieser Information alles andere als begeistert war. »Wieso? Was ist los?«

»Die Hanauer werden versuchen, uns die Sache aufs Auge zu drücken.«

Oliver schloss kurz die Augen und versuchte ein Gähnen zu unterdrücken. »Worum geht es überhaupt?«

»Männlicher Toter, übersät mit irgendwelchen Hasszitaten, Autor eines Buches, das Hass zum Thema hat. Sein Herz fehlt.«

Oliver stöhnte auf. »Oh fuck.«

»Ganz meine Meinung.« Dass er einen derartigen Kraftausdruck benutzte, verstärkte ihre Zweifel an seiner momentanen Fähigkeit, seinen Aufgaben gerecht zu werden – zumindest in ihrem Sinne.

»Doppelmord«, warf er ein, doch es klang nicht wirklich überzeugt.

»Serienmord.«

»Wieso bist du schon wieder so pessimistisch?«, seufzte der Staatsanwalt kraftlos.

»Alle denken es, ich spreche es aus. Wir haben einen Ritus, eine planvolle Vorgehensweise und ein mehr oder minder eindeutiges Muster, was die Opferwahl betrifft. Dem Täter geht es offenbar um Gefühle – und er sucht die Opfer entsprechend aus. Außerdem keine Verbindung zwischen den Toten.«

»Das kannst du jetzt doch noch gar nicht wissen.«

Jennifers Blick wurde kritisch. »In den letzten Tagen haben wir Larissas Leben und das ihrer Freunde und Angehörigen auf den Kopf gestellt. Der Tote dort drinnen ist uns dabei nicht begegnet.«

»Das schließt eine Verbindung nicht aus«, widersprach Oliver erneut.

»Nein, aber es macht eine Verbindung verdammt unwahrscheinlich, zumindest eine von der Art, die man bei einem zusammenhängenden Doppelmord voraussetzen würde.«

»Okay.« Er beugte sich widerwillig Jennifers Ansicht, zumindest vorerst. Sie wusste genauso gut wie er selbst, dass sie erst noch gründlich nach einer möglichen Verbindung suchen mussten. »Was schlägst du vor?«

»Versuch uns die Sache vom Hals zu schaffen. Die Hanauer kriegen jede Hilfe von uns, die sie haben wollen, aber die Zuständigkeit sollte klar bei ihnen liegen.«

»Wow.« Oliver sah Jennifer zugleich irritiert und überrascht an.

»Was?«

Der Staatsanwalt schüttelte den Kopf. »Ich bin geschockt. Du gibst einen Fall freiwillig aus der Hand?«

Jennifer biss sich auf die Unterlippe. Sie zögerte einen Moment, bevor sie gestand: »Ich habe ein verdammt schlechtes

Gefühl, was diese Morde angeht, Oliver. Aber auch ganz davon abgesehen, ist dieser Fall bei den Hanauer Kollegen weitaus besser aufgehoben. Sie haben die Ressourcen …«

Oliver unterbrach sie mit einem Nicken. Sie musste nicht weiterreden. »Ich versuche mein Bestes.«

Hoffentlich war sein Bestes gut genug. Jennifer bezweifelte es. Dem Staatsanwalt schien der nötige Kampfgeist zu fehlen, aber vielleicht tat sie ihm auch Unrecht.

Sie gesellten sich zu den Hanauer Ermittlern, die ihr Gespräch nicht gerade unauffällig beobachtet hatten. Die Gruppe hatte sich verkleinert, es waren nur noch Achim Freytag, sein Partner und der Staatsanwalt vor Ort.

Letzterer musterte Oliver beinahe abschätzig, bevor er auch ihm gegenüber den offensichtlichen Zusammenhang zwischen den Morden hervorhob. Offenbar glaubte er, leichtes Spiel mit seinem übermüdeten Kollegen zu haben.

Oliver Grohmann machte ihm allerdings einen Strich durch die Rechnung. Er reagierte mit einem Schulterzucken. »Zum einen ist das Ansichtssache, zum anderen ergibt sich daraus noch keine eindeutige Zuständigkeit.«

»Das sehe ich allerdings anders.« Der Hanauer Staatsanwalt konnte seine Verblüffung nicht verbergen. »Sie werden doch wohl einsehen, dass der erste Mord ganz klar in Ihre örtliche Zuständigkeit …«

»Wollen Sie das wirklich hier vor Ort ausdiskutieren?«, unterbrach Grohmann. »Es ist kalt und ungemütlich.«

Sein Gegenüber öffnete den Mund, nur um ihn gleich darauf zu einer wütenden Linie zusammenzupressen. Ihm blieb nichts anderes übrig, als den Lemanshainer Kollegen zur weiteren Unterredung in sein Büro zu bitten. Selbst bei angenehmen Temperaturen hätte er eine derartige Auseinandersetzung nicht vor Polizisten geführt.

Jennifer sah den beiden Männern nach, als sie zu ihren Autos gingen. Offenbar hatte nicht nur der Hanauer Staatsanwalt, sondern auch sie selbst Oliver unterschätzt.

Die Kommissarin wandte sich erneut an Achim Freytag. »Wie geht es jetzt weiter?«

»Die Leiche wird gleich zur Obduktion in die Rechtsmedizin verbracht. Sollten Sie den Fall bearbeiten, lassen wir Ihnen die Ergebnisse selbstverständlich zukommen.«

Wenigstens hatten sie nicht vor, die Ermittlungen ruhen zu lassen, bis die Zuständigkeit endgültig geklärt war. Jennifer überlegte einen Moment, ob sie sich selbst zur Autopsie einladen sollte, entschied sich dann aber dagegen. Sie verspürte nicht den Drang, eine Diskussion deswegen anzufangen. Freytag hatte keine Einladung ausgesprochen, und das war gleichbedeutend mit einer Ausladung.

»Wären Sie so freundlich, mir die Fotos vom Fundort zukommen zu lassen?«, fragte sie stattdessen.

»Klar, warum nicht?«

»Dann kann ich die Zeit sinnvoll überbrücken, bis sich die Staatsanwälte geeinigt haben.« Das war Jennifers Art, ihm mehr oder weniger indirekt mitzuteilen, dass sie sie jetzt sofort haben wollte, nicht erst nächste Woche.

Freytag gefiel das offensichtlich nicht, trotzdem nahm er ihre Visitenkarte entgegen. »Ich werde die Kollegen bitten, Ihnen die Zugangsdaten zu einem unserer gesicherten Server zu übermitteln und die Dateien bereitzustellen.«

Was nicht mehr und nicht weniger hieß, als dass ihre Bitte keine allzu große Priorität hatte. Trotzdem bedankte sie sich, im Stillen bereits die Personen durchgehend, die sie anrufen würde, um innerhalb der nächsten Stunde an die Fotos heranzukommen. Ob es Achim Freytag passte oder nicht.

Als Oliver zwei Stunden später in ihrem Büro eintraf, saß Jennifer am Schreibtisch und blickte konzentriert auf ihren Computerbildschirm. Der Staatsanwalt blieb in der Tür stehen und lehnte sich gegen den Rahmen, die Hände in den Taschen seiner Jeans vergraben.

Sie sah auf und schaute ihm direkt in die Augen.

Er musste nichts sagen. Dass er den Blick abwandte, war Antwort genug. Sie hatten den ungeliebten Hauptpreis gewonnen: die Zuständigkeit für die Ermittlungen in den Mordfällen Larissa Schröder und Cedric Mattes.

Jennifer ließ ihrem Frust freien Lauf. »Ach Scheiße, warum?«

»Ich könnte dir den gesamten Verlauf der Auseinandersetzung skizzieren, aber ich bin so rücksichtsvoll und erspare dir die Details.« Oliver seufzte gequält. »Letzten Endes war nur von Bedeutung, dass wir recht aktuelle Erfahrungen haben, was die Ermittlungen im Fall eines Mehrfachmörders angeht.«

»Serienkiller«, berichtigte die Kommissarin ärgerlich.

»Wie du dir denken kannst, wollte niemand dieses Wort in den Mund nehmen. Aber der ›Künstler‹ hat uns wohl eine gewisse Expertise verliehen, die auch mein Chef per Telefonkonferenz nicht aus der Welt diskutieren konnte.«

Lemanshain war im Herbst des vergangenen Jahres von einem Serienmörder heimgesucht worden, der seinen Opfern Bilder in den Rücken geschnitzt und deshalb den Spitznamen »Künstler« erhalten hatte. Es war ihr erster gemeinsamer Fall gewesen, dessen Lösung sie auch einer großen Portion Zufall zu verdanken gehabt hatten. Von besonderer Erfahrung mit derartigen Ermittlungen zu sprechen war ein mehr als nur schlechter Scherz.

Unbewusst massierte sich Jennifer den linken Unterarm, den der Mörder ihr vor gut fünf Monaten gebrochen hatte. Manchmal spürte sie die Verletzung noch, obwohl sie gut verheilt war. Jennifer war hart im Nehmen, aber die direkte Auseinandersetzung mit dem »Künstler« war auch an ihr nicht spurlos vorübergegangen.

»Herrgott noch mal, was für ein beschissener Grund.«

»Ich weiß.«

»Die haben mehr Leute als wir, die haben die Ressourcen, wir sind eine verdammte Provinzstadt ...« Jennifer verstummte und starrte einen Moment lang wütend die Wand an, bevor ihr Blick erneut den Staatsanwalt traf.

»Sieh mich nicht so an. Ich habe getan, was ich konnte.«

Für den Bruchteil einer Sekunde war Jennifer versucht, eben gerade das in Zweifel zu ziehen. Sie war wütend genug, Oliver als Zielscheibe für ihren Ärger zu missbrauchen. Doch es war ihm gegenüber nicht fair, also suchte sie sich wieder einen Punkt an der Wand, den sie mit bösen Blicken malträtieren konnte. »Unterstützen sie uns wenigstens?«

»Formell gesehen, ja.«

»Was heißt das denn schon wieder?«

»Es ist hässlich geworden.« Oliver zuckte die Schultern. Er wollte nicht näher darauf eingehen. »Wir sollten nicht damit rechnen, dass sich die Hanauer besonders ins Zeug legen werden.«

»Also machen wir besser alles selbst«, stellte Jennifer ungerührt fest.

»So sieht es aus«, bestätigte der Staatsanwalt. »Du findest auf dem Server, für den dich die Hanauer Kripo freigeschaltet hat, alle Daten, die sie bisher haben. Ich habe schon mit Möhring telefoniert. Mironowa und Herzig sind auf dem Weg hierher. Wir müssen Druck machen.«

Jennifer nickte. »Bevor der oder die Nächste stirbt.«

»Hoffen wir, dass es dazu nicht kommt. Vor allem nicht in Abständen von fünf Tagen.«

Bedrücktes Schweigen folgte. Wenn sie es mit einem Serienmörder zu tun hatten, was zu befürchten war, würde er vermutlich in ebenso kurzen Abständen weitermorden.

Die unangenehme Stille half Jennifer, ihre Wut bis auf eine kleine, kaum noch spürbare Flamme niederzukämpfen. Oliver stieß sich vom Türrahmen ab und nahm einmal mehr Marcels Platz ein. Es schien zur Gewohnheit zu werden, dass er in die Rolle ihres Partners schlüpfte.

»Was hast du in der Zwischenzeit gemacht?« Er kannte sie gut genug, um zu wissen, dass sie nicht einfach nur herumgesessen und auf ihn gewartet hatte.

»Ich habe mir die Fotos vom Fundort angesehen und begonnen, die Zitate zu erfassen. Außerdem habe ich erste Informationen über Cedric Mattes und sein Buch eingeholt.«

Olivers Lächeln fiel weitaus schwächer aus als sonst. »Dein Vertrauen in mich ist bemerkenswert.«

»Mein Pessimismus ist einfach zu groß.«

Oliver griff in seine Jacke, die er über den Stuhl gehängt hatte. »Was das Buch angeht, das habe ich mitgebracht.« Er reichte ihr den dünnen Band, der noch immer in der durchsichtigen Beweismitteltüte steckte. »Alle anderen sichergestellten Beweisstücke folgen im Laufe des Tages.«

»Perfekt.« Es klang nicht halb so begeistert, wie Jennifer beabsichtigt hatte.

Der Staatsanwalt lenkte ihre Aufmerksamkeit auf den Bildschirm zurück. »Was sind das für Zitate?«

»Es geht immer um das Thema Hass.« Jennifer scrollte kurz in der Datei, die sie erstellt und mit ersten Informationen gefüttert hatte. »Ein Beispiel: ›Ich bin voller Hass, und das liebe ich.‹«

»Columbine«, sagte Oliver sofort.

Jennifer verstand nicht. »Was?«

»Der Amoklauf an der Columbine High School in Littleton 1999. Das ist ein Zitat von Eric Harris, einem der Täter.«

Sie war überrascht. Der Vorfall war ihr selbstverständlich bekannt, aber sie hätte das Zitat nicht direkt zuordnen können. »Werde ich vermerken. Jedenfalls finden sich auf den Zetteln, soweit ich sie auf den Fotos überhaupt entziffern konnte, viele solcher netten Sprüche. Auf Deutsch und Englisch. Unser Täter hat sich auch bei Film, Literatur und Musik bedient. Beispielsweise: ›Dein Hass hat dich mächtig gemacht. Erfülle dein Schicksal.‹«

Oliver schüttelte den Kopf. *Star Wars*. Ausgerechnet.

»Oder: ›Hatred would have been easier. With hatred, I would have known what to do. Hatred is clear, metallic, one-handed, unwavering; unlike love.‹ Das hört sich für mich zumindest so an, als würde es aus einem Roman stammen. Einige Zitate scheint der Täter auch aus dem Zusammenhang gerissen, gekürzt oder abgeändert zu haben, damit sie seine Botschaft transportieren.«

»Ein Hoch auf den Hass?« Dem Staatsanwalt war anzumerken, dass ihm diese Tatsache Unbehagen bereitete.

Jennifer nickte. »Ja, das trifft es. Auch der Titel des Buches passt dazu. Cedric Mattes war wohl der Meinung, dass Hass in unserer Gesellschaft falsch bewertet wird. Inwiefern, kann ich allerdings erst sagen, wenn ich das Werk gelesen habe.«

»Wir haben es mit einem Verrückten zu tun«, stellte Oliver fest.

Dem konnte Jennifer nur beipflichten. »Die Frage ist allerdings, mit welcher Art von Verrücktem. Aber das kann uns hoffentlich Doktor Rabe am Montag beantworten.«

»Hoffen wir es.« Oliver setzte gerade dazu an, noch etwas hinzuzufügen, als Katia Mironowa und Frank Herzig in der Bürotür erschienen. Die beiden Kommissare wirkten sogar einigermaßen ausgeschlafen, allerdings hätte an diesem Morgen wohl fast jeder neben dem Staatsanwalt einen frischen und ausgeruhten Eindruck gemacht.

Katia kam wie üblich sofort zur Sache. »Was ist los? Wieso hat uns der Chef aus dem Wochenende geklingelt?«, fragte die hochgewachsene Kommissarin, ohne ihren Blick von Oliver Grohmann und seinem derangierten Zustand abzuwenden.

Der Staatsanwalt informierte die beiden über die wichtigsten Details.

Die gebürtige Ukrainerin versuchte sich an einem Lächeln. »Wie schön.«

»Daran ist nichts schön«, murrte Jennifer, deren Verärgerung wieder hochkochte, als sie jetzt erneut mit dem Sieg der Hanauer beim Zuständigkeitsgerangel konfrontiert wurde. »Es ist zum Kotzen.«

Katia entlockte Jennifers Stimmung allerdings nur ein Grinsen. »Mit dem falschen Fuß aufgestanden?«, fragte sie mit einem Augenzwinkern.

Oliver kam einer Erwiderung Jennifers zuvor, die vermutlich einen sarkastischen Schlagabtausch zwischen den beiden Frauen zur Folge gehabt hätte. Vielleicht hätte ihnen ein wenig schwarzer Humor in diesem Moment sogar gutgetan, doch er selbst war nicht dafür in Stimmung. »Lamentieren bringt nichts, fangen wir an.«

Er ließ seinen Blick zwischen den drei Kripobeamten hin und her wandern. »Die wichtigsten Fragen zuerst: Wer genau ist unser zweites Opfer, wo wohnte und arbeitete er, wer gehört zu seinem Umfeld? Verwandte, Freunde, Kollegen. Wann ist er zuletzt lebend gesehen worden, wie sahen seine Pläne aus, woran arbeitete er zuletzt? Was wissen wir über den Fundort und denjenigen, der die Leiche entdeckt hat? Was haben die Hanauer Kollegen uns schon an Daten geliefert? Was fehlt noch?«

Der Staatsanwalt hätte jedem von ihnen bestimmte Aufgaben zuweisen können, doch er würde es ihnen überlassen, die anstehende Arbeit unter sich aufzuteilen.

»Jemand fährt noch heute zu Sascha Schröder, Melanie

Schmidt und den Eltern von Larissa. Ich will wissen, ob einer von ihnen Cedric Mattes kennt oder ob es irgendeine Verbindung zwischen den beiden Opfern gibt. Holt Morpheus aus dem Wochenende, er soll Larissas Daten ebenfalls darauf hin überprüfen. Jarik Fröhlich und seine Truppe sollen sich bereithalten. Wir nehmen die Wohnung von Cedric Mattes noch heute auseinander. Außerdem will ich jedes dieser verdammten Zitate zugeordnet haben. Von wem ist es, von wann, in welchem Zusammenhang wurde es geäußert, wie könnte der Täter sie gefunden haben? Jemand wird Cedric Mattes' Buch lesen müssen.«

Während die Kommissare damit beschäftigt sein würden, die Ermittlungen ins Rollen zu bringen, würde er bei der Staatsanwaltschaft in Hanau anrufen, um dafür zu sorgen, dass man ihnen die Obduktionsergebnisse so schnell wie möglich zugänglich machte. Außerdem würde er sich um den Papierkram kümmern und ein offizielles Ermittlungsverfahren einleiten müssen.

»Holt jeden aus dem Wochenende, den ihr kriegen könnt. Wir haben es möglicherweise mit einem Serienmörder zu tun und nicht viel Zeit. Um dreizehn Uhr will ich alle Beteiligten, die zu diesem Zeitpunkt nicht gerade unterwegs sind, wieder hier zu einem ersten Status sehen.«

Oliver hielt kurz inne. »Fragen oder Vorschläge?«

Sie hatten keine.

Katia war die Erste, die sich aus ihrer angespannten Haltung löste. »Ich besorge uns erst mal Kaffee und Frühstück«, verkündete sie und verließ den Raum, gefolgt von ihrem jungen Partner, der Oliver und Jennifer mit einer Geste signalisierte, dass er sich ans Telefon setzen würde, um Verstärkung zu mobilisieren.

Jennifer musterte Oliver eingehend. »Eins hast du bei deiner Auflistung vergessen«, sagte sie ernst.

Er runzelte die Stirn. »Und das wäre?«

Ein leichtes Grinsen verzog ihre Mundwinkel. »Dass du eine

Dusche brauchst. Und frische Klamotten.« Noch bevor er widersprechen konnte, fügte sie im Befehlston hinzu: »Jetzt. Sofort.«

Hannah beendete das Gespräch und wog das Mobilteil des Telefons einen Moment lang unschlüssig in der Hand. Der Anruf ihres Vaters war nicht überraschend gekommen. Nachdem er an einem Samstag in aller Herrgottsfrühe zur Arbeit gerufen worden war, hatte sie nicht ernsthaft damit gerechnet, dass er so bald wieder nach Hause kommen würde.

Sie sah auf die Uhr. Kurz nach vier am Nachmittag. Es würde spät werden, hatte er gesagt, vielleicht müsse er sogar im Büro schlafen. Der Fall, an dem er zurzeit arbeitete, hatte offenbar eine entscheidende Wendung genommen. Hannah schätzte, dass sie ihn an diesem Wochenende so gut wie gar nicht mehr zu Gesicht bekommen würde.

Sturmfreie Bude.

Sie legte das Telefon auf den Tresen und drehte sich zu Aileen um. Auf dem kleinen Küchentisch stand Hannahs Notebook, daneben stapelten sich ein paar Fachbücher aus der Lemanshainer Stadtbibliothek.

Ihre Mitschülerin blickte sie neugierig an. »Was ist los?«

Hannah setzte sich wieder an den Tisch. »Ach, das war mein Dad. Er wird wohl bis morgen früh durcharbeiten.«

Aileen nickte nur und sagte nichts weiter.

Der Anruf hatte die beiden Mädchen aus einem angeregten Gespräch gerissen, und offenbar fehlte jetzt nicht nur Hannah der Anschluss. Sie nutzte den kurzen Moment, um ihre Mitschülerin zum wiederholten Male zu mustern und sich zu fragen, was an der Behauptung, Aileen sei Mitglied einer Sekte, dran war.

Einerseits konnte sie es sich nicht so recht vorstellen, andererseits wusste sie noch immer nicht besonders viel über Aileen. Zwei Stunden lang hatten sie konzentriert an ihrem Referat gearbeitet, bevor sie zu anderen Themen abgeschweift waren. Sie hatten sich über Gott und die Welt unterhalten, trotzdem hatte Aileen nicht mehr über sich preisgegeben, als dass sie weder ein gutes Verhältnis zu ihren Eltern noch zu ihren Geschwistern hatte.

»Was macht er eigentlich?«, fragte Aileen.

»Wer?«

»Dein Vater. Beruflich, meine ich.«

»Er ist Staatsanwalt«, erwiderte Hannah. »Er arbeitet zurzeit an einem Mordfall.«

»Hier in Lemanshain?« Aileen beugte sich interessiert vor. »Geht es um die Frau, die sie am Dienstag gefunden haben?«

Die plötzliche, mit unterschwelliger Aufregung verbundene Neugier ihrer Mitschülerin war Hannah ein wenig unangenehm. »Ja.«

Aileen öffnete den Mund, hielt dann jedoch inne. Was auch immer sie zuerst hatte sagen wollen, blieb unausgesprochen. »Wenn er jetzt so viel arbeiten muss, ist bestimmt irgendwas Ernstes passiert, oder?«

Hannah zuckte die Schultern. »Er redet mit mir nicht über seine Arbeit. Darf er auch gar nicht.«

Ihre Mitschülerin senkte den Blick. Hannah wusste sofort, was sie dachte: *Schade*.

Sie konnte Aileen ihr Interesse nicht verübeln. Hannah war von der Arbeit ihres Vaters und den blutigen Details selbst viel zu sehr fasziniert, als dass sie ihre Mitschülerin dafür hätte verurteilen können.

»Wie es aussieht, bin ich jedenfalls heute Abend alleine.«

Aileen hatte beiläufig erwähnt, dass sie nur bis fünf oder halb sechs bleiben könne, weil sie noch etwas vorhabe. Was das genau war, hatte sie allerdings mit keinem Wort erwähnt. Hannah hatte auch nicht nachgefragt, denn sie hatte das Gefühl gehabt, dass ihre Mitschülerin ihr ohnehin nicht antworten würde. Sie zögerte daher einen kurzen Moment, bevor sie nun doch fragte: »Was hast du eigentlich heute noch vor?«

Aileen dachte eine Sekunde zu lange nach. »Ich bin eingeladen.«

Hannah konnte nicht anders, als ihren Blick über Aileens Outfit schweifen zu lassen. Es war noch einen Tick ausgefallener als sonst, tiefschwarz, eine Mischung aus viktorianischem Pomp und Lackleder. Ihr Make-up war ebenfalls dunkel, der Schmuck filigran und ausgefallen. »Zu einer Feier?«

»So was in der Art.« Aileens Tonfall sagte bereits genug. Sie wollte nicht darüber reden.

»Und was bedeutet das konkret?«

Wieder zögerte Aileen. Dann sagte sie: »Etwas, was du nicht verstehen würdest.«

»Da bin ich vielleicht nicht die Einzige.« Hannah hätte sich am liebsten auf die Zunge gebissen. Sie hätte nicht die Veränderung in Aileens Gesichtsausdruck sehen müssen, um zu wissen, dass sie sich einen Schritt zu weit vorgewagt hatte.

Ihre Mitschülerin starrte sie an. Ihre blauen Augen erinnerten Hannah an eine spiegelnde Eisfläche. »Die Leute reden über mich, stimmt's?« Ihre Stimme war nur ein raues Flüstern.

Hannah spürte ein kaltes Kribbeln im Nacken. Es war eine eindeutige Warnung ihrer Instinkte, die sie für gewöhnlich nicht ignorierte, doch sie wollte sich von Aileens plötzlichem Gemütswechsel nicht einschüchtern lassen. »Ja, das tun sie.«

»Und was reden sie so über mich?« Aileen spielte mit ihr. Sie wusste es längst.

»Merkwürdige Sachen. Sie verbreiten Gerüchte über dich.« Hannah zuckte die Schultern, um zu unterstreichen, dass sie das Gerede nicht ernst nahm. Was nicht ganz stimmte, aber es erschien ihr aus irgendeinem Grund ratsam, das zu betonen. »Sie sagen, du seist Mitglied einer Sekte.«

Aileens Mundwinkel verzogen sich zu einem Lächeln, das zumindest auf Hannah einen höhnischen Eindruck machte. »Eine Sekte. Interessant.«

»Interessant? Ist das alles, was du dazu sagen willst?«

»Was sollte ich denn sonst noch dazu sagen?« Aileen schüttelte den Kopf. »Dass ich gehofft habe, sie hätten sich inzwischen eine andere Geschichte ausgedacht?«

»Das ist es also.« Hannah nickte. »Eine Geschichte.«

»Vielleicht.« Aileen zuckte die Schultern. »Vielleicht auch nicht.«

Hannah runzelte die Stirn und musterte ihre Mitschülerin einen Moment lang schweigend. »Lass die Spielchen, Aileen. Bei mir ziehen die nicht. Das solltest du eigentlich inzwischen wissen.«

»Wenn du keine Lust auf Spielchen hast, warum fragst du mich dann nicht einfach direkt?«

»Wonach?«

Aileen verdrehte die Augen. »Du hättest einfach sagen können, dass du ein Gerücht gehört hast, und mich fragen, ob es stimmt. Ich bin nicht diejenige, die mit den Spielchen angefangen hat.«

Damit hatte sie nicht ganz unrecht. Auch wenn Hannah sich dabei leicht unbehaglich fühlte, fragte sie: »Also schön: Stimmt es, dass du Mitglied in einer Sekte oder irgendeiner Gruppierung bist, die für eine Sekte gehalten wird?«

Aileen sah ihr direkt in die Augen, ohne zu antworten. Sie überlegte für Hannahs Geschmack wieder einmal viel zu lange. »Willst du es herausfinden?«, fragte sie schließlich.

»Herausfinden?«, wiederholte Hannah überrascht.

Ein Lächeln umspielte Aileens Mundwinkel. »Herausfinden, ob ich Mitglied in einer Sekte bin.« Sie lehnte sich zurück, ließ Hannah jedoch nicht aus den Augen. »Ja, ich bin Mitglied einer

Gruppe, und ja, ich gehe heute Abend zu einer ihrer Veranstaltungen. Meine Frage ist, ob du herausfinden willst, ob es eine Sekte ist. Live. Vor Ort. Heute Abend.«

Hannah schluckte. Sie hatte mit vielem gerechnet, aber nicht mit einer derartigen Einladung. »Du darfst Leute von außerhalb mitbringen?«

»Ich darf mitbringen, wen ich will. Zumindest heute Abend.«

In Hannahs Kopf schrillten alle möglichen Alarmglocken. Sie wusste, dass es besser wäre, auf sie zu hören, doch die Versuchung war einfach zu groß. Sie zögerte nur eine Sekunde, bevor sie nickte. »Okay. Ich komme mit.«

»Gut.« Wieder erschien dieses hämische Lächeln auf Aileens Lippen, das sie scheinbar perfekt beherrschte. »Allerdings nicht in den Klamotten.«

Hannahs Befürchtung, sie müsse ihr Outfit dem von Aileen anpassen, bestätigte sich nicht. Ihre Mitschülerin durchwühlte zwar die beiden Koffer mit ihrer Kleidung, gab sich aber mit einer schwarzen Hose und einem dunkelgrauen Pullover zufrieden und bestand auch nicht darauf, dass Hannah sich dunkel schminkte.

Die anschließende Busfahrt führte sie in ein abgelegenes Industriegebiet am Stadtrand. Es war Samstagabend, und die meisten Gebäude und Betriebsgelände lagen verlassen da. Die beiden Mädchen waren die Einzigen, die an der Endhaltestelle ausstiegen.

Es war eiskalt, dunkel und, nachdem der Bus abgefahren war, unheimlich still. Sie mussten ein ganzes Stück laufen, bevor sie ihr Ziel erreichten, ein Gelände mit einem großen Hof, einer Halle, deren Fenster mit Läden verschlossen waren, und einem kleinen Nebengebäude.

Eine einzelne Laterne erhellte den Hof, auf dem eine große

Anzahl Autos abgestellt war. Bei den meisten handelte es sich um Durchschnittswagen, wie Hannah erleichtert feststellte. Der Anblick beruhigte sie, denn in der letzten Stunde hatte ihre Phantasie einige sehr beunruhigende Szenarien heraufbeschworen. Sie würde wohl weder als Blutopfer auf einem Altar enden noch anderweitig missbraucht werden.

Aileen schritt auf die Halle zu und öffnete zielstrebig die schwere Metalltür. Dahinter lag ein kleiner, nur spärlich beleuchteter Raum mit einem Tresen, der vermutlich als Empfang gedacht war. Er war allerdings nicht besetzt, dafür standen zwei große, muskulöse Männer in der Mitte des Raums und versperrten den Weg in die Halle.

»Wir sind Gäste von Jesaja«, stellte Aileen mit einem Hauch von Arroganz fest.

Die Männer musterten die beiden Teenager eindringlich. »Ein bisschen jung«, bemerkte der Ältere schließlich. »Habt ihr eure Personalausweise dabei?«

Aileen streckte schweigend ihre linke Hand aus, an dem der Ring mit dem dunkelroten Stein prangte.

Die Reaktion der beiden Sicherheitsleute war erstaunlich: Sie traten sofort zurück, machten ihnen mit einer einladenden Geste den Weg zur nächsten Tür frei und verbeugten sich sogar ein klein wenig vor ihnen. Wofür auch immer Aileens Ring stand – er machte aus zwei jungen Mädchen, denen der Zugang zu der mysteriösen Veranstaltung verwehrt werden sollte, zwei Persönlichkeiten, denen man schon beinahe unterwürfigen Respekt zollte.

Die Tür öffnete sich wie von Geisterhand, und im nächsten Moment betraten sie einen großen Saal. Hannah blieb wie erstarrt stehen und blickte sich um.

Sie hatte das Gefühl, in eine Faschings- oder Halloweenparty hineingeraten zu sein, allerdings eine Party, die eher an eine morbide Trauerfeier erinnerte. Um die zweihundert Menschen hatten sich hier versammelt, überwiegend in Schwarz, einige ähnlich kostümiert wie Aileen, die anderen bildeten ein buntes Sammelsurium dunkler Gestalten.

Hannah entdeckte Kostümierungen aller möglichen historischen Epochen, Einflüsse unterschiedlichster Subkulturen, Personen in Fantasy-Verkleidungen und Gestalten, die als Vampire erschienen waren. Nur wenige waren so wie sie zwar dunkel, aber recht normal gekleidet. Die Versammlung war grotesk und faszinierend zugleich.

Die Menschen passten perfekt in die Umgebung. Die Wände der Halle waren mit dunklen Stoffen verhängt, und auf dem Boden lag grauer Teppichboden. Schmiedeeiserne Stehtische waren auf der gesamten Fläche verteilt, dazwischen thronten aus dunklem Stein gehauene, teilweise lebensgroße Figuren, überwiegend trauernde Gestalten und weinende Engel. Sogar das Buffet stand auf einem schwarzen Tischtuch.

Nur die Gemälde, die in opulent gestalteten Rahmen an den Wänden hingen, waren farbig. Sie zeigten Frauen, Männer und Phantasiewesen in düsterer, teilweise phantastischer Umgebung, die nachdenklich bis schwermütig dreinschauten oder weinten. Trauer und Trübsinn schienen die zentralen Themen zu sein. Die Szenen waren so intensiv, dass allein ihr Anblick genügte, um Hannahs Stimmung zu dämpfen.

Ihr Blick fiel auf eine Bühne im hinteren Teil der Halle, auf der eine Staffelei mit einem weiteren Bild stand, das allerdings von einem großen Tuch aus schwarzem Samt verhüllt war. Offensichtlich hatte Aileen sie auf eine Art Vernissage mitgenommen.

Sie wollte ihre Mitschülerin gerade fragen, wer denn der Künstler sei, als ein schlanker Mann auf sie zugesteuert kam. Mit schwarzer Hose und einem dunkelroten Satinhemd war er recht einfach gekleidet. »Aileen!«

Noch bevor er sie richtig begrüßen konnte, fragte Aileen alarmiert: »Was macht denn der Fotograf hier?«

Hannah verstand nicht sofort, um wen es ging, bis sie einen schlaksigen Kerl entdeckte, der sich wie ein Schatten durch die Menge bewegte und mit einer teuer aussehenden Kamera Fotos schoss.

»Ich würde sagen, er macht Bilder von der Veranstaltung?«, erwiderte Aileens Gesprächspartner mit fragendem Unterton. Seine Stimme war dunkel und angenehm.

»Das halte ich für keine gute Idee.« Aileen verschränkte die Arme vor der Brust. Ihr Blick ruhte auf dem Mann mit der Kamera, und ihrem Gesichtsausdruck nach zu urteilen wäre sie am liebsten zu ihm hinübergegangen, um ihm eigenhändig den Hals umzudrehen. »Du weißt doch gar nicht, wo die Fotos anschließend landen!«

»In einem Bildband, allerhöchstens.« Aileens Bekannter zuckte die Schultern. »Hier drin ist es so dunkel, dass auf den Fotos nicht allzu viel zu erkennen sein dürfte. Außerdem geht es ihm primär um die Bilder und die Skulpturen. Er hat einen Narren an meiner Schwester gefressen. Mach dir keine Sorgen.« Das Lächeln des Mannes hätte Eis zum Schmelzen bringen können. Aileens Gesichtszüge entspannten sich sichtlich. Ihr Widerstand bröckelte schließlich vollends, als er ihr einen Arm um die Schulter legte und sie kurz an sich drückte. Dann wandte er sich Hannah zu. »Anstatt dir deinen hübschen Kopf über derartige Banalitäten zu zerbrechen, solltest du mir lieber deine Begleitung vorstellen.«

Bei den letzten Worten sah er Hannah tief in die Augen. Sie wäre unter seinem intensiven Blick beinahe zurückgezuckt.

»Das ist Hannah. Eine Schulkameradin.«

Hannah konnte sich nicht rühren. Ihre Kehle fühlte sich vollkommen ausgetrocknet an.

Noch bevor sie sich wieder gefangen hatte, ergriff er ihre Rechte, hob sie an seine Lippen und drückte einen flüchtigen Kuss auf ihren Handrücken. Beiläufig nahm sie wahr, dass er einen ähnlichen Ring wie Aileen am Zeigefinger der rechten Hand trug. »Ich bin Jesaja«, hauchte er. Sein Daumen strich zärtlich über ihre Fingerknöchel, bevor er ihre Hand losließ. »Herzlich willkommen auf unserer kleinen Feier.«

Noch immer brachte sie keinen Ton heraus. Es dauerte einen Moment, bis Hannah endlich erkannte, was sie eigentlich so irritierte: Jesajas Augen. Die Farben waren unterschiedlich. Sein rechtes Auge war blau, das linke grün. Kontaktlinsen, vermutete sie, trotzdem fiel es ihr schwer, sich von dem Anblick zu lösen.

Jesajas Lächeln wurde noch eine Spur einnehmender. Kleine Grübchen bildeten sich auf seinen Wangen. »Was hat dich hierher geführt?«

»Ich … äh … Aileen …« Sie wusste beim besten Willen nicht, was sie darauf antworten sollte.

Ihre Mitschülerin kam ihr zu Hilfe. »Die üblichen Gerüchte.«

»Ah, die üblichen Gerüchte«, wiederholte er mit einem Nicken. »Und trotzdem hast du dich hierher getraut?«

Endlich schaffte es Hannah, sich aus ihrer Erstarrung zu lösen. »Ich will mich selbst überzeugen, ob an dem Gerede irgendwas dran ist.«

»Hm.« Jesaja musterte sie derart eindringlich, dass sie den Wunsch verspürte, sich mindestens zwei Schritte von ihm zurückzuziehen. Dann endlich sagte er: »Entdeckergeist und Abenteuerlust. Keine Angst, das gefällt mir.«

Sein Blick zuckte kurz zu Aileen, als diese mit einer Geste seine Aufmerksamkeit einforderte. Jesaja zog eine altmodisch aussehende Taschenuhr aus seiner Hose, die in seinen feingliedrigen Händen vollkommen deplatziert wirkte. »Ihr seid gerade rechtzeitig gekommen. Es ist so weit.« Er nickte Hannah übertrieben zu, dann verschwand er in der Menge.

Hannah sah ihm nach. Erst als sie sein dunkelrotes Hemd endgültig aus den Augen verloren hatte, wandte sie sich wieder Aileen zu. Die lenkte ihre Aufmerksamkeit jedoch sofort in Richtung Bühne.

Jesaja erschien auf dem Podium, über dem nun weitere Lampen aufflammten, sodass die Bühne in helles Licht getaucht wurde. Die Gespräche im Saal verstummten. Die Anwesenden wandten sich ihrem Gastgeber zu, und augenblicklich erfüllte eine deutlich spürbare Anspannung den gesamten Raum. Sie alle mussten diesen Moment schon fast sehnlich erwartet haben.

Hannah fühlte sich zwischen diesen vielen Menschen, die voller Ehrfurcht in Richtung Bühne stierten, plötzlich vollkommen verloren. Ihre Anwesenheit erschien ihr auf einmal schrecklich falsch. Sie war das eine einsame Tier inmitten einer fremden Herde.

Auf der Bühne öffnete Jesaja beide Arme zu einer dramatischen Geste und blickte regungslos auf seine Gäste hinab. Hannah hatte den Eindruck, dass er ihr direkt ins Gesicht starrte. »Ich danke euch allen für euer Kommen. Mir scheint, es werden jedes Mal mehr, und ich freue mich sehr über den Zuwachs. Ich hoffe, ihr habt einen angenehmen Abend, und ich möchte ihn auch nicht durch unnötiges Geplänkel verderben. Denn selbstverständlich weiß ich, warum ihr gekommen seid.«

Er legte eine Kunstpause ein. Hannah konnte körperlich spüren, wie die Spannung im Saal stieg und auch auf sie übersprang. Warum war sie hier? Wieso hatten sich all diese Menschen hier versammelt? Sie stand kurz davor, ihre Fragen laut herauszuschreien, als Jesaja sie und alle anderen endlich erlöste.

»Heißt unseren dunklen Stern in unserer Mitte willkommen! Jezebel, meine Schwester, die Königin der Melancholie!«

Es war so still geworden, dass das Rauschen von Stoff und das Klacken von Absätzen unnatürlich laut durch den Saal hallten. Eine Frau, die vermutlich auch alle Aufmerksamkeit auf sich gezogen hätte, wenn sie nicht der Star des Abends gewesen wäre, trat zu Jesaja auf die Bühne.

Sie war jung und atemberaubend schön. Ihre Haut hatte die Farbe von Elfenbein, das Licht betonte ihre hohen Wangenknochen, und ihre Augen leuchteten beinahe unnatürlich. In dem bombastischen Kleid aus Tüll und Spitze, das ihrer zierlichen Figur perfekt schmeichelte, schien sie geradezu über die Bühne zu schweben. Ihr schwarzes Haar war zu einer kunstvollen Frisur hochgesteckt, und nur einzelne gelockte Strähnen fielen ihr auf den Rücken.

Die Königin der Melancholie.

Jesajas Ankündigung war keineswegs übertrieben gewesen. Ihre Haltung war stolz und aufrecht, doch ihre Gesichtszüge und ihre Augen vermittelten eine tiefe Traurigkeit, die Hannah so intensiv berührte wie die Werke, die die Hände dieser Frau geschaffen haben mussten.

Jezebel. Jesajas Schwester.

Ihre richtigen Namen waren das jedenfalls nicht. Sie lieferten aber eine perfekte Show ab.

Jezebel trat zu ihrem Bruder und ließ den Blick über die Menge schweifen, ohne sichtbar Notiz von den Menschen zu nehmen. Sie blieb stumm, während Jesaja erneut das Wort ergriff.

»Ihr neuestes Werk: Gefallener Engel!« Er zog den schwarzen Stoff von dem Bild auf der Staffelei und ließ ihn zu Boden gleiten. Zum Vorschein kam ein Gemälde, das mit derselben Technik wie alle anderen Werke im Raum geschaffen worden war.

Es zeigte eine junge, dunkelhaarige Schönheit mit schwarzen Schwingen auf dem Rücken, die an ein verwittertes Steinkreuz gelehnt im Schnee saß. Ihre Augen starrten leblos ins Nichts.

Ihre Haut war so bleich, dass sie beinahe mit der Farbe des Schnees verschmolz. Nur ihre Lippen waren blutrot.

Sie war tot. Eine Träne war auf ihrer Wange zu Eis gefroren. Das schwarze Kleid war in Höhe ihrer Brust zerfetzt, die Verheerungen darunter lagen im unsichtbaren Dunkel. Blut war ihren rechten Arm hinuntergelaufen und hatte eine tiefrote Spur im Schnee hinterlassen, bis es schließlich versickert war. Vor ihrer Hand, die leblos herabgesunken war, lag ein menschliches Herz.

Ihr Herz.

Sie hatte es sich eigenhändig aus der Brust gerissen.

9

Der Montag begann mit einer bösen Überraschung. Als Oliver im Hof des Präsidiums zu Jennifer ins Auto stieg, bemerkte sie sofort, dass er nicht nur müde, sondern auch ziemlich schlecht gelaunt war. Er hatte gerade eine Besprechung mit dem Oberstaatsanwalt gehabt, die offensichtlich alles andere als angenehm verlaufen war.

Da er nichts sagte, startete sie den Motor und fuhr los, hielt sein Schweigen jedoch nur bis zur nächsten roten Ampel aus. »Wie lief dein Termin?«

Olivers erste Reaktion war ein genervtes Aufstöhnen. Sie rechnete bereits damit, dass er sie vertrösten würde, als er endlich mit der Sprache herausrückte: »Scholz ist zufrieden mit unserer Arbeit, allerdings nicht mit den bisherigen Ergebnissen, wie du dir sicher vorstellen kannst. Vor allem passt es ihm nicht, dass wir den anonymen Anrufer noch immer nicht gefunden haben.«

Jennifer seufzte. »Alles, was wir haben, ist der Spitzname eines Obdachlosen, der normalerweise in dem Gebäude haust, aber bereits seit Wochen nicht mehr gesehen wurde. Ich habe alle Unterkünfte abtelefoniert, die zuständigen Beamten haben den Hafen durchkämmt. Ich glaube nicht, dass wir denjenigen, der über die Leiche gestolpert ist, noch finden.«

»Das habe ich ihm auch gesagt, er meint aber, wir sollten dranbleiben, denn es könnte sich um einen wichtigen Zeugen handeln.« Oliver schüttelte den Kopf. »Das war aber nicht der einzige Grund für seine miese Laune … Er könnte die Hanauer Kollegen in Stücke reißen.«

Jennifer blinzelte. »Wieso das?«

Der Staatsanwalt zog einen ziemlich mitgenommenen Zeitungsausschnitt aus seiner Jackentasche und hielt ihn ihr hin. Der Mord an Cedric Mattes hatte es auf die Titelseite der Hanauer Tageszeitung geschafft. Gerne hätte sie den Artikel gelesen, der gut ein Drittel der Seite einnahm, das Hupen hinter ihnen wies sie allerdings darauf hin, dass die Ampel zwischenzeitlich umgeschaltet hatte.

Dass ein Mordfall Titelstory wurde, war nichts Ungewöhnliches. Das allein konnte Oliver und seinem Chef unmöglich derart die Laune verdorben haben. »Klär mich auf.«

»Unser Freund von der Hanauer Staatsanwalt hat gestern Abend die Presse umfassend informiert – ohne Absprache oder Vorankündigung. Ihm lag vor allem daran zu betonen, dass der Leichenfund im Hafen in Zusammenhang mit unserem Mordfall steht und wir deshalb für die Ermittlungen zuständig sind.«

Jennifer stöhnte auf. Das bedeutete Aufmerksamkeit – von Seiten der Öffentlichkeit, der Presse und des politischen Apparats von Lemanshain. Spätestens ab dem Nachmittag würden die Telefone nicht mehr stillstehen und die ersten Journalisten den Haupteingang des Präsidiums belagern. »Na bravo. Jetzt wird es also richtig gemütlich.«

Oliver nickte, seine Verärgerung war ihm immer noch deutlich anzumerken. »Das werden wir sehen, aber ich rechne fast schon mit dem Schlimmsten. Allerdings war der Kollege so nett, die Sache mit den Herzen nicht auszuplaudern. Diese Insiderinformation hat er uns wenigstens gelassen.«

»Immerhin.« Ein schwacher Trost. Jennifer erinnerte sich noch gut an den Medienrummel, den ihr erster großer Fall in Lemanshain anfangs ausgelöst hatte. Es hatte Tage gegeben, an denen sie mehr damit beschäftigt gewesen war, den Reportern aus dem Weg zu gehen als ihre eigentliche Arbeit zu tun.

Noch konnten sie sich auf einen vagen Zusammenhang herausreden. Noch konnten sie von einem Doppelmord sprechen.

Wenn ihre schlimmsten Befürchtungen zutrafen, würde diese Hoffnung nach ihrem Termin mit dem Psychologen jedoch vom Tisch sein.

Jennifer unterdrückte ein Gähnen und warf einen Blick auf das Display ihres Handys. Sie warteten schon fast eine halbe Stunde, dabei waren sie pünktlich zum verabredeten Zeitpunkt erschienen. Wenn Doktor Rabe nicht bald auftauchte, würde sie Freya anrufen müssen, um einige Vernehmungen nach hinten zu verschieben.

Oliver Grohmann saß neben ihr vor dem ausladenden Schreibtisch des Doktors und ließ seinen Blick zum wiederholten Mal von den mit Büchern vollgestopften Regalen über die chaotische Ansammlung von Klausuren und Notizen auf der Schreibtischplatte bis zum Fenster schweifen. Die Aussicht war nicht besonders einladend: unansehnliche Universitätsgebäude, die in ihrer Tristheit mit dem Dunkelgrau des morgendlichen Himmels konkurrierten. »Nimmt er es mit seinen Terminen immer so genau?«, seufzte der Staatsanwalt.

Jennifer antwortete nicht. Sie war viel zu sehr damit beschäftigt, gegen ihre Müdigkeit anzukämpfen, die sie in der Stille des Raumes zu überwältigen drohte. Das Wochenende war lang gewesen. Seit dem Leichenfund am Samstagmorgen hatten sie Leben und Umfeld des zweiten Opfers komplett auf den Kopf gestellt und vergeblich nach einer Verbindung zu Larissa Schröder gesucht. An Schlaf hatten sie sich nur das Allernötigste gegönnt.

Hier tatenlos herumzusitzen und zu warten zehrte an Jennifers letzten Reserven. Sie überlegte gerade, ob sie aufstehen und eine Runde durch das Zimmer drehen sollte, um sich am

Einschlafen zu hindern, als endlich die Tür in ihrem Rücken geöffnet wurde und der Doktor eintrat.

Er ließ eine dunkelblaue Mappe auf den beachtlichen Stapel Unterlagen in der Mitte des Schreibtischs fallen, wodurch die Papiere ins Rutschen gerieten und der Stapel gefährlich Schlagseite bekam, aber nicht umstürzte.

Der Doktor begrüßte die beiden Beamten nicht, sondern ließ sich auf seinen Stuhl fallen, lehnte sich entspannt zurück und musterte sie intensiv.

Doktor Rabe war knapp über sechzig, nicht besonders groß und schob einen sichtbaren Bauchansatz vor sich her. Die Brille mit den runden Gläsern saß ihm etwas schief auf der Nase, und sein graues Haar unterlag scheinbar ganz eigenen Gesetzen. Er wirkte ein bisschen wie ein zerstreuter Professor, ein Eindruck, der allerdings täuschte. Rabe war ein brillanter Spezialist in Psychopathologie und ein Experte im Einschätzen und Profiling von Mördern.

Für gewöhnlich arbeitete er in Forschung und Lehre, wurde aber von Ermittlungsbehörden aus ganz Deutschland des Öfteren um seine Meinung zu einem Fall gebeten. Jennifers Verbindung zu ihm war erst im letzten Jahr über Professor Meurer zustande gekommen, als sie sein Wissen benötigt hatte, um den »Künstler« aus psychiatrischer Sicht einordnen zu können.

Jetzt brauchten sie erneut seine Hilfe.

Vor dem Wochenende hatten sie ihm nur ein paar grobe Daten über ihren Fall und die Fragestellung zukommen lassen. Noch hatten sie keine Gelegenheit gehabt, ihn darüber zu informieren, dass sich die Umstände gravierend geändert hatten. Doch er las bereits genug aus ihren stummen Gesichtern.

»Es hat eine Wendung gegeben«, stellte er nüchtern fest. »Eine Wendung, die Sie zweifellos befürchtet haben, sonst hätten Sie mich nicht angerufen.«

Oliver nickte. Er kannte bisher nur die Gutachten, die Doktor Rabe im Zuge der Ermittlungen im letzten Jahr erstellt hatte. Es war seine erste persönliche Begegnung mit dem Psychologen, und er hatte Mühe, seine Irritation über dessen Verhalten und Beobachtungsgabe nicht zu deutlich zu zeigen. »Das stimmt. Es gab einen weiteren Toten.«

»Einen Toten?«, hakte der Doktor interessiert, aber nicht gerade überrascht nach. »Ein Mann?«

»Ja.«

»Erzählen Sie.« Der Psychologe beugte sich vor und legte die gefalteten Hände auf den Rand des Schreibtischs, wo gerade noch genug Platz zwischen all den Unterlagen war. »Was haben Sie, wo stehen Sie? Setzen Sie mich umfassend in Kenntnis. Ich möchte alles wissen, auch die Kleinigkeiten, die Ihnen vielleicht nebensächlich erscheinen.«

Oliver schwieg einen Moment lang perplex. Die Aufgabe überforderte kurzfristig seinen übermüdeten Verstand. Dann begann er die gesamten Umstände des Falles zu erläutern, so zusammenhängend und chronologisch wie möglich, während Jennifer nur an der einen oder anderen Stelle ein Detail hinzufügte. Doktor Rabe hörte schweigend zu und hakte nur ab und an nach.

»Unser zweites Opfer ist freiberuflicher Autor, der sich als Psychologe ausgab, es aber tatsächlich nie zu einem Diplom geschafft hat. Er lebte noch im Haus seiner Mutter. Niemand konnte uns sagen, ob er sich mit jemandem treffen wollte. Er war in letzter Zeit aber sehr oft unterwegs, mutmaßlich für sein nächstes Buchprojekt. In seinem Kalender befinden sich einige Einträge, allerdings in Form kryptischer Abkürzungen, die wir bisher nicht entschlüsseln konnten.« Der Staatsanwalt hielt kurz inne, bevor er die Ergebnisse der letzten beiden Tage grob zusammenfasste: »Wir haben versucht, eine Verbindung zwischen den beiden Opfern zu finden, aber ohne Erfolg. Beiden wurde das Herz entnommen. Sie sind offensichtlich demselben Täter zum Opfer gefallen.«

Der Doktor dachte einen Moment lang nach, bevor er seine Brille absetzte und sich die Nasenwurzel rieb. »Grundsätzlich stimme ich Ihrer Schlussfolgerung zu. Zwischen den beiden Morden besteht ein direkter Zusammenhang. Die Frage ist nur, welcher Art.«

»Was ist mit einem Doppelmord?«, fragte Grohmann, obwohl er diese Hoffnung selbst schon so gut wie aufgegeben hatte.

»Das wäre theoretisch möglich«, stimmte Doktor Rabe ihm zu. »Allerdings hätten Sie dann längst irgendeine Verbindung zwischen den Opfern finden müssen.«

Jennifer hätte am liebsten aufgestöhnt, doch selbst dafür fehlte ihr an diesem Morgen die Kraft. »Wir sprechen also von Serienmord?«

»Ja und nein.«

»Ja und nein?«, wiederholte sie.

»Ich würde eher zu einem Ja tendieren, allerdings nicht im klassischen Sinne, wenn man denn überhaupt von klassischen Serienmördern sprechen will.« Der Doktor setzte seine Brille wieder auf. »Ihr Fall erfüllt zweifellos Kriterien – mehrere Morde, Ritualisierung –, aber es ist schwierig zu sagen, mit welcher Art von Täter oder Tätern Sie es zu tun haben.«

»Mehrere Täter?« Oliver war überrascht. »Wir haben die Beschreibung eines Mannes ...«

»Das haben Sie«, unterbrach Doktor Rabe den Staatsanwalt mit schon beinahe fröhlichem Unterton. »Aber das macht ihn noch nicht zum Täter, und schon gar nicht zu einem Alleintäter. Ich halte beides für möglich. Einen Einzeltäter, aber auch eine Gruppierung. Eher kein Paar.«

»Erklären Sie es uns«, bat Jennifer, der die Vorstellung mehrerer Täter nicht behagte.

»Es gibt Gemeinsamkeiten zwischen den beiden Morden, allerdings nicht besonders viele. Da sind die Ent- und Mitnahme des Herzens und eine vage bis fragliche Verbindung zu zwei unterschiedlichen Gefühlen. Das ist sehr wenig, und das Fehlen weiterer Übereinstimmungen wirft mehr Fragen auf, als die Überschneidungen beantworten. Sie haben es offensichtlich mit einem Ritual zu tun, dessen Umsetzung Vorbereitung, Ruhe und Zeit erfordert. Gewöhnlich würde ich mehr Gemeinsamkeiten erwarten: die Tötungsart, die Opfer.«

Professor Meurer war mit Oliver und Jennifer bereits am Tag zuvor die Obduktionsergebnisse des Hanauer Rechtsmediziners im Detail durchgegangen. Es hatten sich keine nennenswerten Übereinstimmungen im Hinblick auf die Tötungsart ergeben. Larissa Schröder war erdrosselt und ihr Herz mit Sorgfalt entfernt worden, während Cedric Mattes bewusstlos geschlagen worden war, bevor man ihm noch bei lebendigem Leibe das Herz herausgetrennt hatte, wonach sein Brustkorb einem Schlachtfeld glich. Das erste Opfer war körperlich weitestgehend unversehrt geblieben, während auf Cedric Mattes nach seinem Tod achtundsiebzigmal eingestochen worden war.

»Es gibt Anzeichen für einen planvollen und für einen impulsiven Tätertypus«, bemerkte Grohmann.

Rabe nickte anerkennend. Der Staatsanwalt hatte seine Hausaufgaben gemacht. »Richtig. Falls man etwas von einer derartigen Einteilung hält. Ich denke, sie kann uns eine grobe Richtung geben, aber Antworten liefert sie uns normalerweise nicht. Dass ich nicht nur einen Alleintäter in Betracht ziehe, liegt weniger daran, dass ich die Hinweise nicht irgendeinem obskuren Typus zuordnen kann, mich macht vielmehr die Fixierung auf das Ritual – das Heraustrennen der Herzen und die Art der Zurschaustellung – stutzig. Das könnte ein Hinweis auf eine Gruppierung sein. Andererseits passt wiederum das Thema

Gefühle und das Vorgehen im Allgemeinen sehr viel stärker zu einer Einzelperson.«

»Konzentrieren wir uns also zunächst auf einen Einzeltäter«, entschied Grohmann. »Falls wir es mit einem Serienmörder zu tun haben, was treibt ihn dann an?«

»Keinerlei sexuelle Motivation.« Der Doktor dachte einen Moment lang schweigend nach, bevor er fortfuhr: »Das Herz steht als allgemeingültige Metapher für das Zentrum der Gefühle des Menschen, und Gefühle sind es, um die es dem Täter offenbar geht. Der Tötungsakt ist nur Mittel zum Zweck, ich denke nicht, dass er daraus Erregung oder Befriedigung zieht. Wenn Sie jemandem das Herz entnehmen wollen, müssen Sie ihn zwangsläufig umbringen, daran führt kein Weg vorbei.«

»Er sieht seine Opfer nicht als Menschen«, fügte Jennifer hinzu. »Sie sind Objekte.«

Rabe nickte. »Objekte, die ihm als Medium für die Symbolisierung der Gefühle dienen, aber die Menschen, denen er das Leben nimmt, sind ihm dabei vollkommen gleichgültig. Ich würde soziopathische Züge vermuten ...« Er zögerte kurz, und sein Blick wurde nachdenklich. Erneut nahm er seine Brille ab und begann abwesend auf dem Gestell herumzukauen. »Allerdings keinen echten Soziopathen, da er auf Gefühle geradezu fixiert zu sein scheint. Er ist an positiven und negativen Gefühlen interessiert ... Das macht es schwierig, sehr schwierig.«

Als er nicht weitersprach, fragte Grohmann: »Inwiefern?«

»Seine Beweggründe sind schwer nachzuvollziehen, aber ich neige zu der Annahme, dass er die Herzen entnimmt, um sich der symbolisierten Gefühle zu bemächtigen oder sie zu zerstören. Er könnte die Herzen aufbewahren, in einer Tiefkühltruhe oder konserviert in einem entsprechenden Mittel. Ebenso gut könnte er sie aber auch vernichten, verbrennen, zerhacken, was auch immer ... oder sogar essen.«

Jennifer gefielen die Bilder nicht, die die Worte des Psychopathologen direkt in ihre Vorstellung projizierten. »Wer käme auf die Idee, sich Gefühle … anzueignen?«

»Jemand, der sie selbst nicht empfinden kann, oder jemand, der diese Gefühle nie von anderen Menschen empfangen hat.«

»Also doch ein Soziopath?« Grohmann war verwirrt.

»Mitnichten. Ein echter Soziopath wäre sich des Fehlens seiner Gefühle nicht unbedingt bewusst. Soziopathen können mit Gefühlen und ihren vielfältigen Erscheinungsformen nicht umgehen, meistens machen sie ihnen sogar Angst.«

»Was wiederum zum Zerstören passen würde.«

»Eventuell ja. Aber es gibt sehr viele Möglichkeiten. Er könnte sich auch selbst in seinen Gefühlen gespalten fühlen. Vielleicht leidet er an Schizophrenie und handelt im Auftrag einer höheren Macht. Oder er ist psychotisch und sieht sein Tun als Kunst an.« Doktor Rabe schüttelte den Kopf und warf seine Brille auf den verrutschten Papierstapel. »Ich kann Ihnen kein sauber gezeichnetes Bild geben, nicht zu diesem Zeitpunkt, nicht mit den vorliegenden Informationen.«

Die beiden Ermittler ließen diese Aussage einen Moment lang auf sich wirken. Sie hatten gewusst, dass der Doktor ihnen kein Profil auf dem Silbertablett servieren konnte. Ein breiter Fundus von Möglichkeiten war allerdings besser als überhaupt keine Vorstellung.

»Wieso stellt er die Leichen aus?«, hakte Jennifer nach.

»Es könnte eine Botschaft sein. Die Frage ist nur, an wen. An die Öffentlichkeit, die Polizei, eine bestimmte Person?« Rabe schüttelte den Kopf. »Das kann ich Ihnen nicht sagen, aber es wäre ein brauchbarer Ansatz für Ihre Ermittlungen.«

»Mit welcher Art von Mensch haben wir es zu tun?«, fragte die Kommissarin weiter, obwohl sie Rabes Antwort unbefriedigend fand. »Nach wem suchen wir?«

Der Psychologe zuckte die Schultern. »Ich kann Ihnen eigentlich nichts sagen, was über Ihre eigenen Schlussfolgerungen hinausgeht. Wenn Sie es mit einem Einzeltäter zu tun haben, entspricht er eher dem Durchschnitt, insbesondere was seine Bildung und seine Intelligenz angeht. Die Zitate, die er gewählt hat, lassen nicht gerade auf ein Genie schließen. Er hat genommen, was er recht schnell und ohne großen Aufwand finden konnte, und hat die Zitate teilweise sogar für seine Zwecke entstellt. Er ist also kein vollendeter Perfektionist.«

»Oder er hat es eilig«, gab Grohmann zu bedenken.

»Eilig dürfte er es in jedem Fall haben. Er hat seine Taten geplant, seine Opfer zuvor ausgewählt und im ersten günstigen Moment zugeschlagen.«

»Wenn er es eilig hat, wird er Fehler begehen«, sagte die Kommissarin. Eine Feststellung, die leider nicht annähernd so beruhigend klang, wie sie gehofft hatte.

»Wenn er weiterhin in derart kurzen Abständen mordet, ist es in der Tat wahrscheinlich, dass ihm irgendwann Fehler unterlaufen, sie werden aber vermutlich nicht sein Ritual betreffen«, erwiderte Rabe. »Er geht Risiken ein, wird jedoch mit Sicherheit versuchen, mögliche Flüchtigkeitsfehler zu kompensieren. Wie die meisten anderen Serienmörder will er nicht gefasst werden, zumindest nicht, solange sein Werk nicht vollendet ist.«

»Das heißt, Sie glauben, dass er wieder töten wird«, stellte Grohmann fest. »Und zwar sehr bald.«

»Sie müssen davon ausgehen, ja. Ganz gleich, ob Sie es mit einem Einzeltäter oder einer Gruppierung zu tun haben. Es existiert ein Plan, der durchdacht ist und dessen Durchführung bereits gewissenhaft vorbereitet wurde. Wenn weitere Opfer vorgesehen sind, stehen sie mit hoher Wahrscheinlichkeit sogar schon fest.«

Das war keine Neuigkeit; die Tatsache laut ausgesprochen zu hören empfand Jennifer trotzdem als sehr unangenehm.

Sie unterbrach schließlich das entstandene Schweigen. »Wenn es um Gefühle geht – oder Gefühlspaare wie Liebe und Hass –, was haben wir dann zu erwarten?«

»Von einer Paarung sollten Sie auch zukünftig ausgehen«, erklärte der Psychiater. »Welches Paar das nächste sein wird – und welche Gefühle überhaupt auf der Liste stehen –, kann ich Ihnen nicht sagen. Bedenkt man sein Vorgehen bei der Wahl der Zitate, könnte das Internet eine Hilfe sein.«

»Ein Werk, eine Liste?« Der Staatsanwalt schüttelte den Kopf. »Wird er aufhören, wenn sein … Projekt beendet ist?«

»Wenn die Gefühle oder Gefühlspaare, die er abarbeiten will, zahlenmäßig begrenzt sind, halte ich das für möglich. Dass Serienmörder mit dem Morden aufhören, ohne durch Krankheit, Tod oder andere äußere Umstände gestoppt zu werden, ist allerdings selten. Er könnte sich ebenso gut ein neues Hobby suchen, das nächste Projekt. Oder es kommt zur Eskalation.« Rabe dachte kurz nach, bevor er bestätigend nickte. »Eine Eskalation wäre sogar sehr wahrscheinlich.«

Jennifer hatte nur kurz im Kopf überschlagen, wie viele Gefühlspaarungen ihr einigermaßen sinnvoll erschienen, um in eine entsprechende Liste aufgenommen zu werden. Sie war lang, verdammt lang. Das konnte Segen oder Fluch sein, denn sie wusste, was eine Eskalation, bezogen auf einen Serienkiller, meistens bedeutete: einen unkontrollierten Ausbruch von Gewalt mit vielen Toten in kürzester Zeit. »Das sind keine besonders guten Aussichten.«

»Nein, aber die haben Sie von mir auch nicht erwartet.« Doktor Rabe schüttelte den Kopf, bevor er einen unverhohlenen Blick auf seine Uhr warf. »Ich habe Ihnen alles mitgegeben, was ich Ihnen zu diesem Zeitpunkt sagen kann. Wenn Sie neue

Informationen haben, lassen Sie sie mir zukommen. Und fixieren Sie sich nicht auf einen Einzeltäter.«

Grohmann nickte nur stumm. Ihre letzten Hoffnungen hatten sich mit dem Termin bei Doktor Rabe in Luft aufgelöst.

Sie hatten es mit einem Serienmörder zu tun – oder einer mordenden Gruppierung.

Das Ticken der Wanduhr kam ihm plötzlich unerträglich laut vor.

Hannah fühlte sich unwohl. Sie hatte die Hände zwischen die Knie geklemmt und wagte kaum, sich zu bewegen. Herrgott, warum war sie nur hierhergekommen?

Am Samstagabend war es spät geworden. Sie war mit Aileen bis weit nach Mitternacht auf der Feier geblieben, und sie waren unter den Letzten gewesen, die die Halle im Industriegebiet verlassen hatten. Jesaja hatte ihnen ein Taxi bestellt und den Fahrer im Voraus bezahlt. Allerdings nicht, ohne ihnen zuvor das Versprechen abzunehmen, ihn am Montagabend zu besuchen.

Ursprünglich hatte Hannah mit Aileen gemeinsam zu dem Haus am Waldrand fahren wollen, doch ihre Mitschülerin hatte sie erst kurz vor dem verabredeten Zeitpunkt angerufen, um ihr zu sagen, dass sie sich verspäten würde, also hatte Hannah alleine den Bus genommen.

Sie war in ihren Gefühlen mehr als nur gespalten. Ein Teil von ihr freute sich, Jesaja wiederzusehen, ein anderer Teil warnte sie eindringlich davor zuzulassen, dass er sie für sich einnahm.

Als sie jetzt hier in seinem Wohnzimmer saß, wurde ihr bewusst, dass es dafür längst zu spät war. Er hatte die Tür geöffnet und ihr in die Augen gesehen, und schon hatte ihr Herz zu rasen begonnen. Hannah konnte sich seine Wirkung auf sie nicht ansatzweise erklären. Über die Konsequenzen wollte sie aber auch gar nicht so genau nachdenken.

Einerseits war sie irgendwie froh, dass Aileen noch nicht da war, andererseits fehlte ihr die Freundin. Sie hätte gerne etwas leidlich Bekanntes gehabt, woran sie sich festhalten konnte.

Hannah saß in einem stinknormalen Wohnzimmer, das weit von dem entfernt war, was sie erwartet hatte. Der Raum war modern, wenn auch recht farblos eingerichtet und mit der neuesten Technik ausgestattet. Das Einzige, was Hannah mit der Veranstaltung am Samstagabend in Verbindung bringen konnte, war ein Bild von Jezebel, das über dem Sofa an der Wand hing. Es zeigte eine Frau, die einen offenbar toten Säugling in den Armen hielt und an einem blutroten Fluss kniete.

Dazu kam noch Jesajas vollkommen alltägliche Kleidung. Er trug blaue Jeans und einen dunkelgrünen Pullover. Als er jetzt mit zwei Gläsern aus der Küche kam und eines vor ihr abstellte, kam ihr die Normalität der Situation schon beinahe absurd vor.

Jesaja setzte sich ihr gegenüber in einen Sessel und schlug ein Bein über das andere, ohne auch nur einmal den Blick von ihr abzuwenden. Das war etwas, was ihr schon am Samstag aufgefallen war. Seine Art, den Leuten intensiv in die Augen zu sehen, ihre Blicke förmlich einzufangen und festzuhalten. Seine Augen hatten offenbar tatsächlich unterschiedliche Farben. Hannah konnte sich nicht vorstellen, dass er im Moment Kontaktlinsen trug.

Sie trank von der Limonade und hätte sich beinahe verschluckt. Sie wusste nicht, wie sie sich verhalten sollte. Jesaja irritierte und faszinierte sie zugleich. Letztlich versuchte sie seinem Blick auszuweichen, allerdings mit mäßigem Erfolg.

Ihr Gastgeber ließ durch nichts erkennen, ob er ihre Unsicherheit bemerkte. Er schien auf andere Dinge konzentriert zu sein. »Wie hat dir der Samstagabend gefallen?«, fragte er schließlich mit einem sanften Lächeln.

»Es war … interessant.« Sie hatte die meiste Zeit an Aileen geklebt, während diese sich zwischen den dunklen Gestalten bewegt und Unterhaltungen geführt hatte, in denen es meist um Jezebel und deren Kunst gegangen war. Hannah hatte geschwiegen und beobachtet, hin- und hergerissen zwischen dem Wunsch zu gehen und ihrer Neugier.

»Und, was denkst du? Sind wir eine Sekte?«

Mit dieser direkten Frage hatte Hannah nicht gerechnet. Sie zögerte sekundenlang, nicht sicher, was sie darauf antworten sollte.

»Du kannst offen sprechen«, versicherte Jesaja. »Ich werde schon nicht aufspringen und dir die Kehle durchbeißen.«

Hannah rang sich ein kurzes, nervöses Lachen ab, obwohl sie seine Bemerkung alles andere als witzig fand.

Sie hatte Angst. Gleichzeitig drängte es sie, ihm ehrlich zu antworten. »Was ich am Samstag gesehen habe, waren einige teils sehr seltsame Menschen, die die Enthüllung eines Bildes gefeiert haben. Die meisten schienen Liebhaber morbider Kunst zu sein.«

»Die meisten?«, hakte Jesaja nach, dem ihr Zögern nicht entgangen war.

Hannah trank einen weiteren Schluck und hielt sich anschließend an dem halb leeren Glas fest. »Mir ist aufgefallen, dass es eine kleine Gruppe von Leuten gab, denen gegenüber sich die anderen Gäste beinahe … unterwürfig verhalten haben. Als wären sie irgendwelche Berühmtheiten. Und alle diese Leute hatten so einen Ring am Finger.« Sie blickte auf den Ring mit dem großen, dunkelroten Stein, den Jesaja heute an der linken Hand trug. »Ich fand das irgendwie merkwürdig.«

»Du hast eine sehr gute Beobachtungsgabe.« Jesaja lehnte sich mit einem zufriedenen Lächeln zurück. »Gefallen dir Jezebels Werke?«

Der plötzliche Themenwechsel irritierte Hannah, doch sie wagte nicht, sich ihm zu widersetzen. »Sie sind … schön, aber auch verstörend. Sie berühren mich und stoßen mich zugleich ab.«

»Ja, so geht es vielen«, erwiderte Jesaja. »Ich frage mich immer, was die Menschen mehr anzieht. Das, was sie schön finden, oder das, was sie abstößt.«

Hannah wollte nicht über die Kunst von Jesajas Schwester diskutieren, deshalb fragte sie unverblümt: »Wie heißt du eigentlich wirklich? Und deine Schwester? Jesaja, Jezebel … das sind doch nicht eure richtigen Namen.« Auf dem Klingelschild hatte Fiedler gestanden.

»Das hast du also ebenfalls durchschaut.« Er nickte. »Dann wäre es wohl an der Zeit, mich vorzustellen. Ich bin Tobias. Meine Schwester heißt Selina. Jesaja und Jezebel … das sind nur unsere Namen für die Eingeweihten.«

»Für die Eingeweihten?«, wiederholte Hannah.

Tobias stieß einen Seufzer aus. »Das klingt wohl schon wieder ziemlich nach Sekte, oder?« Er schüttelte den Kopf. »Wir sind keine Sekte, Hannah.«

»Und was seid ihr dann?«

»Ein mehr oder minder loser Zusammenschluss von Menschen, die der Dunkelheit zugetan sind, der Melancholie, dem Tod so sehr wie dem Leben. Andersartige, wenn man so will, die ihresgleichen suchen und sonst nirgendwo wirklich dazugehören.« Tobias schwieg kurz, bevor er erneut nickte. »Es gibt einen harten Kern. Diejenigen, die diesen Ring tragen. Die Organisatoren, wenn man so will.«

Hannah öffnete den Mund, um etwas zu erwidern, beschloss dann aber, ihre Zweifel für sich zu behalten. Sie wollte Tobias nicht vor den Kopf stoßen.

Er lächelte sie an. »Unsere Gruppierung unterwirft niemanden irgendwelchen Regeln. Wir schließen niemanden aus. Wir ziehen Menschen an, die gerne in dunkle Welten eintauchen, sich aber nicht in die Schablonen irgendwelcher Subkulturen zwingen lassen wollen. Die die Möglichkeit haben wollen, ihre dunkle Seite auszuleben, ohne sich an irgendeinen Kodex halten zu müssen.«

Als sie immer noch nichts sagte, fuhr Tobias fort: »Am Anfang waren wir nur wenige, aber dann wurden wir immer mehr. Also habe ich begonnen, Foren zu schaffen und Veranstaltungen zu organisieren. Diskussionsgruppen einzurichten, in denen die Leute einander ihre dunkelsten und geheimsten Gedanken mitteilen können, ohne Zurückweisung fürchten zu müssen. Abende, an denen sie gänzlich in ihre Phantasiewelten eintauchen können, ohne für verrückt erklärt zu werden.«

Tobias schüttelte den Kopf. »Das Ganze hat wirklich absolut nichts mit einer Sekte gemein. Kein Zwang, keine Riten, keine Schwüre, keine Gehirnwäsche, nichts Religiöses. Für mich und Selina ergeben sich natürlich auch Vorteile. Die Kunst meiner Schwester lässt sich in diesem Rahmen einer größeren Öffentlichkeit zugänglich machen. Sie wird für ihre Arbeiten geradezu vergöttert.«

»Dann ist das alles für dich also nichts als Show? Eine Einnahmequelle?«, hakte Hannah verblüfft und ungläubig zugleich nach.

Tobias schüttelte den Kopf. »Nein, keinesfalls. Es ist eine glückliche Fügung, dass mein dunkles Leben zugleich ein Engagement ist, das mich und meine Schwester finanziell unabhängig macht. Daran ist nichts Verwerfliches.«

»Wenn die Menschen, mit denen du dich umgibst und die eure Unabhängigkeit finanzieren, etwas ganz anderes in dir und dieser Gruppierung sehen, dann vielleicht schon.«

»Ich bin kein Therapeut, Hannah. Ich gebe den Leuten nur

das, was sie verlangen. Ich schaffe eine Umgebung, in der sie sich wohlfühlen und ihre Faszination für die Dunkelheit leben können.«

»Machst du es dir da nicht ein bisschen einfach?« Hannahs Faszination für den Mann, den sie am Samstag unter dem Namen Jesaja kennengelernt hatte, schwand rapide. Ebenso ihre Angst. Sie mochte das profane Gesicht nicht, das er der normalen Welt präsentierte. »Du nutzt diese Menschen aus.«

»Nein«, widersprach Tobias. »Das würde ich tun, wenn ich ihnen etwas vormachen würde. Das tue ich aber nicht. Ich habe zwei Seiten, beide sind echt.« Er beugte sich vor, ein Glitzern in den Augen. »Du kannst mir aber glauben, dass dieses kultivierte Leben, das du hier siehst, nicht meinem wahren Ich entspricht.«

Wenn sie nicht ohnehin schon ganz hinten auf dem Sofa gesessen hätte, wäre Hannah vor ihm zurückgewichen. Ihre Furcht loderte von einem Moment zum anderen erneut auf. Plötzlich wollte sie einfach nur noch fort von ihm. Gleichzeitig spürte sie aber auch wieder seine Anziehungskraft, den Sog des Verbotenen und Verborgenen. Wo, zum Teufel, steckte Aileen?

Tobias stand auf, umrundete den niedrigen Couchtisch und hielt ihr auffordernd eine Hand entgegen. »Willst du meine andere Seite, mein wahres Ich, nicht noch ein wenig besser kennenlernen?«

Da war es wieder. Dieses Flattern in ihrer Magengegend. Es war nicht mehr Tobias, der nun vor ihr stand, sondern Jesaja, der sie einlud, ihm und seinen dunklen Geheimnissen näherzukommen. Eine Stimme in ihrem Hinterkopf heulte protestierend auf, als sie den Arm ausstreckte, und verstummte sofort, als sich ihre Hände berührten.

Die Mischung aus Furcht, Faszination, Neugier, der Ahnung von Gefahr und Jesajas Anziehungskraft überwältigte ihren Verstand. Sie stand auf, ohne diese Entscheidung bewusst getroffen zu haben.

Sie folgte Jesaja die Treppe in den ersten Stock hinauf. Auch hier wirkten Farbgestaltung und Einrichtung vollkommen normal. Sie gingen einen kurzen Flur entlang, dann öffnete ihr Gastgeber eine Tür, die sich als Portal in eine völlig andere Welt entpuppte.

Die Wände des Zimmers waren schwarz gestrichen, und die schwarzen Vorhänge waren so dick, dass selbst grelles Tageslicht keinen Weg hineingefunden hätte. Die zwei elektrischen Lampen, die Jesaja eingeschaltet hatte, spendeten gedämpftes Licht. Mehr war aber auch nicht nötig, um die unzähligen Kerzen anzuzünden, die überall im Raum verteilt waren.

In der Mitte des Zimmers stand ein schmiedeeisernes Bett mit Wäsche aus schwarzem Satin. Die übrigen Möbel waren ebenfalls ausnahmslos schwarz, entweder betont schlicht gehalten oder längst vergangenen Epochen nachempfunden. Über dem Bett hing ein beeindruckender Drachenkopf an der Wand, der aus massivem Stein gefertigt zu sein schien, vermutlich aber nur eine sehr überzeugende Attrappe war. Um seinen Hals war eine Metallkette geschlungen, von der weitere Ketten herabhingen, die mit altertümlichen Schellen am Bettgestell festgemacht waren.

Ein Regal war mit Büchern vollgestopft, deren Titel Hannah nicht lesen konnte, deren Einbände aber den Schluss zuließen, dass es sich nicht um leichte Unterhaltungsliteratur handelte. Zwei Wasserspeier bewachten zähnefletschend einen dunklen Altar, auf dem Papier, eine altmodische Feder, ein Tintenfass und ein kunstvoll verziertes Messer bereitlagen. Ein zweifellos von Jezebel gemaltes Bild hing an der Wand gegenüber dem Bett. Es zeigte in aller Deutlichkeit, wie eine Vampirin von einem riesigen Monster penetriert wurde.

Hannah musste schlucken, bevor sie sich zwei Schritte in den düsteren Raum hineinwagte, der Schlafzimmer, Folterkammer und Schreckenskabinett zugleich zu sein schien. »Du schläfst hier?«, fragte sie mit dünner Stimme.

»Ja. Ich fühle mich in diesem Raum sehr wohl.« Jesaja schloss die Tür.

Hannahs Herz stolperte in ihrer Brust, dabei wusste sie nicht einmal genau, weshalb. Was fühlte sie? Angst? Ja. Faszination? Ja. Sie musste hier weg. Aber wollte sie das überhaupt? Sie atmete tief durch und ließ ihren Blick erneut durch das Zimmer schweifen. »Ich könnte hier kein Auge zutun«, flüsterte sie schließlich.

Ihr Blick fiel auf ein Regal, das mit einem schwarzen Tuch verhängt war. Sie machte einen unsicheren Schritt darauf zu und blieb dann stehen.

»Du kannst ruhig einen Blick riskieren«, sagte Jesaja hinter ihr. »Das ist meine ganz persönliche Sammlung.«

»Was für eine Sammlung?«

Er antwortete nicht. Sein Blick forderte sie nur stumm dazu auf, es sich anzusehen.

Vorsichtig näherte sie sich dem Regal. Was mochte ein Mensch wie Jesaja sammeln, der jede Nacht in diesem grotesken Zimmer verbrachte und offenbar keine Alpträume bekam? Hannah ergriff einen Zipfel des Tuches, zögerte noch einen Moment und zog es dann herunter. Erschrocken wich sie zurück.

In dem Regal standen Gläser, fein säuberlich aufgereiht, mit durchsichtigen bis hellgelben Flüssigkeiten gefüllt, in denen Organe schwammen. Menschliche Organe. Mehrere Augen, ein Gehirn, eine undefinierbare Masse, die sie nicht zuordnen konnte, und zwei Herzen.

Hannah schnürte es augenblicklich die Kehle zu.

»Schockiert dich das?«, flüsterte Jesaja. Sie spürte, dass

er ihren Arm berührte. Zärtlich, sanft. Sein Atem an ihrem Ohr.

Ihr Herz raste. Sie wollte fliehen, und blieb doch vollkommen erstarrt stehen. Seine Berührung erweckte Ekel und inneren Aufruhr zugleich.

Dann schrillte das Geräusch der Türklingel durchs Haus.

10

Oliver bog in den Parkplatz des Gymnasiums ein und hielt in zweiter Reihe an. Der Schulhof war bis auf einige vereinzelte Schüler verlassen. Er warf einen Blick auf die Uhr am Armaturenbrett, die Zahlen waren jedoch so schwach beleuchtet, dass er sie in der morgendlichen Dunkelheit nicht entziffern konnte.

»Ich fürchte, wir sind spät dran«, murmelte er mit einem Seitenblick zu Hannah.

Sie hatte den ganzen Morgen noch kaum ein Wort mit ihm gewechselt, und auch die Fahrt über hatte sie schweigend neben ihm gesessen. Jeden seiner Versuche, eine Unterhaltung in Gang zu bringen, hatte sie geflissentlich ignoriert oder lediglich mit einem Grummeln beantwortet. Sie hatte nicht einmal gefragt, warum er ihr eigentlich angeboten hatte, sie zur Schule zu fahren.

Irgendetwas schien sie zu beschäftigen. Oliver konnte jedoch nicht einschätzen, ob ihre seltsame Laune etwas mit ihm zu tun hatte oder ob er nicht ohnehin übertrieb. Teenager galten im Allgemeinen als launisch, und er hatte keine Ahnung, welche Art von Verstimmung bei seiner Tochter ernst zu nehmen war und welche nicht.

Das Auto war kaum zum Stehen gekommen, als Hannah den Sicherheitsgurt löste und die Tür öffnen wollte. Sie hatte es eilig. Etwas zu eilig.

»Hannah, warte.«

Sie verharrte, wenig begeistert darüber, dass er sie aufhielt. »Ich komme zu spät.«

»Fünf oder zehn Minuten, das macht jetzt keinen Unterschied

mehr«, erwiderte Oliver. Er ließ sich nicht anmerken, dass ihm ihr Tonfall ganz und gar nicht gefiel. »Zu spät kommst du auf jeden Fall.«

Sie stieß ein kaum wahrnehmbares Seufzen aus, während sie sich in den Autositz zurücksinken ließ und die Arme vor der Brust verschränkte. »Wenn du meinst.«

Oliver hätte ihr gerne in die Augen gesehen, doch sie starrte nur vor sich hin. »Du machst auf mich einen irgendwie … nachdenklichen Eindruck.«

Hannah zuckte die Schultern. »Kann sein, vielleicht. Es ist nichts Besonderes.«

Oliver glaubte ihr nicht. Ihre Reaktion sollte überspielen, dass er ins Schwarze getroffen hatte. Gerne hätte er sie direkt gefragt, was los war, doch das hatte wahrscheinlich wenig Sinn. Hannah mauerte bereits. »Was hast du eigentlich am Wochenende gemacht?«, fragte er. »Wir haben uns kaum gesehen.«

»Gelernt, gezockt, mich von Fast Food ernährt.« Wieder ein Schulterzucken. »Solche Dinge eben.«

Sie belog ihn zweifellos. »Das Mädchen, das am Samstag zum Lernen da war, Aileen, richtig?«

Hannah nickte nur. Sie wich seinem Blick noch immer aus. Kein gutes Zeichen.

»Ist sie okay?«, hakte Oliver nach.

Seine Tochter verdrehte die Augen, so viel konnte er immerhin sehen. »Schätze schon.«

Er unterdrückte ein Aufstöhnen. Sie jetzt spüren zu lassen, dass sie seine Geduld mehr als nur strapazierte, würde ihn keinesfalls zum Ziel führen. Ebenso wenig, weiter um den heißen Brei herumzureden. »Was ist los, Hannah? Liegt es an mir, ist irgendwas passiert …«

Hannah ließ ihn nicht einmal ausreden. »Es ist nichts«, antwortete sie patzig. »Ich bin einfach nicht besonders gut gelaunt.«

Sicher doch. Er atmete bewusst ein und aus, bevor er ruhig sagte: »Wenn das alles wäre, würde ich dir nicht derart auf die Nerven gehen.«

Hannah zögerte. Sie biss sich auf die Unterlippe und starrte durch die Frontscheibe nach draußen. »Ich habe jemanden kennengelernt.«

Diese Information ließ Oliver erst einmal verstummen. Er hatte keine Ahnung, wie er darauf reagieren sollte. Am liebsten hätte er gleich mehrere Fragen auf einmal gestellt, zwang sich aber, nichts zu überstürzen. »Einen Jungen?«

»Einen …« Wieder zögerte sie, bevor sie kaum wahrnehmbar nickte. »Ja, einen Jungen.« Noch bevor er weiter nachbohren konnte, fügte sie hinzu: »Es ist kompliziert.«

Das konnte in ihrem Alter vieles oder nichts bedeuten. »Willst du darüber reden?«

Erwartungsgemäß schüttelte Hannah den Kopf. »Dafür ist es noch zu früh … Ich meine, du und ich …«

Oliver nickte. »Verstehe.« Er verstand es tatsächlich, trotzdem versetzte ihm die Zurückweisung einen kleinen Stich. Noch immer wusste er nicht, wie er mit der Situation umgehen sollte. »Ich möchte dich nur wissen lassen, dass …«

»Schon okay, ich weiß«, unterbrach sie ihn erneut. Sie drehte für den Bruchteil einer Sekunde den Kopf, sah ihm aber nicht in die Augen. »Ich muss jetzt wirklich los.« Sie streckte den Arm in Richtung Tür aus.

»Hast du eigentlich morgen Abend schon was vor?«, fragte er.

Hannah hielt überrascht inne. »Wieso?« Ihre Stimme hatte einen beinahe misstrauischen Beiklang.

»Weil ich vorhabe, morgen einigermaßen pünktlich Feierabend zu machen, falls nicht noch irgendetwas Unerwartetes dazwischenkommt. Ich dachte, es wäre eine gute Gelegenheit, den Abend miteinander zu verbringen. Nur wenn du möchtest, natürlich.«

»Da habe ich eigentlich schon was vor …«, antwortete sie zögerlich. Offensichtlich etwas, das ihr wichtig war.

Oliver lag die Frage auf der Zunge, ob sie sich mit besagtem Jungen treffen wollte, schluckte sie aber hinunter. Neugier war vermutlich das Letzte, was er Hannah bei diesem Thema entgegenbringen sollte. »Schade. Dann komme ich aber wenigstens morgen Abend einigermaßen pünktlich ins Bett.«

Der Themenwechsel sagte Hannah scheinbar zu, denn endlich sah sie ihn länger als nur den Bruchteil einer Sekunde an. Sie musterte ihn kritisch, offenbar unsicher, ob er ihre Absage tatsächlich so leichtnahm, wie er vorgab. Dann setzte sie ein Lächeln auf. »Das solltest du. Deine äußere Erscheinung gleicht nämlich langsam, aber sicher der eines Zombies.«

Sie hatte sich zu dem Scherz gezwungen, trotzdem spielte er mit. »Herzlichen Dank für das Kompliment. Du hast meine Kollegen noch nicht gesehen.«

Das erste echte Lächeln des Tages erschien auf Hannahs Gesicht. »Das kann ich mir vorstellen. Du solltest die gewonnene Zeit wirklich in Schlaf investieren.« Sie zögerte kurz, bevor sie, wieder ernst geworden, hinzufügte: »Ich glaube, im Moment ist es das Beste, wenn wir uns nicht auf der Pelle hocken …«

»Ja, das stimmt wohl.« Oliver wusste, worauf sie eigentlich hinauswollte. Er hatte das Gefühl, dass sie sich durchaus nähergekommen waren und der Zorn, der zweifelsohne die letzten vier Jahre in seiner Tochter gelodert hatte, inzwischen nur noch auf kleiner Flamme kochte. Doch bevor sie nicht Zeit und Gelegenheit für eine richtige Aussprache gefunden hatten, würden sie unweigerlich auf der Stelle treten.

»Bis dann, Dad«, murmelte Hannah und entwischte in die Kälte, bevor er noch irgendetwas sagen konnte.

Nachdenklich blickte er ihr hinterher, bis sie im Schulgebäude verschwunden war. Er konnte das nagende Gefühl von Sorge weder ignorieren, noch konnte er einschätzen, ob es berechtigt war. Irgendetwas schien Hannah zu belasten.

Sie hatte einen Jungen kennengelernt, aber war das Grund genug für ihre merkwürdige Stimmung? Normalerweise vertraute er seinem Instinkt, Lügen zu durchschauen, bei seiner eigenen Tochter war er sich aber einfach nicht sicher.

Auf dem gesamten Weg zum Polizeipräsidium grübelte er vor sich hin, legte jedes ihrer Worte, jede noch so kleine Reaktion von ihr auf die Goldwaage, kam allerdings zu keinem Ergebnis.

Der Anblick der Horde Pressevertreter, die vor dem Gebäude campierte, lenkte ihn schließlich erfolgreich von seinen Gedankenspielen ab. Fast die gesamte Treppe vor dem Haupteingang war besetzt, und selbst auf dem Bürgersteig standen und saßen Journalisten, in den Gesichtern eine Mischung aus Entschlossenheit und Geduld.

Wie erwartet, hatten nach dem Artikel vom Montag ein paar Reporter versucht, von der Staatsanwaltschaft weitere Informationen über die Morde an Larissa Schröder und Cedric Mattes zu bekommen. Sie hatten sich allerdings mit der Standardauskunft zufriedengegeben, dass die beiden Tötungsdelikte miteinander in Verbindung stünden, man aber noch mitten in den Ermittlungen stecke und nichts Definitives sagen könne. Derzeit gehe man von einem Doppelmord aus.

Sie hatten die Lüge ohne Nachfragen geschluckt. Damit war es jetzt offensichtlich vorbei. Wenn während Olivers Abwesenheit nicht irgendeine andere weltbewegende Tat geschehen war, musste die Pressemeute wegen ihres Falls hier sein. Was nur bedeuten konnte, dass irgendjemandem das Wort Serienmörder herausgerutscht war, das unweigerlich auslöste, was sie am wenigsten gebrauchen konnten: Hysterie.

Wenigstens belagerten die Pressevertreter noch nicht die Einfahrt zum Hinterhof, wo er sein Auto abstellte und anschließend unbehelligt das Gebäude durch den Hintereingang betrat.

Eigentlich hatte er sich vorgenommen, nur kurz bei der Kripo vorbeizuschauen, um sich von Jennifer auf den neuesten Stand bringen zu lassen. Da er keinen Anruf und auch sonst keine Nachricht erhalten hatte, hatte er nicht mehr als eine kurze Zusammenfassung über die laufenden Ermittlungsarbeiten erwartet. Dabei würde es aber wohl auf keinen Fall bleiben.

Als Oliver den Empfangsbereich betrat, sagte ihm bereits Freya Olssons Blick, dass die Lage noch dramatischer war, als er vermutet hatte. Wortlos schob sie ihm die aktuelle Ausgabe des *Hanauer Anzeigers* über den Tresen hinweg zu. Die Schlagzeile »Serienkiller im Spessart!« sprang ihn förmlich an.

Der Text unter der Schlagzeile war für die Zeitung eigentlich zu reißerisch. Der Verfasser strich die Verbindung zwischen den beiden Morden heraus und nannte die bisherigen Auskünfte der Staatsanwaltschaft »eine Sammlung gewohnheitsmäßiger Lügen«. Die Forderung nach umfassender Aufklärung der Öffentlichkeit hatte einen aggressiven Unterton. Gleich zweimal wurde darauf hingewiesen, dass der Täter offensichtlich von Lemanshain aus operiere, ohne dass für diese Behauptung irgendwelche Belege oder eine Quelle genannt wurden.

Der Text war mehr als geeignet, die Bevölkerung aufzuschrecken und für Unruhe zu sorgen. Offenbar begann nun die übliche Hetze gegen die Ermittlungsbehörden. Aber noch bewegte sich alles im gewohnten Rahmen.

Beim letzten Satz sog Oliver allerdings hörbar die Luft ein: »Lesen Sie den Gastbeitrag unseres Lemanshainer Kollegen R. Pohl auf Seite 2.« Rafael Pohl war der penetranteste Reporter, der dem Staatsanwalt in seiner gesamten bisherigen Laufbahn begegnet war, bekannt für seine reißerischen, nicht immer der

Wahrheit entsprechenden Artikel, die allein dem Zweck dienten, ihren Verfasser für eine größere Zeitung zu empfehlen. Offenbar war er seinem Ziel einen guten Schritt näher gekommen.

Oliver hatte bereits eine Ahnung, in welche Richtung der Gastbeitrag gehen könnte. Er blätterte um und sah seine schlimmste Befürchtung bestätigt. Zuerst entdeckte er ein unscharfes Foto von Jennifer, dann die Überschrift: »Die mit den Bestien tanzt.« Er murmelte einen undeutlichen Fluch. Der Artikel zielte persönlicher auf die Kommissarin ab, als er erwartet hatte, und enthielt nichts als Übertreibungen und verdrehte Tatsachen.

In einem Absatz trieb Pohl seine Anwürfe auf die Spitze: »Seitdem sie in unsere friedliche, beschauliche Heimat gekommen ist, explodiert die Zahl der Gewaltverbrechen. Jennifer Leitner hat Mord und Totschlag nach Lemanshain gebracht. Sie zieht das Böse geradezu an. Das diabolische, kranke, ultimative Böse.«

Oliver war außer sich vor Wut. Zwischen zusammengebissenen Zähnen presste er hervor: »Wen hat dieser Scheißkerl bestochen, um es mit so einem Dreck in die Hanauer Tageszeitung zu schaffen?! Hat er vor, mit dieser esoterisch angehauchten Scheiße eine Hexenjagd loszutreten?!«

Freya Olsson zuckte nur hilflos die Schultern. Jedes Wort wäre möglicherweise zu viel gewesen.

»Wie hat sie reagiert?«, fragte Oliver und warf die Zeitung zurück auf den Tresen.

Die Büroassistentin wagte nicht, danach zu greifen. »Vollkommen gleichgültig. Eigentlich überhaupt nicht.«

»Keinerlei Anzeichen von Wut?«

»Nicht einmal ansatzweise«, erwiderte Freya.

Dann war es besonders schlimm. Olivers eigener Zorn verflüchtigte sich bei dem Gedanken, was passieren könnte, wenn sich Jennifers Wut zu einem ungünstigen Zeitpunkt entlud. »Nicht gut.«

Freya nickte. Sie war derselben Meinung. »Sie ist in ihrem Büro.«

Wenn er ehrlich war, hätte er sich diesen Gang lieber erspart. Er hatte aber keine andere Wahl, als Jennifer aufzusuchen.

Die Kommissarin war tatsächlich die Ruhe selbst. Sie saß an ihrem Schreibtisch und blickte nur kurz auf, als er eintrat, die Tür hinter sich schloss und sich von innen dagegen lehnte. Das offensichtliche Zeichen ignorierend, ging sie direkt zur Tagesordnung über. »Von unserer Seite aus gibt es nichts wirklich Neues. Morpheus hat angerufen. Bisher konnte er keinerlei Verbindung zwischen Larissa Schröder und Cedric Mattes finden, er meinte aber, er hätte noch ein paar Asse im Ärmel. Was auch immer das heißt. Keine Neuigkeiten von der Spurensicherung, keine neuen Erkenntnisse seitens des Doktors. Ich brauche zwei Durchsuchungsbefehle für …«

Oliver hatte genug gehört. »Gut«, unterbrach er sie. »Schick die Daten rüber. Ich kümmere mich darum.«

Normalerweise hätte sie ihn überrascht angesehen und gefragt, ob er denn überhaupt nicht wissen wolle, worum es bei den Gerichtsbeschlüssen ging. Doch sie zog es vor, ihn und vor allem die geschlossene Tür in seinem Rücken weiterhin zu ignorieren.

Oliver beobachtete sie dabei, wie sie sich wieder der Akte auf ihrem Schreibtisch zuwandte. Wenn er etwas nicht ausstehen konnte, dann ihre sture Art des Verdrängens. Sie sollte wissen, dass er sie zumindest diesmal nicht damit durchkommen lassen würde. »Willst du gar nichts sagen?«, fragte er schließlich.

»Wozu?«

Sein Aufstöhnen klang eher resigniert als verärgert. »Wozu wohl?«

Jennifer zuckte die Schultern. Dass sie ihn noch immer nicht ansah, sagte bereits genug. »Ich habe nichts dazu zu sagen.«

Inzwischen hatte er ein recht gutes Gespür für die Launen der

Kommissarin. Es herrschte trügerische Ruhe vor dem Sturm. Die Frage war nur, wann er losbrechen würde. »Vielleicht solltest du nach Hause fahren, um etwas Abstand zu gewinnen.«

»Wieso?« Sie warf ihm einen flüchtigen Blick zu. »Es ist alles in Ordnung. Ich bin absolut cool.«

Das hatte er heute schon einmal gehört. Und sowohl bei Jennifer als auch bei Hannah war er ziemlich sicher, dass sich wesentlich mehr hinter der ruhigen Fassade verbarg. »Genau das macht mir Sorgen.«

Endlich sah sie ihn an. Er konnte den Ausdruck in ihren Augen jedoch nicht deuten. War sie überrascht? Verärgert? Keins von beidem? »Ich soll also von zu Hause aus arbeiten?«

Er biss die Zähne zusammen. Es fiel ihm erstaunlich schwer, Ruhe zu bewahren. »Du weißt, worauf ich hinauswill. Du sollst dir den Tag freinehmen.«

»Du hast uns doch schon morgen einen freien Abend verordnet.« Sie machte keinen Hehl daraus, dass sie von der einen Weisung ebenso wenig hielt wie von der anderen.

Oliver verschränkte die Arme vor der Brust. »Du solltest wirklich gehen.«

»Du kannst mich nicht nach Hause schicken«, stellte Jennifer trocken fest.

Er nickte. »Das mag sein. Aber Möhring kann es. Ein Anruf genügt.«

Jennifer schüttelte den Kopf. »Das wirst du nicht tun. Du brauchst mich hier.«

»Gerade deshalb will ich, dass du dir den Tag freinimmst und dich im besten Fall irgendwie abreagierst.«

Einen kurzen Moment lang sah sie ihn nur an. »Was erwartest du eigentlich von mir?«, fragte sie schließlich. »Dass ich wegen dieses dämlichen Artikels ausraste, alles zusammenbrülle oder die Büroeinrichtung zertrümmere?«

»Tausendmal besser, als ihm die Knochen zu brechen.«

»Interessant, wozu ich deiner Meinung nach fähig bin.« In ihren Augen lag ein Glitzern, das eher dazu geeignet war, seine Aussage zu unterstreichen, als das Gegenteil zu beweisen. Das Telefon auf ihrem Schreibtisch begann zu klingeln, sie schaute jedoch nicht einmal auf das Display. Fünfmal hallte der Ton durch den Raum, dann trat wieder Stille ein. »Bist nicht eigentlich du derjenige, der im Fokus dieses Schmierfinks stehen sollte? Hast du wirklich geglaubt, dass du uns die Meute mit diesem durchsichtigen Juristengeschwafel vom Hals halten könntest?«

Ihre Kritik prallte an ihm ab. Nicht zuletzt, weil Jennifer nur zu gut wusste, dass das Juristengeschwafel nicht aus seiner, sondern aus der Feder seines Chefs stammte. Er fixierte sie, zwang sie, seinem Blick zu begegnen. »Dass er sich nicht auf mich eingeschossen hat, könnte daran liegen, dass ich ihm nicht den Mittelfinger gezeigt habe.«

Jennifers Augen verengten sich. »Woher weißt du das schon wieder?«

»Weil er dich wegen Beleidigung angezeigt hat. Daher.« Der Vorwurf in seiner Stimme war unüberhörbar.

»Der Typ hat mitten in der Nacht vor meiner Haustür auf mich gewartet«, erwiderte Jennifer grantig. »Da darf ich doch wohl ungehalten werden.«

»Nein, darfst du nicht«, stellte Oliver fest. »›Kein Kommentar‹ wäre vollkommen ausreichend gewesen.«

Jennifer rang um eine Antwort, hielt sich letztlich aber doch zurück. »Wann bekomme ich meine Vorladung von der Inquisition?«

»Ich habe die Sache in Absprache mit Möhring zu den Akten gelegt. Eigentlich hatte er vor, deswegen ein paar Takte mit dir zu reden, das wollte ich aber lieber selbst tun. Herrn Pohl habe ich mitteilen lassen, dass Aussage gegen Aussage steht und wir deshalb keine weiteren Schritte einleiten werden.« Oliver schüttelte den Kopf. »Deiner Reaktion nach zu urteilen, war das wohl ein Fehler.«

Jennifer antwortete nicht, sondern verschränkte lediglich die Arme vor der Brust. Wütend starrte sie ihn an, und ihre Körpersprache machte mehr als deutlich, dass sie nicht einknicken würde. Oliver hätte zu gerne gewusst, was in ihr vorging. So aber musste er sich auf sein Bauchgefühl verlassen, und das stand in diesem Moment ganz und gar nicht zu ihren Gunsten.

Trotzdem würde er ihr eine letzte Gnadenfrist einräumen, damit sie ihre Haltung überdenken konnte. Er hatte gerade entschieden, einfach zu gehen, ohne ihr mitzuteilen, was er als Nächstes zu tun beabsichtigte, als es klopfte. Oliver trat von der Tür zurück und öffnete sie.

Katia Mironowa stand mit einem Aktendeckel in der Hand im Flur und sah für ihre Verhältnisse überraschend verunsichert aus. Geschlossene Türen waren üblicherweise ein Zeichen dafür, dass die Kollegen in Ruhe arbeiten wollten. Sie sah von Grohmann zu Jennifer und wieder zurück. Die blonde Kommissarin erfasste sofort, dass sie zu einem ungünstigen Zeitpunkt gekommen war.

»Sorry, dass ich störe, aber wir wollten die Zeugenaussagen von Cedric Mattes' Freunden und Bekannten durchgehen«, sagte sie fragend. »Ich kann auch später wiederkommen, wenn …«

Olivers Kopfschütteln unterbrach sie. »Wir sind hier fertig.« Er warf Jennifer einen letzten Blick zu, bevor er ihr Büro verließ.

11

Oliver war auf halbem Weg zu seinem Wagen, als er abrupt stehenblieb. Es war schon dunkel, und er hatte auf dem Parkplatz des Polizeipräsidiums ein Auto entdeckt, das er dort eigentlich nicht hatte sehen wollen. Jennifers VW stand an der üblichen Stelle.

Der Staatsanwalt warf einen Blick auf das Display seines Smartphones. Achtzehn Uhr fünfundzwanzig. Es war Mittwoch, der Tag, für den er einen pünktlichen Feierabend angeordnet hatte, damit die an den Ermittlungen Beteiligten endlich ihr Schlafdefizit ausgleichen konnten. So wie es aussah, hatten sich alle daran gehalten.

Außer Jennifer.

Der Anblick ihres Autos hätte ihn nicht überraschen sollen. Die Kommissarin hatte deutlich zu erkennen gegeben, dass sie nichts von seiner Anordnung hielt.

Einen Moment verharrte er an Ort und Stelle, unschlüssig, ob er ihre Entscheidung einfach akzeptieren oder ob er eingreifen sollte.

Die Ermittlungen traten nach wie vor auf der Stelle. Immer noch warteten sie auf Unterlagen und Informationen, die meisten von ihnen würden aber nicht vor Ende der Woche eintreffen. Sie hatten keine neuen Ansätze. Es gab keine heißen Spuren, die sie hätten verfolgen können. Jennifer konnte also höchstens die bekannten Informationen zum wiederholten Male durchgehen.

Nach ihrer Auseinandersetzung am Vortag hatten sie nur noch einmal kurz miteinander gesprochen. Oliver hatte keine Lust gehabt, erneut mit ihr zu diskutieren, außerdem hatte er entschieden genug davon, dass sie dauernd versuchte, ihren Kopf durchzusetzen.

»Ach, verdammt.« Oliver machte kehrt, betrat das Gebäude und stand keine fünf Minuten später in ihrer Bürotür – der einzigen, durch die noch Licht auf den Flur fiel.

Jennifer saß an ihrem Schreibtisch und scrollte durch eine der vielen Dateien, die sie im Laufe der letzten Woche angelegt hatte. Ein Notizblock lag neben der Tastatur, doch noch war das oberste Blatt Papier leer. Oliver wusste, dass sie ihn bemerkt hatte, obwohl sie ihn mal wieder ignorierte. Sie wussten beide, warum er hier war, und keiner wollte das Gespräch eröffnen.

Oliver nutzte die Zeit, um sie zu beobachten und sich zu fragen, wieso es ihm so verdammt schwerfiel, ihr die Stirn zu bieten. Es wäre einfach gewesen, Möhring anzurufen und ihm zu sagen, er solle sie einen Tag beurlauben. Er hätte ihr verdammt viel Ärger machen können, wenn er gewollt hätte. Die Erkenntnis, dass er es vermutlich bei jedem anderen im Kommissariat längst getan hätte, half keinesfalls, ihn für die bevorstehende Auseinandersetzung zu wappnen.

Wieder einmal hatte Jennifer die längere Geduldspanne. »Du bist noch hier?«

Jennifer zuckte nicht zusammen oder schien sonst irgendwie überrascht zu sein. »Ja, wieso?«

»Es ist halb sieben«, stellte Oliver fest. »Seit einer halben Stunde Feierabend.«

»Ich bin gleich weg«, erwiderte sie nur.

Er verdrehte die Augen und murmelte lautlos einen Fluch. Nicht schon wieder dieses Spielchen. Er betrat den Raum, setzte sich an Marcel Meyers Schreibtisch und verschränkte die Arme vor der Brust. »Und wann ist dieses ›gleich‹?«

»Ich mache hier nur noch etwas fertig.«

»Und wie lange wird das noch dauern?«

Sie zuckte die Schultern. »Mal sehen.«

»Was war an meiner Anweisung eigentlich nicht zu verstehen?«, fragte Oliver schließlich ruhig. »Mittwoch, achtzehn Uhr, Ende. Nur dieses eine Mal.«

Jennifer sah noch immer nicht von ihrem Bildschirm auf. »Ich habe sie verstanden. Und du solltest wissen, was ich davon halte.«

Oliver wusste nicht, woher plötzlich die Wut kam, die ihn dazu brachte, aufzustehen, über den Tisch zu langen und das Stromkabel aus ihrem Bildschirm zu ziehen.

»Hey, verdammt noch mal, was …?« Als sie seinen Blick sah, verstummte Jennifer, doch ihre Überraschung wurde schnell wieder vom Zorn verdrängt. »Was, zum Teufel, soll das?!«

»Du gehst jetzt nach Hause«, erwiderte Oliver ungerührt.

»Um was zu tun?«, blaffte Jennifer. »Um hier alles stehen- und liegenzulassen und tatenlos auf die nächste Leiche zu warten?«

»Um wieder zu Kräften zu kommen, dir eine Auszeit zu nehmen, wenn auch nur für ein paar Stunden. Um etwas Schlaf nachzuholen, dich auszuruhen. Um einen gottverdammten Abend lang mal etwas anderes zu sehen als Tod, Tod und nochmals Tod!«

»Willst du das den Angehörigen des nächsten Opfers erklären?«, fragte sie ruhig, doch ihr Zorn schwang noch immer in ihrer Stimme mit. »Dass wir unseren Schönheitsschlaf gebraucht und dadurch Zeit verloren haben? Das wäre eine wundervolle Vorlage für die Presse.«

»Was tust du denn da gerade? Die Akten zum x-ten Mal durchgehen?« Er deutete auf den leeren Block, der schon beinahe anklagend auf dem Schreibtisch lag. »Das führt zu nichts, und das weißt du genau. Wir sind alle am Limit, Jennifer. Wir sind Menschen, wir haben Grenzen. Je erschöpfter wir sind, desto eher machen wir Fehler oder übersehen wichtige Details. Das ist meine Meinung dazu.«

»Dann sind wir offensichtlich unterschiedlicher Meinung. Was willst du dagegen tun?«

»Einen Befehl daraus machen?«, fragte Oliver kalt. »Wenn du eine Eskalation möchtest, die sich auf deine Personalakte niederschlägt und höchstwahrscheinlich die Interne auf den Plan ruft, kannst du das gerne haben. Deine Entscheidung.«

»Wieso, zum Teufel …« Jennifer verstummte und erwiderte seinen Blick. Mehrere Sekunden verstrichen. Er konnte deutlich sehen, dass sie nach einem Anflug von Schwäche in seinen Augen suchte, den sie glücklicherweise aber nicht fand.

Oliver hatte offiziell keine personelle Weisungsbefugnis ihr gegenüber, doch er konnte Möhring anrufen. Der Leiter der Einsatzabteilung würde seine Ansicht teilen, das wussten sie beide. Ihr blieb nichts anderes übrig, als klein beizugeben. »Also schön. Wie du willst. Ich packe meine Sachen, und wenn es dir so viel Freude bereitet, darfst du mich sogar bis zum Auto begleiten.«

Als sie tatsächlich ihren Rucksack vom Boden aufhob, um die leeren Wasser- und Cola-Flaschen hineinzustopfen, die sich über die vergangenen Tage angesammelt hatten, verspürte Oliver echte Erleichterung. Doch dann regte sich sein Misstrauen. »Das ging ein wenig zu schnell, findest du nicht?«

»Was?!«, schnappte sie. »Was ging zu schnell?«

Er ignorierte ihre Frage. »Was wirst du heute Abend machen?«

Jennifer zuckte verärgert die Schultern. »Meine zwangsweise verordnete freie Zeit genießen, fernsehen, eine Pizza bestellen, hoffen, dass meine Katze in Stimmung für eine Audienz ist.« Ihre Stimme wurde noch eine Spur bissiger. »Schlaf nachholen. Es gibt da ein paar Möglichkeiten.«

Der Staatsanwalt stöhnte auf. »Du wirst von zu Hause aus weiterarbeiten, habe ich recht?«

»Wie kommst du denn darauf?«

»Ich war in deiner Wohnung, schon vergessen? Ich kenne dein Heimbüro. Du hast doch schon wieder sämtliche Unterlagen da, oder?« Während ihrer ersten gemeinsamen Ermittlungen war er an einem Samstagmorgen überraschend bei ihr zu Hause aufgetaucht. Der Bereich, den sie sich innerhalb ihrer Wohnung als Büro eingerichtet hatte, hatte ihn damals mehr als beeindruckt. Aber auch die Vermutung genährt, die sich zwischenzeitlich bestätigt hatte: dass Jennifer Leitner niemals, nicht einmal in ihren eigenen vier Wänden, abschalten konnte.

»Erinnere mich daran, dich nie wieder in meine Wohnung zu lassen. Ganz abgesehen davon: Wann hätte ich denn dafür Zeit haben sollen?«, fragte Jennifer. »Wenn du willst, überprüf meinen Rucksack, ich schmuggle weder Akten noch Daten raus.«

Oliver musste lächeln. »Du bist eine verdammt schlechte Lügnerin.«

Jennifer hielt überrascht inne. »Normalerweise bin ich verdammt gut darin.«

»Anderen mag es schwerfallen, dich zu durchschauen. Mir nicht.«

Sie seufzte, eine wortlose Zustimmung. »Warum, Oliver? Lass mich doch einfach …«

Er schüttelte den Kopf. Er hatte eine Entscheidung getroffen. »Du packst jetzt deinen Kram zusammen.«

Jennifer hielt ihren Rucksack in die Höhe. »Habe ich doch schon.«

»Wir treffen uns in zehn Minuten an meinem Auto.«

Sie starrte ihn vollkommen perplex an. »Was?!«

»Wenn es die einzige Möglichkeit ist, dafür zu sorgen, dass du nicht arbeitest, werde ich dich wohl oder übel persönlich davon abhalten müssen, indem ich dich zum Essen einlade.«

»Was?!« Jennifer starrte ihn noch immer an. »Das ist jetzt nicht dein Ernst, oder?«

Er zuckte die Schultern. »Wir können es auf die Art regeln … oder hochoffiziell.«

»Moment mal. Verstehe ich dich gerade richtig? Wenn ich nicht mit dir essen gehe, schwärzt du mich bei Möhring an?«

»Ich würde es nicht anschwärzen nennen, sondern vielmehr: den korrekten dienstlichen Weg gehen. Und die Vorgabe für heute Abend lautet, dass es sich nicht die ganze Zeit um die Arbeit dreht. Oder noch besser: Es wird sich überhaupt nicht um die Arbeit drehen. Du sollst abschalten.«

»Du bist verrückt.« Jennifer stieß ein kurzes Lachen aus, das allerdings nur einen Hauch von Spott transportierte. »Wie willst du das vermeiden, wenn wir beide zusammen unterwegs sind?«

Er beugte sich vor und lächelte sie an. Mit diesem entwaffnenden Lächeln, das er sonst nur Zeugen schenkte – oder Verdächtigen, wenn er sie für sich einnehmen wollte. »Glaub mir, ich kann ein paar Stunden lang vergessen, dass ich Staatsanwalt bin und mit dir zusammen einen Mordfall bearbeite.«

»Ich kann das nicht«, antwortete sie sofort.

»Ich werde dich dazu zwingen.«

»Hast du verdammt noch mal nichts Besseres zu tun?«, fragte Jennifer. »Deinen Abend mit Hannah verbringen beispielsweise?«

»Sie hat schon was anderes vor.«

Jennifer lehnte sich zurück, und so gerne sie den Blick auch von ihm abgewandt hätte, sie konnte es nicht. Sie verschränkte die Arme vor der Brust.

»Also, ja oder ja?«

»Du hast auch noch den Schneid, so zu tun, als ob ich eine Wahl hätte«, grummelte sie.

»Die hast du. Nur theoretisch, natürlich …«

Jennifer warf ihm einen bösen Blick zu, den er als Zustimmung wertete.

»Dann also bis später.« Er warf das Kabel auf den Tisch, erhob sich und verschwand durch die Tür.

Jennifer blieb zurück, starrte auf den leeren Türrahmen und fragte sich, was gerade eben passiert war. Als auch schon Katia in der Tür erschien.

»Na, Süße, noch hier?«, fragte die blonde Kommissarin mit einem vielsagenden Lächeln.

»Du doch auch.«

»Ich bin nur noch mal zurückgekommen, weil ich meine Schlüssel vergessen habe.« Zum Beweis hielt sie ihren Schlüsselbund in die Höhe. »Zum Glück, muss ich sagen. Sonst wäre mir völlig entgangen, dass ihr beide endlich euer erstes Date habt.«

Auch das noch. Katia hatte ein Gespür dafür, immer zur falschen Zeit am falschen Ort aufzutauchen. »Es ist kein Date. Es ist eine dienstliche Zwangsverabredung oder so etwas in der Art.«

Katia zuckte grinsend die Schultern. »Nenn es, wie du willst. Wenn zwei Erwachsene, meines Wissens beide Single, beide hetero, die sich offensichtlich mögen, miteinander ausgehen, nenne ich das ein Date. Und ich kann von Jarik meinen Hunderter einfordern.«

Obwohl sie es eigentlich gar nicht wissen wollte, fragte Jennifer: »Einen Hunderter? Wofür denn das?«

»Ich habe eine Wette gewonnen«, antwortete Katia fröhlich.

Jennifer schüttelte den Kopf. »Das ist jetzt nicht dein Ernst, oder? Ihr habt darauf gewettet, ob ich und Grohmann …?«

Wieder zuckte die Kommissarin die Schultern.

»Ihr seid krank. Alle beide. Und einen Scheiß hattest du recht. Das solltest du Jarik mitteilen, wenn du deinen Gewinn einforderst. Mitsamt meinem Dank dafür, dass wenigstens er noch einigermaßen bei Verstand zu sein scheint.«

»Das hast du seinem übergroßen Ego zu verdanken«, informierte Katia. »Jarik ist nämlich einfach nur der Überzeugung, dass das, was er nicht geschafft hat, dem Staatsanwalt niemals gelingen kann.«

»Jarik hat versucht, mich für eine Nacht ins Bett zu kriegen. Das ist wohl ein ziemlicher Unterschied zu …« Jennifer verstummte.

»Einem Date?«, half Katia aus.

»Es ist kein Date!«

»Wie du meinst, Süße. Ich wünsche dir trotzdem viel Spaß. Und mach keinen Unfug«, verabschiedete sich Katia mit einem Augenzwinkern.

Als Hannah aus dem Bus stieg, fragte sie sich zum wiederholten Mal, ob sie nicht zurückfahren und die Verabredung absagen sollte. Es gab genügend Gründe, die dafür, und ungefähr genauso viele, die dagegensprachen. Sie fühlte sich ähnlich gespalten, wie es der Mann war, mit dem sie sich treffen wollte.

Die Persönlichkeit, die sich Tobias nannte, mochte sie noch immer nicht. Er war ihr zu normal, zu bodenständig, ganz im Gegensatz zu seinem anderen Ego. Jesaja war auf faszinierende Art und Weise mysteriös. Obwohl er auch abstoßende Hobbys hatte, übte er einen Reiz auf sie aus, dem sie sich nicht widersetzen konnte.

Doch Jesaja gab es nicht ohne Tobias.

Nachdem Aileen am Montag doch noch aufgetaucht war, hatten sie einen vollkommen normalen Abend zu dritt verbracht. Hannah hegte die Vermutung, dass die beiden das Treffen möglicherweise absichtlich so gestaltet hatten, um ihre Normalität unter Beweis zu stellen. Sie hatten im Wohnzimmer gesessen, Pizza bestellt und Bier getrunken, während sie sich über ganz alltägliche Dinge unterhalten hatten.

Eigentlich hatte Hannah nichts trinken wollen. Gewöhnlich konsumierte sie Alkohol nur dann, wenn sie mit Leuten zusammen war, die sie gut kannte und denen sie vertraute. Weder Aileen noch Tobias oder Jesaja erfüllten diese Kriterien, doch sie hatte sich überreden lassen.

Obwohl sie die Wirkung des Alkohols deutlich gespürt hatte, war nichts passiert. Sie hatte etwas mehr von sich preisgegeben, als sie es unter normalen Umständen vermutlich getan hätte, doch nichts davon konnte ihr in irgendeiner Weise schaden oder auf sie zurückfallen. Trotzdem ärgerte sie sich darüber, die Kontrolle ein Stück weit verloren zu haben.

Hannah war froh gewesen, dass ihr Vater bei ihrer Rückkehr noch nicht zu Hause war. Er hätte ihr bestimmt einige unangenehme Fragen gestellt, wenn er gemerkt hätte, dass sie ziemlich angetrunken war. Es reichte schon, dass ihm ihre nachdenkliche Stimmung am nächsten Morgen nicht entgangen war. Glücklicherweise wusste er nicht, dass sie begann, sich in einen Mann zu verlieben, der wesentlich älter war als sie.

Und dass sie zugesagt hatte, sich an diesem Abend alleine mit ihm zu treffen, ohne Aileen. Er hatte sie am Montagabend um dieses Treffen gebeten, als ihre Mitschülerin gerade auf der Toilette war. Sie hatte Aileen auch nichts von der Verabredung erzählt. Eigentlich sprachen die beiden wenig bis gar nicht über Tobias/Jesaja. Hannah fragte sich, ob Aileen vielleicht ebenfalls in ihn verliebt war, und hatte das Thema deshalb absichtlich gemieden.

Heute Abend würde sie allein mit ihm sein. Eine Tatsache, die sie zugleich beflügelte und ängstlich stimmte.

Welche Bedeutung hatte dieses Treffen für ihn? Wollte er sie einfach nur näher kennenlernen? Oder war er interessiert an ihr? Was, wenn es so war? Meinte er es ernst? Konnte ein Sechsundzwanzigjähriger es mit einer Sechzehnjährigen überhaupt ernst meinen?

Sie grübelte noch immer vor sich hin, als sie das Haus erreichte und durch den Vorgarten ging. Erst das leise, aber deutlich vernehmbare Geräusch sich streitender Stimmen holte sie aus ihren Gedanken. Hannah hielt inne, die Hand bereits in Richtung Klingel ausgestreckt.

Die Stimmen gehörten eindeutig Tobias und seiner Schwester. Hannah war Selina am Montag nur kurz im Haus begegnet, als diese sich etwas aus der Küche geholt hatte. Ohne ihre Kostümierung wirkte sie nicht halb so beeindruckend wie auf der Vernissage, und ihre Augen hatten eine Kälte ausgestrahlt, die Hannah ungut in Erinnerung geblieben war.

Jetzt zum ersten Mal ihre Stimme zu hören, tief und melodisch, obwohl sie schrie, war irritierend. Hannah verstand nur vereinzelte Wortfetzen, hörte aber genug, um zu wissen, dass es um sie und ihren Besuch ging. Selina war mit der Verabredung ihres Bruders offensichtlich nicht einverstanden, die Gründe dafür gingen allerdings in wütendem Grummeln unter.

Schließlich wurde es im Inneren des Hauses wieder still. Hannah wartete. Keinesfalls wollte sie, dass Tobias merkte, dass sie etwas von dem Streit mitbekommen hatte. Erst als die Kälte deutlich spürbar durch ihre Winterjacke drang, klingelte sie.

Tobias öffnete mit einem Lächeln, das echte Freude ausdrückte und Hannahs Herz sofort einen kleinen Sprung machen ließ. Ihm war nicht anzumerken, dass er sich gerade eben noch heftig gestritten hatte. »Komm rein. Schön, dass du da bist.« Mit einer knappen Geste bat er sie in den Flur.

Selina saß auf dem Sofa im Wohnzimmer. Sie hob nur kurz

den Kopf, als Hannah eintrat. In ihren Augen tanzten noch immer wütende Flammen. Selbst wenn Hannah der Streit der Geschwister entgangen wäre, hätte sie spätestens jetzt gemerkt, dass Selina sie keinesfalls willkommen hieß. Ihr Blick hätte nicht feindseliger sein können.

»Lass uns nach oben gehen«, schlug Tobias vor. Er trat zwischen Hannah und die Couch, sodass er seine Schwester verdeckte.

Diese sprang im selben Moment auf und rauschte in den Flur. »Lasst euch von mir nicht stören. Ich habe ohnehin zu tun.« Sie nahm ihren Mantel von der Garderobe. »Wichtige Angelegenheiten.«

Angelegenheiten, bei denen Tobias sie offensichtlich hätte unterstützen sollen. Zumindest hörte Hannah einen entsprechenden Vorwurf aus Selinas Stimme heraus.

Tobias beantwortete ihn allerdings nur mit einem Lächeln. »Tu das. Ich bin mir sicher, du wirst zurechtkommen.«

»Immer doch.« Mit diesen Worten machte Selina kehrt und verließ das Haus.

Tobias schüttelte seufzend den Kopf. »Tut mir leid«, sagte er schließlich und wandte sich wieder Hannah zu. »Sie ist manchmal etwas schwierig.« Dann lachte er plötzlich freudlos auf. »Was heißt hier manchmal, eigentlich immer.«

»Sie scheint mich nicht zu mögen«, stellte Hannah leise fest.

»Selina mag niemanden. Sie hasst die Menschheit aus tiefstem Herzen.« Endlich erschien wieder ein Lächeln auf seinem Gesicht. »Kein Grund, sich den Kopf zu zerbrechen.« Er musterte sie einen Moment, bevor er auf das Sofa deutete. »Setz dich doch. Ich bin gleich wieder bei dir.«

Hannah spürte, wie ihr ein Schauer den Rücken hinunterlief. Von einem zum anderen Moment, als ob ein Schalter umgelegt worden wäre, hatte sich seine Stimme verändert. Seine Augen wirkten dunkler, und selbst sein Gang war anders, als er sich umdrehte und in der Küche verschwand. Als wüsste er genau, welchem seiner Charaktere sie den Vorzug gab, hatte sich Tobias erneut in Jesaja verwandelt.

Wenig später kehrte er mit einer dampfenden Tasse zurück und reichte sie ihr mit einer beinahe feierlichen Geste. »Für dich.«

»Was … was ist das?«, fragte Hannah überrascht. Der Geruch nach Marzipan und Mandeln stieg ihr in die Nase.

»Tee. Du scheinst ein wenig durchgefroren zu sein.«

War ihr ihre Wartezeit in der Kälte so deutlich anzusehen? Dankbar nahm sie die Tasse entgegen. Ein heißes Getränk war genau das Richtige, um sich aufzuwärmen. Für den Bruchteil einer Sekunde spürte sie seine warmen Finger über ihre Hand streichen. Die Berührung mochte nicht beabsichtigt gewesen sein, trotzdem ließ sie Hannahs Herz augenblicklich schneller schlagen.

Sie hielt die Tasse in beiden Händen und pustete vorsichtig über die Oberfläche. Jesaja beobachtete sie dabei die ganze Zeit. Sein Blick ruhte auf ihr, und ein mysteriöses Lächeln kräuselte seine Lippen. Was ihr im ersten Moment gefiel, weil es Interesse signalisierte, war ihr im nächsten Moment allerdings schon wieder unangenehm.

Sie hob die Tasse an die Nase und atmete den wohltuenden Duft ein. »Was ist das für eine Sorte?«, fragte sie schließlich, ohne Jesaja anzusehen. Sie spürte seinen Blick noch immer auf sich ruhen.

Es schien eine Ewigkeit zu dauern, bis er antwortete. »Rooibos Mandel-Marzipan. Mit einer kleinen Geheimzutat.«

Hannah war versucht, nach dieser Zutat zu fragen, doch seine Antwort würde vermutlich nur aus der Aufforderung bestehen, zu kosten und sich selbst ein Bild zu machen. Sie nippte an dem Tee und setzte sich überrascht auf. »Alkohol?«, fragte sie irritiert.

»Ein kleiner Schuss Amaretto zum Aufwärmen.« Er bemerkte, dass sie nicht allzu begeistert war. »Ich hoffe, das ist in Ordnung?«

Eigentlich war es das nicht. Er hätte sie fragen sollen. Dann erinnerte sie sich daran, dass sie am Montag auch keine besonderen Einwände erhoben hatte, als es um das Bier gegangen war. Woher hätte er wissen sollen, dass sie sich an einem kleinen Schuss Likör im Tee stören würde? Auch wenn es nicht unbedingt eine geringe Menge war, die er dem Getränk zugesetzt hatte.

Sie schluckte ihren ersten Anflug von Verärgerung hinunter. Sie wollte nicht zickig erscheinen. »Kein Problem«, murmelte sie mit einem Lächeln und nippte erneut an dem Tee.

»Wenn du möchtest, kann ich dir eine neue Tasse machen«, bot Jesaja sofort an.

Doch sie schüttelte den Kopf. Vorsichtig würde sie allerdings sein müssen, denn sie hatte noch nichts gegessen. Bereits jetzt breitete sich die Hitze in ihrem Körper aus und schoss ihr in die Wangen.

Jesaja zögerte noch einen Moment, dann setzte er sich neben sie auf das Sofa. Sie konnte seine Körperwärme spüren. Der Abstand war respektabel. Und doch zu groß. Hannah lehnte sich zurück, die Tasse mit beiden Händen umklammernd. Erst jetzt merkte sie, dass leise Musik lief. Ein dunkles, melancholisches Stück, wie von Jesaja nicht anders zu erwarten.

Mehrere Minuten lang saßen sie schweigend nebeneinander. Hannah wusste nicht, was sie sagen sollte, und war froh, als er endlich das Gespräch eröffnete.

»Es ist sehr schön, dass du hier bist. Ich war mir nicht sicher, ob du kommen würdest.«

»Wieso?«, fragte Hannah.

»Na ja, ich könnte mir vorstellen, dass es deinem Vater nicht recht wäre …«

»Der hat im Moment wegen seiner Arbeit ganz andere Sorgen.« Sie spürte, wie sich ihre Mundwinkel zu einem Lächeln verzogen, als sie an die SMS dachte, die ihr Vater ihr vor nicht einmal einer Stunde geschickt hatte. »Und wohl auch wegen seiner Kollegin.«

»Dein Dad bandelt mit einer Kollegin an?«, fragte Jesaja überrascht.

»Keine Ahnung … Er geht mit ihr heute Abend was essen, obwohl er eigentlich vorhatte, Schlaf nachzuholen, was ehrlich gesagt dringend notwendig wäre. Angeblich ist es aber kein Date.«

»Hört sich für mich nach einer Ausrede an«, meinte Jesaja.

Hannah nickte, bevor sie einen weiteren Schluck Tee trank. »Jep.«

In Jesajas Augen trat ein Ausdruck, der schelmisch und lauernd zugleich wirkte. »Du hast ihm nicht erzählt, dass du hier bist.«

Sie schüttelte den Kopf. »Nein.«

»Weil es ihn nicht interessieren würde?«

»Das eher nicht.« Es würde ihn wahrscheinlich sogar brennend interessieren. Wenn er wüsste, wie alt der »Junge« war, mit dem sie sich traf, würde er vermutlich sogar ausrasten. »Er hat einfach zu viel zu tun …«

»Er kümmert sich nicht besonders um dich«, mutmaßte Jesaja.

»Ich lasse nicht zu, dass er sich um mich kümmert.« Hannah zuckte die Schultern. Auf einmal spürte sie, wie eine tiefe Traurigkeit in ihr aufstieg. Offenbar machte es ihr doch mehr aus, als sie gedacht hatte, dass sie ihrem Vater nicht zeigen konnte, wie sehr sie sich nach einem vertrauensvollen Umgang mit ihm sehnte. Sie verstand sich selbst nicht mehr und wollte nicht, dass Jesaja ihren Gefühlstumult mitbekam. Er sollte sie nicht für ein kleines, verwirrtes Mädchen halten.

»Du machst manchmal einen irgendwie einsamen und traurigen Eindruck auf mich.«

Verdammt. Es war ihr also doch anzusehen. »Halb so wild«, wiegelte sie ab.

»Du hast noch gar nicht erzählt, warum du eigentlich zu deinem Vater gezogen bist«, erwiderte Jesaja sanft. »Deine Mutter und ihr Freund sind eine Sache. Aber das ist doch bestimmt nicht alles, oder?«

Hannah wollte eigentlich nicht darüber reden. Anstatt zu antworten, hielt sie sich an der Tasse fest und trank mehrere Schlucke. Die Hitze breitete sich immer stärker in ihrem Körper aus.

»Du musst es mir nicht erzählen, wenn du nicht möchtest. Ich dachte nur, du bräuchtest vielleicht jemanden, der dir zuhört …«

Eigentlich brauchte sie tatsächlich jemanden. Sie hatte bisher mit niemandem über alle Gründe gesprochen, aus denen sie Kassel den Rücken gekehrt hatte und ausgerechnet zu ihrem Vater geflüchtet war, den sie jahrelang nicht gesehen hatte.

»Die Leute, von denen ich eigentlich dachte, dass sie meine Freunde wären, haben sich gegen mich verschworen«, platzte es aus ihr heraus.

»Was ist passiert?«, fragte Jesaja sanft.

Hannah trank den Rest des Tees und starrte auf den dunklen Fernsehbildschirm, der dem Sofa gegenüber stand. »Wir waren beste Freundinnen, Cornelia, Sandra und ich. Zumindest dachte ich das. Bis dann dieser Junge auftauchte, für den wir uns alle interessierten und mit dem ich schließlich zusammenkam. Auf einmal war es nicht mehr in Ordnung, wenn ich mir ungefragt dasselbe Oberteil gekauft habe wie Cornelia oder Sandra. Oder wenn ich mal schnell die Hausaufgaben vor der ersten Stunde abschreiben wollte. Wenn ich Ärger mit meiner Mutter oder einem Lehrer hatte, gaben sie hämische Kommentare ab, anstatt mich zu trösten. Und dann fingen die Verleumdungen an. Jeder hat ihnen den Mist geglaubt, den sie über mich erzählt haben …«

»Und deine Mutter war nicht für dich da.«

Hannah versuchte vergeblich, die Tränen zurückzuhalten. Sie wollte nicht heulen, verdammt noch mal! »Sie und ihr Lover waren zuvor schon kaum zu ertragen, aber dann …«

»Sie haben dir ziemlich wehgetan. Deine Freundinnen und deine Mutter.«

Hannah konnte nur noch nicken. Sie ließ den Tränen jetzt freien Lauf.

Jesaja streichelte ihr sanft über den Arm, sagte jedoch nichts.

»Es tut mir leid …«, stammelte Hannah.

»Schon okay.« Er nahm ihr die leere Tasse aus der Hand und stellte sie auf den Couchtisch. »Mädchen in dem Alter können verdammt fies sein.« Er legte einen Arm um sie. Erst drückte er sie nur leicht an sich, dann zog er sie in eine richtige Umarmung.

Hannah vergrub ihr Gesicht an seiner Schulter. Der Damm war gebrochen. Es dauerte mehrere Minuten, bis sie sich wieder beruhigte. Sie drehte den Kopf und wischte sich die Tränen aus dem Gesicht, blieb aber an Jesaja gelehnt sitzen. Er spendete ihr Trost. Einfach nur, weil er da war und ihr zugehört hatte.

Trotzdem war ihr der Ausbruch unangenehm. »Ich wollte nicht …«

Er brachte sie zum Schweigen, indem er ihr einen Finger auf die Lippen legte. »Es gibt keinen Grund, sich zu schämen. Erst recht nicht wegen etwas, das dir ein paar unreife Gören angetan haben. Und dazu zähle ich im Moment auch ganz klar deine Mutter.«

Der Vergleich brachte sie gegen ihren Willen zum Lächeln.

Eine unreife Göre. Genauso verhielt sich ihre Mutter im Moment.

»Wichtig ist nur, dass es dir jetzt besser geht.«

Sie nickte, obwohl er sie nicht explizit gefragt hatte. Sie fühlte sich tatsächlich besser. Nicht nur, weil sie ihren Kummer zum ersten Mal offen hatte zeigen können, sondern auch, weil er sie noch immer im Arm hielt. Und ihr tief in die Augen sah, als sie sich ihm zuwandte.

Jesaja hatte seine Hand ein Stück zurückgezogen, näherte sich nun aber wieder ihrem Gesicht. Er schien zu zögern, wagte es dann jedoch, ihr über die Wange zu streicheln. »Ich hoffe, dass dir nie wieder jemand derart wehtut. Das hast du einfach nicht verdient.«

Hannah lief ein angenehmer Schauer den Rücken hinunter. Sie wollte sich von seinen Augen losreißen, konnte es aber nicht.

»Ich hab dich sehr gern, Hannah«, flüsterte Jesaja. Er zog sie zu sich heran. Noch ehe sie die Möglichkeit hatte, darüber nachzudenken, ob sie es wollte oder nicht, küsste er sie.

Seine Lippen waren angenehm weich, die Berührung zärtlich. Sie erwiderte seinen Kuss erst zurückhaltend, dann entschlossener.

Als er sie auf das Sofa niederdrückte und seine Zunge zwischen ihre Lippen stieß, verkrampfte sie sich zuerst, und Zweifel bäumten sich in ihr auf, doch dann ließ sie sich wieder fallen und gab sich seinen leidenschaftlichen Küssen hin. Irgendwann begann er sie zu streicheln. Ihre Wangen, ihre Arme, ihren Hals. Stunden schienen zu vergehen, in denen er sich immer weiter vorwagte und schließlich unter ihren Pullover fand.

Benebelt und von ihrem eigenen Begehren mitgerissen, ließ sie ihn gewähren. Er zog ihr Pullover, T-Shirt und BH aus und streichelte ihre entblößten Brüste. Sie hatte bereits mit ihrem letzten Freund ein paar Erfahrungen gesammelt, doch Jesajas

Berührungen waren vollkommen anders. Nicht so unbeholfen, nicht so zurückhaltend, sondern von zärtlicher Entschlossenheit. Er wusste, wie und wo er sie anfassen musste.

Sie selbst wagte kaum, Jesaja zu berühren. Als sie ihre eigenen Hände auf Wanderschaft schickte, wies er ihr jedoch zielstrebig den Weg. Durch den Stoff seiner Hose hindurch spürte sie seine Erektion. Die Berührung erregte und verängstigte sie zugleich. Sie streichelte, drückte sanft zu, und ihm schien es zu gefallen.

Er knöpfte ihre Jeans auf, ließ seine Hand zwischen ihre Beine gleiten. Hannah entwich ein leises Stöhnen, als er einen Punkt berührte, den ihr Exfreund niemals gefunden hatte. Schon glitten seine Finger unter den Stoff ihrer Unterhose, reizten sie immer mehr, bis sie nur noch heftig atmend unter ihm lag. Die Erregung überschwemmte ihren Körper und ihren Verstand.

Dann jedoch tastete er sich weiter vor, in tiefere Regionen, und wollte in sie eindringen. Erst in diesem Moment schreckte Hannah auf. »Warte! Nein!«

Jesaja hielt inne, zog seine Hand aber nicht zurück. Fragend sah er sie an. »Was ist?«, erkundigte er sich, offenbar vollkommen überrascht über ihren plötzlichen Sinneswandel.

»Hör auf.« Hannah sah auf seinen Arm hinunter, den er nun endlich zurückzog. »Ich will nicht.« Sie war geschockt, wie weit sie ihn überhaupt hatte kommen lassen. Am ersten Abend, an dem sie allein mit ihm war. Bei ihrer dritten Begegnung! Ihren Exfreund hatte sie einen ganzen Monat hingehalten, bevor er auch nur mit der Hand unter ihr T-Shirt gedurft hatte.

Jesaja ließ sich auf die Fersen zurücksinken und gab ihr so genug Spielraum, ihre Hose wieder an Ort und Stelle zu zerren und sie zu schließen. »Habe ich irgendwas falsch gemacht?«, fragte er.

»Nein … Nein.« Hannah schnappte sich ihr T-Shirt vom Boden und zog es über. »Es ist nur … Ich habe noch nie … Ich meine …« Hitze stieg ihr in die Wangen. Sie hatte mit ihrem Exfreund einige schöne Stunden verbracht, sie waren weit gegangen, doch sie hatte weder zugelassen, dass er mit dem Finger in sie eindrang, noch hatte sie mit ihm geschlafen.

Jesaja sah sie einen Moment lang verwirrt an, dann begriff er. »Oh Gott, das tut mir leid … Ich wollte doch eigentlich auch gar nicht …«

Sein Gesicht und seine Haltung machten aus ihm ein schuldbewusstes Häufchen Elend. Und sie glaubte ihm. »Das alles geht mir eigentlich zu schnell«, sagte sie. »Normalerweise bin ich nicht so …« Ihr Blick fiel auf die Teetasse auf dem Couchtisch. War der Alkohol schuld? Sie fühlte sich noch immer ein wenig benebelt.

»Es tut mir wirklich leid.« Jesaja sah ehrlich zerknirscht aus und brachte seine Kleidung ebenfalls wieder in Ordnung. »Ich bin zu weit gegangen.«

»Ist schon in Ordnung«, murmelte sie. »Vielleicht sollten wir erst mal was essen.«

Er nickte. »Du hast recht. Essen wäre gar nicht mal so schlecht.«

Sie bestellten bei einem asiatischen Lieferservice und schauten fern. Während sie aßen, kehrte Selina zurück, wechselte einen Blick mit ihrem Bruder und verschwand ohne ein Wort im ersten Stock. Jesaja legte erneut seinen Arm um Hannah, machte aber keine Anstalten, sie noch einmal zu küssen oder ihr sonst irgendwie näher zu kommen.

Hannah wurde mit der Zeit ein wenig unruhig. Hatte sie ihn derart vor den Kopf gestoßen, dass er das Interesse an ihr verloren hatte? Noch dazu bestellte er ihr ungewöhnlich früh ein Taxi. Sie befürchtete schon, das zärtliche Band zwischen ihnen zerstört zu haben, doch an der Haustür verabschiedete er sie mit einem Kuss, der Entschuldigung, Versprechen und Bestätigung zugleich war.

Sein Lächeln wirkte dennoch ein klein wenig angespannt. »Wir sehen uns Freitagabend«, hauchte er, als sie sich bereits abgewandt hatte, um zu dem wartenden Taxi zu laufen.

Sie bemerkte nicht, dass sie dabei beobachtet wurde.

12

Jennifer verfluchte sich zum wiederholten Mal, als sie auf den schummrigen Parkplatz hinaustrat. Oliver stand schon bei ihrem Auto und wartete auf sie. Demonstrativer hätte er sein Misstrauen ihr gegenüber nicht zeigen können.

Aber sie war selbst schuld. Warum hatte sie es auch so weit kommen lassen? Sie hätte um achtzehn Uhr ihre Sachen packen und nach Hause fahren sollen. Sie hatte allerdings nicht damit gerechnet, dass Oliver auf die idiotische Idee kommen könnte, seine Anweisung tatsächlich durchzusetzen. Sie hatte ihn unterschätzt. Schon wieder.

Dabei war sie sich nicht einmal sicher, ob er seine Drohung wirklich wahrmachen würde. Würde er tatsächlich so weit gehen, die ganze Angelegenheit auf dienstlichem Weg zu klären und ihr während ihrer aktuellen Ermittlungen auch noch die Interne auf den Hals zu hetzen?

Jennifer wusste es nicht.

Was sie hingegen wusste, war, dass Oliver mit seinem Standpunkt, was diesen freien Abend anging, nicht ganz unrecht hatte. Ebenso war ihr klar, dass sie sich zu sehr daran gewöhnt hatte, ihm als gleichgestelltem Kollegen, wenn nicht sogar Freund zu begegnen.

Die Grenzen zwischen ihnen begannen zu verschwimmen. Bisher hatte es deshalb keine Probleme gegeben. Vielleicht war sie tatsächlich zu weit gegangen.

Sie dachte ernsthaft darüber nach, sich bei ihm zu entschuldigen, die ganze Angelegenheit damit beizulegen und nach Hause zu fahren, um sich einen ruhigen Abend zu gönnen. Allerdings musste sie sich selbst eingestehen, dass es absolut illusorisch war zu glauben, sie würde am Ende nicht doch auf die eine oder andere Weise arbeiten.

Wenn sie ehrlich war, gefiel ihr die Idee eines gemeinsamen Essens sogar ein wenig. Es könnte sie für ein paar Stunden ablenken, und sie würde eine ordentliche Mahlzeit zu sich nehmen, sogar ausnahmsweise in Gesellschaft. Nur ob ihr die Art von Gesellschaft recht war, wusste sie noch nicht so wirklich, was weniger an ihrer Auseinandersetzung mit Oliver als vielmehr an Katias und Jariks dämlicher Wette lag.

Oliver begrüßte sie mit einem Lächeln, mit dem er ihr wortlos zu verstehen gab, dass er einen Sieg davongetragen hatte. Es machte sie wütend, doch sie ließ sich nicht dazu hinreißen, ihren Streit aufs Neue zu befeuern. Stattdessen strafte sie ihn mit Nichtachtung, während sie gemeinsam zu seinem Auto gingen und auch während der Fahrt in die Innenstadt.

Sie fragte ihn nicht einmal, wohin er eigentlich wollte. Wortlos folgte sie ihm in ein kleines Restaurant im Stadtzentrum. Die Bedienung war höflich, und ihr Lächeln ließ vermuten, dass der Staatsanwalt hier nicht zum ersten Mal zu Gast war.

Jennifer warf nur einen kurzen Blick in die Karte, ohne sie überhaupt zu lesen. Sie konnte nicht länger schweigen. Eigentlich wollte sie ihm sagen, wie bescheuert die ganze Angelegenheit war, dass es ihn verdammt noch mal nichts anging, wie und wo sie ihre Abende verbrachte, und dass er sich seine Drohungen sparen konnte. Doch ihre Worte fielen zu ihrer eigenen Überraschung gänzlich anders aus, und auch ihr Tonfall transportierte nicht annähernd das ganze Ausmaß ihrer Verärgerung. »Das wäre wirklich nicht nötig gewesen.«

Oliver warf ihr über seine eigene Karte hinweg einen kurzen Blick zu. Er lächelte. »Offensichtlich schon. Auf andere

Weise bist du ja nicht von deinem Schreibtisch wegzubekommen.«

Darauf wusste sie erst einmal nichts zu antworten. »Vielleicht«, räumte sie schließlich zerknirscht ein. »Trotzdem hättest du nicht deinen eigenen Feierabend opfern müssen.«

Er ließ die Karte sinken. Ihr Eingeständnis schien ihn zu überraschen. »Bis jetzt habe ich, soweit ich das beurteilen kann, noch nichts geopfert. Essen hätte ich so oder so müssen. Ebenso wie du. Und zwar etwas anderes als Fast Food. Deine Küche ist in den letzten Tagen mit Sicherheit kalt geblieben.«

Jennifer zuckte die Schultern. »Eigentlich bleibt sie das immer.«

Oliver sah sie verblüfft an. Er hatte ihre Küche gesehen, die groß genug war, um problemlos mehreren Köchen Platz zu bieten. »Ernsthaft? Andere Leute beneiden dich um diese Küchenausstattung, und du nutzt sie nicht? Überhaupt nicht?«

Normalerweise hätte sie geantwortet, dass es sich nicht lohne, für eine einzige Person zu kochen. Zu ihrer eigenen Überraschung griff sie diesmal aber nicht zu dieser vertrauten Notlüge, sondern sagte die Wahrheit. »Ich kann nicht kochen.«

Oliver wirkte einen Moment lang perplex. »Ehrlich?«, fragte er schließlich.

Sie nickte. »Ehrlich. In der Küche bin ich eine einzige Katastrophe. Ob Kochen oder Backen, ich bin eine absolute Niete.«

»Wieso dann so eine Küche?«

»Ich hatte den Platz, sie sah gut aus …« Jennifer zuckte die Schultern. Irgendwie hatte sie die Leere der großen Wohnung füllen müssen, die sie sich in Lemanshain gekauft hatte. Das Thema war ihr unangenehm, weshalb sie sich für die Gegenoffensive entschied. »Bestelldienste sind auch nicht die schlechteste Lösung. Du wirst mir ja wohl kaum erzählen wollen, dass du dir jeden Abend selbst etwas zu essen machst?«

»Wesentlich öfter, als du es mir offenbar zutraust«, erwiderte er lächelnd. »Eine der wenigen Fähigkeiten, über die meine Ex offenbar sogar heute noch lobende Worte findet. Zumindest, wenn ich Hannah Glauben schenken darf.«

Jennifer musterte ihn zweifelnd. »Du kannst kochen?«

Oliver nickte. »Und das nicht nur gut, sondern auch gerne.« Er blickte sie über den Tisch hinweg an. »Du siehst erstaunt, um nicht zu sagen ungläubig aus.«

Ein Lächeln verzog ihre Mundwinkel. »Den Beweis für deine Kochkünste müsstet du erst einmal erbringen.«

Seine Augen blitzten schelmisch auf. »Dann kenne ich ja jetzt eine Maßnahme, um dich auch zukünftig abends mal von deinem Büro fernzuhalten.«

»Und ich weiß, an wen ich mich vertrauensvoll wenden kann, wenn ich für irgendeine Gelegenheit etwas Selbstgekochtes brauche.«

»Nur zu. Deine Küche hätte ich gerne mal zur Verfügung.«

»Neidisch?«, fragte Jennifer.

»Ja.« Oliver nickte. »Wie es so ziemlich jeder begeisterte Hobbykoch wäre.«

»Wir können ja die Wohnungen tauschen«, schlug sie scherzhaft vor.

»Führe mich nicht in Versuchung. Ich könnte bald auf dein Angebot zurückkommen.«

Die Ankunft der Bedienung unterbrach ihr Gespräch. Jennifer war noch nicht dazu gekommen, die Karte zu studieren, und bestellte, was ihr als Erstes ins Auge fiel, als sie sie erneut aufschlug. Mit einem Anflug von schlechtem Gewissen orderte sie dazu einen Spätburgunder. Den Gedanken an Marcel schob sie energisch beiseite. Nach den letzten eineinhalb Wochen hatte sie sich ein gutes Glas Rotwein mehr als verdient.

Nachdem die Kellnerin gegangen war, knüpfte Jennifer an

ihre Unterhaltung an, diesmal allerdings in ernstem Ton: »Das bedeutet also, Hannah bleibt?«

Oliver zögerte. »Ich weiß es noch nicht. Ich weiß nicht einmal, ob ich es mir wünschen soll … Es ist kompliziert.«

»Kommt ihr denn wenigstens einigermaßen klar?«

»Wir sehen uns kaum, aber wenn wir uns begegnen, kommen wir erstaunlich gut miteinander aus. Sie lebt sich ein.« Wieder zögerte er. »Sie scheint einen Freund zu haben, oder zumindest hat sie sich in irgendeinen Kerl verknallt.«

»Oh.« Meistens war ein Freund in Hannahs Alter für Väter ein schwieriges Thema.

Olivers Lächeln zeigte, dass er wusste, was sie dachte. »Ich versuche noch herauszufinden, was ich davon halten soll. Ebenso habe ich nicht die geringste Ahnung, ob ich mir wirklich einen pubertierenden Teenager ins Haus holen soll. Jedenfalls kann Hannah nicht ewig auf dem Sofa schlafen.«

»Sie hat dich mit ihrem plötzlichen Auftauchen ziemlich überrollt«, stellte Jennifer fest.

»Allerdings. Aber ich bin froh, dass sie es getan hat.« Er verfiel für wenige Sekunden in Schweigen, bevor er fragte: »Wie geht es eigentlich deinem Bruder?«

Er meinte Bastian, Jennifers jüngsten Bruder, das Sorgenkind ihrer Eltern. »Frag lieber nicht.«

»So schlimm?«

Sie wollte eigentlich nicht über die Probleme ihrer Familie sprechen. Über die Monate hinweg hatte sie aber zwangsweise genügend Telefonate in Olivers Gegenwart geführt, sodass er ohnehin bestens Bescheid wusste. »Seit Weihnachten geht es rapide abwärts. Meine Mutter ist mit den Nerven ziemlich am Ende und jammert mir die Ohren voll, dass ich heimkommen und versuchen soll, mit ihm zu reden. Als ob das etwas bringen würde.«

»Das hört sich nicht wirklich neu an.«

Jennifer seufzte. »Meine Mutter macht inzwischen aus jeder Kleinigkeit eine Staatsaffäre, droht Bastian mit Internat und Erziehungsheim und was weiß ich. Er reagiert darauf, indem er sich noch mehr zurückzieht und noch mehr Mist baut.« Sie schüttelte den Kopf. »Was ihm hauptsächlich fehlen dürfte, ist eine Perspektive, ein Ziel im Leben ... Das findet man aber nicht durch Drohungen und Verbote. Ihm ständig zu erzählen, dass er gute Noten braucht und sich in diesem oder jenem Fach anstrengen muss, ohne dass er eine Vorstellung davon hat, was er später im Leben mal damit anfangen soll, erscheint mir wenig zielführend.«

»Erziehung ist kein einfaches Thema.« Oliver schenkte Jennifer ein verständnisvolles Lächeln. »Aber deinen Gedanken finde ich gut ... Das mit der Perspektive. Sollte ich mir merken.«

»Mir ging es in Bastians Alter ganz ähnlich ...« Jennifer brach ab. »Ich meine, solange ich keine Ahnung hatte, was mir dieser ganze Mist in der Schule mal bringen soll, habe ich mich auch nicht gerade um gute Noten bemüht.«

Die Kellnerin kam und servierte die Getränke. Jennifer nippte an ihrem Wein und schloss für einen Moment die Augen, während sich die unterschiedlichen Aromen entfalteten. Als sie sie wieder öffnete, sah sie sich mit Olivers musterndem Blick konfrontiert, der sie schon beinahe irritierte.

Es schienen Minuten zu vergehen, bis er endlich etwas sagte. »Wieso bist du eigentlich Polizistin geworden?«

Die Frage entlockte ihr ein Lächeln. »Ich hätte mit dir wetten sollen.«

»Worüber?«

»Sagtest du nicht, dass du auf gar keinen Fall über die Arbeit reden willst?«

Oliver ließ sich nicht beirren. »Diese Vorgabe schließt alle

Themen aus, die man sonst gewöhnlich während der Arbeitszeit nicht bespricht.«

Jennifer warf ihm einen kritischen Blick zu. »Hm, du stellst also die Regeln auf, und ich muss mich daran halten?«

»Zumindest heute Abend«, erwiderte er mit dem Anflug eines Grinsens.

»Ist das ein versteckter Hinweis, der mir zu denken geben sollte?« Auch wenn sie noch immer lächelte, fragte sie sich, ob er versuchte, die Thematik anzusprechen, die sie eigentlich hierher geführt hatte.

»Vielleicht.« Oliver zuckte die Schultern, bevor er seine Frage wiederholte. »Also, was hat dich zur Polizei geführt?«

»Willst du die offizielle oder die inoffizielle Version hören?«, fragte Jennifer zu ihrem eigenen Erstaunen. Was war heute Abend eigentlich mit ihr los, dass sie derart offen und ehrlich war?

»Es gibt zwei Versionen?«, fragte Oliver, allerdings nicht ganz so überrascht, wie sie es erwartet hätte. »Dann will ich beide hören.«

Sie dachte kurz daran, sich herauszureden, doch das würde er ihr vermutlich nicht durchgehen lassen. »Die offizielle Version lautet, dass ich schon immer einen besonders ausgeprägten Gerechtigkeitssinn hatte und deshalb immer schon klar war, welchen Beruf ich einmal ergreifen würde.«

Oliver musste unwillkürlich lachen. »Und diesen Mist kaufen dir die Leute ab?«

»Zuweilen schon«, erwiderte Jennifer. »Außer Katia vielleicht.«

Er nickte. »Ihr kann man nichts vormachen. Und sie selbst macht auch keinem etwas vor.«

Bei dem Gedanken an ihre Kollegin musste Jennifer erneut lächeln, obwohl sie eigentlich immer noch sauer auf sie war. »Dafür fehlt ihr einfach die Zeit.«

»Ja, das sagt sie immer, auch wenn ich bisher nicht verstanden habe, was sie damit eigentlich meint …«

Jennifer wusste es, sie wusste es nur zu gut. Soweit ihr bekannt war, waren sie und Möhring die einzigen Personen, die über Katia Bescheid wussten. Und die Kollegin wollte mit Sicherheit, dass es so blieb. »Das ist eben Katia.«

Oliver entging natürlich nicht, dass sie Informationen vor ihm zurückhielt. Trotzdem hakte er nicht nach. »Und wie lautet die inoffizielle Version?«

»Um ehrlich zu sein, erzähle ich die normalerweise niemandem. Absolute Verschlusssache.«

So leicht ließ er sie nicht davonkommen. »Du hast es selbst angesprochen.«

Jennifer nahm einen weiteren Schluck Rotwein. Wieso hatte sie überhaupt damit angefangen? Wieso hatte sie nicht versucht, ihm die offizielle Version oder eine der gängigsten Varianten aufzutischen? »Es gibt eine Akte über mich«, sagte sie schließlich.

Oliver runzelte fragend die Stirn.

Sie seufzte. »Eine Jugendstrafakte mit meinem Namen liegt irgendwo in einem Archiv in Heidelberg. Und sie dürfte recht umfangreich sein.«

Der Staatsanwalt reagierte erstaunlich ruhig, ohne offensichtliche Neugier. »Irgendwie habe ich das Gefühl, dass ich überrascht sein sollte, aber ich bin es nicht.«

»Jeder hat seine dunklen Seiten«, erwiderte Jennifer und musterte ihn intensiv.

Oliver ging auf ihre unausgesprochene Frage jedoch nicht ein. Er blieb beim Thema, obwohl er wusste, dass es ihr unangenehm war. »Du hast die beiden Teenager in Offenbach nicht zusammengestaucht, weil sie dich an deinen Bruder erinnert haben, sondern an dich selbst«, sagte er sanft.

»Stimmt«, gab Jennifer nach einem Moment des Zögerns

zu. »Ich weiß, welchen Weg man in diesem Alter einschlagen kann.«

Oliver nickte. »Ich muss zugeben, dass du mich neugierig auf die Details machst, aber ich wage eigentlich nicht, danach zu fragen.«

Jennifer lag die Erwiderung auf der Zunge, dass er sich die Akte ja beschaffen könne, doch sie schluckte den Anflug von Trotz herunter. Sie hatte vieles getan, worauf sie nicht stolz war, und die Vorstellung, dass Oliver aus nüchtern geschriebenen Polizeiberichten davon erfuhr, behagte ihr ganz und gar nicht. »Ich habe ziemlich viel Mist gebaut. Geklaut, Leute abgezogen, war Mitglied in einer nicht gerade zimperlichen Mädchengang …« Jennifer zögerte. Es gab gute Gründe, warum sie ihre kriminelle Vergangenheit gewöhnlich totschwieg. »Was die Details angeht … Vielleicht irgendwann einmal. Aber nicht heute Abend.«

Er akzeptierte ihre Entscheidung mit einem weiteren Nicken. »Du hast also die Seiten gewechselt«, stellte er fest.

»So könnte man es nennen.« Jennifer trank noch einen Schluck Wein. »Ich hatte glücklicherweise jemanden, der mir gerade noch rechtzeitig den Kopf gewaschen hat. Der Beamte, der für mich zuständig war – Horak hieß er –, hat dafür gesorgt, dass ich meinen Jugendarrest, ganz aus Versehen, im Strafvollzug abgesessen habe.«

»Und diese Erfahrung hat Eindruck hinterlassen?«

Jennifer nickte. Sie dachte überhaupt nicht mehr darüber nach, ob sie derart offen über sich und die damalige Zeit sprechen sollte. »Oh ja. Ich war ziemlich verkorkst, aber zwischen mir und den anderen Gefangenen lagen trotzdem noch Welten. Nach diesen zwei Wochen war für mich jedenfalls klar, dass ich so nicht enden wollte. Dass ich mich irgendwann für den Polizeidienst entschieden habe, ist wohl der Tatsache geschuldet, dass Horak das Ganze überhaupt durchgezogen hat.«

»Du bist also letztlich bei der Polizei gelandet, weil du von einem Beamten beeindruckt warst, der sich selbst über das Gesetz gestellt hat?« Oliver schüttelte grinsend den Kopf. »Jetzt wundert mich wirklich rein gar nichts mehr.«

Ihre Bestellung wurde serviert, und einige Minuten lang aßen sie schweigend.

Jennifer war froh über die Unterbrechung, denn jetzt kam ihr erst so richtig zu Bewusstsein, wie weit sie sich Oliver geöffnet hatte. Eigentlich viel zu weit. Das war ihr unangenehm, gleichzeitig fühlte es sich auch nicht wirklich falsch an. Trotzdem wollte sie weiteren unbedachten Offenbarungen ihrerseits zuvorkommen. »Und warum bist du Staatsanwalt geworden?«

»Dafür gibt es keinen speziellen Grund. Als ich mit dem Studium fertig war, war das meine einzige Bewerbung, die Erfolg hatte.«

Jennifer runzelte die Stirn. »Ich dachte, Staatsanwalt wird man nur mit einer glatten Eins im Staatsexamen.«

»Ich weiß gar nicht mehr, wie das damals war, ich hatte jedenfalls keine Eins. Vielleicht hatten sie in dem Jahr irgendeine staatliche Quote zu erfüllen. Gebt den weniger Begabten auch eine Chance oder irgendetwas in der Art.« Oliver zuckte die Schultern. »Ursprünglich wollte ich Strafverteidiger werden. Ich habe ausgerechnet die Stelle bekommen, an der ich am wenigsten interessiert war.«

»Warum überhaupt Jura?«, hakte Jennifer nach. »Ich weiß nicht, irgendwie …«

»Erscheint dir das unpassend?«, ergänzte Oliver, als sie ins Stocken geriet.

»Um ehrlich zu sein, ja. Jedenfalls ein bisschen.«

Er lächelte amüsiert. »Was könntest du dir denn vorstellen? Welcher Beruf oder welche Fachrichtung würde denn deiner Meinung nach am besten zu mir passen?«

»Keine Ahnung.« Jennifer wollte sich nicht dazu äußern, obwohl ihr einiges in den Sinn kam. »Beantworte lieber meine Frage.«

Er zögerte. »Jura hat sich einfach so ergeben. Ich weiß gar nicht mehr, was letztlich den Ausschlag gegeben hat. Jedenfalls hat mich das Studium dann doch ausreichend fasziniert, um es durchzuziehen. Keine sehr beeindruckende Geschichte, oder?«

»Die wenigsten Berufswahlgeschichten sind besonders beeindruckend«, erwiderte Jennifer. Sie war jedenfalls noch nie einem Beamten begegnet, der zur Polizei gegangen war, weil ihm oder einem Familienmitglied irgendetwas Schreckliches angetan worden war. Im Polizeidienst hätte man dafür ohnehin keine Gerechtigkeit erlangt. »Eines würde mich allerdings schon noch interessieren.«

»Das wäre?«

Sie beobachtete ihn genau. »Was einen Gruppenleiter der Staatsanwaltschaft Gießen dazu veranlasst, freiwillig eine Degradierung hinzunehmen und in Lemanshain anzufangen.«

Zu ihrer Überraschung reagierte er mit einem Lächeln. »Eine ähnliche Frage könnte ich dir ebenfalls stellen.«

Sie wusste, worauf er anspielte. »Du weißt doch sicher längst, dass mich mein Frankfurter Vorgesetzter mehr oder weniger gezwungen hat, meiner Versetzung zuzustimmen.«

Oliver widersprach nicht. »Wie kommst du darauf?«

»Weil du nie gefragt hast, warum ich mich Marcel gegenüber so beschissen verhalten habe, als ich hier ankam. Da ist mir klargeworden, dass du es wissen musst – oder zumindest genug, um dir den Rest zusammenzureimen.«

»Zugegeben, ja. Ich wusste es von Anfang an.«

Jennifer nickte. »Dann hätten wir das schon mal geklärt. Also?«

»Also was?«

Sie hatte ihre Frage keinesfalls vergessen. Und er ebenfalls nicht. »Was hat dich in dieses schöne Städtchen geführt, das vor meiner Ankunft derart friedlich und unschuldig war?«

»Es freut mich, dass du darüber schon Witze machen kannst.«

Jennifer zuckte die Schultern. »Vielleicht habe ich dem Typen ja zwischenzeitlich den Kiefer gebrochen.«

»Davon hätte ich erfahren.«

»Das hoffst du. Und du weichst mir aus.«

Oliver seufzte. »Die Angelegenheit ist eigentlich vertraulich.«

»Meine Personalakte ist es eigentlich auch.«

Oliver verschaffte sich ein wenig Zeit, indem er sich auf sein Essen konzentrierte. »Also gut«, begann er schließlich. »Ursprünglich ging es um einen Totschlag im politischen Umfeld. Unsere Ermittlungen haben gewissen Persönlichkeiten nicht gefallen. Das Justizministerium versuchte Einfluss zu nehmen. Als wir trotzdem weitermachten und der Wahrheit zu nahe kamen, wurde uns der Fall entzogen und die Angelegenheit politisch korrekt geregelt.«

Jennifer war Polizeibeamtin, trotzdem musste er seine Worte vorsichtig wählen und durfte keine Namen nennen. Immerhin galt die Sache als erledigt. »Mein Team wurde aufgelöst, und mir hat man nahegelegt, mir eine andere Stelle zu suchen. In einer anderen Stadt oder bevorzugt in einem anderen Bundesland. Ansonsten hätte man eine unliebsame Aufgabe für mich gefunden oder mir das weitere Berufsleben zur Hölle gemacht. So habe ich jedenfalls ein nicht gerade angenehmes Gespräch unter vier Augen gedeutet. Ohne politische Freunde blieb mir keine andere Wahl. Ich stand auf verlorenem Posten.«

»Das hört sich nach einer ziemlich miesen Tour an«, sagte Jennifer leise. Oliver hatte zwar mit ruhiger Stimme gesprochen, trotzdem konnte sie nicht einschätzen, wie stark ihn diese Geschichte noch belastete. »Ich verstehe nur nicht, warum sie dich in Lemanshain genommen haben. Einen unpolitischen Staatsanwalt kann man schlecht beeinflussen, und das dürfte hier wohl kaum erwünscht sein. Erst recht, falls er einmal Oberstaatsanwalt werden sollte.«

»Wenn ich mich nicht irre, war Oberstaatsanwalt Scholz wegen irgendeiner Sache gerade nicht so gut auf die Stadtoberen zu sprechen, als er nach einem Nachfolger für Peters suchte. Vielleicht bilde ich mir das ein, aber ich glaube, ich habe die Stelle nur bekommen, weil er mit ein paar Leuten im Stadtparlament irgendeine Rechnung offen hatte.« Oliver musste unwillkürlich lächeln. »Unpolitisch, rebellisch, in einiger Hinsicht unangepasst, das gefällt vielen nicht. Seine Entscheidung dürfte er inzwischen mehr als einmal bereut haben.«

»Ich bin ihm jedenfalls ehrlich dankbar«, platzte es unvermittelt aus Jennifer heraus. Oliver hätte ihre Aussage durchaus falsch verstehen können, weshalb sie schnell hinzufügte: »Du machst deinen Job verdammt gut.«

Er nahm das Kompliment mit einem Lächeln an. »Danke.«

Jennifer starrte auf ihren Teller und schob die Kartoffeln mit der Gabel umher, obwohl sie eigentlich fertig gegessen hatte. »Bist du wegen der Sache in Gießen noch wütend?«, hakte sie schließlich vorsichtig nach. »Ich an deiner Stelle wäre stinksauer.«

Oliver schüttelte den Kopf. »Nicht mehr. Früher oder später wäre es ohnehin dazu gekommen. Ich habe mich für weitere Beförderungen nicht gerade empfohlen. Effektiv gesehen habe ich einen Posten blockiert, den einige gerne ihren Günstlingen als Sprungbrett nach oben vermittelt hätten. So oder so hätte ich irgendwann eine Entscheidung treffen müssen. Außerdem habe ich festgestellt, dass mir die Ermittlungsarbeit wesentlich mehr liegt als das Verwalten und Organisieren.«

»Das ist mir nicht entgangen.«

Jennifers Bemerkung brachte ihn unwillkürlich zum Grinsen.

»Meine jetzige Stelle hat auch noch andere Vorteile. Zumindest in Gießen hielt man Auftritte mit einer Metal-Band für einen Gruppenleiter der Staatsanwaltschaft nicht unbedingt für angemessen.«

Das konnte sie sich nur allzu gut vorstellen. Einigen Erzkonservativen in Lemanshain hätte dieses Hobby wahrscheinlich ebenfalls nicht gefallen, wenn sie davon erfahren hätten. »Wobei mir einfällt, dass du mir noch eine Einladung zu einem Auftritt schuldest.«

Olivers Reaktion fiel eindeutig verhalten aus. »Kommt vielleicht noch.«

»Vielleicht?«, fragte Jennifer mit gerunzelter Stirn.

Oliver zögerte. »Normalerweise versuche ich, Arbeit und Privatleben strikt voneinander zu trennen.«

Jennifer musste an Katias und Jariks Wette denken. »Warum sind wir dann hier?«, fragte sie ohne zu überlegen, und verfluchte sich im selben Moment für ihre Direktheit. »Weil du es als deine lästige Pflicht ansiehst, dafür zu sorgen, dass ich nicht arbeite?«

»Du kannst unausstehlich sein, aber so lästig ist die Pflicht nun auch wieder nicht«, erwiderte er. »Wir biegen ständig die Gesetze, da bricht man auch schon mal seine privaten Regeln. Zumindest für jemanden, den man mag.«

Sie spürte, wie ihr das Blut in die Wangen schoss. Da sie nicht wusste, was sie darauf erwidern sollte, wandte sie sich erneut den letzten Resten ihres Essens zu. Auch Oliver schwieg.

Sie sprachen erst wieder miteinander, als die Rechnung kam. Oliver bestand darauf, für sie beide zu zahlen, und Jennifer gab sich für ihre Verhältnisse recht schnell geschlagen. Sie wollte ihren vorübergehenden Waffenstillstand nicht wegen ein paar Euro gefährden.

Die Fahrt verbrachten sie wieder schweigend, diesmal war

die Atmosphäre zwischen ihnen allerdings nicht mehr negativ aufgeladen.

Auf dem Hinterhof des Präsidiums hielt Oliver direkt neben Jennifers Auto und stellte den Motor ab. Es war kurz vor zehn. Der Parkplatz war inzwischen so gut wie leergefegt, nur noch die Wagen der Nachtschicht standen nah beim Hintereingang. Beide lösten ihre Gurte, blieben aber wortlos nebeneinander sitzen, in ihre jeweils eigenen Gedanken vertieft.

Es war schließlich Oliver, der die Stille durchbrach. »Und, wie fandest du den Abend?«

Jennifer setzte eine kritische Miene auf. »Denk bloß nicht, ich wüsste nicht, was du damit bezweckt hast.«

»Dich mal einen Abend aus dem Präsidium herauszuholen? Ich würde sagen: Mission erfüllt.«

Die nächsten Worte kosteten Jennifer Überwindung. »Es hat gutgetan, mal wieder rauszukommen.«

»Autsch, das tat weh, oder?«

Sie sah ihn fragend an.

Olivers Augen schienen in der Dunkelheit schelmisch aufzublitzen. »Das zuzugeben.«

Jennifer konnte sich ein Lächeln nicht verkneifen. »Ein bisschen.«

»Gut. Dann habe ich wenigstens keine Rache von dir zu befürchten.«

»Darauf würde ich mich an deiner Stelle lieber nicht verlassen.«

Oliver zuckte die Schultern. »Ich werd's schon überleben.«

Einen Moment lang wussten beide nicht, was sie sagen sollten.

»Der Abend war schön«, räumte Jennifer schließlich erneut ein. »Danke. Auch wenn es dabei bleibt: Du hättest deine freie Zeit nicht mit mir verbringen müssen.«

Oliver warf einen absichtlich langen Blick auf die Uhr am

Armaturenbrett, obwohl er die Ziffern unmöglich lesen konnte. »Es ist noch nicht zu spät, um etwas Schlaf nachzuholen.«

»Hm«, machte Jennifer und tat so, als ob sie darüber nachdenken müsste. »Wer sagt dir, dass ich jetzt nach Hause fahre und schlafen gehe? Vielleicht hole ich die vertane Zeit ja nach, indem ich mich an den Rechner setze und die Nacht durcharbeite.«

Oliver musterte sie kritisch. »Besteht diese Gefahr wirklich?«

Jennifer lächelte verschmitzt. »Wer weiß?«

»Zwing mich nicht dazu, dir hinterherzufahren und dafür zu sorgen, dass du ins Bett kommst.«

»Sei vorsichtig. Das könnte ich als Angebot verstehen.«

Das Schweigen, das jetzt zwischen sie trat, war absolut. Jennifer sah in die Dunkelheit hinaus. Eine warnende Stimme zupfte an ihrem Bewusstsein, fand jedoch kein Gehör. »Weißt du, was lustig ist?«, fragte sie in die entstandene Stille hinein. »Katia wollte mir einreden, dieses Treffen heute Abend wäre ein Date.«

Aus dem Augenwinkel sah sie, wie Oliver kurz innehielt, bevor sein Lächeln zurückkehrte. »Hannah dachte dasselbe.«

Wieder breitete sich Stille im Auto aus. Jennifer hatte das Gefühl, die Sekunden würden sich zu Minuten dehnen, bis er endlich fragte: »Und?«

»Was und?«

»Wenn es ein Date gewesen wäre, wie würde deine Wertung ausfallen?« Sein Lächeln sollte signalisieren, dass die Frage ein Scherz war, doch seine Augen sprachen eine andere Sprache.

»Ich vergebe normalerweise keine Noten für Dates.« Jennifer sah ihm in die blaugrauen Augen und spürte ein Kribbeln in der Magengegend. »Meine Reaktionen sagen meist genug.«

»Das ist keine besonders befriedigende Antwort.«

Jennifer dachte nicht nach. Sie beugte sich einfach vor und küsste ihn. Der Kuss hatte kurz und knapp ausfallen sollen, doch sie hatte nicht damit gerechnet, dass Oliver ihn erwidern und sie nicht fähig sein würde, sich ihm zu entziehen. Sie ließ sich fallen, sperrte die Welt vollkommen aus und genoss die Berührung seiner Lippen und das leichte Kratzen seines Dreitagebarts. Das Kribbeln setzte sich bis in ihre Zehenspitzen fort und verstärkte sich noch, als sie spürte, wie er sie in eine Umarmung ziehen wollte.

Dann schrillte ihr Handy. Einmal, zweimal. Der Klingelton sagte ihr, dass die Arbeit rief, doch sie wollte den Moment nicht enden lassen. Es war Oliver, der sich von ihr löste und sie in die kalte Realität zurückwarf.

Beinahe aggressiv fummelte sie das Mobiltelefon aus ihrer Jackentasche. »Leitner.«

Sie starrte auf den Parkplatz hinaus und hörte nur halb zu, während ihr Verstand wegen etwas ganz anderem Zeter und Mordio schrie, als er jetzt endlich wieder etwas zu melden hatte. Doch sie bekam immerhin genug mit, um zu begreifen, was der Anrufer ihr mitteilte. »Verstehe. Wo genau?«

Oliver saß neben ihr und beobachtete sie beim Telefonieren. Ihr Gesichtsausdruck sagte alles.

»Schickt mir die Koordinaten. Ich bin auf dem Weg. Eine halbe bis Dreiviertelstunde werde ich wohl brauchen.« Sie hielt kurz inne. »Und informiert Staatsanwalt Grohmann. Er wird sich das sicher selbst ansehen wollen.«

Sie legte auf, ließ die Hand mit dem Telefon sinken und blickte in das neuerlich einsetzende Schneetreiben hinaus. »Der dritte Tote«, sagte sie schließlich. »Du wirst gleich einen Anruf bekommen.«

Sie ließ Oliver nicht einmal Zeit, etwas zu erwidern, sondern riss die Tür auf und floh nach draußen.

»Jennifer, warte …«

Doch sie reagierte nicht. Ohne zurückzublicken stieg sie in ihr Auto, ließ den Motor an und fuhr davon.

13

»Unser drittes Opfer ist Horst Neubert, ein Unternehmer aus Seligenstadt.« Jennifer befestigte das soeben ausgedruckte Foto mit einem Magneten am Whiteboard. Es zeigte einen Mann von Anfang sechzig, der mit einem seligen Ausdruck in die Kamera lächelte. Erst beim dritten Hinsehen bemerkte man, dass irgendetwas nicht stimmte. Seine Augen waren gebrochen. Er war tot.

»Seine Leiche wurde gestern Abend an einer Bushaltestelle gefunden.« Die Kommissarin hängte zwei weitere Fotos auf. Horst Neubert hielt eine üppig blühende Sonnenblume in der Hand und lehnte mit dem Rücken an einem Plakat, auf dem das neueste Modell eines deutschen Autobauers beworben wurde: »Der ultimative Fahrspaß – Freude pur!«

»Er war seit einigen Jahren selbstständig und bot seine Dienste unter dem Slogan ›Ihr persönlicher Helfer zu Freude und Lebensglück‹ an«, erläuterte Jennifer. »Eine Art Life-Coaching, allerdings nur mäßig seriös. Er verfügte in dem Bereich über keinerlei Ausbildung oder auch nur durch Schulungen erworbene Kenntnisse. Mehr haben wir aus seiner Witwe noch nicht herausbekommen.«

Sie ließ ihren Blick zwischen den Kollegen umherwandern. »Der Tote wurde von einem betrunkenen Studenten gefunden, der sich nach einer Party in die Gegend verirrt hatte. Die Bushaltestelle wird abends nur bis halb acht angefahren. Sie liegt zwischen einem Wohngebiet und einem Industriepark. Ab acht Uhr kaum noch Verkehr. Perfekte Bedingungen für unseren Mann. Keine Zeugen bisher, keine brauchbaren Hinweise.«

Jennifer sah Jarik an, der mit verschränkten Armen an ihrem Schreibtisch lehnte, und fuhr fort. »Die Spurensuche an der Bushaltestelle dauert noch an. Allerdings ist davon auszugehen, dass mögliche Zeugen gar nicht wissen, dass sie an einem Toten vorbeigefahren sind. Neubert wurde ähnlich überzeugend zurechtgemacht wie Larissa Schröder. Er kann allerdings auch nicht besonders lange dort gesessen haben. Die Leichenstarre war zum Zeitpunkt des Auffindens vollständig ausgebildet, zeigte aber bereits erste Anzeichen einer Lösung. Da seine Witwe ihn noch gestern Mittag zum Essen gesehen hat, ist der zeitliche Spielraum für die Tatausführung sehr begrenzt. Ob und, falls ja, auf welche Weise die vorzeitige Ausbildung der Totenstarre begünstigt oder beschleunigt worden sein könnte, versucht Professor Meurer noch herauszufinden.«

Es war fast halb neun. Der Rechtsmediziner wartete mit Sicherheit schon auf sie. »Neubert wurde vermutlich mit einem Schlag auf den Hinterkopf betäubt und dann ähnlich wie Larissa Schröder erdrosselt. Wo und wann, ist noch unklar. Wir wissen nur, dass er zu seinem letzten Kundentermin nicht erschienen ist. Sein Auto wurde bisher nicht gefunden, die Fahndung nach dem Wagen läuft. Es gibt keinerlei Zweifel, dass wir es mit demselben Täter zu tun haben. Neuberts Herz wurde entfernt.«

Jennifer machte eine kurze Pause, bevor sie ihren Bericht fortsetzte: »Der Student sitzt noch in einer Ausnüchterungszelle, dürfte aber, da er nachweislich direkt von einer Party kam, nichts damit zu tun haben. Der Kunde, der vergeblich auf das Opfer gewartet hat, muss noch befragt werden. Die Witwe hat einen Schock erlitten und steht uns nach Auskunft der Ärzte im Laufe des Vormittags wieder für Fragen zur Verfügung. Wir haben bereits das Haus durchsucht, insbesondere Neuberts Büro, und sämtliche Geschäftsunterlagen beschlagnahmt.« Jennifers Blick streifte die beiden Kartons auf dem Tisch am Fenster, auf dem sich außerdem gut zwei Dutzend Ordner stapelten.

»Das Opfer hat über jeden seiner Kunden Buch geführt und die Gespräche, in denen er tief in ihr Privatleben vorgedrungen ist, ausführlich protokolliert. Staatsanwalt Grohmann klärt gerade, ob wir datenschutzrechtliche Probleme zu erwarten haben. Normalerweise fällt Neuberts Tätigkeit aber nicht unter irgendein spezielles Datengeheimnis, die bisher erwirkten Beschlüsse sollten also ausreichen. Auch wenn wir nach Rücksprache mit Doktor Rabe davon ausgehen müssen, dass der Täter eher nicht unter Neuberts Kunden zu finden ist, sollten wir diese Leute sehr genau unter die Lupe nehmen.«

Jennifer sah Katia Mironowa und Frank Herzig an, die mit versteinerten Mienen neben Marcels verwaistem Schreibtisch standen. »Fangt ihr bitte mit den Geschäftsdaten an. Vor allem interessieren uns die Kundendaten der letzten Monate. Freya kann euch dabei helfen.« Katia und Frank nickten ernst. »Jariks Team macht weiter wie bereits besprochen.« Jennifers Blick wanderte zu Morpheus, der es sich in legerer Businesskleidung auf ihrem Stuhl bequem gemacht hatte. »Du nimmst dir Computer, Handy und Telefondaten vor. Neubert soll außerdem im Internet aktiv gewesen sein, es wäre also gut, wenn du dich dort ebenfalls umschauen würdest.«

Oliver Grohmann erschien in der Tür zu ihrem Büro und lehnte sich gegen den Türrahmen. Jennifer warf ihm nur einen flüchtigen Blick zu, geriet aber dennoch ins Stocken, als sie seinen Augen begegnete. Sie lenkte ihre Aufmerksamkeit zurück zu den anderen Kollegen und bemerkte prompt Katias auffallend neugierige Miene.

»Teilt euch die Arbeit ein. Fokussiert eure Ermittlungen auf eine mögliche Verbindung zwischen den Opfern, die uns einen Hinweis auf den Täter geben könnte, oder auf einen Fehler, der ihm unterlaufen ist.«

Jennifer hielt kurz inne, bevor sich ihr Gesichtsausdruck verfinsterte. »Ich muss wohl kaum erwähnen, dass uns unser Mann extrem wenig Zeit lässt. Er verfolgt einen Plan. Er wird erneut zuschlagen, und zwar womöglich bereits, bevor wir die Gelegenheit hatten, alle Hinweise zu verfolgen. Doktor Rabe war so freundlich, Vermutungen bezüglich des Gefühls zu äußern, dem sich der Täter als Nächstes widmen könnte: Trauer, Schwermut, alles, was in diese Richtung geht. Trotzdem möchte ich euch bitten, euch darüber ebenfalls Gedanken zu machen.«

Sie ließ ihren Blick von einem zum anderen wandern, wobei sie Grohmann bewusst aussparte, obwohl es sie nur eine leichte Drehung des Kopfes gekostet hätte, ihn anzusehen. »Wenn euch irgendetwas dazu einfällt, vielleicht sogar eine konkrete Person, die als nächstes Opfer infrage kommt, macht den Mund auf. Unser Mann bewegt sich offenbar in einem begrenzten Gebiet und ist bei der Wahl seiner Opfer nicht besonders anspruchsvoll. Sie stehen zwar persönlich oder durch ihren Beruf mit den ausgestellten Gefühlen in Verbindung, die Symbolwirkung muss aber keinesfalls perfekt sein. Auch wenn er uns ein paar Schritte voraus ist, haben wir immer noch die Möglichkeit, ihm zuvorzukommen.«

Jennifers Ansprache war beendet. Sie räumte ihren Kollegen einige Sekunden Zeit ein, um Fragen zu stellen, und als keine kamen, sagte sie: »Dann los.«

Die Männer und Frauen verließen einer nach dem anderen Jennifers Büro. Katia, Frank und Freya trugen erste Stapel mit Ordnern hinaus. Nur der Staatsanwalt blieb zurück. Wortlos beobachtete er die Kommissarin dabei, wie sie ihre Daunenjacke vom Stuhl nahm und überstreifte.

»Wie sieht die Rechtslage aus?«, fragte Jennifer schließlich, als sie sein Schweigen nicht länger ertrug.

»Alles bestens. Selbst wenn er sich seinen Kunden gegenüber mit irgendwelchen Klauseln verpflichtet haben sollte, hätten die für uns keinerlei Relevanz. Unsere Interessen gehen eindeutig vor. Wir brauchen also keine zusätzlichen Beschlüsse oder gar Einverständniserklärungen.«

»Sehr schön.« Jennifer zog den Reißverschluss zu und nahm ihre Handschuhe vom Schreibtisch.

»Wo willst du hin?«, fragte Oliver.

»In die Klinik. Meurer hat mit der Obduktion wahrscheinlich schon angefangen.«

»Etwas dagegen, wenn ich mitfahre?«

Jennifer zögerte einen Moment, bevor sie den Kopf schüttelte. »Ich fahre danach allerdings direkt zu Horst Neuberts Witwe.«

Oliver nickte. »Okay.«

Jennifer verzog keine Miene, obwohl sie innerlich fluchte.

Im Auto saßen sie schweigend nebeneinander. Die Kommissarin starrte auf die Straße, ohne sich übermäßig auf den Verkehr zu konzentrieren, lediglich darauf bedacht, ihren Beifahrer nicht anzusehen.

Oliver hielt die angespannte Stille nur ein paar Minuten aus. »Können wir miteinander reden?«

»Worüber?«, fragte Jennifer und wunderte sich, dass ihre Stimme tatsächlich so klang, als ob sie nicht die geringste Ahnung hätte.

»Über das, was gestern Abend passiert ist.«

Sie hätte wissen müssen, dass er es nicht einfach dabei belassen würde. Wie sollte er auch? Ihr Vorsatz, sich ihm gegenüber so zu verhalten, als wäre nichts geschehen, als hätte es den Kuss niemals gegeben, musste wohl als gescheitert angesehen werden. Am Fundort der Leiche hatten sie reibungslos funktioniert, doch kaum war er heute Morgen in ihrer Bürotür erschienen, war sie nicht einmal mehr fähig gewesen, seinem Blick zu begegnen.

»Es ist nichts passiert«, sagte sie entschlossen. »Nichts von Bedeutung. Wir waren angetrunken, ein wenig zu ausgelassen. Nichts, worüber man sich den Kopf zerbrechen müsste.«

Jennifer hätte am liebsten über sich selbst den Kopf geschüttelt. Angetrunken? Keiner von ihnen war auch nur ansatzweise beschwipst gewesen, Alkohol hatte nicht die geringste Rolle gespielt. Ausgelassen? Das in gewisser Weise schon. Es war nichts passiert? Und ob etwas passiert war. Sie hatte in den zwei Stunden, die sie letzte Nacht hätte schlafen können, kein Auge zugetan, weil sie an Oliver und den Kuss gedacht hatte – der noch dazu verdammt gut gewesen war.

Sie spürte seinen Blick auf sich ruhen. Natürlich wusste er genauso gut wie sie, dass ihre Erklärung nur ein fadenscheiniger Versuch war, die ganze Angelegenheit möglichst still und leise zu begraben. Was, zum Teufel, dachte er? *Oh Gott, sag mir jetzt bitte nicht, dass es für dich eine Bedeutung hatte. Mach es jetzt bitte nicht kompliziert!*

»Ich bin froh, dass du es so siehst«, sagte Oliver schließlich. Seine Stimme klang allerdings ein wenig zu monoton, als dass seine Worte gänzlich überzeugend hätten sein können. »Dann ist alles okay zwischen uns?«

»Ja, was sollte nicht okay sein?« Verdammt noch mal, nichts war in Ordnung. Sie hatten eine Grenze überschritten, die sie nicht hätten überschreiten dürfen. Sie konnte Oliver nicht mehr so unbefangen ansehen wie zuvor. Zumindest nicht im Moment. Sie brauchte Zeit, sie musste Abstand gewinnen. Die Leiche hatte sie auf den Boden der Tatsachen zurückgeholt. Der Fall beschäftigte sie. Doch es war irgendetwas geschehen, was sich nicht so einfach rückgängig machen oder ignorieren ließ.

Und Oliver wusste das auch. Sie konnte es ihm ansehen. Sie

war nicht die Einzige, die daran zu knabbern hatte. Die Frage war nur, warum ihn das Geschehene ebenfalls nicht losließ. *Das sollte dich nicht interessieren, Jennifer. Das darf dich überhaupt nicht interessieren. Ihr arbeitet zusammen. Er ist tabu.*

Jennifer versuchte sich wieder auf den Fall zu konzentrieren. Das gelang ihr jedoch erst im Sektionssaal, wo Horst Neubert, bereits aufgeschnitten, im grellen Neonlicht auf einem Metalltisch lag. Marisol García Cruz, eine ältere Kriminaltechnikerin aus Jariks Team, war anwesend, um Beweisstücke sicherzustellen und Fotos zu machen.

»Sie sind spät dran«, kommentierte der Professor die Ankunft der beiden Beamten, während er in die geöffnete Bauchhöhle des Toten griff. Er nahm die Leber heraus und legte sie in eine Schale, um sie zu wiegen. »2150 Gramm. Anzeichen einer Fettleber sowie NASH Grad 1 bis 2. Bestätigender Hinweis auf die Vermutung, dass der Tote früher extrem adipös war.«

Wie schon Larissa Schröder wirkte Horst Neubert auf dem Tisch der Rechtsmedizin nicht mehr annähernd so lebendig wie auf den am Fundort geschossenen Fotos. Seine Haut sah im künstlichen Licht aschfahl und grau aus, der Gesichtsausdruck hatte sich durch den Rückgang der Leichenstarre verändert und wirkte jetzt eher wie ein verzerrtes Grinsen.

Neuberts Körper war, soweit Jennifer es sehen konnte, unversehrt, nur die Male am Hals, die auf Erdrosseln als Todesursache hinwiesen, traten inzwischen deutlich hervor. Dass das Herz fehlte, fiel nun, da bereits mehrere Organe entnommen worden waren, nicht einmal mehr auf. Die vielen überschüssigen Hautlappen, vor allem am Bauch und an den Oberschenkeln, die zuvor von der Kleidung verdeckt worden waren, hatten zweifelsfrei die Vermutung des Professors genährt, dass das Opfer früher einmal ziemlich fettleibig gewesen war.

Jennifer wartete geduldig, Oliver stand schweigend neben ihr.

Sonst diskutierte er während Obduktionen gerne Einzelheiten des Falls, bis sich Meurer gestört genug fühlte, um ihn um Ruhe zu bitten, da er auf seinen Tonbändern kein Hintergrundgemurmel gebrauchen konnte. Heute war der Staatsanwalt ungewöhnlich still, und Jennifer ertappte sich dabei, wie sie sich fragte, ob er wohl noch immer über den gestrigen Abend, über diese wenigen Sekunden nachdachte.

Der Professor wandte sich schließlich dem Schädel zu und untersuchte die Kopfverletzung, die Kopfhaut hatte er bereits gelöst. »Keine Anzeichen für eine Schädelfraktur. Eine nicht allzu tiefe Riss-Quetsch-Wunde. Wenig Blutverlust. Öffnung der Schädeldecke wird vorbereitet.« Meurer griff gerade zur elektrischen Säge, als das schrille Klingeln von Grohmanns Handy ihn unterbrach.

Der Staatsanwalt warf dem Rechtsmediziner einen schuldbewussten Blick zu, dann lief er mit dem Smartphone in der Hand aus dem Saal und schloss die Tür hinter sich.

Meurer starrte ihm wütend hinterher. Es gab Regeln im Reich des Rechtsmediziners, an die man sich besser hielt, wenn man nicht seinen Unmut erregen wollte. Handys auf Vibration zu stellen, gehörte dazu. Eine Regel, die Oliver Grohmann nun schon zum wiederholten Male gebrochen hatte.

»Wenn sein Handy hier noch einmal während einer Obduktion klingelt, erteile ich ihm Hausverbot«, grollte der Professor in Jennifers Richtung, eine harmlose Drohung, denn letztlich konnte er einen Staatsanwalt nicht ausschließen.

Jennifer zuckte nur die Schultern und ging zu dem Schrank hinüber, in dem der Professor Schutzkleidung und Masken aufbewahrte. Wenn er zur elektrischen Säge griff, war es dafür allerhöchste Zeit. Sie kam allerdings nicht mehr dazu, sich eine Schürze überzuziehen, denn Oliver kehrte in den Saal zurück.

Sie konnte seine Aufregung spüren, obwohl er rein äußerlich die Ruhe selbst war. Er winkte Jennifer nach draußen.

»Was ist los?«, fragte sie, als sich die Tür hinter ihr geschlossen hatte.

»Scholz war am Apparat. Ein Anwalt hat gerade bei ihm angerufen und gesagt, er müsse uns dringend Unterlagen übergeben, die mit den Morden in Zusammenhang stehen. Mehr wollte er am Telefon nicht sagen. Er erwartet uns.«

»Was denn für ein Anwalt?«

Oliver schüttelte den Kopf. »Keine Ahnung. Ich habe lediglich den Namen des Mannes und die Adresse eines Altenheims.«

»Eines Altenheims?!«

»Der Typ hat gesagt, er sei der Betreuer eines Bewohners.« Oliver zuckte die Schultern. »Mehr weiß ich auch nicht.«

»Wo?«

»Wiesbaden.«

»Wiesbaden?! Wieso ausgerechnet Wiesbaden?!«

Olivers Blick fragte sie stumm, woher er das wissen sollte.

Jennifer deutete auf die Tür zum Obduktionssaal. »Was ist mit der Autopsie?«

»Scholz meint, wir könnten in diesem speziellen Fall die Vorschriften sausen lassen, und ich bin ganz seiner Meinung. Immerhin brechen wir kein Gesetz, es besteht also keine Gefahr, wenn die Sache vor Gericht kommt.«

»Das hörte sich bei unserer ersten Begegnung aber noch ganz anders an«, erwiderte Jennifer. Damals hatte er mit ihr noch die Abwesenheit ihres Partners diskutiert.

Oliver zuckte die Schultern. »Ich wollte dir nur auf den Zahn fühlen.«

Jennifer seufzte. »Hätte ich mir ja denken können.« Mit diesen Worten marschierte sie an ihm vorbei in Richtung Ausgang.

Eineinhalb Stunden später betraten sie den Eingangsbereich eines Altenheims, das in einem grauen, unansehnlichen Block inmitten eines nicht gerade ansprechenden Wohnviertels weitab des Wiesbadener Stadtzentrums lag. Die Inneneinrichtung erwies sich als genauso trostlos, wie es der Bau hatte vermuten lassen. Der Teppichboden war alt und begann sich an einigen Stellen bereits abzulösen. Die Empfangstheke versprühte ebenso wie die Sitznische bei den Aufzügen den Charme einer Arztpraxis, die dringend renoviert werden musste. Der Geruch erinnerte an Alter, Verfall, Beklemmung, Krankheit und Tod.

Noch bevor die Dame hinter der Theke den Kopf heben konnte, erhob sich unter alarmierendem Quietschen ein Mann von einem der Plastikstühle und kam auf sie zu. Er war noch keine fünfunddreißig, sein Anzug saß schlecht, und die Ringe unter seinen Augen waren so dunkel, dass man sie für Veilchen hätte halten können.

Er rang sich ein gequältes Lächeln ab, als er Oliver die rechte Hand entgegenstreckte. »Pontus Lohaus. Sie müssen der zuständige Staatsanwalt sein. Grohmann, richtig?«

Oliver nickte. »Das ist Jennifer Leitner, leitende Kriminalbeamtin.«

»Oh«, machte Lohaus, während er ihr die Hand schüttelte. Es war offensichtlich, wie unangenehm ihm die ganze Angelegenheit war. Er deutete den Flur hinunter. »Ich habe den Aufenthaltsraum der Belegschaft organisiert. Ich denke, wir sollten das nicht hier in aller Öffentlichkeit besprechen.«

Sie folgten dem Anwalt in einen kleinen Raum mit einer Küchenzeile sowie einem in die Jahre gekommenen Tisch und vier ungemütlichen Stühlen. Benutztes Geschirr stapelte sich im Spülbecken, und neben einer kümmerlichen Topfpflanze auf dem Fensterbrett lagen einige zerfledderte Boulevardmagazine.

Lohaus setzte sich, was auch Jennifer und Oliver dazu zwang, sich an dem mit Kaffeeflecken übersäten Tisch niederzulassen, obwohl sie es beide vorgezogen hätten zu stehen.

»Ich würde Ihnen ja etwas anbieten, aber die Dame am Empfang würde mir vermutlich den Kopf abreißen, wenn wir uns einfach am Kaffee bedienen würden.«

Oliver unternahm keinen Versuch, die Nervosität des Anwalts zu beschwichtigen. Er hatte während der Fahrt hierher ein paar Informationen eingeholt. Lohaus hatte noch keine zwei Jahre sein Examen und schlug sich als gerichtlich bestellter Betreuer in wenig komplizierten Fällen durch. Mit den Ermittlern in einer Mordserie am selben Tisch zu sitzen war für ihn offenbar ziemlich aufregend. »Wir sind wegen der von Ihnen erwähnten Informationen hier«, erinnerte er.

Lohaus nickte. »Ja, natürlich.« Er holte drei dünne Din-A4-Umschläge aus seiner abgewetzten Aktentasche und legte sie vor dem Staatsanwalt auf den Tisch. »Sehen Sie es sich an. Es ist … verstörend.«

Jennifer zog zwei Paar Latexhandschuhe aus ihrer Jackentasche und reichte ein Paar dem Staatsanwalt.

Nachdem er die dünnen Schutzhandschuhe übergestreift hatte, öffnete Oliver die Umschläge. Sie enthielten jeweils ein auf Hochglanzpapier entwickeltes Foto und ein Blatt Papier. Im selben Moment, in dem er begriff, was er da in der Hand hielt, hörte er Jennifer neben sich einatmen.

Er breitete die Bilder und die beigefügten Seiten auf dem Tisch aus. Die Fotos zeigten jeweils eines der Opfer in der jeweiligen Fundsituation: Larissa Schröder, Cedric Mattes, Horst Neubert. Die Bilder erinnerten an gestellte Szenen, die gut ausgeleuchtet waren und kein Detail vermissen ließen. Trotzdem fehlte es ihnen an Gefühl, die Abgebildeten wirkten kalt und leblos. Wahrscheinlich kam es den Ermittlern so vor, weil sie wussten, dass die drei tot und keinesfalls freiwillige Models waren.

Doch eines war offensichtlich: Diese Fotos waren geschossen worden, bevor man die Opfer gefunden hatte. Auf Bildern der Spurensicherung waren grundsätzlich Datum und Uhrzeit der Aufnahme vermerkt, was hier fehlte. Diese Fotografien waren das Werk des Mörders. »Verdammt noch mal ...«

»Sehen Sie sich die Rückseiten an«, riet Lohaus.

Oliver drehte die Fotos um. Auf den Rückseiten standen mit Filzstift geschriebene Nachrichten. Die Handschrift wirkte unsauber und verkrampft, machte aber trotzdem den Eindruck, als habe sich der Schreiber um eine klare Schrift bemüht.

Auf der Rückseite von Larissa Schröders Foto stand: »Meine Liebe wirst du nie empfangen.« Das Bild von Cedric Mattes trug die Mitteilung: »Mein Hass wird brennen, fühlst du die Flammen?« Und bei Horst Neubert lautete die Frage: »Hast du Freude dabei empfunden?«

Die beiliegenden Seiten waren Kopien ein und derselben Liste, verfasst in derselben krakeligen Handschrift. Zehn Wörter waren dort aufgelistet. Zehn Gefühle und Empfindungen, von denen auf dem einen Blatt das erste, auf dem nächsten die ersten beiden und entsprechend auf dem letzten die ersten drei durchgestrichen worden waren.

Liebe. Hass. Freude. Schwermut. Mut. Angst. Hoffnung. Verzweiflung. Befriedigung. Verlangen.

Jennifer war genauso fassungslos wie Oliver. Sie hatte die Bedeutung dieser Fotos und der Wortliste für ihre Ermittlungen noch kaum erfasst, als ihr Kopf bereits begann, über den Sinn der Sätze auf der Rückseite der Fotos zu spekulieren. Es waren zu viele Gedanken gleichzeitig, weshalb sie beschloss, sich erst einmal auf das Wesentliche zu konzentrieren. »Woher stammen diese Bilder? Wann haben Sie die bekommen?«

»Sie wurden nicht mir persönlich zugestellt, sondern meinem Mandanten«, antwortete Lohaus. »Allerdings nicht an meine Adresse, wie es eigentlich sein sollte, sondern ans Altenheim.«

Oliver zog einen der Umschläge hervor, die er als Unterlage missbraucht hatte. Sie waren an das Altenheim, zu Händen Wilfried Mertens, adressiert, natürlich ohne Absender. Eine Briefmarke klebte jeweils fein säuberlich in der rechten oberen Ecke. Einen Poststempel suchte Oliver jedoch vergeblich.

»Die sind anscheinend direkt hier im Heim eingeworfen worden«, bemerkte Jennifer, die dieselbe Beobachtung gemacht hatte. Sie sah Lohaus an. »Wann sind die hier eingetroffen?«

Lohaus seufzte. »Wie ich schon sagte, geht normalerweise alle Post für Herrn Mertens an mich. Nachdem die ersten beiden Briefe eingetroffen waren, hat man mich angerufen. Da es offensichtlich keine wichtigen formellen Schreiben waren, bin ich erst heute Morgen hergekommen, um sie abzuholen. Hätte ich gewusst, dass …«

»Wissen Sie, wann genau die Briefe eingegangen sind?«, unterbrach Oliver ihn ungeduldig. »Führt die Heimleitung irgendeine Art Buch über Posteingänge?« Eingangsstempel trugen die Sendungen jedenfalls nicht.

Der Anwalt schüttelte den Kopf. »Ich habe schon mit der Leiterin und den Mitarbeitern gesprochen. Ich weiß nur, dass die Briefe nacheinander mit mehreren Tagen Abstand eingeworfen wurden, wahrscheinlich direkt nach der entsprechenden Tat. Die Morde waren in den Medien, ich habe die Frau und den Mann erkannt …«

Oliver und Jennifer wechselten einen kurzen Blick, bevor der Staatsanwalt fragte: »Wilfried Mertens. Das ist Ihr Mandant?«

Lohaus nickte. »Ich bin seit einem halben Jahr sein gerichtlich bestellter Betreuer.«

»Können Sie sich irgendeinen Reim auf diese Fotos machen?«,

fragte Grohmann. »Wissen Sie, weshalb sie mit diesen Botschaften an Herrn Mertens geschickt worden sind?«

Der Anwalt schüttelte erwartungsgemäß den Kopf. »Nein. Ich habe nicht die geringste Ahnung.«

»Haben Sie Herrn Mertens den Inhalt dieser Umschläge gezeigt?«, hakte Jennifer nach.

»Nein, natürlich nicht. Das hätte auch überhaupt keinen Sinn gehabt.« Lohaus seufzte. »Herr Mertens steht nicht umsonst unter Betreuung.«

Grohmann runzelte die Stirn. Er hatte eine ungute Vorahnung. »Ist es möglich, dass wir mit Herrn Mertens sprechen?«

Lohaus zuckte die Schultern. »Sie können es gerne versuchen. Aber Sie sollten nicht zu viel erwarten. Herr Mertens weigert sich zu kommunizieren, seitdem er hier lebt.«

»Sie meinen, er kann nicht kommunizieren«, sagte Jennifer.

»Nein, ich meine, dass er sich weigert. Er hat ein paar körperliche Gebrechen, aber geistig ist er nach Ansicht der Ärzte voll auf der Höhe. Er will einfach nicht sprechen. Wenn er sich unbeobachtet fühlt, redet er mit sich selbst, aber mit Außenstehenden, den Pflegern oder mir wechselt er kein Wort. Ein Psychiater begutachtet ihn alle paar Monate, und bisher hat sich an der Diagnose nichts geändert. Herr Mertens leidet nicht an einer psychiatrischen Störung. Er will mit seiner Umwelt einfach nichts mehr zu tun haben.«

»Gibt es dafür einen bestimmten Grund oder Auslöser?«

»Ich kann Ihnen nur sagen, was man mir über Herrn Mertens mitgeteilt hat. Soweit seine Lebensgeschichte zurückzuverfolgen ist, lebte er allein und hatte keinen nennenswerten Kontakt zur Außenwelt. Bis vor elf Jahren betrieb er hier in Wiesbaden eine neurologische Praxis. Vor einiger Zeit ist er in seiner Wohnung schwer gestürzt, sein Vermieter war anschließend der Meinung, der alte Mann könne nicht mehr alleine wohnen, darüber kam es wohl zu Streitigkeiten. Details kann ich Ihnen keine nennen, aber Herr Mertens war letztlich gezwungen, seinen Altersruhesitz in dieses Heim zu verlegen. Seitdem hat er zu niemandem mehr ein Wort gesprochen.«

Oliver tauschte einen kurzen Blick mit Jennifer, bevor er erneut fragte: »Wir können also mit ihm sprechen?«

Lohaus hatte inzwischen besser in die Situation hineingefunden und verstand, worauf der Staatsanwalt hinauswollte. »Es gibt keine behördliche, ärztliche oder richterliche Verfügung, die Ihnen das verbieten würde. Ich zeige Ihnen gerne sein Zimmer.« Der Anwalt blickte auf die Fotos, die wieder auf dem Tisch lagen. »Vielleicht bringt ihn das ja zum Reden. Auch wenn ich ehrlich gestanden hoffe, dass der Absender einfach nur den falschen Wilfried Mertens erwischt hat.«

Weder Jennifer noch Oliver hatten so recht glauben wollen, dass ein geistig und psychisch vollkommen gesunder Mensch sich tatsächlich freiwillig dazu entscheiden konnte, nicht mehr mit seiner Umwelt zu kommunizieren – und dass es ihm dann auch noch gelang, das durchzuhalten. Doch Wilfried Mertens belehrte sie eines Besseren.

Das Zimmer des Achtundsiebzigjährigen war gerade groß genug, um einem Schrank, einem Bett sowie einem kleinen Tisch mit Stuhl Platz zu bieten und als einigermaßen altengerecht durchzugehen. Der Raum wirkte ähnlich trostlos wie das gesamte Interieur des Heims. Bis auf ein Regal, das mit medizinischer Fachliteratur aus dem Gebiet der Neurologie und Neuropsychiatrie gefüllt war, fehlte jede persönliche Note.

Als sie eintraten, saß Mertens am Tisch und las in einer Tageszeitung. Er reagierte weder auf die sich öffnende Tür noch auf die beiden Besucher, die ihn höflich begrüßten und sich vorstellten. Stattdessen hob er mit leicht zitternder Hand seine Teetasse und trank einen Schluck.

Es gab nur diesen einen Stuhl, und der Platz war begrenzt, weshalb Oliver sich erst in Mertens Blickfeld stellte und schließlich in die Hocke ging. »Herr Mertens?« Ein Blinzeln verriet, dass der alte Mann ihn wahrnahm, auch wenn er ihn weiterhin ignorierte. In seinem zerschlissenen Morgenmantel sah Mertens gebrechlich aus, doch seinen Augen war deutlich anzusehen, was die Ärzte festgestellt hatten: Er war wach, bei vollem Bewusstsein und aufmerksam.

Oliver warf Jennifer einen fragenden Blick zu, doch sie zuckte nur die Schultern.

Noch bevor sie in Mertens' Zimmer gegangen waren, hatten sie mit Doktor Rabe telefoniert und ihm von den neuesten Entwicklungen berichtet. Der Psychopathologe hatte natürlich auch nicht sagen können, wie der alte Mann auf die Fotos reagieren würde. Er hatte ihnen lediglich dahingehend beigepflichtet, dass es eine Verbindung zwischen ihm und dem Mörder geben musste, sofern der Täter seine Botschaften an den richtigen Wilfried Mertens gesendet hatte. Ob sie irgendetwas von Mertens darüber erfahren würden, war jedoch fraglich.

Sie mussten es aber zumindest versuchen. »Herr Mertens, ich möchte, dass Sie sich etwas ansehen, ich muss Sie aber bitten, die Fotografien und das Blatt nicht anzufassen.« Oliver, der noch immer Handschuhe trug, zog die Fotos und die Liste mit den drei durchgestrichenen Begriffen aus den Umschlägen.

Die Augen des alten Mannes beobachteten ihn dabei, der Staatsanwalt glaubte sogar, so etwas wie Interesse in ihnen aufflackern zu sehen. Da es keinen anderen Platz gab, legte er alles vor Mertens auf die Zeitung. Der Neurologe sah sich die Fotos mehrere Sekunden lang an, und seine Stirn legte sich in Falten, er sagte jedoch nichts.

»Diese Menschen sind tot, Herr Mertens. Sie wurden von ein und demselben Mann umgebracht. Dem Mann, der Ihnen diese Nachrichten geschickt hat.« Oliver drehte die Fotos um. Dann hielt er die Umschläge so, dass Mertens sehen konnte, dass sie an ihn adressiert waren. »Dieser Mann, dieser Mörder, kennt Sie.«

Mertens' Augen bewegten sich hin und her, während er die Zeilen las. Seine rechte Hand zuckte in Richtung Liste, doch er verharrte, bevor er sie berührte. Oliver beobachtete jede Regung, jede Veränderung in dem faltigen, eingefallenen Gesicht. »Sie haben eine Ahnung«, stellte er fest, obwohl er sich nicht ganz sicher war.

Sein Gegenüber starrte nur weiter auf die Fotos und die Kopie. Die Lippen hatte er zu einem dünnen Strich zusammengepresst, jede andere Reaktion blieb er jedoch schuldig.

»Er macht Sie verantwortlich«, fügte Oliver hinzu. »Dieser Mann klagt Sie an. Und Sie wissen, worum es geht, habe ich recht?« Nichts. »Herr Mertens, wir wissen, dass Sie sprechen könnten, wenn Sie wollten, und ich rate Ihnen dringend, das jetzt zu tun. Drei Menschen sind tot, weitere werden sterben. Falls Sie etwas wissen – oder falls diese Fotos nicht für Sie bestimmt sein sollten –, sagen Sie etwas dazu, oder schütteln Sie wenigstens den Kopf.«

Mertens reagierte noch immer nicht. Stattdessen nahm er wieder seine Tasse in die Hand, und seine Augen wanderten demonstrativ zu einem Zeitungsartikel, der nicht von den Bildern verdeckt wurde.

Jennifer schüttelte den Kopf. »Es ist sinnlos, Oliver. Er wird nichts sagen.«

Mit einem Seufzen musste der Staatsanwalt einräumen, dass sie recht hatte. Er sammelte die Fotos wieder ein. Bevor er aufstand, versuchte er ein letztes Mal, den Blick des alten Mannes einzufangen. »Wir werden ermitteln, Herr Mertens. Wenn es eine Verbindung zwischen Ihnen und diesen Morden gibt, werden wir sie aufdecken. Gehen Sie davon aus, dass wir uns wiedersehen.«

Die beiden Ermittler verließen das Zimmer und schlossen die Tür hinter sich.

»Und?«, fragte Jennifer. »Was denkst du?«

»Ich habe nicht die geringste Ahnung. Es wird uns nichts anderes übrigbleiben, als die Vergangenheit von Herrn Mertens umzugraben. Wenn unser Mörder den richtigen Adressaten ausgewählt hat, müssten wir etwas finden.«

Die Kommissarin nickte zustimmend. »Und wir wissen, welchem Gefühl sich unser Mann als Nächstes widmen wird: Schwermut. Wenn wir Glück haben, finden wir sein nächstes Opfer, bevor er zur Tat schreiten kann.«

»Guter Plan.« Oliver deutete mit dem Kinn ans Ende des Flurs. »Lass uns noch mit der Heimleitung sprechen. Es gibt Kameras im Eingangsbereich. Vielleicht wird der Briefkasten davon erfasst. Außerdem müssen wir jeden, der diese Umschläge möglicherweise in der Hand hatte, zur erkennungsdienstlichen Behandlung schicken.«

Jennifer nickte und zog das Handy aus der Tasche ihrer Jeans, um Letzteres zu veranlassen.

Hannah saß im Wohnzimmer auf dem Sofa und spielte irgendein Ballerspiel auf der Playstation, als Oliver nach Hause kam.

Sie erwiderte seinen Gruß mit einem kaum verständlichen Gemurmel, und als er sie fragte, ob sie schon etwas gegessen habe, deutete sie nur stumm auf die Aluschale auf dem Couchtisch. Die Lieferdienste in Lemanshain hatten in Hannah eine neue Stammkundin gefunden.

Oliver ging in die Küche und öffnete den Kühlschrank auf der Suche nach etwas Essbarem. Zu seiner Überraschung stellte er fest, dass Hannah eingekauft haben musste. Am Morgen hatte dort, wo jetzt Käse, Wurst und Joghurt lagen, noch gähnende Leere geherrscht. Er machte sich zwei Brote und nahm den Teller mit ins Wohnzimmer, wo er sich einen Weg zwischen dem Sofa und Hannahs Sachen hindurch bahnen musste, um an seinen Schreibtisch zu kommen.

Hannah ließ sich davon nicht stören und spielte unbeirrt weiter. Während sein Notebook hochfuhr, beobachtete Oliver das Geschehen auf dem Fernseher und seufzte innerlich. Er konnte ihr diese Spiele kaum verbieten, da er davon ausgehen musste, dass seine Exfrau sie zuvor geduldet hatte.

Er hätte Bianca anrufen und sie fragen können, ob sie wusste, dass ihre sechzehnjährige Tochter sich mit Games beschäftigte, die aus guten Gründen erst ab achtzehn freigegeben waren. Doch er hatte die Vermutung, dass er alles Mögliche zu hören bekommen würde, nur keine Antwort auf seine Frage. Also verzichtete er lieber auf den Anruf.

Bianca hatte Hannah in den letzten vier Jahren alleine erzogen, ohne ihn je nach seiner Meinung zu fragen. Er würde nun ebenfalls alleine zurechtkommen müssen. Es war nicht davon auszugehen, dass er seine Exfrau zu einem konstruktiven Austausch würde bewegen können. Wenn Hannah behauptete, dass ihre Mutter ihr dieses oder jenes erlaubt hatte, würde er ihr zwangsläufig glauben müssen – solange es irgendwie im Bereich des Akzeptablen lag. Die Frage war nur, wie viel Freizügigkeit in der Erziehung er Bianca zutrauen sollte.

Mit einem unbewussten Kopfschütteln wandte Oliver sich von dem blutigen Gemetzel auf dem Bildschirm ab und checkte seine E-Mails. In den letzten Tagen waren einige Nachrichten aufgelaufen, das meiste war jedoch Werbung oder irgendwelche Newsletter, die er gefühlt bereits mindestens ein Dutzend Mal abbestellt hatte. Entnervt klickte er sich durch die Nachrichten.

Er war versucht, Hannah zu bitten, den Ton leiser zu stellen oder Kopfhörer aufsetzen, doch er traute sich selbst keinen ansatzweise neutralen Tonfall zu. Den ganzen Tag über war er unterschwellig gereizt gewesen, hatte das Gefühl aber erfolgreich beiseitegeschoben. Als ihn jetzt nicht mehr die Frage beschäftigte, welche Verbindung es zwischen Wilfried Mertens und dem Mörder geben mochte, konnte er die Ursache seiner Gereiztheit aber nicht länger ignorieren. Seine Verstimmung an Hannah auszulassen wäre jedenfalls ungerecht gewesen.

Oliver sah aus dem Fenster. Es war dunkel, schneite jedoch nicht mehr. Die digitale Wetterstation an der Wand zeigte knapp drei Grad unter null an. Kurz entschlossen entschied er, trotz der späten Stunde noch einen kleinen Spaziergang zu machen, um den Kopf freizubekommen.

Er ging in den Flur und nahm seine Jacke von der Garderobe. »Ich bin noch mal kurz weg«, rief er an der Tür zum Wohnzimmer, obwohl er davon ausging, dass seine Tochter nicht einmal merken würde, wenn er für eine halbe Stunde verschwand.

Zu seiner Überraschung drückte sie auf den Pausenknopf, und der Lärm einer gerade ausgetragenen Schießerei verstummte. Sie musste sich den Hals verrenken, um ihn anzusehen. »Du bist doch gerade erst gekommen.«

»Nichts Dienstliches. Ich drehe nur eine kurze Runde um die Häuser. Ein bisschen frische Luft schnappen, etwas Bewegung.«

Hannah überraschte ihn ein weiteres Mal. Sie zögerte kurz, dann fragte sie: »Kann ich mitkommen?«

»Hast du nicht gerade eine wichtige Schlacht zu schlagen?« Oliver nickte in Richtung des gefrorenen Fernsehbilds.

»Eigentlich schlage ich nur Zeit tot«, räumte Hannah ein und legte den Controller beiseite. »Frische Luft und Bewegung hören sich weitaus besser an.«

Oliver konnte nicht verhindern, dass sich seine Stirn in

misstrauische Falten legte. Seit wann zog ein Teenager einen nächtlichen Spaziergang mit einem Elternteil *irgendeiner* anderen Tätigkeit vor? Entweder hatte sie einen Anschlag auf ihn vor, hatte etwas ausgefressen, oder hinter ihrer nachdenklichen Stimmung der letzten Tage verbarg sich doch mehr, als sie zugeben wollte.

Oliver wollte eigentlich lieber alleine sein. Er brauchte Zeit und Ruhe zum Nachdenken. Doch seine Verantwortung gegenüber Hannah wog schwerer als seine eigenen Bedürfnisse. Er hatte so schon kaum Zeit für sie. »Klar, wenn du willst.«

Keine Minute später hatte Hannah ihr gemütliches Sofa-Outfit gegen Jeans und Pullover getauscht und verließ noch vor ihm dick eingemummelt die Wohnung. Eine Weile liefen sie schweigend nebeneinander her, jeder in seine eigenen Gedanken vertieft. Die Straßen waren verlassen, keine Menschenseele war unterwegs. Erst auf der Hauptstraße fuhren ein paar Autos.

Sie schlenderten an den wenigen beleuchteten Schaufenstern vorbei, bis Hannah schließlich vor einem kleinen Bistro stehenblieb, das noch geöffnet hatte. Sie hatte die im Schaufenster befestigte Getränkekarte entdeckt, und ihre blaugrauen Augen leuchteten wie die eines kleinen Kindes, als sie sich zu ihrem Vater umdrehte. »Heiße Schokolade, da hätte ich jetzt richtig Lust drauf.«

Heiße Schokolade? Um zehn Uhr abends? »Trinken Teenager so was überhaupt noch?«, fragte Oliver, ohne nachzudenken.

Hannah verdrehte die Augen. »Natürlich. Was ist? Tee, Kaffee? Irgendwas zum Aufwärmen?« Sie lächelte. »Ich würde dir ja anbieten, dich einzuladen, aber da mein Taschengeld ohnehin aus deiner Kasse stammt …«

Oliver gab sich mit einem Seufzen geschlagen. »Na schön …«

Nachdem sie direkt an der Theke ihre Bestellung aufgegeben hatten, setzten sie sich an den einzigen freien Tisch.

Es dauerte nur wenige Minuten, bis eine Tasse Pfefferminztee und ein großer Becher heiße Schokolade mit Sahne serviert wurden.

Oliver unterdrückte ein Kopfschütteln, als Hannah begann, die Sahnehaube mit dem Löffel abzutragen. Ihr würde schlecht werden. Oder auch nicht. Vollkommen unvermittelt musste er an Jennifer denken, die um diese Uhrzeit vermutlich ähnliche Kunststücke vollbringen könnte, ohne sich den Magen zu verderben. Der Gedanke brachte ihn unwillkürlich zum Lächeln.

»War nicht die schlechteste Idee«, meinte Hannah und nippte an ihrem Kakao. »Verdammt lecker.«

Oliver rührte gedankenverloren in seinem Tee, der so stark dampfte, als würde er noch immer kochen. Obwohl er es versuchte, gelang es ihm nicht, sich gänzlich vom Gegenstand seiner Grübelei loszureißen. »Wie war eigentlich dein Abend gestern?«, fragte er, um sich abzulenken.

Unglücklicherweise traf er damit bei Hannah genau ins Schwarze. Ihre Mundwinkel sackten augenblicklich nach unten. Da war er wieder, dieser nachdenkliche Ausdruck in ihren Augen, der ihm hoffentlich zu Unrecht Sorgen machte. »Es war in Ordnung. Nichts Besonderes.« Noch bevor er nachhaken konnte, fragte sie: »Und bei dir?«

Er zuckte die Schultern. »In Ordnung. Nichts Besonderes.«

Hannah verzog kurz das Gesicht, sagte aber nichts. Sie wollte weder seine noch ihre eigene Weigerung, über den gestrigen Abend zu sprechen, diskutieren.

»Wie läuft es in der Schule?«, steuerte Oliver hoffentlich unverfänglicheres Fahrwasser an.

Das Thema schien ihr besser zu gefallen, auch wenn es ebenfalls kein bevorzugter Gesprächsgegenstand war. »Ich komme gut mit. Die Lehrer sind anders, der Stoff bleibt gleich.«

Auch auf die Gefahr hin, sich unbeliebt zu machen, hakte Oliver nach: »Hast du schon Freunde gefunden?«

Hannah schüttelte den Kopf. »Nur Aileen. Ein paar Leute sind ganz okay, aber so schnell geht das nicht. Die kennen sich alle schon länger …«

Oliver war sich nicht sicher, ob sie die Wahrheit sagte. Ihre Antwort klang irgendwie einstudiert. »Und deine Bekanntschaft?« Sie versteifte sich sofort. Ein weiterer Volltreffer. »Immer noch kompliziert?«

»Mehr oder weniger.« Hannah nippte erneut an ihrem Kakao. Ein paar Sekunden lang sagte sie nichts mehr, sondern musterte nur die auf dem Tisch stehende Speisekarte. »Können wir nicht über was anderes reden?«

Mit dieser Reaktion war zu rechnen gewesen. Oliver nickte. »Klar. Ich habe nur immer noch das Gefühl, dass dich irgendetwas bedrückt. Wenn du darüber reden willst, Hannah …«

»Das hatten wir doch schon mal«, unterbrach sie ihn mit einem Seufzer. »Ich weiß du versuchst, für mich da zu sein, und es ist schön, dass ich dir doch nicht egal bin, aber …« Sie schluckte hart.

»Hast du denn wenigstens jemanden, mit dem du reden kannst?« Oliver hielt ihrem Blick nicht länger stand. Der beiläufig geäußerte Vorwurf traf ihn. »Vertraulich, meine ich.«

Hannah zögerte. Sie schob den halb geleerten Becher zwischen ihren Händen hin und her. »Wenn es hart auf hart kommt, ist immer noch Mama da.«

»Das ist gut. Ich meine, dass du sie noch immer als Vertraute siehst, obwohl du im Moment nicht gut auf sie zu sprechen bist.«

Hannah zog zweifelnd eine Augenbraue nach oben. »Findest du ehrlich?«

»Ja.« Oliver nickte. »Ich hoffe sogar, dass ihr euch irgendwann wieder versteht. Sie ist immerhin deine Mutter.«

Hannah stieß ein verächtliches Schnauben aus. »Vielleicht, wenn sie irgendwann mal aufwacht und ihren zweiten Frühling für beendet erklärt. Solange sie diesen Gigolo nicht vor die Tür setzt, muss sie gar nicht erst angekrochen kommen.«

»Du kannst den Kerl wirklich nicht ausstehen, oder?«

Hannah schüttelte den Kopf. »Nein. Absolut nicht.«

»Warum nicht?«, fragte Oliver, und plötzlich kam ihm ein alarmierender Gedanke. »Er hat doch nicht versucht … Ich meine …« Er brach ab und fragte sich, warum er die Dinge nicht beim Namen nennen konnte. In seinem Job fiel ihm das schließlich überhaupt nicht schwer.

Doch Hannah verstand auch so, worauf er hinauswollte. »Gott, nein!«, rief sie aus und wirkte ehrlich schockiert, Beweis genug, dass sie die Wahrheit sagte. »Er ist einfach nur ein Arschloch.« Sie schüttelte den Kopf. »Ich will eigentlich nur, dass Mama das endlich erkennt. Dass sie nicht mehr dauernd durch diese verliebte rosarote Brille schaut. Sie verhält sich wie eine Dreizehnjährige. Es ist einfach nur … ekelhaft.«

»Erwachsene sollten sich wohl nicht so verhalten«, mutmaßte Oliver.

»Nein, sollten sie nicht. Zumindest nicht in Gegenwart ihrer Kinder.«

»Gut zu wissen.« Sein Tee war endlich so weit abgekühlt, dass er ihn trinken konnte. »Wer sagt dir denn, dass dir das mit mir nicht auch noch passiert?«

Hannah antwortete nicht sofort. Sie biss sich auf die Unterlippe. Es kostete sie offenbar viel Überwindung, die nächsten Worte auszusprechen. »Du hattest deinen zweiten Frühling doch schon. Vor vier Jahren. Als du uns verlassen hast. Wegen dieser Frau … deiner Zweitfamilie.«

Oliver schloss für einen kurzen Moment die Augen. Dieser Augenblick hatte kommen müssen. Er hatte darauf gewartet, hatte sich manchmal gewünscht, dass er endlich kommen würde. Und trotzdem fühlte er sich kein bisschen darauf vorbereitet. Was sollte er ihr sagen? Es gab so vieles, was er ihr gerne erklärt hätte, doch er brachte kein Wort heraus.

»Mama hat mir alles erzählt«, fuhr Hannah schließlich mit belegter Stimme fort. Dann zog sie ihr Portemonnaie aus der Jackentasche und holte ein zusammengefaltetes, zerknittertes Foto hervor. »Das hier hat sie mir gegeben. Vor vier Jahren, als du gegangen bist.«

Oliver nahm das Foto und faltete es auseinander. Er erkannte es wieder und spürte, wie Wut und Scham ein brennendes Loch in seine Magengegend fraßen. »Woher hat sie das?«, fragte er lahm, als er auf das Bild hinuntersah, das ihn mit einer braunhaarigen Frau und ihrem kleinen Sohn zeigte. Das Foto ließ keinen großen Spielraum für Interpretationen.

Hannah zuckte die Schultern und schüttelte gleichzeitig den Kopf. Sie wusste es nicht.

»Oh Gott, Hannah …«

Sie kämpfte sichtlich mit den Tränen. »Mama hat mir damals gesagt, dass das jetzt deine Familie ist. Dass du zu ihnen gegangen bist. Du hast uns einfach den Rücken gekehrt. Du hast mich zurückgelassen.«

Oliver schüttelte den Kopf. »So war das nicht.«

»Diese Frau und dieser Junge haben doch existiert, oder nicht?«

»Ja, das haben sie … Aber die Umstände waren andere … Ich …« Ihm versagte die Stimme.

Auch Hannah hatte Mühe, ihre Emotionen zu kontrollieren. »Ich kenne bisher nur Mamas Version. Ich habe sie all die Jahre geglaubt, ohne sie jemals zu hinterfragen … Jetzt will ich deine hören …«

Zu gerne hätte er sie ihr erzählt. Doch was nutzte das jetzt noch? Bisher waren die Rollen zwischen ihm und Bianca klar verteilt gewesen, Hannahs Universum schien geordnet. War es eine gute Idee, diese Ordnung ins Wanken zu bringen? Oder war sie womöglich längst eingestürzt? »Du kannst nicht wissen, welche Version stimmt …«

Tränen rannen Hannah über die Wangen. »Nein. Und vielleicht werde ich nie zwischen Lüge und Wahrheit unterscheiden können. Aber ich muss es wissen … War ich dir derart gleichgültig, dass du …«

Oliver schüttelte heftig den Kopf. »Ich bin nicht freiwillig gegangen … Ich habe damals darüber nachgedacht, mich von deiner Mutter zu trennen, aber …«

»Erzähl es mir. Erzähl mir die ganze Geschichte.«

Oliver blickte erneut auf das Foto und wusste nicht, womit er beginnen sollte. »Es gab diese Frau und ihren Jungen. Wir waren als Kinder zusammen zur Schule gegangen und trafen uns zufällig wieder. Alles begann rein freundschaftlich …« Er verstummte.

»Dabei ist es aber nicht geblieben«, stellte Hannah bitter fest.

»Nein. Ich habe mich in sie verliebt, was niemals hätte passieren dürfen …« Er schluckte. Er wollte Hannah in die Augen sehen, konnte es aber nicht. »Ich wusste, dass es falsch war, und doch … Ich will keine Ausreden erfinden, Hannah. Ich habe deine Mutter betrogen.«

Hannahs Tränen waren versiegt. Sie nahm sein Geständnis mit Fassung auf. »Und dann?«

»Ich war hin- und hergerissen … Deine Mutter war mir nicht gleichgültig, ich wollte sie doch eigentlich gar nicht verletzen … Und dich verlieren wollte ich auch nicht …« Oliver kämpfte mit den Erinnerungen. Er hatte das Schlimmste getan, was man seinem Partner antun konnte. Es gab keine Entschuldigung dafür. »Ich habe die Affäre beendet … und Bianca alles gestanden.« Er schüttelte den Kopf. »Ich wollte unserer Ehe noch eine Chance geben, ich wollte … Ach, verdammt.«

»Mama hat dich rausgeworfen.« Hannah richtete sich auf, als sei ihr dieser Gedanke gerade zum ersten Mal gekommen. »Sie hat dich vor die Tür gesetzt. Nicht du bist gegangen. Sie hat dich an dem Abend rausgeschmissen, als ich bei Nadja übernachtet habe.«

Oliver nickte. »Zu Recht. Ich habe sie hintergangen und geglaubt, mit einem Geständnis und ein wenig Beziehungstherapie würde sich das schon wieder richten lassen …«

»Sie war derart außer sich, dass sie mich angelogen hat.«

»Ich weiß nicht, was sie dir erzählt hat, Hannah. Ich weiß nur, dass du mir voller Hass und Ablehnung begegnet bist, als ich ein paar Tage später den Kontakt zu dir gesucht habe. Ich habe immer wieder versucht, zu dir durchzudringen, aber …«

Hannah starrte auf die Tischplatte. »Ohne Erfolg, ich weiß.«

»Das ist kein Vorwurf«, fügte Oliver hinzu. »Der Einzige, dem ich etwas vorzuwerfen habe, bin ich selbst.«

»Und Mama.«

»Ja, natürlich. Doch ich habe auch nur das geerntet, was ich selbst gesät hatte.«

Hannah trank schweigend ihren Kakao leer. Dann schüttelte sie den Kopf. »Es ist schon verrückt.«

»Was?«

»Dass ich dich all die Jahre derart leidenschaftlich gehasst habe … Für etwas, das du gar nicht getan hast … Obwohl, wahrscheinlich hätte ich dich trotzdem gehasst … Keine Ahnung. Und Mama …«

»Tu das nicht, Hannah«, sagte Oliver leise. »Du hast allen Grund, wütend zu sein, auf mich, auf deine Mutter … Aber stoß sie nicht von dir …«

Hannah lachte freudlos. »Du nimmst sie in Schutz. Welchen Beweis brauche ich noch dafür, dass du die Wahrheit sagst?«

Er sah sie fragend an.

»Du hast nicht mehr den geringsten Grund, mich anzulügen.«

»Wieso das?«

»Weil du nicht mehr wütend auf Mama bist.«

Oliver schüttelte den Kopf. »Das würde ich so nicht unterschreiben. Bei allem Verständnis bin ich trotzdem noch ziemlich wütend auf deine Mutter. Und wahnsinnig enttäuscht. Nachdem ich dieses Foto gesehen habe, mehr denn je. Ich zeige es nur nicht.«

»Das würde bedeuten, dass du noch immer Gefühle für sie hast«, stellte Hannah fest.

Er war versucht, es abzustreiten, doch so einfach war das nicht. »Deine Mutter und ich haben uns geliebt, Hannah. Wir waren bald zwei Jahrzehnte ein glückliches Paar, bevor … bevor ich Scheiße gebaut habe. Wir haben dich. Trotz allem, was passiert ist, könnte ich nicht einfach jede Empfindung für sie abschalten. Auch wenn am Ende vielleicht nur noch die Wut bleibt.«

Hannah seufzte. »Wut verbindet euch auf jeden Fall. Sie sagt, dass sie dich verklagen will. Sie will das alleinige Sorgerecht.«

Oliver war natürlich klar gewesen, dass Bianca Kontakt zu ihrer Tochter haben musste, selbst jetzt im Moment. Dass sie so offen mit ihr über ihre Absichten sprach, überraschte ihn allerdings. »Kann ich mir denken.«

»Wird sie es bekommen?« In Hannahs Stimme schwang ein sorgenvoller Ton mit, und der Ausdruck in ihren Augen sagte alles. Hannah wusste nicht mehr, wo sie hingehörte, stand zwischen ihren Eltern, innerlich zerrissen. Dass ein Gericht ihr Schicksal besiegeln könnte, bevor sie selbst wusste, was sie sich wünschte, wohin sie gehören wollte, machte ihr Angst.

Es war der Zustand, den sich Oliver für sie als Scheidungskind niemals gewünscht hatte. »Nur über meine Leiche«, erwiderte er weitaus weniger kämpferisch, als es seine Worte vermuten ließen. »Es sei denn, es wäre dein ausdrücklicher Wunsch.«

Hannah nickte. »Okay.«

Erst jetzt begann Oliver zu ahnen, welche Auseinandersetzungen ihm in den nächsten Monaten möglicherweise ins Haus standen. Eben all jene Kämpfe mit Bianca, denen er sich vor vier Jahren entzogen hatte, als er einsehen musste, dass seine Frau und seine Tochter für ihn verloren waren. Und er fürchtete, dass die Hauptleidtragende in dem ganzen Verfahren Hannah sein würde.

14

Jennifer war frustriert. Seit ihrem gestrigen Besuch bei Wilfried Mertens waren sie noch keinen Schritt weitergekommen.

Die Kameras im Eingangsbereich des Altenheims sparten den Briefkasten aus, denn sie waren allein zu dem Zweck angebracht worden, der unbemerkten Flucht von Heimbewohnern vorzubeugen. Die Wiesbadener Kollegen hatten sich erfreulich kooperativ gezeigt und mit der erkennungsdienstlichen Behandlung von Pontus Lohaus sowie der Mitarbeiter des Heims bereits begonnen, bevor die notwendigen Anträge aus Lemanshain vorlagen.

Doch bisher hatte Jarik Fröhlich keinen Erfolg zu vermelden gehabt. Auf den Fotos und den kopierten Wortlisten hatten sie nur die Fingerabdrücke des Anwalts gefunden. Die Umschläge waren mit Fingerabdrücken übersät, doch bevor nicht alle Vergleichsdaten vorlagen, war es sinnlos, irgendeinen Abdruck ans LKA zu schicken. Sie hatten zwei Abdrücke, die sie noch nicht zuordnen konnten, und ebenso viele Mitarbeiter, die die Umschläge möglicherweise angefasst hatten und noch nicht auf dem Revier in Wiesbaden erschienen waren. Eine Pflegerin weilte in Ägypten im Urlaub, der andere Mitarbeiter hatte vor einer Woche gekündigt und war in seine Heimat Ungarn zurückgekehrt.

Jarik hatte Jennifer wenig Hoffnung gemacht, dass sie DNS-Spuren finden würden. Nicht nur die ungestempelten Briefmarken waren selbstklebend, sondern auch die Umschläge.

Die Ermittlungen im Umfeld von Cedric Mattes und Horst Neubert hatten ebenfalls keine neuen Hinweise ergeben.

Der Student, der Neubert an der Bushaltestelle entdeckt hatte, war inzwischen wieder nüchtern, erinnerte sich jedoch kaum noch daran, einen Toten gefunden und die Polizei verständigt zu haben. Andere Zeugen hatten sich bisher nicht gemeldet. Neuberts Kundenkartei und seine Aufzeichnungen waren zwar noch nicht vollständig durchgearbeitet, bisher hatten sie aber keinerlei Auffälligkeiten gefunden.

Es gab keine offensichtliche Verbindung zwischen den drei Opfern.

Um dem Ganzen die Krone aufzusetzen, hatte Möhring auch noch Katia Mironowa und Frank Herzig vorübergehend von den Ermittlungen abziehen müssen. Die Crystal-Verkäufe im Stadtgebiet waren sprunghaft angestiegen, und es gab endlich eine vielversprechende Spur zu den Hintermännern, der sie dringend nachgehen mussten.

Oliver hatte Termine bei Gericht und musste sich um seine eigentliche Arbeit kümmern. Freya durchforstete weiterhin Neuberts Aufzeichnungen.

Deshalb saß Jennifer nun bereits seit Stunden alleine in einem Verhörzimmer, in dem sich Dutzende Umzugskisten mit den Besitztümern von Wilfried Mertens stapelten.

Nachdem dessen Betreuer signalisiert hatte, dass er keinerlei Rechtsmittel einlegen würde, hatte Oliver noch gestern per Gerichtsbeschluss alles beschlagnahmen lassen, was vom Eigentum des ehemaligen Neurologen in einer angemieteten Garage lagerte. Es war noch erstaunlich viel aus Mertens' Praxiszeiten vorhanden: Berge von Aktenordnern mit Rechnungen, Verträgen, Schriftverkehr und der Buchführung der letzten zwei Jahrzehnte, kistenweise Fachliteratur, ein Teil davon mit zu Lesezeichen umfunktionierten Post-its versehen. In zwei Kisten hatte Jennifer sogar neurologisches Untersuchungsbesteck, darunter Reflexhämmer, Schmerzprüfer und Stimmgabeln gefunden. Dafür jedoch kaum Privatsachen und keinerlei Erinnerungsstücke, wenn man von den wenigen gerahmten Urkunden und einem Foto absah, das ihn zusammen mit seiner ehemaligen Sprechstundenhilfe zeigte. Keine persönlichen Aufzeichnungen.

Bisher war die Kommissarin auf nichts gestoßen, was irgendetwas in ihr zum Klingen gebracht hätte, nicht die Spur eines Verdachts, nichts Außergewöhnliches. Gerade diese Unauffälligkeit war es, die sie auf den Gedanken brachte, dass Wilfried Mertens in seinem früheren Leben etwas zu verbergen gehabt haben könnte. Doch auch für diesen Verdacht hatte sie bisher keine eindeutigen Hinweise gefunden.

Sie hatte sich den Namen der ehemaligen Praxismitarbeiterin aufgeschrieben, in der Absicht, die Dame aufzuspüren, wozu sie bisher aber noch nicht gekommen war. Sie hatte versucht zu recherchieren, wer die Praxis von Mertens übernommen hatte, doch es hatte gar keine Übernahme gegeben. Die Praxis war aufgelöst und die Bestände an unterschiedliche Interessenten veräußert worden. Ein unbestimmtes Gefühl sagte Jennifer, dass sie überprüfen sollte, ob der Verkauf womöglich auffallend günstig und schnell erfolgt war. Normalerweise ließ sich mit der Veräußerung einer Praxis und der Übergabe des Patientenstammes eine Menge Geld verdienen.

Parallel zu ihrer Recherche durchforstete sie das Internet nach Hinweisen auf Mertens, doch er tauchte noch nicht einmal in irgendeinem Gesundheitsportal oder auf einer Seite für Ärztebewertungen auf. Bis zur Schließung seiner Praxis waren solche Dienste allerdings auch noch nicht sehr verbreitet gewesen.

Doktor Rabe teilte Jennifers Einschätzung, dass sie den Täter möglicherweise unter den früheren Patienten von Wilfried Mertens finden konnten. Patientenakten existierten jedoch keine mehr. Die Unterlagen waren bei Schließung der Praxis größtenteils an die Patienten ausgehändigt oder an ihre Hausärzte geschickt worden, dafür fanden sich zahlreiche Belege. Es gab zwar noch eine versiegelte Kiste mit Patientenunterlagen, doch die durfte Jennifer nicht anrühren, zumindest noch nicht. Oliver wollte sich um einen entsprechenden Gerichtsbeschluss kümmern.

Die Anfrage bei der Ärztekammer, ob es irgendwelche Verfahren gegen Mertens oder Beschwerden über ihn gegeben hatte, lief. Ebenso wie die bei der Krankenkassenvereinigung, ob jemals Unregelmäßigkeiten festgestellt worden waren. Leider benötigten diese Institutionen meist mehrere Tage, wenn nicht sogar Wochen für eine Antwort – Zeit, die sie definitiv nicht hatten.

In welche Richtung Jennifer auch ermittelte, sie stieß an Grenzen. Grenzen, die dem Mörder einen Vorteil verschafften, obwohl sie sich ihm bereits angenähert hatten.

Dennoch vertraute sie ihrer Intuition, die ihr sagte, dass der Schlüssel zu dem Fall im Leben von Wilfried Mertens zu finden war. Und sie sollte recht behalten.

Die entscheidende Information auf einer Nebenkostenabrechnung hätte sie beinahe überlesen. Erst zwei Seiten später stutzte sie, hielt inne und blätterte zurück. Zunächst wusste sie gar nicht, was sie an der Rechnung des Vermieters irritiert hatte, bis ihr Blick auf das Adressfeld fiel. Dort stand W. Mertens/ Kühn.

Jennifer runzelte die Stirn. Den Namen Kühn las sie zum ersten Mal. Sie blätterte weiter, begutachtete die nächsten Rechnungen und nahm sich noch einmal den Ordner mit den Mietverträgen für die beiden letzten Wohnungen von Mertens vor. Nirgendwo tauchte der Name Kühn auf. Dummerweise hatte sie nur den Nachnamen, aber es war möglicherweise ein Hinweis auf eine Frau im Leben des Arztes. Eine Frau, die mit ihm zusammengelebt hatte.

Die Rechnung war erstaunlich alt, sie stammte aus dem Jahr 1984 und bezog sich auf das Jahr 1983. Eine kurze Prüfung im Mietvertrag bestätigte, dass Mertens die Wohnung im März 1983 angemietet hatte. Noch einmal ging Jennifer das Dokument durch, das mit Schreibmaschine auf bereits vergilbtem Papier verfasst worden war, fand aber keinen Hinweis auf eine Untermieterin. Die zweite Nebenkostenabrechnung führte nur noch Mertens im Adressfeld.

Vielleicht nur ein Versehen. Auch wenn sie sich keine großen Hoffnungen machte, dass Lohaus der Name etwas sagte, rief sie den Betreuer an. Er hatte den Namen Kühn im Zusammenhang mit Mertens aber wie erwartet noch nie gehört. Blieben noch die ehemalige Angestellte, die ebenfalls seit 1983 in Mertens' Wiesbadener Praxis gearbeitet hatte, und der Vermieter.

1983 schien ein Jahr der Veränderung für Mertens gewesen zu sein. Es war das Jahr, bis zu dem die Praxisunterlagen zurückreichten. Jennifer verspürte ein leichtes Kribbeln im Nacken. Möglicherweise war sie auf der richtigen Fährte.

Sie notierte sich alle Daten auf einem Block und wollte Freya schon bitten, die Angestellte und den Vermieter ausfindig zu machen. Dann kam ihr jedoch plötzlich ein neuer Gedanke, und sie hielt inne.

Bisher hatte sie keinen einzigen Schnipsel Papier in Händen gehalten, der weiter in die Vergangenheit zurückreichte als bis 1983. Wie es schien, hatte Mertens sein Leben davor mehr oder minder ausradiert.

Was würdest du tun, wenn du ein neues Leben anfangen wollen würdest?, fragte sich Jennifer.

Sie schob die Aktenordner beiseite und zog das Notebook zu sich heran. Zuerst gab sie den Namen Wilfried Kühn in die Suchmaske des polizeiinternen Systems ein, landete aber keinen Treffer. Falls etwas in den Systemen zu finden sein sollte, war es vermutlich zu alt, um bei einer so einfachen Suche sofort gelistet zu werden.

Dann öffnete Jennifer erneut den Internetbrowser und gab den Namen bei Google ein. Es kamen zu viele Treffer. Erst als sie den Namen mit den Stichworten Neurologie und Psychiatrie verband, erzielte sie ein Suchergebnis. Es waren nicht viele Informationen, doch sie reichten aus, um ihr einen kalten Schauer über den Rücken zu jagen.

Sie hatte das Tor zu Wilfried Mertens' dunkler Vergangenheit aufgestoßen.

Zu Hannahs Überraschung erschien nicht Tobias an der Tür, sondern seine Schwester Selina. Mit versteinertem Blick musterte sie die Sechzehnjährige mehrere Sekunden lang. »Ich sollte dich um deinetwillen zum Teufel jagen«, murmelte sie kaum hörbar, bevor sie zurücktrat und Hannah einließ.

»Tobi ist nicht da, er ist noch mal losgefahren, um irgendwas zu besorgen. Meinte, du sollst auf ihn warten, würde nicht allzu lange dauern.« Selina ließ sich wieder auf dem Sofa vor dem Fernseher nieder, wo sie wohl auch schon gesessen hatte, als sie durch Hannahs Klingeln gestört worden war. Es lief irgendeine Serie, die sie aber nicht sonderlich interessiert zu verfolgen schien. Sie war viel zu sehr damit beschäftigt, sich die Nägel zu lackieren.

Hannah zog ihre Jacke aus und hängte sie an die Garderobe. Dann blieb sie unschlüssig im Wohnzimmer stehen und sah zu, wie die Serie in einen Werbeblock überging.

»Du kannst ruhig schon in sein Zimmer hochgehen«, sagte Selina, ohne aufzublicken. Ihr Tonfall ließ keinen Zweifel daran, dass das keinesfalls als Vorschlag zu verstehen war. Sie wollte den Besuch ihres Bruders loswerden.

»Warum bist du so abweisend zu mir?«, fragte Hannah und

hätte sich im nächsten Moment am liebsten auf die Zunge gebissen. Ihr war die Frage einfach so herausgerutscht. »Ich meine …«

»Ich bin nicht abweisend zu dir«, berichtigte die junge Frau mit einem unterschwellig aggressiven Tonfall, der in krassem Gegensatz zu ihren Worten stand. »Es wäre nur einfach besser, wenn du dich von meinem Bruder fernhalten würdest. Für dich. Für mich. Für ihn. Für uns alle.«

»Weshalb?« Hannah fand die Art, wie sich Selina ihr gegenüber verhielt, ziemlich unverschämt. Sie hatte ihr schließlich nichts getan. »Weil ich jünger bin als er?«

Selina stieß ein freudloses Lachen aus und schüttelte den Kopf. »Als ob das eine Rolle spielen würde.«

»Was ist es dann?« Hannah hörte ein Auto vorfahren. Tobias kehrte offenbar von seinen Besorgungen zurück.

Selina antwortete erst nicht, doch als die Schritte ihres Bruders vor der Haustür erklangen, sagte sie: »Du hast keine Ahnung, womit du es hier zu tun hast.«

Hannah hob überrascht beide Augenbrauen. Was sollte denn dieser Kommentar? Selina wollte sie wohl tatsächlich um jeden Preis loswerden.

Die Haustür wurde geöffnet, und Tobias trat in den Flur. Sein Blick fiel sofort auf Hannah. Er schenkte ihr ein breites Lächeln, während er sich seiner Jacke entledigte. »Schön, dass du da bist«, flüsterte er ihr kaum hörbar zu, als er ins Wohnzimmer trat. Seine Hand streifte wie zufällig ihre Hüfte.

Sein Blick wanderte kurz zu seiner Schwester, gleichzeitig vermittelte er Hannah das Gefühl, dass er ganz genau wusste, worüber sie gerade gesprochen hatten. Entschieden ergriff er ihre Hand. »Komm. Wir gehen nach oben.«

Hannah ließ sich von ihm in Richtung Treppe ziehen, hörte aber noch, wie Selina hinter ihrem Rücken etwas murmelte.

Hannah war sich nicht sicher, doch für sie klang es wie eine Warnung. »Er wird dir das Herz brechen.«

Für einen kurzen Moment zögerte sie und wollte stehenbleiben. Dann entschied sie aber, dass sie sich verhört haben musste. Und selbst wenn nicht, Tobias' Schwester ließ sie nur allzu deutlich spüren, dass sie sie nicht leiden konnte – wieso hätte sie da ehrlich zu ihr sein sollen?

Als sie Jesajas dunkles Reich betraten und er sie zärtlich zu sich heranzog, vergaß sie Selina augenblicklich. Er küsste sie liebevoll. Sie hätte ewig in seiner Umarmung verharren können und war enttäuscht, als er sie losließ. Sein Lächeln wurde zu einem verheißungsvollen Grinsen. »Ich habe uns etwas mitgebracht.« Er zog aus einer der hinteren Taschen seiner schwarzen Jeans einen durchsichtigen Gefrierbeutel. »Du sagtest doch, dass du Gras magst.«

Hannah musterte die Tüte und das getrocknete Kraut darin. Vergeblich versuchte sie sich daran zu erinnern, wann sie ihm davon erzählt hatte. »Ich … wow.«

Er sah sie erwartungsvoll an, und sein Gesichtsausdruck ließ keinen Zweifel daran, dass er ihr eine besondere Freude machen wollte. »Ich dachte, da du hier vor Ort noch keine Verbindungen hast …« Er schien ihr Zögern nicht einmal zu bemerken, als er sich aufs Bett warf und in seinem Nachttisch zu kramen begann. »Komm schon. Wir lassen uns ein bisschen fallen.«

Hannah setzte sich, obwohl sie nicht überzeugt war.

Er hatte Zigarettenpapier gefunden und öffnete die Tüte. »Ist verdammt guter, teurer Stoff.«

Der Geruch breitete sich fast augenblicklich im Zimmer aus. Hannah atmete bewusst ein. Eigentlich hätte sie ihm lieber die Hälfte abgekauft und mit nach Hause genommen, um die Zeit mit ihm clean zu verbringen, doch sie ahnte, dass sie ihn damit enttäuschen würde.

Sie beobachtete ihn dabei, wie er gewissenhaft einen Joint drehte.

Dann reichte er ihn ihr gemeinsam mit einem Feuerzeug. »Dir als Gast gebührt die Ehre«, sagte er lächelnd.

Sie nahm beides entgegen und sah sich unsicher in dem düsteren Zimmer um. Der Drache starrte auf sie herunter, die Wasserspeier schnitten widerliche Fratzen. »Hoffentlich wird das kein Horrortrip …«

Jesaja streckte die Hand aus und streichelte ihr zärtlich über die Wange. »Das werde ich nicht zulassen. Ich werde der Retter in deiner Not sein …«

Hannah wusste selbst nicht, warum sie diese Worte überzeugten. Sie zündete den Joint an und nahm einen ersten tiefen Zug. Die Wirkung trat fast augenblicklich ein, und zwar so heftig, wie sie es noch nie zuvor erlebt hatte. Der Gedanke, dass Jesaja unter gutem Stoff verdammt starken Stoff verstand, entglitt ihr beinahe sofort. »Wow …«

Jesaja nahm ihr den Joint ab und nahm selbst einen Zug, bevor er ihn an sie zurückgab. So ging es mehrmals hin und her. Irgendwann ließ sich Hannah vollkommen entspannt auf das Bett sinken, unfähig, auch nur einen Gedanken zu Ende zu denken, ohne dass er ihr sofort vollkommen irrsinnig erschien.

Jesaja legte sich neben sie und zog sie dicht zu sich heran. Während sie ihn küsste, streichelte er ihr zärtlich über den Rücken und atmete den Duft ihrer Haare ein. Stunden schienen zu vergehen, in denen er leidenschaftlicher und fordernder wurde. Schließlich schob er seine Hände unter ihren Pullover, um ihre nackte Haut zu berühren.

Hannah ließ ihn gewähren, ohne groß darüber nachzudenken. Seine Zärtlichkeiten fühlten sich so verdammt gut an, sogar noch besser als vor zwei Tagen. Sie spürte jede seiner Berührungen mit einer ungekannten Intensität. Ihr wurde zunehmend wärmer, und sie war dankbar dafür, als er sie endlich von ihrem Pullover und dem T-Shirt darunter befreite, ihre nackte Haut zu streicheln und zu küssen begann und ihr schließlich auch noch den BH auszog.

Keck streckte sie ihm ihre entblößten Brüste entgegen. Noch nie zuvor hatte sie sich so gelöst und befreit gefühlt. Sie hatte Feuer gefangen, und obwohl irgendwo in ihrem Bewusstsein der Gedanke herumgeisterte, dass ihre plötzliche Freizügigkeit womöglich nur dem Joint geschuldet war, wollte sie nichts mehr, als von Jesaja angefasst zu werden.

Hannah hörte sich selbst aufstöhnen, als sich seine Lippen um ihre Brustwarze schlossen. Sie hatte das Gefühl, den Druck zwischen ihren Beinen, die Sehnsucht nach seiner Berührung an dieser geheimen Stelle, nicht mehr länger aushalten zu können. Sie zerrte an seinem T-Shirt, eine Aufforderung, der er sofort Folge leistete.

Doch sie wollte mehr. Unfähig, ihre eigene Lust zu zügeln, öffnete sie seinen Gürtel und zog ihm die Jeans zusammen mit der Unterhose über die Hüften. Ein Gedanke blitzte in ihrem vernebelten Gehirn auf. Ohne ihn zu hinterfragen, beugte sie sich vor und tat Dinge, die sie sich nie zuvor auch nur ansatzweise getraut hätte.

Jesaja gefiel ihre Zuwendung offensichtlich, doch er war noch ungeduldiger als sie. Vom Rauch des Joints umgeben, kniete er schließlich vor ihr, zog ihr Hose und Unterwäsche aus und berührte sie endlich an der Stelle, die am stärksten danach verlangte. Hannah vergaß Raum und Zeit, ließ sich gänzlich fallen und genoss die Empfindungen, die ihren gesamten Körper zu überschwemmen schienen.

Plötzlich lag er über ihr, zwischen ihren Beinen, und sie spürte sein Geschlecht dicht an ihrem. Jesaja sah ihr tief in die Augen. »Das wird vermutlich wehtun«, flüsterte er, während er einen letzten Moment lang innehielt. Irgendwo in der Ferne schien ihr jemand zuzuschreien, dass sie das nicht tun sollte, aber sie ließ es geschehen.

Der Schmerz war heftig und unangenehm, doch sie hielt ihn mit einem kleinen Aufschrei aus. Als Jesaja sich in ihr zu bewegen begann, führten ihre Hände eine unstete Bewegung aus, wollten ihn von sich stoßen, sie war jedoch zu schwach, und die Absicht entglitt ihr wieder. Sie sah ihm ins Gesicht, sah seine Erregung, und biss die Zähne zusammen, überzeugt davon, dass der Schmerz etwas war, was sie ertragen musste.

Seine Hüften schnellten kräftig vor und zurück. Hannah dachte, dass er es schnell machen wollte, damit sie nicht zu lange litt. Er stöhnte im Rhythmus seiner Stöße, murmelte mit geschlossenen Augen Dinge vor sich hin, die ihr schmeicheln sollten – wie gut und wie eng sie sei. Sie hörte ihm aber nicht einmal mehr zu.

Sie wusste nicht, ob Sekunden oder Minuten vergangen waren, als Jesaja sich endlich mit einem Schrei aufbäumte. Dann sank er mit dem Kopf auf ihre Brust, verharrte aber nur kurz, bevor er sich aus ihr zurückzog. Er rollte sich neben sie, zog das benutzte Kondom ab und warf es neben das Bett.

Er holte den Rest des Joints aus dem Aschenbecher und nahm einen weiteren tiefen Zug. Hannah lag neben ihm, mit pochendem, aber wenigstens nicht mehr schmerzendem Unterleib, und starrte den Drachenkopf an, direkt in sein mit scharfen Zähnen gespicktes Maul, einen Augenblick lang der Phantasie erlegen, dass er jeden Moment lebendig werden und sie verschlingen könnte.

Sie spürte Jesajas Körper neben sich, sein Kopf lag dicht an ihrer Schulter. Es dauerte keine Minute, und er war eingeschlafen.

Ein letzter Gedanke, bevor auch sie in eine tief entspannte Dunkelheit hinüberglitt.

Er liebt mich.

Es war bereits kurz vor Mitternacht, als Oliver mit dem ersehnten Fax in das Besprechungszimmer im Wiesbadener Polizeipräsidium zurückkehrte. Jennifer hatte an der Wand gelehnt und ungeduldig darauf gewartet, während Wilfried Mertens vollkommen unbeteiligt zwischen seinem Betreuer Pontus Lohaus und dem hinzugezogenen Pflichtverteidiger Carsten Teubner saß, auf dessen Anwesenheit Lohaus im Interesse seines Mandanten bestanden hatte.

Als der Staatsanwalt den Raum betrat, sprang der junge Verteidiger sofort von seinem Stuhl auf. Die Wartezeit hatte seinen Kampfgeist offensichtlich noch befeuert. Jennifers Hoffnung, dass sie einen Pflichtverteidiger erwischen würden, der keine Lust hatte, sich wegen einer Befragung am späten Freitagabend besonders ins Zeug zu legen, hatte sich leider nicht erfüllt.

»Na endlich!«, schimpfte Teubner. »Ich hoffe, der Richter hat Sie wieder zur Vernunft gebracht! Sie können doch nicht einen gebrechlichen alten Mann, der wegen seiner psychischen Erkrankungen unter Betreuung steht, mitten in der Nacht aus seinem Heim schleppen und …«

Oliver Grohmanns Geduld mit dem jungen, aufstrebenden Kerl war längst aufgebraucht. Er legte das Fax mit dem soeben erwirkten richterlichen Beschluss auf den Tisch und brachte Teubner zum Schweigen, indem er mit der flachen Hand so heftig auf das Blatt schlug, dass der Knall selbst Jennifer aufschreckte. »Doch, kann ich sehr wohl. Hier steht es schwarz auf weiß.«

Der Verteidiger pflückte das Papier vom Tisch und überflog es, nur um dann jede Zeile noch einmal langsam und gewissenhaft zu lesen, als ob er nicht schon auf den ersten Blick erkannt hätte, dass der Richter seiner Argumentation nicht gefolgt war.

»Und ich betone es noch einmal«, grollte Grohmann, während er sich den drei Männern gegenüber an den Tisch setzte. »Herr Mertens ist psychisch vollkommen gesund. Diese Tatsache und der Umstand, dass sein Betreuer glücklicherweise keinerlei Einwände gegen eine Befragung hatte, haben den Richter überzeugt.«

Der Anwalt senkte das Fax und warf Grohmann über den Tisch hinweg einen vernichtenden Blick zu. Während sich Jennifer den letzten verbleibenden Stuhl heranzog, rang sich der Staatsanwalt zu einem aufgesetzten Lächeln durch. »Wenn Sie sich beruhigt haben, können wir ja jetzt vielleicht endlich anfangen. Ihr Mandant würde längst wieder selig schlummernd in seinem Bett liegen, wenn Sie nicht so ein Theater veranstaltet hätten.«

»Selig schlummernd möchte ich bezweifeln«, murmelte Jennifer kaum hörbar und legte die Akte auf den Tisch, die die nächtliche Befragung überhaupt erst notwendig gemacht hatte und die sie seit Stunden wie einen Schatz hütete.

Der Ordner war gute fünf Zentimeter dick und hatte unter der langen Lagerung sichtlich gelitten.

»Dann werden Sie mir ja jetzt hoffentlich erzählen, was es mit dieser mottenzerfressenen Akte auf sich hat«, knurrte der Verteidiger, lehnte sich auf seinem Stuhl zurück und verschränkte die Arme vor der Brust.

Oliver hatte Mühe, Carsten Teubner zu ignorieren und sich Wilfried Mertens zuzuwenden. Der alte Mann starrte noch immer regungslos auf die Tischplatte, ganz so, als existierte die Welt um ihn herum überhaupt nicht. Seine Augen verrieten jedoch, dass er sehr wohl bei ihnen in diesem Zimmer weilte, und zwar mit größter Aufmerksamkeit. Er schien gespannt zu warten.

Der Staatsanwalt deutete auf den Aktendeckel, dessen Beschriftung fast vollständig verblasst war. »Das ist Ihre Vergangenheit, Herr Mertens. Ihre Frankfurter Vergangenheit, als Sie noch Kühn hießen und eine Praxis im Ostend hatten.«

Der alte Mann hob kaum merklich den Blick, um die Akte anzusehen, zeigte sonst aber keinerlei Reaktion.

Es würde schwierig werden, seine Barrikaden zu durchbrechen. Doch es war nicht unmöglich.

Oliver nickte Jennifer zu und überließ der Kommissarin die Bühne. Sie hatte Mertens' Vergangenheit aufgedeckt und den internen Systemen das Aktenzeichen des vor Jahrzehnten eingestellten Ermittlungsverfahrens entlockt. Acht Stunden lang hatte sie sich durch die Archive in Frankfurt gekämpft, um diese eine Akte zu finden. Ihr gebührte die Ehre, den Mann mit dem Ergebnis ihrer Recherchen zu konfrontieren.

Jennifer verschränkte die Hände auf dem Aktendeckel und versuchte vergeblich, den Blick des alten Mannes einzufangen. »Die folgenden Ereignisse sollten Ihnen bestens vertraut sein. Am 22. November 1982 zeigte Gerda Klein, die damals seit drei Jahren in Ihrer Praxis angestellt war, Sie wegen illegaler Operationen an. Operationen, die Sie in einem Hinterzimmer Ihrer Praxis durchgeführt und mit denen Sie Ihre Patienten schwer geschädigt haben. Einige sind an den Eingriffen sogar gestorben. Sie haben Kinder im Alter von sechs bis elf Jahren operiert, die Sie sich in verschiedenen Waisenhäusern und Erziehungsheimen für diesen Zweck ausgesucht hatten. Unter dem Deckmantel sozialen Engagements untersuchten und behandelten Sie in diesen Häusern Ihre späteren Opfer. Sie haben schwer erziehbare, angeblich psychisch gestörte Kinder ausgewählt, um einen Eingriff an ihnen vorzunehmen, der zu diesem Zeitpunkt in Deutschland längst verboten war.«

Jennifer hielt kurz inne. Mertens hatte den Kopf gehoben und sah sie nun an. Ein merkwürdiger Ausdruck war in seine Augen getreten, eine Mischung aus Faszination und Interesse, doch er blieb nach wie vor stumm. »Wir hegen am Wahrheitsgehalt der Anzeige von Frau Klein keinerlei Zweifel. Insgesamt musste sie

Ihnen bei dreizehn derartigen Operationen assistieren, als Dank dafür, dass Sie der einzige Arbeitgeber waren, der einer ungelernten, alleinerziehenden Mutter von zwei Kindern überhaupt eine Chance gegeben hat.«

Mertens' Pflichtverteidiger öffnete den Mund, doch die Kommissarin fuhr unbeirrt fort: »Sie wissen, von welcher Art Operation ich spreche, Herr Mertens, im Gegensatz zu Ihrem Betreuer und Ihrem Anwalt. Auch Frau Klein kannte den Fachausdruck dafür nicht, doch sie hat jeden einzelnen dieser Eingriffe bis ins kleinste Detail beschrieben.«

Jennifer hob den Aktendeckel gerade weit genug an, um ein Blatt hervorziehen zu können. Es war eine kopierte Seite aus dem mehr als dreißig Seiten umfassenden Protokoll von Gerda Kleins Aussage. Die Kommissarin hatte sie inzwischen mehrfach gelesen, trotzdem fiel es ihr schwer, ihre Stimme zu erheben, um daraus vorzulesen.

»Die Zeugin gibt an, dass Herr Doktor Wilfried Kühn die letzten drei Operationen, bei denen sie selbst zugegen war, ohne Betäubung durchgeführt hat. Der erste Eingriff fand Ende September statt. Eine Frau, mutmaßlich die Angestellte eines Erziehungsheims, die die Zeugin nur unter dem Namen Marianne kennt, erschien eine halbe Stunde nach Ende der Sprechstunde mit einem etwa acht Jahre alten Jungen. Der Junge wirkte verstört, weinte und schlug um sich. Die Zeugin bemerkte mehrere Blutergüsse an den Armen und im Gesicht des Jungen, die ihrer Auffassung nach von körperlicher Misshandlung herrührten. Doktor Kühn erschien in der Tür und stellte sofort fest, dass der Patient hysterisch und eine Operation unumgänglich sei. Gerda Klein gibt an, Doktor Kühn und der Frau geholfen zu haben, den Jungen ins hintere Behandlungszimmer zu bringen. Erst dort bemerkte sie, dass die Manschetten zur Fixierung der Patienten verstärkt worden waren und außerdem eine metallische Vorrichtung am Kopfende der Untersuchungsliege angebracht worden war, die den Kopf des Jungen gewaltsam fixierte.

Die Frau namens Marianne habe das Zimmer verlassen, und Doktor Kühn habe dem Jungen ein Medikament gespritzt, das diesen jedoch nicht narkotisierte, sondern lediglich beruhigte. Die Zeugin sagt aus, der Junge habe nicht geschlafen, sei allenfalls leicht schläfrig gewesen, aber nicht mehr in der Lage, sich körperlich zu wehren. Seine Augen seien aber vollkommen klar und er selbst bei vollem Bewusstsein gewesen. Als Doktor Kühn mit dem Eingriff begann, indem er eines der zuvor bereits beschriebenen Instrumente direkt zwischen linkem Auge und Nasenwurzel durch die Augenhöhle in den Schädel einführte, habe der Junge vor Schmerzen geschrien und sich trotz der Medikamentengabe gegen seine Fesseln aufgebäumt. Die Gegenwehr sei so stark gewesen, dass sich der Junge die Zunge zerbissen habe. Sie habe das Blut wegwischen müssen, während Doktor Kühn die Operation durchführte, allerdings weitaus langsamer als sonst. Seinen Selbstgesprächen entnahm die Zeugin, dass er die Wirkung jedes einzelnen Operationsschrittes am Patienten bei Bewusstsein nachvollziehen wollte. Immer wieder unterbrach er den Eingriff, ließ die Instrumente im Schädel des Jungen stecken und machte sich Notizen in seinen persönlichen Tagebüchern. Die Zeugin beschreibt, dass die Gegenwehr des Jungen erlahmte und auch die Schreie irgendwann aufhörten. Als Doktor Kühn die Operation nach mehr als einer Stunde endlich beendete, sei der Junge nicht mehr gänzlich bei Bewusstsein gewesen. Seine Augen starrten leer in Richtung Decke, und er habe kaum noch auf äußere Reize reagiert. Doktor Kühn ließ sie daraufhin allein mit dem Jungen, der in der nächsten Stunde mehrmals unter Krämpfen litt und unverständliche Worte murmelte. Sie könne nicht sagen, ob er irgendwann wieder richtig zu sich gekommen sei, aber als die Frau namens Marianne ihn später mitgenommen habe, sei er gelaufen, wenn auch wie eine an Fäden gezogene Puppe.«

Jennifer senkte das Blatt und begegnete Mertens' Blick. In den Augen des alten Mannes stand ein Glanz, der die lebendigen Bilder sofort vertrieb, die die Aussage von Gerda Klein in Jennifers Kopf heraufbeschworen hatte. Doktor Rabe hatte recht gehabt. Der Kerl hatte die detaillierte Beschreibung seiner grausamen Tat genossen. Jennifer spürte, wie sich heiße Wut in ihrem Brustkorb zusammenballte, brachte aber keinen Ton heraus.

Oliver musste für sie einspringen. Seine Stimme hatte einen eisigen Klang. »Sie haben diesen Kindern den Schädel aufgebohrt oder sind mit an Eispickel erinnernden Werkzeugen durch die Augenhöhle in die Gehirne Ihrer wehrlosen Opfer eingedrungen und haben, ohne chirurgische Ausbildung oder die notwendigen Fachkenntnisse, in ihnen herumgeschnitten. Und dabei war Ihnen vollkommen bewusst, welche Schäden eine Lobotomie anrichtet. Sie haben diese schweren Schädigungen nicht nur in Kauf genommen, Sie haben sie bewusst herbeigeführt, mit allen bekannten Folgen: Verlust der Emotionalität bis hin zu schweren Persönlichkeitsstörungen oder gar Tod. Sie haben diese Kinder zerstört. Dutzende, wenn man den Vermutungen Gerda Kleins folgt. Wie viele von ihnen später daran gestorben sind, möchte ich mir gar nicht vorstellen. Nach dem, was Frau Klein ausgesagt hat, müssen Sie sich selbst für einen brillanten Arzt und Neurologen halten, Herr Kühn. In Wirklichkeit sind Sie aber ein verabscheuungswürdiger Mörder, der für den Rest seines erbärmlichen Lebens hinter Gitter gehört.«

»Pah!«, rief Carsten Teubner, um sich endlich Gehör zu verschaffen. »Das ist lächerlich! Wenn auch nur ein kleiner Teil dieser Anschuldigungen der Wahrheit entsprechen würde, wäre mein Mandant vor dreißig Jahren verurteilt worden! Was offensichtlich nicht der Fall ist. Phantasien irgendeiner Frau, die …«

»Ihr Mandant wäre angeklagt und verurteilt worden«, stellte Grohmann fest, »wenn er nicht die richtigen Freunde gehabt hätte. Darunter einen Staatsanwalt, der offenbar kein Interesse daran hatte, gegen seinen ehemaligen Schulfreund vorzugehen, der noch dazu in denselben Kreisen verkehrte wie er.«

»Sie beschuldigen gerade Ihre eigene Zunft, Herr Grohmann. Lehnen Sie sich da nicht ein bisschen zu weit aus dem Fenster?«

»Diese Akte ist alles, was ich brauche. Die Hausdurchsuchung bei Ihrem Mandanten erfolgte damals angekündigt. Er hatte genug Zeit, seine persönlichen Aufzeichnungen, die ihn zweifellos überführt hätten, zu verbrennen. Die Beamten fanden einschlägige Spuren im Kamin. Doktor Mertens behauptete, Altpapier verbrannt zu haben, was seine Haushälterin, die er sich damals noch leisten konnte, bestätigte. Dasselbe Spiel in seiner Praxis. Die anschließenden Ermittlungen verliefen schleppend, und die Befragungen in den Heimen wurden nur noch oberflächlich geführt, ebenfalls auf Betreiben des besagten Staatsanwalts. Leider deckten die Medien die Verbindung zwischen Doktor Mertens und dem Beamten erst auf, als das Verfahren bereits eingestellt war, sich niemand mehr für den Fall interessierte und die einzige Zeugin, Frau Klein, Selbstmord begangen hatte.«

Mertens' Verteidiger blickte Grohmann an, als ob er es mit einem Verrückten zu tun hätte. »Und weiter? Worauf wollen Sie hinaus? Alles, was Sie haben, ist diese dreißig Jahre alte Akte, ein ebenso altes Verfahren voller Ermittlungsfehler, wilden Spekulationen und Vermutungen. Keine Zeugen, keine Opfer. Sie wollen mir doch nicht etwa sagen, dass Sie ernsthaft in Erwägung ziehen, die Ermittlungen gegen meinen Mandanten wiederaufzunehmen?«

»Teilweise muss ich Ihrer Einschätzung leider zustimmen, doch mit einer Annahme liegen Sie völlig falsch. Wir haben durchaus ein Opfer, einen Zeugen.« Grohmann sah wieder

Mertens an, dessen Gesichtsausdruck inzwischen verriet, dass er dem Schlagabtausch aufmerksam folgte. »Sie haben Ihren Namen geändert und sind in eine andere Stadt gezogen. Die Ermittlungen gegen Sie erregten damals zwar nur mittelmäßige Aufmerksamkeit, jedoch genug, um Sie zu zwingen, Frankfurt zu verlassen. Doch Ihre Vergangenheit hat Sie eingeholt. Sie haben nicht nur Kinder zerstört, Sie haben kranke Menschen erschaffen, und mindestens einer davon ist zum Monster mutiert. Sie haben ihn seiner Fähigkeit beraubt, Emotionen zu entwickeln, und jetzt hat er damit begonnen, anderen Menschen ihre Emotionen zu stehlen, indem er ihnen die Herzen entreißt. Er hat Sie gefunden. Er klagt Sie an. Mit jedem Foto, das er Ihnen schickt. Er begeht seine Morde in Ihrem Namen. Die Kinder auf Ihrem Operationstisch spielten für Sie keine Rolle, sie hatten keine Namen. Vermutlich wissen Sie gar nicht, welches Ihrer Opfer auf diese perfide Art und Weise in Ihre Fußstapfen getreten ist. Wir werden ihm aber einen Namen geben. Und dann wird er mit dem Finger auf Sie zeigen und der Welt erzählen, was Sie ihm und vielen anderen angetan haben.«

Grohmann blickte zu Carsten Teubner, der den Mund öffnete und schloss, ohne einen Ton hervorzubringen, und dabei aussah wie ein Fisch auf dem Trockenen. »Ihr Anwalt will vermutlich gerade sagen, dass wir verrückt sein müssen, wenn wir glauben, einen Mörder als Zeugen gegen Sie positionieren zu können. Ich kann Ihnen aber versichern, dass ich durchaus bereit bin, dieses Risiko einzugehen. Und zwar nicht, weil ich Sie hinter Gittern sehen will, denn für das, was Sie getan haben, werden Sie in Ihrem Alter ohnehin nicht mehr lange genug im Gefängnis sitzen. Sondern, um aus Ihrem eigenen Mund zu hören, wie ein studierter, intelligenter Mann eine derart brutale Operation an gesunden Kindern durchführen konnte, die nachweislich weder therapeutisch noch diagnostisch oder auch nur wissenschaftlich irgendeinen Sinn hatte. Die allein dazu geeignet war, zu zerstören und zu töten.«

Der Pflichtverteidiger stieß ein verächtliches Schnauben aus. »Das glauben Sie doch selbst nicht. Das wäre beruflicher Harakiri. Vollkommen ausgeschlossen, dass Sie …«

»Halten Sie den Mund.«

»Ich halte nicht … Was?!« Carsten Teubner und Pontus Lohaus starrten Wilfried Mertens ungläubig an.

»Sie sind ungebildet und dumm«, sagte Mertens zu dem Mann neben ihm. »Harakiri war eine rituelle Selbsttötung und bietet sich in diesem Zusammenhang nicht zum Vergleich an.«

»Herr Mertens, Sie …«

»Ich sagte, Sie sollen den Mund halten!«, brüllte der alte Mann und deutete auf die Tür im Rücken von Jennifer und Oliver. Die beiden verfolgten die ganze Szene zwar erstaunt, aber nicht ohne Genugtuung. »Ich brauche Sie nicht. Verschwinden Sie.«

»Was?! Aber Sie sollten …« Mertens' Blick sagte genug. Teubner schüttelte den Kopf. »Sie wissen nicht, was Sie tun.« Er stand auf, nahm seine Jacke vom Stuhl und rauschte mit hochrotem Kopf hinaus.

Sekundenlange Stille folgte auf das Schließen der Tür.

Jennifer fing sich als Erste. »Herr Mertens, ich muss Sie darauf hinweisen, dass …«

Doch der alte Mann unterbrach auch die Kommissarin. »Sparen Sie sich Ihre Belehrungen, junge Frau. Sie werden mich ohnehin nicht mehr vor ein Gericht bringen.« Sein Blick wanderte jetzt zwischen Jennifer und dem Staatsanwalt hin und her. »Sie haben doch überhaupt keine Ahnung von der Materie. Sie wagen es, über mich zu urteilen, und werfen dabei mit Halbwissen um sich, das Sie irgendeinem Lexikon oder selbsternannten Experten nachplappern. Dabei ist das alles völlig unausgegoren!«

Absichtlich, mein Freund, absichtlich, dachte Jennifer zufrieden und bedankte sich im Stillen für Doktor Rabes Einschätzung. Er hatte recht gehabt, was die Psyche von Mertens anging. Sein Narzissmus hatte ihn dazu gebracht, wieder mit der von ihm als unwürdig erachteten Umwelt in Kontakt zu treten.

»Sie glauben, die Wahrheit gefunden zu haben? Nichts haben Sie gefunden, und begriffen haben Sie erst recht nichts. Wie all diese verblendeten Ärzte da draußen, die sich Psychiater oder Psychologen nennen. Sie denken, ich weiß nicht, warum Sie hier sind? Es geht Ihnen doch gar nicht um mich, sondern um den Mörder. Sie glauben, ich hätte ihn erschaffen? Ich bitte Sie!« Mertens schüttelte den Kopf. »Die Kinder, die ich behandelt habe, waren nicht gesund, sonst wären sie niemals in Heimen gelandet. Sie beide waren nicht dort, Sie haben nicht mit ihnen gesprochen, sie nicht untersucht. Ich habe diese kranken Seelen operiert, um zu helfen – vielleicht nicht ihnen direkt, aber folgenden Generationen von psychisch Kranken.«

Grohmann konnte seinen Abscheu nicht verbergen. »Das bedeutet also, dass Sie die Kinder zu Testzwecken missbraucht haben?«

»Ich habe die Pionierarbeit geleistet, zu der alle anderen zu feige waren. Inklusive Freeman.«

»Sie sprechen von Walter Freeman«, stellte Jennifer fest. »Dem bekanntesten Verfechter der Lobotomie.«

»Allerdings. Ich bin ihm begegnet. 1968, während meiner Reisen durch die USA. Bevor ich ihn traf, war ich selbst ein verblendeter Schulmediziner und habe keine Therapieform akzeptiert, die mich meine universitäre Ausbildung nicht gelehrt hatte. Und dann begegnete ich Freeman.« Mertens nickte. »Man hatte ihm verboten zu operieren … Fragen Sie mich nicht, ob er sich daran gehalten hat, doch wenn man ihn auf seine Eingriffe und Überzeugungen ansprach, merkte man schnell, dass er nur den Schwanz vor den Autoritäten eingezogen hatte. Dabei war seine Arbeit wichtig und großartig – und noch lange nicht zu Ende geführt.«

»Er hat Sie überzeugt«, warf Oliver ein, als Mertens nicht weitersprach.

»Überzeugt, oh ja. Ich habe erkannt, was alle anderen nicht sehen wollten, oder sagen wir, nicht *mehr* sehen wollten, schließlich wurde einem von Freemans Vorreitern der Nobelpreis in Medizin für die Entwicklung dieser Methode verliehen – und im Übrigen bis heute nicht aberkannt. Freeman lag richtig. Nicht mit allem, denn er hat selbst verkannt, auf welch fruchtbarem Weg er sich befand. Seine Methode war der Grundstein für die Möglichkeit zur Heilung, es bedurfte nur entsprechender Weiterentwicklung. Ein zeitraubender Prozess, fürwahr, aber wichtig und notwendig! Ich betone: die Möglichkeit zur Heilung! Im Gegensatz zur Wirkung dieser neumodischen Medikamente, die in den Siebzigern auf den Markt kamen und weitaus mehr Menschen umgebracht haben als die Lobotomie.«

»Psychopharmaka.« Jennifer beobachtete den Mann genau. Langsam begann sie sich zu fragen, ob der psychiatrische Gutachter in seinem Fall tatsächlich richtiglag. Er hielt ihn für gesund, dabei sprach Mertens wie ein Mensch, der sich krankhaft auf eine Idee versteift hatte und durch nichts mehr davon abzubringen war. Aber der Psychiater hatte schließlich auch nie mit ihm sprechen können. »In der Anfangszeit hatten diese Medikamente sicher einige unerwünschte Nebenwirkungen, aber selbst Ihnen dürfte nicht entgangen sein, dass die Pharmazie erstaunliche Fortschritte gemacht hat.«

Mertens stieß ein verächtliches Schnauben aus. »Haben Sie jemals mit psychisch Kranken ernsthaft gesprochen, sie über einen längeren Zeitraum begleitet und beobachtet? Diese Medikamente heilen nicht. Psychopharmaka maskieren, pfuschen in der Gehirnchemie herum, machen aus kranken Menschen funktionierende Roboter. Mit Heilung hat das nichts zu tun. Heilung ist allein auf der physischen Ebene zu erreichen.«

Grohmann war versucht, ihn nach den Hintergründen seiner Überzeugungen zu fragen, ließ es aber sein. Er hatte kein Interesse an einem Vortrag, der vermutlich zum Großteil aus Fachbegriffen bestehen würde, die er noch nie gehört hatte.

»Daran habe ich gearbeitet. Und ich war auf dem richtigen Weg. Sie sagen, ich hätte diese Menschen geschädigt, Verrückte aus ihnen gemacht, dabei beweisen Sie mir doch gerade das Gegenteil! Ich habe aus einem verrückten, kranken Jungen einen Mann gemacht, der zu geplanten Taten fähig ist, der Intelligenz beweist und Sie offenbar zum Narren hält! Kein Wrack, das nur noch apathisch auf einem Stuhl herumsitzt! Meine Absicht war es sicherlich nicht, Mörder zu erschaffen, aber dieser Mann ist ein Beweis für den Nutzen meiner Arbeit. Seine Entwicklung ist bemerkenswert, dennoch natürlich als Fehlschlag anzusehen. Fehlschläge sind aber nun einmal unerlässlich und notwendig.«

»Wie viele Fehlschläge?«, fragte Jennifer. »Wie viele sind gestorben?«

»Erwarten Sie ernsthaft Zahlen von mir, nachdem dieses undankbare Miststück dafür gesorgt hat, dass ich vor dreißig Jahren auf dem Höhepunkt meiner Forschungen all meine Aufzeichnungen und Erkenntnisse vernichten musste? Die Frau hat meine Arbeit und mein Leben zerstört!«

»Danach haben Sie nicht mehr operiert?«

»Auf die Frage antworte ich nicht.«

Falls Mertens verrückt war, war er jedenfalls nicht verrückt genug, um sich nicht über seine Situation im Klaren zu sein. »Sie sind also der Meinung, dass die Ursachen für psychische Erkrankungen in den physischen Strukturen des Gehirns zu finden sind und operativ behoben werden können. Warum haben Sie sich dann nie mit der modernen Neurochirurgie beschäftigt?«

»Modern. Neurochirurgie. Wenn ich das schon höre … MRT, CT … Mit alldem werden Sie nie die Antworten finden, die Sie suchen. Was wissen die Ärzte und Wissenschaftler da draußen schon über das menschliche Gehirn? Nichts, rein gar nichts. Sie probieren aus, was sie sich zutrauen, was für die Gesellschaft akzeptabel ist. Aber Ergebnisse kann man ausschließlich am lebenden Versuchsobjekt erzielen.«

»So wie Sie.«

»Ich weiß, dass Sie anderer Meinung sind. Aber Sie haben auch nicht gesehen, was ich gesehen habe, erlebt, was ich erlebt habe. Ihr Wissen über die Physiologie des Menschen reicht nicht über das der Mittelschule hinaus.« Er schüttelte den Kopf und bedachte die beiden Ermittler mit einem Blick, der schon fast mitleidig wirkte. »Sie können nichts dafür. Sie sind einfach nicht intelligent genug.«

»Das mag sein«, räumte Grohmann ein, »aber ich muss auch gar nicht verstehen, was in Ihrer kranken und verdrehten Gedankenwelt vorgeht, um zu begreifen, dass Sie gerade ein Geständnis abgelegt haben und man Ihnen wegen schwerer Körperverletzung und vielleicht sogar Mordes den Prozess machen kann.«

Mertens lächelte. Zum allerersten Mal zeigte sich in seinem Gesicht eine positive Regung. »Auch wenn ich jahrelang nicht mit meiner Umgebung kommuniziert habe, so habe ich doch zugehört.« Er warf Pontus Lohaus, der in den letzten Minuten deutlich von seinem Schützling abgerückt war, einen Blick zu. »Wenn man nichts sagt, vergessen die Leute leicht, dass man ein funktionierendes Gehör hat. Ich weiß, dass ich Krebs habe, und ich weiß, dass mir die Ärzte nur noch ungefähr ein Jahr geben. Der Krebs wird mich vor dem ersten Gerichtstermin dahingerafft haben.«

»Dann hat es ja ausnahmsweise mal den Richtigen getroffen«, sagte Jennifer und nahm überrascht zur Kenntnis, dass sie sich keinen tadelnden Blick des Staatsanwalts einhandelte. »Das erklärt vermutlich auch, warum der Mörder sich nicht direkt an Ihnen rächt. Es ist doch viel schöner, dabei zuzusehen, wie Ihre Vergangenheit ans Licht kommt und Ihr Lebenswerk endgültig zerstört wird, bevor Sie elendig krepieren.«

»Ihre Wünsche in Ehren, aber dazu wird es nicht kommen.« Mertens seufzte entspannt und selbstzufrieden. »Jedenfalls, was den Mann angeht, hinter dem Sie eigentlich her sind: Vielleicht kenne ich ihn, vielleicht auch nicht. Vielleicht habe ich eine Ahnung, wer es sein könnte, vielleicht nicht. Fest steht, dass Sie mir nichts mehr anzubieten haben und ich deshalb wohl mit ins Grab nehmen werde, ob ich Ihnen einen Namen nennen könnte oder nicht.«

»Sie können sich Ihre Spielchen sparen, Mertens«, erwiderte Grohmann. »Ihnen würde ich im Traum keinen Deal anbieten.«

»Tun Sie mir aber doch bitte einen Gefallen, ja?«

Das würde der Staatsanwalt gewiss nicht tun, trotzdem fragte er: »Und der wäre?«

»Eröffnen Sie ein Ermittlungsverfahren gegen mich. Erheben Sie Anklage.« Der Blick des Neurologen fiel auf die Akte, die noch immer geschlossen vor Jennifer auf dem Tisch lag. »Scheinbar war Gerda ja doch noch zu etwas zu gebrauchen. Mit ihrer Hilfe scheint die Polizei unfreiwillig ein Ersatzprotokoll meiner Operationen angefertigt zu haben. Davon hätte ich gerne eine Kopie.«

Grohmann lag eine unangemessene Erwiderung auf der Zunge, die er krampfhaft hinunterschluckte. »Wir werden sehen.«

15

Die Rückfahrt nach Lemanshain verbrachten die beiden Ermittler schweigend. Es hatte wieder zu schneien begonnen, und noch waren die Straßen nicht geräumt, sodass sie nur langsam vorankamen. Das Schneetreiben war teilweise so dicht, dass Jennifer kaum etwas sehen konnte.

Als sie gegen drei Uhr nachts endlich das Frankfurter Kreuz erreichten, fragte Oliver in die bedrückende Stille hinein: »Was denkst du?«

Bisher hatten sie noch kein Wort zu Mertens und seinen Einlassungen gesagt. »Das willst du gar nicht wissen«, erwiderte die Kommissarin tonlos.

Oliver sah aus dem Beifahrerfenster, um nicht länger in die auf sie zurasenden Flocken vor schwarzem Hintergrund starren zu müssen. »Falls du Phantasien hast, die mit der Wiedereinführung der Todesstrafe zu tun haben, bist du nicht alleine.«

Jennifer warf ihm einen überraschten Seitenblick zu. »Dumm nur, dass Mertens keine Zeit mehr hätte, um auf die Vollstreckung zu warten.«

»Ja, leider.«

Es vergingen mehrere Sekunden, bevor Jennifer leise sagte: »Wir sollten so etwas nicht denken, oder?«

Oliver schüttelte den Kopf. »Eigentlich nicht, nein.«

»Du wirst kein Verfahren gegen ihn einleiten?«, stellte sie die Frage, auf die er schon die ganze Fahrt über gewartet hatte.

Sein Seufzen war Antwort genug. »Zum einen liegt es nicht in meiner Zuständigkeit, zum anderen hat Mertens leider recht. Wir haben kaum handfeste Beweise, und bis das Ganze vor Gericht käme, wäre er vermutlich längst tot. Außerdem würde es mich nicht wundern, wenn man ihn für geisteskrank erklären würde.«

»Das heißt, es wird keinen Prozess gegen Mertens geben. Und unser Killer dürfte nicht schuldfähig sein, er kann also wahrscheinlich auch nicht bestraft werden.«

»Möglich.«

Jennifer schüttelte den Kopf. »Bei allem, was ich heute gelesen und gehört habe, kann ich mir nicht vorstellen, dass ein deutsches Gericht den Mann ins Gefängnis stecken würde.«

»Falls sich alle unsere Vermutungen bestätigen, wohl kaum, nein. Und ich könnte eine solche Entscheidung nicht einmal verurteilen.«

»Kein Mensch wird böse geboren. Wo beginnt das Böse, wo endet die Unschuld?« Jennifer seufzte leise. »Wir müssen ihn stoppen. Ob wir Mitleid mit ihm haben oder nicht.«

»Du empfindest Mitleid mit ihm?«, fragte Oliver überrascht.

Die Kommissarin zuckte die Schultern. »Keine Ahnung. In unserer Ausbildung scheint es immer so, als gäbe es nur Schwarz und Weiß, zwei Extreme, die leicht voneinander zu unterscheiden sind. Aber so ist es nicht.«

»Nein.«

Jennifer schwieg einen Moment, dann erschien ein bitteres Lächeln auf ihren Lippen. »Weißt du, dass ich noch nie mit jemandem so offen darüber gesprochen habe? Normalerweise mache ich diesen ganzen Mist mit mir alleine aus.«

Oliver wollte gerade darauf antworten, als Jennifers Handy klingelte.

»Ach, verdammt.« Sie hatte um die Uhrzeit nicht mit einem Anruf gerechnet, weshalb das Gerät noch in der Gesäßtasche ihrer Jeans steckte. Es bedurfte einiger Verrenkungen, um an das Telefon heranzukommen und gleichzeitig das Auto sicher zu lenken. Missmutig blickte sie auf das Display und stöhnte erleichtert auf. Immerhin kein weiteres Opfer. »Morpheus«, murmelte sie, bevor sie die Annahmetaste drückte. »Leitner.«

»Ich hoffe, ich habe dich nicht geweckt«, meldete sich Moritz Sprenger.

»Nein, hast du nicht.« Allein der Gedanke an Schlaf ließ Jennifers Lider schwer werden. Sie war verdammt müde und über den Anruf nicht wirklich erfreut. »Wir sind gerade auf dem Rückweg von Wiesbaden.«

»Du bist noch mit Grohmann unterwegs«, stellte Moritz fest, und sein Grinsen war unüberhörbar. »Bisschen spät, oder?«

Jennifer verstand die Anspielung, fand sie aber nicht sonderlich witzig. »Bisschen spät für dich, so ekelhaft gut gelaunt zu sein und mich anzurufen.«

»Ach, ich gehe nie früh ins Bett. Ich musste noch ein paar Drachen erledigen und ein paar Todesfürsten Manieren beibringen. Dachte, ich schaue noch mal kurz in mein Postfach, bevor ich mich zur Ruhe begebe. Und siehe da, ich bin nicht der Einzige, der Freitagnacht noch arbeitet.«

»*World of Warcraft* ist keine Arbeit«, erwiderte Jennifer leicht genervt. »Sag mir einfach, worum es geht. Ich riskiere wegen dir gerade Punkte in Flensburg.«

»*World of Warcraft*? Gut, dass du nichts mit Cyberkriminalität zu tun hast. Das ist ja …«

»Morpheus!«

Er seufzte mit gespielter Verstimmung. »Irgendwann wirst du dieses Wissen vielleicht brauchen, und dann stehst du garantiert auf meiner Schwelle.« Als die Kommissarin scharf einatmete, beeilte er sich fortzufahren. »Ich habe ein paar sehr interessante Informationen in Bezug auf die Fotos von den Opfern. Ich nehme mal an, du wolltest den Staatsanwalt sowieso noch auf dem hiesigen Parkplatz absetzen?«

Jennifer verstand, worauf das hinauslaufen sollte. »Es ist mitten in der Nacht, und bis wir dort sind …«

»Sagst du nicht immer, Schlaf würde vollkommen überbewertet? Ich erwarte euch.« Moritz legte auf, bevor sie ernsthaft protestieren oder auch nur fragen konnte, worum es eigentlich ging.

Sie warf einen kurzen Blick auf das erlöschende Display und fragte sich, ob es wohl einen Wurf gegen die Frontscheibe überleben würde. »Kleine Planänderung«, murmelte sie.

»Ich hoffe, dass es sich lohnt«, grummelte Oliver, dem anzusehen war, dass sich seine Begeisterung ebenfalls in Grenzen hielt.

»Das will ich verdammt noch mal hoffen, sonst drehe ich ihm eigenhändig den Hals um.«

Eigentlich hätte Jennifer den IT-Fachmann schon wegen der Festbeleuchtung in seinem Büro und seiner noch immer abscheulich guten Laune erwürgen können, doch sie fühlte sich viel zu ausgelaugt, um an Mord zu denken. Und das, obwohl Morpheus auch noch die Unverschämtheit besaß, direkt nach ihrer Ankunft für zehn Minuten zu verschwinden. Dass er schließlich mit zwei gefüllten Kaffeetassen zurückkehrte, beschwichtigte sie kaum. Koffein hatte seine Wirkung in dieser Nacht längst verloren.

»Könnten Sie uns jetzt endlich sagen, was Sie über die Fotos herausgefunden haben?«, fragte Oliver grimmig. Moritz Sprenger ließ sich in seinen Stuhl fallen und lehnte sich entspannt zurück. »Die Fotos, genau. Also, erst einmal habe ich natürlich weitere Nachforschungen angestellt, was das Papier und den Druck angeht. Wenn die Abzüge von einem Fotodienst gemacht worden wären, würde sich auf der Rückseite irgendeine Art von Kennzeichnung befinden. Das ist jedoch nicht der Fall. Also bleiben entweder kleine Fotogeschäfte, was ich für unwahrscheinlich halte, da der Kerl damit rechnen musste, dass die

Bilder in die Hände der Polizei oder der Medien geraten, oder eben Entwicklung im eigenen Labor beziehungsweise eigener Druck.«

»Das hatten wir doch schon alles«, warf Jennifer ein. »Was gibt es Neues?«

»Neu ist, dass ich dank näherer Beschäftigung mit dem Thema und Untersuchung der Fotos eine Entwicklung im eigenen Labor ausschließen kann – und somit auch, dass die Bilder auf Film gebannt wurden.«

»Der Mörder verwendet also eine Digitalkamera und druckt die Fotos selbst aus.«

»Ja, aber er verwendet nicht *irgendeine* Digitalkamera und *irgendeinen* Drucker. Diese Ausdrucke sind von sehr hoher Qualität – dafür braucht es spezielle Drucker, Maschinen, wenn man so will ... Ihr kennt doch diese riesigen grauen Monster, mit denen Passbilder in Fotoläden gedruckt werden?«

Jennifer und Grohmann war anzusehen, dass sie nicht wussten, wovon er redete.

»Na ja, egal ... Jedenfalls ziemlich große Geräte, teuer, verdammt teuer.«

»Okay«, sagte Jennifer. »Das heißt also, unser Mörder hat Zugriff auf einen solchen Drucker. Er könnte selbst einen besitzen oder vielleicht auf seiner Arbeitsstelle die Möglichkeit haben, ein solches Gerät zu benutzen. Am sichersten wäre wohl, wenn er selbst einen besäße, was bedeuten würde, dass er nicht gerade am Hungertuch nagt. Und weiter?«

»Wir reden von verdammt viel Geld. Was mich auf den Gedanken gebracht hat, dass er diesen Drucker noch für andere Dinge nutzt, mit denen sich das Gerät finanzieren ließe. Ich fand die Fotos jedenfalls bemerkenswert, sehr gut gemacht, eigentlich zu gut für einen Hobbyfotografen. Ihr habt doch sicher auch schon mal versucht, nachts Bilder zu machen? Da kommt meist nichts

Brauchbares bei raus … Oder durch eine Fensterscheibe, wie bei Larissa Schröder? Ich habe von solchen Dingen nicht genug Ahnung, also habe ich unsere Fotos einem Profifotografen aus dem Web geschickt und ihn um eine Einschätzung gebeten.«

Jennifer warf Oliver einen schnellen Blick zu. »Hast du ihm das erlaubt?«

Der Staatsanwalt runzelte die Stirn. »Kann sein … Wenn es darum in dem Telefonat gestern ging?«

Morpheus verdrehte die Augen. »Ihr seid heute Nacht wirklich nicht mehr ganz auf der Höhe. Natürlich schicke ich diese Fotos nicht einfach in der Gegend herum!« Er sah Jennifer an. »Willst du nicht lieber wissen, welche Erkenntnisse seine Expertise erbracht hat?«

»Schieß los.«

»Er hat sich die Fotos angesehen, und der Typ hat wirklich Ahnung, der hat schon mehrfach Gutachten erstellt, wenn auch bisher nur für Zivilprozesse. Jedenfalls hat er meine Annahme bestätigt. Die Fotos des Täters sind handwerklich perfekt. Perfekt arrangiert, perfekt belichtet – was bei diesen Lichtverhältnissen und den sonstigen Gegebenheiten verdammt schwer war, keine Spiegelung durch die Fensterscheibe beispielsweise. Er musste genau wissen, was er tat, ein solches Ergebnis bekommt man selbst mit der teuersten Kamera nicht mit den Automatikeinstellungen hin. Da muss man wählen, das richtige Objektiv, Blende, Belichtungszeit, vielleicht sogar Filter und, und, und … Kenntnisse, Erfahrung, jede Menge Übung. Allein für das Licht brauchte er entsprechendes Equipment, indirekte Beleuchtung, Blitz, Streuung …«

»Ich wollte keinen Fotokurs belegen«, brummte Jennifer. »Komm auf den Punkt!«

Morpheus war anzusehen, dass er über die erneute Unterbrechung nicht gerade glücklich war, rang sich aber schließlich zu einer Zusammenfassung durch: »Der Experte geht davon aus, dass es sich höchstwahrscheinlich um einen Profi handelt.«

»Wir suchen einen Profifotografen?«, fragte Oliver erstaunt.

»Ja. Und da ich so lange auf euch warten musste, war ich so frei, euch schon einmal die wichtigsten Adressen in der Umgebung herauszusuchen. Fotostudios, Freiberufler, Geschäfte.« Morpheus nahm eine Laufmappe vom Schrank und ließ sie vor den beiden Beamten auf den Tisch fallen. »Voilà!«

Jennifer öffnete die Mappe und blätterte durch die obersten Ausdrucke. »Du hast die nicht zufälligerweise schon überprüft?«

»Das ist deine Arbeit, meine Liebe. Außerdem hätte ich allenfalls den jeweiligen Inhaber überprüfen können, und das muss nicht zwangsläufig der Fotograf sein, der die eigentliche Arbeit macht.« Der IT-Fachmann lächelte. »Darf ich euch einen Rat geben? Ein paar Stunden Schlaf würden nicht schaden, bevor ihr den Leuten gegenübertretet.«

»Und wieso hast du uns dann um diese Uhrzeit hierher bestellt und nicht bis morgen früh gewartet?«, fragte Jennifer verstimmt.

»Weil ich um die Zeit, zu der ihr wieder wach seid, tief und fest schlafen werde.«

Keine fünf Stunden später saßen sie bereits wieder in Jennifers Büro und starrten auf den Computerbildschirm. Mechanisch gab die Kommissarin eine Abfrage nach der nächsten in die Systeme ein und schickte die Ergebnisse an den Drucker. Um elf Uhr spuckte das Gerät endlich die letzte Seite aus.

Oliver sah wenig begeistert auf den Stapel verschiedenfarbiger Mappen, in die sie die Informationen zu den Namen auf Morpheus' Liste einsortiert hatten. Keiner der Fotografen oder Geschäftsinhaber hatte sich durch irgendein Detail besonders hervorgetan. Keine Vorstrafen, keine offensichtlichen Verbindungen zu einem der Opfer.

Es war Samstag. Der Staatsanwalt sah auf die Uhr. »Wir werden eine Telefonrunde einlegen müssen, wenn wir noch heute alle erreichen wollen«, sagte er. »Die Geschäfte dürften bald schließen.«

Jennifer nickte zustimmend und angelte sich die obere Hälfte des Stapels.

Die nächste Stunde waren sie damit beschäftigt, dafür zu sorgen, dass sie noch am selben Tag mit einem Großteil der Personen sprechen konnten. Anschließend begannen sie in Lemanshain ihre Runde durch Fotostudios und Geschäfte. Sie befragten Fotografen, Assistenten, Büroangestellte und Geschäftsinhaber, zeigten ihnen Fotos von den Opfern zu Lebzeiten und die Fotografien des Täters, allerdings ohne Erfolg. Weder erwies sich jemand als verdächtig, noch ergab sich irgendeine neue Spur.

Um sieben Uhr abends saßen sie erschöpft in Jennifers VW und blickten in die von Straßenlaternen beleuchtete Dunkelheit hinaus. Einzelne Schneeflocken fielen vom Himmel, schafften es jedoch nicht, die inzwischen geräumten und gestreuten Straßen zurückzuerobern.

Oliver massierte sich die Schläfen und unterdrückte ein Gähnen. »Heute kommen wir nicht mehr weiter«, meinte er. »Wir sollten Schluss machen.«

Jennifer blätterte durch die Mappe mit den Daten des Fotografen, vor dessen Schaufenster sie gerade parkten. Sie wusste, dass der Staatsanwalt recht hatte, doch sie wollte nicht schon wieder einen Tag mit leeren Händen beenden.

Mit einem Seufzer legte sie die Mappe zu den anderen auf den Rücksitz, zog aber sogleich eine weitere aus dem Stapel hervor. Sie schlug den Deckel auf. Jessica Kusche, eine freiberuflich tätige Fotografin, war erst heute Abend erreichbar, da sie den ganzen Tag auf einer Familienfeier fotografiert hatte.

Jennifer hielt dem Staatsanwalt den Ausdruck hin. »Auf dem

Rückweg kommen wir ohnehin bei ihr vorbei. Wir könnten noch einen kurzen Abstecher machen.«

Der Vorschlag stieß auf wenig Gegenliebe, Oliver sah aber ein, dass es Sinn machte. Sie würden kurz halten, ein Gespräch von vielleicht zehn oder fünfzehn Minuten führen und könnten anschließend einen weiteren Namen auf ihrer Liste abhaken. »Einverstanden«, seufzte er.

Das Studio von Jessica Kusche befand sich in einer kleinen Seitenstraße und lag im Erdgeschoss eines alten Fachwerkhauses, das der Mittfünfzigerin gehörte. Sie wunderte sich über das Erscheinen der beiden Beamten, da sie am Samstagabend eigentlich nicht mehr mit ihrem Besuch gerechnet hatte.

Sie führte sie in ein chaotisches Büro, wo sie zwischen Mappen, Fotos, Objektiven, leeren Kaffeetassen und einem überfüllten Aschenbecher gerade an einem Notebook mit der Sichtung der am Nachmittag geschossenen Bilder beschäftigt gewesen war. »Setzen Sie sich. Ich würde Ihnen gerne etwas anbieten, mir ist aber der Kaffee ausgegangen.«

»Danke, wir hätten ohnehin verzichtet«, antwortete Oliver, während sie sich auf den angebotenen Stühlen niederließen.

»Entschuldigen Sie die Unordnung. Ich empfange hier nur noch selten Kundschaft. Meistens treffe ich mich mit den Leuten bei ihnen zu Hause.«

»Sie haben viel zu tun«, bemerkte Jennifer. Sie erkannte einen Workaholic, wenn sie einen sah. »Wir möchten Sie auch nicht allzu lange aufhalten. Wir haben nur ein paar Fragen.«

»Dann schießen Sie los«, forderte Jessica Kusche die beiden Beamten auf, während sie sich eine Zigarette ansteckte.

»Sie arbeiten alleine?«, fragte Oliver und ließ den Blick über die mit Fotos tapezierten Wände gleiten. Die Fotografin nahm offensichtlich alle möglichen Aufträge an. Porträts, Hochzeiten, Feiern, Akte, Familienfotos. »Oder haben Sie Angestellte?«

Jessica Kusche schüttelte den Kopf. »Ich arbeite schon immer alleine. Ich könnte jemanden für meine Buchhaltung gebrauchen, jemanden, der an die Steuertermine denkt, aber irgendwie missfällt mir die Vorstellung, dass ein Fremder in meinen Unterlagen herumstöbert und alles durcheinanderbringt. Wieso fragen Sie?«

Sie hatte sich bisher noch nicht erkundigt, warum sie überhaupt hier waren. Die wenigsten Zeugen gaben sich mit der lapidaren Erwähnung polizeilicher Ermittlungen zufrieden. Die meisten versuchten irgendwelche Details zu erfahren, bevor sie auch nur die erste Frage beantworteten. Jessica Kusche hatte es allerdings offenbar eilig, schnellstmöglich wieder an ihre Arbeit zurückzukehren.

»Wir sind auf der Suche nach dem Urheber bestimmter Fotos.« Jennifer reichte ihr drei Bilder über den Tisch, die die Opfer lebend zeigten. »Kennen Sie vielleicht eine dieser Personen?«

Jessica Kusche runzelte die Stirn. »Deswegen sind Sie also hier. Es geht um diese Morde.« Sie schüttelte den Kopf. »Ich kenne keines der Opfer.«

»Sie verfolgen die Ermittlungen?«

»Nein, eigentlich nicht. Ich halte mich von Nachrichten normalerweise fern. Zu viel Gewalt, zu viele Lügen. Aber ich komme mit vielen Menschen in Kontakt. Und die Leute reden …« Sie gab Jennifer die Bilder zurück. »Ich kenne diese Personen nicht. Aber das sind auch nicht die Fotos, wegen denen Sie hier sind, oder? Das sind alles Schnappschüsse, danach würden Sie mich nicht fragen.«

»Ja, das stimmt.« Die Kommissarin reichte ihr nun die drei Fotografien, die der Mörder angefertigt hatte. »Es geht um diese Bilder. Wir suchen denjenigen, der sie gemacht hat.«

Jessica Kusche musterte die beiden Beamten kritisch. »Sie meinen den Mörder?«

Jennifer und Oliver zuckten beinahe gleichzeitig die Schultern. »Möglicherweise.«

Jessica Kusche sah sich die Fotos nun genau an. Der Anblick schien ihr nicht das Geringste auszumachen. »Die wurden nachts gemacht? Im Freien?«

Jennifer nickte.

»Sie suchen einen Profi«, stellte die Fotografin fest.

»Deshalb sind wir hier.«

»Verstehe«, murmelte die Frau und nahm einen tiefen Zug von ihrer Zigarette. »Sie klappern sämtliche Fotografen in der Umgebung ab und hoffen auf einen Treffer.«

Keiner der beiden antwortete.

Erneut musterte sie die Bilder. »Technisch perfekt, emotional tot«, sagte sie. »Und zwar nicht nur, weil die Porträtierten zum Zeitpunkt der Aufnahmen nicht mehr unter den Lebenden weilten. Sie suchen jemanden, der keine Ahnung davon hat, wie man Menschen richtig in Szene setzt.«

»Wie kommen Sie darauf?«, hakte Oliver nach.

»Ist mehr so ein Gefühl. Jemand, der sich darauf versteht, Emotionen einzufangen, würde selbst aus Schaufensterpuppen, oder eben auch aus Toten, gute Models machen. Davon kann hier aber keine Rede sein.« Sie reichte die Fotos über den Tisch zurück. »Mehr kann ich Ihnen dazu leider nicht sagen.«

Der Staatsanwalt unterdrückte ein Seufzen. Eine weitere Sackgasse. »Sie haben nicht viel Kontakt zu Ihren Kollegen?«

Jessica Kusche schüttelte den Kopf. »Nein. Und mir fällt auch niemand ein, der diese Fotos gemacht haben könnte, obwohl eine Zuordnung normalerweise durchaus möglich ist, wie bei gemalten Bildern. Zumindest, wenn jemand seine Technik perfektioniert hat und immer auf dieselbe Art und Weise arbeitet. Sie werden weitersuchen müssen. Aber Ihren Ansatz halte ich für richtig.«

»Könnte ein leidenschaftlicher Hobbyfotograf solche Bilder gemacht haben?«, fragte Jennifer. Wie oft hatte sie diese Frage heute schon gestellt und immer neue Variationen derselben Antwort zu hören bekommen?

Auch Jessica Kusche reihte sich ein. »Unwahrscheinlich. Mit viel Glück würde es vielleicht ein Mal gelingen. Aber gleich drei Mal? Nein, auf keinen Fall.«

Jennifer und Oliver wechselten einen schnellen Blick. Es gab keine Veranlassung, an den Worten von Jessica Kusche zu zweifeln. Sie log nicht, hielt nichts zurück. Offen und ehrlich, wie alle, die sie heute befragt hatten. »Danke für Ihre Zeit.«

Die Fotografin begleitete sie zur Tür, blieb aber abrupt stehen, als sie gerade die Hand nach der Klinke ausgestreckt hatte. Sie drehte sich zu den beiden Beamten um, und ihrem Gesichtsausdruck war anzusehen, dass ihr doch noch etwas eingefallen war. »Wissen Sie, wenn ich so darüber nachdenke … Haben Sie schon Jürgen Drach überprüft?«

»Jürgen Drach?« Jennifer runzelte die Stirn. Den Namen hörte sie zum ersten Mal. »Ist er Fotograf? Arbeitet er hier in der Umgebung?«

»Er hat ein Studio in Lemanshain.«

Die Kommissarin und der Staatsanwalt sahen sich überrascht an. Der Name befand sich nicht auf Moritz Sprengers Liste.

»Das ist uns nicht bekannt«, sagte Jennifer schließlich. »Sind Sie sicher?«

»Sie werden ihn bei einer einfachen Suche im Internet kaum entdeckt haben. Er arbeitet unter Pseudonym als Werbefotograf, ist einigermaßen erfolgreich und hat wohl seinen festen Kundenstamm. Von Eigenwerbung hält er jedenfalls nicht viel. Er fotografiert Produkte, also Gegenstände. Darin ist er auch wirklich gut. Aber …«

»Ja?«

»Er hat immer mal wieder versucht, Menschen zu fotografieren. Porträts, Events … Es gibt ein Internetforum, in dem wir Profis uns austauschen, und er hat gelegentlich Aufnahmen eingestellt.« Sie schüttelte den Kopf. »Er hat es nicht geschafft, Gefühle einzufangen. Ich bin eigentlich nur auf ihn aufmerksam geworden, weil er hier in der Nähe wohnt und arbeitet … Ihm wurde von etlichen Leuten geraten, bei seinen Produktaufnahmen zu bleiben.«

»Wie hat er darauf reagiert?«, fragte Grohmann.

»Irgendwann hat er sich nicht mehr zu Wort gemeldet. Er vertrug ganz offensichtlich keine Kritik.«

Jennifer hakte nach: »Halten Sie es für möglich, dass er diese Fotos geschossen hat?«

»Ich kenne ihn nicht, wir sind uns niemals persönlich begegnet.« Sie zuckte die Schultern. »Er ist mir nur gerade eingefallen … Aber es gibt viele Fotografen, die technisch versiert sind und trotzdem niemals ein ordentliches Porträt hinbekommen.«

Ihr war der Gedanke, jemanden möglicherweise fälschlich zu verdächtigen, sichtlich unangenehm. Doch Jennifer und Oliver begriffen, dass Jessica Kusche ihnen vielleicht tatsächlich gerade den Namen des Mannes genannt hatte, der noch mindestens sieben Morde plante und den sie so schnell wie möglich stoppen mussten.

»Wir werden Drach überprüfen«, sagte Jennifer und hatte Mühe, ihre Erregung zu verbergen. Ihre Müdigkeit war auf einmal wie weggeblasen. »Danke für Ihre Hilfe. Falls Ihnen noch etwas einfallen sollte, rufen Sie uns bitte an.«

»Natürlich.« Die Fotografin schloss die Tür hinter ihnen.

Beim Auto angekommen, sagte Oliver: »Lass uns den Kerl genau überprüfen, bevor wir ihm einen Besuch abstatten.«

»Wolltest du nicht schnellstmöglich nach Hause?«, fragte Jennifer neckend.

»Das Bett kann warten.«

Jennifer musste unwillkürlich grinsen. »Dachte ich's mir doch.«

Ich mache dir keinen Vorwurf. Ich wollte es. Es war in Ordnung … schön. Aber ich habe es mir anders vorgestellt. Ich wäre gerne vollkommen ich selbst gewesen, wach, klar, nicht zugedröhnt. Ich fühle mich bei dem Gedanken nicht wohl. Es war nicht richtig. Aber es war mein Fehler. Du konntest ja nicht wissen, welche Wirkung das Gras haben würde.

Hannah ging in Gedanken wieder und wieder durch, was sie sagen wollte. Unzählige Variationen hatte sie sich stumm vorgesagt, und trotzdem hörte sie aus ihrer inneren Stimme noch immer einen Vorwurf heraus. Sosehr sie sich auch anstrengte, sosehr sie es auch wollte, sie war zu enttäuscht, um ihren Zorn nur gegen sich selbst richten zu können.

Warum hatte sie das verdammte Dope bloß geraucht? Wieso hatte sie sich Jesaja hingegeben? Wie hatte sie nur so dumm sein können? Und die leise, bange Frage: Hatte er sie vielleicht doch nur benutzt?

Erst spät in der Nacht, als die Wirkung des Joints nachgelassen hatte, war ihr so richtig bewusst geworden, was passiert war. Sie hatte ihre Jungfräulichkeit verloren. In einem Zimmer, das der Kulisse eines Horrorfilms glich. Zugedröhnt. Vollkommen high. Nicht viel besser als der berühmte Autorücksitz in betrunkenem Zustand.

Hannah hatte alle ihre Vorsätze über Bord geworfen. Nur weil sie sich verknallt hatte. Und sie hatte den Preis dafür bezahlt.

Noch immer wollte sie nicht glauben, was in der Nacht zuvor geschehen war. Sie wünschte sich so sehr, dass ihre Erinnerung sie trog, und suchte verzweifelt nach Liebe und Zärtlichkeit in

Jesajas Tun. Sie hatte sich die Schmerzen zwar nicht eingebildet, vielleicht waren sie aber auch normal, etwas, das sich geben würde, wenn sie nur öfter mit Jungen schlief?

Trotzdem: Er war nicht zärtlich gewesen, nachdem er in sie eingedrungen war. Hatte er es ihr zuliebe schnell machen wollen? Oder hatte er sich vielleicht doch nur an ihr befriedigt? Hätte er nicht langsam und vorsichtig sein und im Zweifel aufhören müssen? Hatte sie nicht sogar gewollt, dass er aufhörte, es in ihrem Zustand aber nicht mehr geschafft, ihren Willen zum Ausdruck zu bringen?

Sie hatte den ganzen Tag im Internet verbracht und versucht, sich ein Bild von dem zu machen, was sie am Abend zuvor erlebt hatte. Dabei war sie ungefähr auf genauso viele Darstellungen und Erlebnisberichte wie Meinungen gestoßen. Trost hatte sie keinen gefunden. Die Tatsache, dass sie nur ein Mädchen von vielen war, die Ähnliches erlebt hatten, empfand sie als wenig beruhigend.

Sie musste Jesaja zur Rede stellen. Es gab keinen anderen Weg. Ohne ihm Vorwürfe zu machen. Um ihre Beziehung nicht zu gefährden. Falls sie denn überhaupt zusammen waren. Er hatte ihr viele Komplimente gemacht, ihr geschmeichelt, aber auch keine klare Aussage über ihr Verhältnis getroffen. Sie selbst hatte es nicht gewagt, das Thema anzusprechen.

Immer wieder hörte sie Selinas Stimme, so laut und deutlich, als stünde die junge Frau direkt neben ihr. *Er wird dir das Herz brechen.*

Trotzdem hatte Hannah noch immer Hoffnung, was Jesaja und seine Absichten anging. Hätte er sie sonst heute Abend in diesen von kasernenartigen Häusern dominierten Stadtteil bestellt? Er hatte nur vage Andeutungen gemacht, irgendetwas Besonderes sollte sie dort erwarten. Er hätte sie bestimmt nicht noch einmal eingeladen, wenn er sie letzte Nacht nur benutzt hätte. Zumindest versuchte sie sich das einzureden. Sicher war sie sich nicht.

Aileen hatte nämlich erwähnt, dass sie heute Abend ebenfalls dort sein würde. Ihre Schulkameradin gab ihr inzwischen auch immer mehr Rätsel auf. Sie hörte sich Hannahs Erzählungen an und schien an der Entwicklung der Beziehung zwischen ihr und Jesaja besonders interessiert zu sein. Hannah hatte aber manchmal das unbestimmte Gefühl, dass Aileen schon vorher über alles Bescheid gewusst hatte.

Was erwartete sie an dem ihr noch unbekannten Ort? Wieso würde Aileen dort sein? Und was genau plante Jesaja?

Ganz gleich, was er vorhatte, zuallererst musste Hannah mit ihm über den gestrigen Abend sprechen. Dann würde sie hoffentlich wissen, woran sie mit ihm war.

Sie stieg aus dem Bus und erreichte zum vereinbarten Zeitpunkt den Supermarkt. Nur vereinzelte Autos standen noch auf dem Parkplatz. Es war Samstagabend nach zwanzig Uhr, und die meisten Menschen saßen vermutlich bereits vor dem Fernseher. Hannah folgte Jesajas Beschreibung um das langgezogene Gebäude herum und fand die Treppe, die in den Keller führte.

Erneut fragte sie sich, warum er sie direkt hierher bestellt hatte und warum Aileen nicht mit ihr gekommen war. Was mochte sie dort unten erwarten? Hatte es etwas mit der Gruppierung zu tun, der die beiden angehörten?

Es gab Lichtschächte an den Seiten des Hauses, doch kein Zeichen von Licht in den unterirdisch gelegenen Räumen. Trotzdem, hier musste es sein. Hannah hatte die Anweisungen genau befolgt.

Unsicher ging sie die Treppe hinunter und drückte auf die Klinke. Die schwer aussehende Metalltür sprang auf, und dämmriges Licht ergoss sich nach draußen.

Hannah spähte hinein, erinnerte sich aber an Jesajas Warnung, nicht zu lange draußen vor der Tür herumzustehen. Der Vermieter wollte nicht, dass die Kundschaft des Supermarkts bemerkte, was im Keller vor sich ging, hatte er gesagt. Also trat sie ein.

Sie befand sich in einem schwarz gestrichenen Raum, der offenbar als Garderobe diente. Eine einfache Glühbirne baumelte an einem Kabel von der Decke. Mehrere Jacken hingen an den Haken, die dunklen Stoffe verschmolzen optisch beinahe mit der Wand. Trotzdem erkannte sie Jesajas Wintermantel, und auch Aileens mit Spitze und Tüll verzierte Jacke hing dort.

Die Tür vor ihr war geschlossen, die zu ihrer Rechten stand offen und führte in eine kleine Küche, die abgesehen von den mit Drachensilhouetten und Totenschädeln verzierten Krügen, die auf der Spüle zum Trocknen standen, ganz normal aussah.

Trotzdem wagte Hannah nicht, auch nur einen Schritt zu tun. Jesaja hatte sie tiefer in seine dunkle Welt eingeladen. Instinktiv wusste sie, dass sich hinter dem Holz der geschlossenen Tür Räumlichkeiten befanden, die für gewöhnlich nur von Eingeweihten betreten werden durften.

Sie fragte sich, wie es möglich war, dass sie in den letzten Tagen kaum einen Gedanken an die seltsame Gruppierung verschwendet hatte, dessen Anführer Jesaja war. Hatte er sie dermaßen für sich eingenommen? Eigentlich hätte sie auf der Stelle kehrtmachen sollen, doch sie blieb unentschlossen stehen.

Plötzlich flog die Tür auf, und eine lachende Frau erschien. Sie trug ein dunkles Kleid, war wie der wandelnde Tod geschminkt und hatte rote Kontaktlinsen in den Augen. Sie balancierte wie eine Kellnerin Teller und Krüge auf dem Arm und hielt überrascht inne, als sie Hannah entdeckte. Mehrere Sekunden lang musterte sie den Teenager mit zusammengezogenen Augenbrauen.

»Bist du wegen Jesaja hier?«, fragte sie schließlich, wobei ihr eine dunkelrote Flüssigkeit aus dem Mundwinkel lief.

Hannah nickte stumm. Sie wollte lieber gar nicht wissen, ob es Kunstblut, Schminke oder irgendetwas anderes war. Am Ringfinger ihrer rechten Hand trug die Frau einen Ring mit einem dunkelroten Stein. Sie gehörte zum inneren Zirkel von Jesajas Vereinigung.

Die Frau deutete auf die Tür, durch die sie gerade gekommen war, sagte: »Den Flur runter, letzte Tür links« und verschwand in der Küche.

Zögernd trat Hannah in den breiten, von Türen gesäumten Flur. Der dunkelrote Teppich verschluckte ihre Schritte, als sie sich weiter vorwagte.

Die Wände waren schwarz, die Lampen schienen aus einem längst vergangenen Jahrhundert zu stammen. Bilder, zweifellos von Jezebel geschaffen, hingen neben Schwertern, Streitkolben und Äxten. Wahrscheinlich waren es Showwaffen, sie wirkten aber wie echte, gebrauchte Waffen, sogar die Klingen schienen geschliffen scharf zu sein.

Einige Türen standen offen, andere waren geschlossen. Hannah sah Zimmer, deren Gestaltung dem tiefsten Mittelalter, dem Barock oder einer dunklen Zukunftsvision nachempfunden war. Männer und Frauen in entsprechender Kostümierung saßen zusammen, unterhielten sich bei Kerzenschein, lasen in Büchern oder spielten auf perfekt zur Ausstattung passenden Konsolen.

Die wenigsten nahmen Notiz von ihr, und diejenigen, die aufblickten, schenkten ihr nicht mehr als einen flüchtigen Blick. Sie waren beschäftigt, in ihre eigenen Welten versunken, nicht unbedingt im Hier und Jetzt.

Hannah erhaschte einen Blick auf eine Frau, die sich gerade tätowieren ließ, und schaute in ein großes Zimmer, das als Bibliothek zu dienen schien. Manchmal glaubte sie, hinter einer verschlossenen Tür Geräusche zu hören, doch ihre Eindrücke waren zu flüchtig, um sie zuordnen zu können.

Sie erreichte das Ende des Flurs, wo sich auf der linken Seite eine letzte geschlossene Tür befand. Die Tür, hinter der sie Jesaja finden sollte.

Zu ihrer Rechten lag ein Raum, der als einziger hell erleuchtet war. Er war Atelier und Werkstatt zugleich, Jezebels Reich, in dem sie ihre Werke schuf. Jesajas Schwester saß vor einer Staffelei und malte.

Zuerst ignorierte sie den vor ihrer Tür stehenden Teenager. Als sie schließlich aufblickte, zuckte Hannah förmlich zusammen. Jezebels Blick wirkte wütend, enttäuscht und tieftraurig zugleich, wobei keines dieser Gefühle direkt gegen Hannah gerichtet zu sein schien. Jezebel schüttelte leicht den Kopf, dann wandte sie sich wieder der Leinwand zu.

Hannah schluckte. Sie hatte das Gefühl, dass Selina sie davor warnen wollte, Jesajas Reich zu betreten. Gleichzeitig kam ihr die gesamte Umgebung so unwirklich vor, dass sie wenige Sekunden später schon nicht mehr sicher war, dass die junge Frau sie überhaupt angesehen hatte.

Hannah fühlte sich wie ein Fremdkörper, sie gehörte nicht hierher.

Sie wandte sich wieder der geschlossenen Tür zu und starrte die schwarze Lackierung an. Was erwartete sie dahinter? Würde sie vollends in Jesajas Welt eintauchen und Teil von ihr werden? Wollte sie das überhaupt?

Sie atmete mehrmals tief durch und nahm ihren ganzen Mut zusammen. Durch diese Tür zu gehen bedeutete rein gar nichts. Was auch immer sie erwartete, sie konnte jederzeit umkehren. Es gab einen Weg zurück. Ein Stück Flur, das sie von der Realität trennte, nicht mehr.

Sie drehte den Knauf und stieß die Tür vorsichtig nach innen auf. Unwillkürlich hielt sie die Luft an. Vor ihr lag ein Raum, so dunkel und schaurig eingerichtet wie Jesajas Schlafzimmer, trotzdem war deutlich zu erkennen, dass es sich um ein Büro handelte. Es war leer, niemand war zu sehen. Nach kurzem Zögern trat Hannah ein, zog die Tür hinter sich ins Schloss und sah sich um.

Den schweren Samtvorhang entdeckte sie erst auf den zweiten Blick. Es kostete sie Überwindung, doch schließlich ging sie mit pochendem Herzen darauf zu. Sie konnte die Laute, die durch den Vorhang drangen, nicht länger ignorieren. Sie wurden immer lauter und ließen keinen Interpretationsspielraum.

Trotzdem klammerte sich Hannah an ihren letzten Funken Hoffnung. Sie konnte sich irren. Vielleicht sah sich Jesaja nur einen Film an, möglicherweise zusammen mit Aileen. Dass sie ihre Mitschülerin hier unten bisher nicht entdeckt hatte, fiel ihr erst jetzt auf.

Aber einen Porno? Denn genauso hörte es sich an.

Wollte sie überhaupt sehen, was sich jenseits des Vorhangs abspielte? Ahnte sie nicht längst, welch bittere Wahrheit auf sie wartete? Tief in ihrem Innern wusste Hannah, dass sie es bereuen würde, doch sie musste den Vorhang einfach beiseiteschieben.

Ihre schlimmsten Befürchtungen wurden noch übertroffen.

Jesaja betrog sie auf einem Steinaltar mit drei Frauen gleichzeitig. Vielmehr mit drei Mädchen, nicht älter als sie selbst, eine wahrscheinlich sogar noch wesentlich jünger. Trotzdem verhielten sie sich völlig unbefangen, wie erfahrene Huren oder Pornodarstellerinnen.

Widerlich. Abstoßend.

Aileen kniete vor Jesaja, den Kopf in seinem Schoß.

Mit bestechender Klarheit wurde Hannah in diesem Augenblick bewusst, welche Rolle Aileen die ganze Zeit über gespielt hatte. Es gab keinen Zweifel. Ihre Mitschülerin hatte sie direkt in Jesajas Arme getrieben, und Hannah war ihm wie gewünscht verfallen. Er hatte mit ihr gespielt, sie beide hatten mit ihr gespielt.

Und gewonnen. Zumindest beinahe.

Jesaja sah auf und begegnete Hannahs Blick. Kein Schock, keine Überraschung. Nur ein wissendes Lächeln. Obwohl er den Ausdruck des Abscheus in ihrem Gesicht sehen musste, streckte er ihr auffordernd die Hand entgegen.

Als sie den Kopf schüttelte, verzerrte sich sein Gesicht zu einer herablassenden Maske. Er zuckte die Schultern und winkte ab. Seine Hand grub sich in Aileens Haar und steuerte wieder die Bewegung ihres Kopfes. Hannah würdigte er keines Blickes mehr.

Eine Welle aus Scham und Wut überrollte sie. Tränen schossen ihr in die Augen, und sie ballte die Hände zu Fäusten.

Sie öffnete den Mund, um zu schreien, doch kein Laut drang über ihre Lippen.

Nach einer Weile riss sie sich aus ihrer Erstarrung, ließ den Vorhang fallen und stolperte zurück in den Flur. Ihre Beine trugen sie allerdings nur bis zur Garderobe, wo sie auf den Boden sank, sich an der kalten Betonwand zusammenkauerte und ihren Tränen freien Lauf ließ.

»Ich habe versucht, dich zu warnen, aber du wolltest ja nicht auf mich hören.« Selinas Stimme drang wie aus weiter Ferne an ihr Ohr. Sie war frei von Hohn, klang aber auch nicht sonderlich mitfühlend.

Durch den Tränenschleier sah Hannah, wie Jesajas Schwester im Durchgang zum Flur stehenblieb. Sie blickte auf sie hinunter, schien aber nicht so recht zu wissen, was sie sagen sollte. »Du solltest dir selbst zwei Gefallen tun: von hier verschwinden, bevor er mit seiner Orgie fertig ist und entdeckt, dass du noch da bist. Und ihn vergessen.«

»Ich verzichte auf deinen Rat«, murmelte Hannah trotzig.

Die patzige Antwort entlockte Selina nur ein Schulterzucken. »Sein Portemonnaie liegt in der Küche, oben links im Schrank. Nimm dir, was du für ein Taxi brauchst. Das ist das Mindeste.«

Das Mindeste wofür, fragte sich Hannah stumm. Für die Erniedrigung? Den Schmerz? Den Verlust ihrer Jungfräulichkeit? Als sie die Fragen doch noch laut aussprechen wollte, war Selina allerdings schon wieder verschwunden. Sie war alleine.

Hannah blieb noch einige Minuten sitzen. Während sich Kummer und Wut abwechselten, fragte sie sich immer wieder, wie sie nur so verdammt blind hatte sein können. Sie hatte sich von Tobias wie ein Lamm zur Schlachtbank führen lassen.

Den Selbstvorwürfen folgten erneut zornige Gedanken. Sie drehte sich zunehmend im Kreis. Schließlich musste sie einsehen, dass Selina zumindest in einem Punkt recht hatte: Hier sitzenzubleiben setzte sie nur der Gefahr aus, ihm noch einmal zu begegnen, und darauf konnte sie nun wirklich verzichten.

Sie kämpfte sich auf die Beine zurück, ging in die Küche und öffnete den Schrank. Sie fand Tobias' Geldbörse und nahm zuerst nur etwas mehr als den Betrag heraus, den sie für ein Taxi brauchen würde. Dann überlegte sie es sich jedoch anders und stopfte sämtliche Scheine und das ganze Kleingeld in die Taschen ihrer Jeans.

Sie wollte das Portemonnaie gerade wieder zurücklegen, als ihr Blick auf eine Schere fiel, die in einem imposanten Messerblock neben dem Herd steckte. Wenige Sekunden später zerschnitt sie alle Bank-, Kredit- und Kundenkarten, Führerschein, Fahrzeugschein und Personalausweis. Mit einem leisen Gefühl der Genugtuung ließ sie anschließend die Schnipsel auf den Küchenboden regnen.

Dann verließ sie mit einem grimmigen Lächeln den Keller. Es war nur eine kleine Rache. Ein paar Unannehmlichkeiten. Doch zumindest stand ihm einige Behördenlauferei bevor. Er würde sie jedenfalls nicht sofort vergessen.

Das gestohlene Geld würde nicht nur für die Heimfahrt reichen, sondern auch für eine ausgedehnte Shopping-Tour.

Hannah lief zur Bushaltestelle zurück, von wo aus sie per Handy ein Taxi bestellte. Die Zentrale kündigte an, dass der Wagen in etwa zehn Minuten da sein würde.

Ungeduldig scharrte sie mit den Füßen. Ihre Gedanken kehrten immer wieder zu Jesaja und Aileen zurück, zu der Szene, die sich vor ihren Augen abgespielt hatte.

Tränen rannen erneut über ihre Wangen, und sie wischte sie wütend weg. Der Scheißkerl war es nicht wert, dass man ihm auch nur eine Träne nachweinte. Leider stimmten Gedanken und Gefühle nicht immer überein.

Ihr Taxi kam früher als erwartet. Hannah ließ sich hinter den Fahrer auf den Rücksitz sinken und nannte ihm eine Adresse in der Nähe der Wohnung ihres Vaters. Sie wollte nicht riskieren, dass er sah, wie sie mit dem Taxi nach Hause kam, und ihr Fragen stellte. Erst recht nicht in ihrem jetzigen Zustand.

Sie starrte in die Dunkelheit hinaus, und die Tränen begannen erneut zu fließen.

Ihr Handy vibrierte in ihrer Jackentasche. Zuerst wollte sie es ignorieren, weil sie fürchtete, es könnte eine wütende SMS von Tobias sein, doch dann siegte ihre Neugier.

Die Kurzmitteilung war allerdings von ihrem Vater. Es würde mal wieder spät werden, vor Mitternacht könne er wahrscheinlich nicht zu Hause sein.

Hannah seufzte resigniert. Den Rest des Abends würde sie alleine verbringen müssen. Sie wollte aber nicht in eine kalte, verlassene Wohnung zurückkehren.

Im Radio lief »Almost Lover« von *A Fine Frenzy*.

Das war endgültig zu viel für die Sechzehnjährige.

»Könnten Sie bitte das Radio ausmachen?«, sagte sie unter Schluchzen. Nach kurzem Zögern fügte sie hinzu: »Ich würde doch gerne woanders hinfahren.«

Kurze Zeit später begann sie ihren Streifzug durch das Lemanshainer Stadtzentrum, auf der Suche nach einer Kneipe oder Bar, in der man sie nicht nach ihrem Ausweis fragen würde. Vielleicht war sie zu jung, um ihren Liebeskummer in Alkohol zu ertränken, es war aber die einzige Möglichkeit, die ihr einfiel. Als man sie wiederholt vor die Tür gesetzt hatte, lief sie ziellos durch die Straßen.

Irgendwann landete sie an einer Bushaltestelle, nur um festzustellen, dass sie den letzten Bus verpasst hatte. Sie wollte sich ein Taxi rufen, doch der Akku ihres Handys hatte den Geist aufgegeben. Dann fing es auch noch zu schneien an.

Es war alles zu viel.

Hannah rastete aus. Sie schrie ihre Verzweiflung lautstark hinaus, trat wütend gegen den Pfosten, an dem der Fahrplan befestigt war, und ließ ihrer Trauer und ihrem Zorn freien Lauf.

Irgendwann ließ sie sich einfach zu Boden fallen, den Schmerz in ihren Knien nahm sie dabei kaum wahr. Der Schnee unter ihr schmolz und durchnässte den Stoff ihrer Jeans, doch sie ignorierte die eisige Kälte, hieß das beißende Gefühl, das sich langsam in ihr auszubreiten begann, sogar willkommen.

Sie kam erst wieder zu sich, als sich eine kräftige Hand auf ihre Schulter legte, sie am Oberarm gepackt und mit einem Ruck auf die Füße gezogen wurde.

16

Das Timing war perfekt. Es war spät, die Straßen waren verlassen, und nur vereinzelte Laternen spendeten Licht, gerade genug, um die Dunkelheit ein wenig aufzuhellen. Sie war allein.

Selbst aus sicherer Entfernung konnte er sehen, wie aufgebracht sie war. Ihre Wangen glühten in einem satten, wunderbaren Rot, in ihren Augen glitzerten deutlich sichtbar Tränen. Sie war traurig, so traurig … Wütend zwar auch, doch die Verzweiflung und vor allem der Kummer überwogen.

Es wäre ein guter Zeitpunkt, ihre Schwermut und Melancholie einzufangen und für alle Zeiten zu konservieren. Ein trauerndes, aus Kummer zerrissenes Herz …

Seine Hände schlossen sich fester um das Lenkrad seines Wagens. Hier und jetzt zuzuschlagen wäre mit einem gewissen Risiko verbunden.

Sie machte ziemlichen Lärm, und ihre Schluchzer waren in der Stille der Nacht deutlich zu hören. Jederzeit könnte jemand auf die Straße hinaustreten oder aus dem Fenster schauen. Er könnte gesehen werden, wenn er sie in sein Auto zog. Andererseits, was würde ein möglicher Zeuge schon zu Gesicht bekommen? Eine vermummte Gestalt und einen Transporter, den es in dieser Farbe und Ausführung in Deutschland tausendfach gab. Das Kennzeichen war gestohlen.

Im Falle eines Notrufs würde die Polizei mindestens zehn Minuten brauchen. Bis zu ihrem Eintreffen wäre er längst über alle Berge. Im Zweifelsfall könnte er auf die Autobahn fahren, ein paar Kilometer nach Osten oder Westen zurücklegen und dann irgendwo im Wald halten, um das Kennzeichen zu wechseln. Er musste mit seiner Beute nur an sein Ziel gelangen, bevor jemand auf die dumme Idee kam, Straßensperren zu errichten. Doch das war eher unwahrscheinlich.

Die Polizei würde nicht sofort erkennen, wer die junge Frau entführt hatte. Selbst wenn die Beamten einen entsprechenden Verdacht hegen sollten, würde es längst zu spät sein, bis sie sich endlich in Bewegung setzten.

Dennoch gab es eine Menge Dinge, die schiefgehen konnten. Er musste seine Beute nicht nur in den Wagen bekommen, sondern sie auch betäuben und fesseln, bevor er überhaupt daran denken konnte loszufahren. Wenn ihn ausgerechnet dabei jemand beobachten würde …

Er wischte die Gedanken energisch beiseite. Immerhin hatte er sich schon vor langer Zeit für jede denkbare Situation einen Plan zurechtgelegt und war entsprechend vorbereitet. Sie hier und jetzt zu schnappen wäre auch nicht gefährlicher als seine bisherigen Taten. Sein Werk verlangte nun mal, dass er gewisse Risiken einging.

Wenn er jetzt nicht zuschlug, würde sich vielleicht nie wieder eine so perfekte Gelegenheit ergeben. Eine starke gegenwärtige Gefühlsregung war viel intensiver als das Grundrauschen einer Emotion. Er würde es bereuen, wenn er sie und ihre Melancholie nicht jetzt sofort pflückte.

Das hatten ihn seine letzten beiden Objekte leider gelehrt. Natürlich war er sich im Klaren darüber, dass die Wirkung Zeit brauchte, um sich zu entfalten, doch er hatte sich ein wesentlich stärkeres Resultat erhofft. So wie bei seinem ersten Objekt, Larissa, in die er sich bereits verliebt hatte, als sie noch lebendig auf der kalten Metallpritsche gelegen hatte. Ihre Liebe war frisch und stark gewesen.

Trotzdem gefiel ihm die Situation nicht.

Es gab auch eine andere Möglichkeit. Er musste sie nicht unbedingt hier entführen.

Sie kannte ihn. Doch wie sollte er sie dazu bringen, zu ihm in den Wagen zu steigen? Er könnte ihr anbieten, sie nach Hause zu fahren. Sie hatte keinen Führerschein und war auf öffentliche Verkehrsmittel und Taxen angewiesen. Und so erregt, wie sie war, würde sie sich vielleicht sogar darauf einlassen, nur um diesem Ort hier zu entfliehen.

Zwischenmenschliche Kommunikation war ihm zuwider, und er beherrschte sie auch nicht. Die meisten Menschen fühlten sich in seiner Gegenwart unwohl und versuchten schnellstmöglich Abstand zu ihm zu gewinnen. Würde sie lange genug bei ihm bleiben, damit er den richtigen Moment abpassen konnte?

Unruhig knirschte er mit den Zähnen. Es gab zu viele Eventualitäten, und er war einfach nicht in der Lage, schnelle Entscheidungen zu treffen! Er überlegte viel zu viel und ließ wertvolle Zeit verstreichen.

Ihr Gemütszustand war perfekt. Das allein sollte zählen. Er musste handeln, sonst würde diese Gelegenheit ungenutzt verstreichen. Er musste endlich aufwachen und mit dem Grübeln aufhören.

Er hob die Hand und schlug sich heftig ins Gesicht. Der Schmerz erzielte die gewünschte Wirkung. Die letzten Zweifel gerieten augenblicklich in Vergessenheit.

Entschlossen stieg er aus dem Wagen und überquerte die Straße. Sie war noch immer vollkommen außer sich und bemerkte ihn gar nicht. Er brauchte sich nicht einmal anzuschleichen und konnte sich ihr trotzdem unbemerkt von hinten nähern.

Die Entfernung zu ihr schmolz mit jedem Schritt dahin. Noch zwei Meter, noch ein Meter.

Dann griff er zu.

»Und, was haben wir?«, fragte Oliver, hin- und hergerissen zwischen gespannter Erwartung und Resignation. Er saß neben Jennifer am Schreibtisch.

Diese blickte auf den Bildschirm und scrollte durch die wenigen Daten, die sie über Jürgen Drach bisher gefunden hatte. Dann schüttelte sie den Kopf. »Nichts Auffälliges. Ein paar Strafzettel und Bußgeldbescheide. Parkvergehen, Geschwindigkeitsüberschreitungen und ein Rotlichtverstoß, das ist alles.«

Also lagen bisher nur die Ergebnisse der Anfrage ans Verkehrsregister vor. »Ich hasse diesen Ausdruck … Rotlichtverstoß.«

Offenbar war sie nicht die Einzige, die das Wort noch mit einem ganz anderen Sachgebiet assoziierte, sie verkniff sich aber einen entsprechenden Kommentar. »Die systemweite Suche wird noch eine ganze Weile dauern. Die Datenbanken sind nicht die schnellsten.«

Während sie auf die Ergebnisse warteten, suchte Jennifer im Internet nach Informationen über den Fotografen. Über ein paar Marketingseiten und das von Jessica Kusche genannte Forum wurde sie schließlich fündig. Ohne den Hinweis auf sein Pseudonym hätte sie aber wohl keinen Erfolg gehabt. »Jürgen Drach arbeitet tatsächlich als Werbe- und Produktfotograf. Und er hat ein Studio in Lemanshain, im Industriegebiet. Hier ist eine Werbeagentur, die ihn wärmstens empfiehlt.«

Auf der Internetseite der Agentur gab es sogar ein Foto von Drach. Es zeigte einen schlanken Durchschnittstypen, Ende vierzig, kurz geschnittenes braunes Haar, dunkelbraune Augen. Sein Lächeln wirkte unecht und verkrampft, sein Blick schien nicht richtig zur Kamera hin ausgerichtet zu sein und ins Leere zu gehen.

Jennifer prägte sich sein Gesicht ein und kam zu dem Schluss, dass sie den Kerl nicht ausstehen konnte. Das musste nichts bedeuten, ihr erster Eindruck täuschte sie aber nur selten.

Sie klickte sich weiter durch den Internetauftritt der Werbeagentur. Plötzlich hielt sie inne. »Das ist interessant.«

Oliver sah nicht sofort, was sie meinte. »Was denn?«

»Unter den Referenzen der Agentur befindet sich das Autohaus Schröder.«

»Welche Art von Aufträgen hat die Agentur denn übernommen?«, fragte Oliver.

»Das steht hier leider nicht.« Jennifer atmete langsam tief durch. »Aber ich habe das ungute Gefühl, dass ein bestimmter Fotograf daran beteiligt gewesen sein könnte.«

»Und so Larissa Schröder kennengelernt hat.« Der Staatsanwalt runzelte die Stirn, als er sich zu erinnern versuchte. »Haben ihre Eltern nicht erwähnt, dass sie für ein paar Werbeanzeigen des Autohauses gemodelt hat?«

Jennifer war sich ebenfalls nicht sicher, deshalb öffnete sie die digitale Version des Aussageprotokolls, um nachzulesen. »Hier ist es. Larissa Schröder hat letzten Sommer für das Autohaus ihres Mannes gemodelt.«

»Und sie war an Fotografie interessiert … Eine gute Möglichkeit, mit ihr in Kontakt zu kommen«, fügte Oliver hinzu.

Die Puzzlestücke schienen langsam an ihren Platz zu fallen. »Das würde passen. Vielleicht hat Cedric Mattes ebenfalls einen Fotografen gebraucht, zum Beispiel für das Cover seines Buches? Horst Neubert hatte mit allen möglichen karitativen Projekten zu tun. Es dürfte nicht schwierig gewesen sein, sich als Fotograf für irgendeine Veranstaltung zu empfehlen.«

Die Kommissarin maximierte nacheinander die anderen Programme, die noch immer mit unterschiedlichen Datenbankabfragen beschäftigt waren. »Hm«, sagte sie, als sie ein Ergebnis im Liegenschaftsregister entdeckte, das mit einigen interessanten Informationen verknüpft war. »Drach hat sein Studio in einem ehemaligen Schlachthaus eingerichtet. Wie passend.«

»Wie bitte?«, hakte Oliver nach.

»Die Metzgerei, der das Gebäude ursprünglich gehörte, musste nach einem Lebensmittelskandal vor zwei Jahren Insolvenz anmelden. Drach hat das Schlachthaus ersteigert. Es war wohl nicht mehr allzu viel wert. Ihm gehört die gesamte Liegenschaft.« Jennifer runzelte die Stirn, als sie ein weiteres Detail beim Abgleich der verschiedenen Informationen entdeckte. Sie überprüfte es zwei Mal, bevor sie sagte: »Und es kommt noch besser. Seine Privatadresse stimmt mit seiner Geschäftsadresse überein.«

»Was macht ein Fotograf mit einem ehemaligen Schlachthof?! Und was für ein Mensch wohnt in so einem Gebäude, noch dazu in einem Industriegebiet?!«

»Ich habe keine Ahnung von Produktfotografie, aber ich glaube nicht, dass man dafür ein ganzes Industriegebäude braucht. Selbst wenn er einen Teil davon in Wohnraum umgewandelt hätte, wofür er im Übrigen nie eine Genehmigung beantragt hat, stellt sich die Frage, was er mit dem ganzen Platz macht. Nicht dass mir dazu spontan nichts einfallen würde, immerhin …«

Die sich öffnende Abteilungstür, Stimmen und Schritte auf dem Flur ließen Jennifer innehalten. Sie wechselte einen fragenden Blick mit dem Staatsanwalt, doch der schien ebenfalls keine Erklärung zu haben. Bisher hatten sie darauf verzichtet, Möhring, Scholz oder einen der anderen Kripobeamten aus dem Wochenende zu holen.

»Da wären wir«, hörten sie eine Männerstimme, dann erschien auch schon Hannah in der Tür, gefolgt von zwei Polizisten.

Das Mädchen blieb unschlüssig stehen. Ihr Gesicht war verquollen, der Kajal hatte dunkle Streifen auf ihren Wangen hinterlassen. Ihre Hose war feucht und schmutzig. Sie sah vollkommen fertig aus.

Oliver stand von seinem Stuhl auf. »Hannah, um Himmels willen … ?«

Sie wich seinem Blick aus und schaute demonstrativ zu Boden.

Deutlicher hätte sie sich Oliver nicht verschließen können, weshalb er sich den beiden Uniformierten zuwandte. Hannah war nicht freiwillig hier, so viel war sicher. Wenn sie aus eigenem Antrieb im Präsidium erschienen wäre, um ihn aufzusuchen, hätte er einen Anruf vom Empfang erhalten. »Was ist passiert?«

Der ältere der beiden Beamten antwortete. »Wir haben Ihre Tochter an einer Bushaltestelle in der Innenstadt aufgelesen. Wir wurden zuvor von einem Anwohner über einen randalierenden Jugendlichen informiert.«

»Randalierend?!«, wiederholte Oliver fassungslos.

»Soweit wir gesehen haben, ist kein Schaden entstanden, also handelt es sich wohl eher um einen Fall von Ruhestörung. Wir hielten es trotzdem für besser, sie Ihnen direkt vorbeizubringen.«

Oliver versuchte vergeblich den Blick seiner Tochter einzufangen. Wenn sie nicht mit ihm reden wollte, musste er wohl oder übel über ihren Kopf hinweg Informationen über sie einholen. Er bemühte sich um einen sachlichen Ton. »Ist sie betrunken, oder hat sie irgendetwas genommen?«

»Nein. Soweit wir das feststellen konnten, ist sie trocken und clean. Sie scheint aber mit den Nerven ziemlich am Ende zu sein.« Der ranghöhere der beiden Polizisten nickte dem Staatsanwalt zu. Für sie war der Fall damit erledigt. Es würde keine Anzeige und keine weiteren Nachforschungen geben. Die Uniformierten zogen sich zurück.

Oliver sah ihnen missmutig hinterher. Die Nachsicht der Beamten ging ihm ziemlich gegen den Strich, denn sie hatten seine Tochter zweifellos seiner Stellung wegen verschont. Er konnte nur hoffen, dass sie tatsächlich nichts beschädigt hatte, die Polizisten die ganze Angelegenheit also nicht auch noch verharmlost hatten.

Er wartete, bis er die Abteilungstür hörte. »Was ist los, Hannah?«, fragte er so ruhig, wie es ihm unter den gegebenen Umständen möglich war. »Würdest du bitte mit mir reden?«

Sie zeigte keine Reaktion, sondern starrte immer noch den Teppichboden an. Oliver warf Jennifer einen hilflosen Blick zu.

Die Kommissarin zuckte die Schultern. Es stand ihr nicht zu, sich in seine familiären Angelegenheiten einzumischen. Sie nahm ihre fast volle Kaffeetasse vom Schreibtisch und verließ das Büro, um auf dem Flur ein wenig Zeit zu vertrödeln. Falls die Kleine überhaupt den Mund aufmachte, dann sicherlich nicht, wenn sie danebensaß und zuhörte.

Als die Kommissarin gegangen war, fragte Oliver: »Willst du dich setzen?«

Hannah schüttelte den Kopf und verschränkte die Arme vor der Brust. »Ich will nach Hause. Kann ich nach Hause gehen?«

»Nicht bevor du mir gesagt hast, was da vorhin passiert ist.« Es fiel ihm schwer, ihre Weigerung zu akzeptieren. Immerhin war sie von Polizisten aufgesammelt und zu ihm gebracht worden. Zudem hatte er das Gefühl, dass sie noch ganz andere Probleme hatte. »Warum treibst du dich nachts in der Stadt herum? Wieso randalierst du? Was ist los?«

Tränen stiegen ihr in die Augen, doch sie wischte sie mit einer trotzigen Geste weg. »Nichts. Ich war einfach … Es ist nichts. Es tut mir leid.«

Oliver streckte die Hand aus und strich ihr vorsichtig über den Oberarm, eine Geste, die nicht nur sie beruhigen sollte. Sie wich der Berührung aus. Unausgesprochene Fragen brannten auf seiner Zunge. Sorge und aufkeimende Wut kämpften um die Vorherrschaft. Was zum Teufel war passiert? Was hatte sie derart mitgenommen?

»Ich will nach Hause«, wiederholte Hannah noch einmal.

Oliver seufzte resigniert. »Ich kann dich kaum zwingen hierzubleiben, ebenso wenig kann ich dich zwingen, mit mir zu reden.

Ich glaube allerdings nicht, dass es eine gute Idee ist, dich jetzt allein nach Hause gehen zu lassen.«

»Ich komme schon klar.«

»So sieht es aber nicht aus.« Oliver brauchte nur einen kurzen Moment, um eine Entscheidung zu treffen. »Ich werde dir ein Taxi rufen lassen.«

»Das kann ich auch selbst tun.«

Oliver schüttelte den Kopf. »Keine Diskussion.« Er zog Jennifers Telefon zu sich heran.

»Herrgott noch mal, ich bin kein Baby mehr!«, schrie sie ihn unvermittelt an. Sie hätte sich einfach umdrehen und gehen können, blieb aber mitten im Raum stehen.

Mit dem Hörer in der Hand atmete Oliver zweimal tief durch, trotzdem war ihm sein Zorn deutlich anzuhören. »Das habe ich auch nicht behauptet. Ich mache mir Sorgen, Hannah, das ist alles.«

»Spar dir deine Sorgen!«, zischte sie wütend. »Wenn du sichergehen willst, dass ich tatsächlich nach Hause fahre, solltest du mich wohl lieber von einem Beamten dorthin bringen und irgendwo festketten lassen!«

»Gute Idee!«

Sie funkelten sich gegenseitig an, keiner sagte mehr ein Wort.

Jennifer kehrte von ihrer Runde zurück. Sie setzte sich an den Computer und tat so, als hätte sie nichts mitbekommen. Einerseits signalisierte sie damit, dass sich Vater und Tochter nicht von ihrer Anwesenheit stören lassen sollten, andererseits war es ein unmissverständliches Zeichen an Oliver.

Sie waren auf eine vielversprechende Fährte gestoßen, und Jennifer wollte weiterarbeiten. Sie hätte ihm gerne gesagt, dass er heute Nacht ohnehin nichts Brauchbares mehr aus Hannah herausbekommen würde, doch sie hielt sich zurück. Er hätte eine solche Äußerung leicht als Einmischung werten können und womöglich noch geglaubt, dass sie Partei für Hannah ergriff.

Oliver gab als Erster auf und knallte den Telefonhörer auf den Apparat. »Also schön, dann fahr halt nach Hause … oder wohin auch immer du willst. Aber die Sache ist damit noch nicht erledigt.«

»Ist sie wohl.«

Oliver spürte, wie er unwillkürlich die Hände zu Fäusten ballte, und bemühte sich, sie bewusst zu entspannen. »Darüber reden wir spätestens morgen früh – in aller Ruhe.«

»Mein Leben geht dich nichts an!«

»Du entscheidest, was mich etwas angeht und was nicht – aber nur, solange die Polizei dich nicht hier aufs Revier schleppt!«

Jennifer wünschte, sie würde über die Fähigkeit ihrer Katze verfügen, jedes störende Geräusch auszusperren. Ihre Geduld mit den beiden Streithähnen sank rapide – vor allem, weil die Diskussion derart sinnlos war.

»Es ist doch überhaupt nichts passiert!«, rief Hannah. »Warum spielst du dich so auf?!«

Das Auskunfts- und Fahndungssystem der Polizei zeigte einen Treffer an. Jennifer klickte auf den Eintrag und überflog die Informationen. Ihr Herzschlag beschleunigte sich augenblicklich. »Oliver?«

»Verdammt noch mal, Hannah! Weil sehr wohl etwas passiert ist! Und zwar keine Kleinigkeit!«

»Oliver?!«

»Die Polizei hat dich nachts aufgegriffen, weil du randaliert hast! Das ist …«

Jennifer stand energisch von ihrem Stuhl auf. »Herr Grohmann!«

Endlich hatte sie seine und ebenfalls Hannahs Aufmerksamkeit. »Was denn?!«, fragte er unwirsch.

Jennifer deutete auf den Bildschirm. »Ich denke, das hier solltest du dir ansehen.«

Es genügte ein kurzer Blickkontakt mit der Kommissarin, um zu wissen, dass er seine privaten Probleme augenblicklich zurückstellen musste. Er sah von Jennifer zu Hannah, die mit vor der Brust verschränkten Armen und wütend verzogenem Schmollmund die Stellung hielt. Obwohl er noch immer sauer war, gelang es ihm, einen einigermaßen versöhnlichen Tonfall anzuschlagen. »Fahr nach Hause, Hannah.«

Dann wandte er sich dem Bildschirm zu. Jennifer hatte sich inzwischen wieder hingesetzt. Olivers Stimme klang noch immer leicht gereizt, als er fragte: »Was hast du gefunden?«

»Einen Mord an einer Prostituierten letztes Jahr in Frankfurt. Der Täter ist durch einen Zeugen gestört worden, konnte aber trotzdem nicht identifiziert werden. Die Kollegen haben Drachs Visitenkarte bei der Toten gefunden.«

Oliver war wieder voll auf den Fall konzentriert und überflog die Daten, die auf dem Computerbildschirm angezeigt wurden. »Ist er dazu befragt worden?«

Jennifer schüttelte den Kopf. »Die Frankfurter Kollegen wollten eine Anfrage an uns schicken, offenbar ist das aber niemals passiert. Das Opfer hatte eine ganze Sammlung Visitenkarten bei sich. Die Kollegen sind wohl davon ausgegangen, dass es sich um Kunden der Dame handelte. Der Fall wurde zwar noch nicht zu den Akten gelegt, aber ermittlungstechnisch ist in den letzten beiden Monaten nichts mehr passiert.«

Oliver unterdrückte ein resigniertes Aufstöhnen. Es gab immer irgendwelche Fälle, die wichtiger waren und andere Ermittlungen in den Hintergrund drängten. Leider entschied oft der gesellschaftliche Status des Opfers darüber, welche Priorität ein Fall erhielt. So war es vermutlich auch bei diesem Mord geschehen. Irgendjemand hatte entschieden, dass die Frau es nicht wert war, Dutzende rechtschaffener Bürger in Verlegenheit zu bringen. »Was hat der Zeuge ausgesagt? Hat er etwas gesehen, das uns weiterhilft?«

»Eine ziemlich vage Beschreibung des Täters. Das hätte jeder sein können. Doch viel interessanter ist, wobei er den Kerl offenbar überrascht hat. Seiner Aussage zufolge – und das deckt sich mit den Obduktionsergebnissen – hatte der Täter gerade begonnen, ihre Bauchhöhle mit einem scharfen Messer aufzuschneiden.«

Es war Hannah, die aussprach, was Oliver in diesem Moment dachte. »Verdammte Scheiße.«

Die beiden Beamten hatten angenommen, dass sie längst gegangen war, doch nachdem Oliver sie entlassen hatte, war sie unschlüssig im Raum stehengeblieben und hatte dem Gespräch der beiden Ermittler gelauscht. Jetzt war ihr Blick starr auf Jennifers zweiten Bildschirm gerichtet, auf dem noch immer Jürgen Drachs Porträt zu sehen war.

In Hannahs Augen lag ein Ausdruck, der irgendwo zwischen Überraschung und Angst angesiedelt war. Es vergingen mehrere Sekunden, bis sie endlich auf die fragenden Blicke ihres Vaters und der Kommissarin reagierte. »Ich kenne den Typen«, flüsterte sie leise.

»Was?!«, stieß Oliver geschockt hervor. »Du kennst ihn? Bist du sicher?«

Hannah leckte sich nervös die Lippen. »Kennen ist vielleicht das falsche Wort. Ich bin ihm begegnet. Bei Jesaja … Tobias.«

»Jesaja?!« Olivers Fassungslosigkeit schlug augenblicklich in Wut um. »Was zum Teufel hast du denn mit dem zu schaffen?!«

Hannah war über die Reaktion ihres Vaters ebenso überrascht wie Jennifer. »Ich … Na ja … Ich habe ihn eben kennengelernt …«

»Kennengelernt?!«, wiederholte der Staatsanwalt gereizt. »Was soll das heißen?!«

Hannah verschränkte erneut die Arme vor der Brust. »Das, was ich gesagt habe.«

»Sag mir bitte nicht, dass ausgerechnet Jesaja dein Freund ist ... Nicht dieser Typ!«

Jennifer sah, wie Hannah einen kleinen Schritt vor ihrem Vater zurückwich. Ihr selbst war die Wut des Staatsanwalts ebenso unverständlich wie dem Mädchen, ganz zu schweigen von seinen Prioritäten. An den neuen Freunden der Jugendlichen war sie im Moment nun wirklich nicht interessiert. Sie lenkte Hannahs Aufmerksamkeit mit einer Handbewegung zurück auf das Bild des Fotografen. »Wann und wo bist du diesem Mann zum letzten Mal begegnet?«, fragte sie freundlich.

»Die Frage ist doch nicht, wann, die Frage ist doch eher, wie oft!«

Die Kommissarin schüttelte nur leicht den Kopf, um Hannah zu signalisieren, dass sie den Kommentar ihres Vaters ignorieren sollte.

»Vor ein paar Tagen ... Aber er scheint öfter bei Tobias, seiner Schwester Selina und ihren Freunden rumzuhängen.«

»Das heißt, du warst mehrmals bei ihnen? Wie oft warst du ...« Oliver verstummte, als ihm plötzlich etwas einfiel. Ein Detail, das ihm einen kalten Schauer über den Rücken jagte und ihn augenblicklich zu ihrem Fall zurückholte. »Oh, Scheiße«, murmelte er und sah Jennifer an. »Jesajas Schwester Selina, genannt Jezebel. Die Königin der Melancholie.«

Die Kommissarin brauchte nur den Bruchteil einer Sekunde, um zu begreifen. »Sie könnte die Nächste sein.«

Oliver nickte. Lediglich Hannahs Anwesenheit hielt ihn von der Feststellung ab, dass Jezebel ganz *sicher* das nächste Opfer des Killers sein würde. Ob Jürgen Drach nun ihr Täter war oder nicht, die junge Frau passte perfekt in das Schema des Mörders. Wieso war er nicht schon früher darauf gekommen?

Eine Frage, die sich Jennifer in diesem Moment ebenfalls stellte, doch für derartige Gedanken hatten sie keine Zeit. Sie hatten einen Verdächtigen. Einen Verdächtigen, der Umgang mit einer Frau hatte, die als nächstes Opfer infrage kam. Der letzte Mord lag erst drei Tage zurück, was allerdings kein Grund für entspanntes Handeln war. »Wo und wann hast du diese Selina zum letzten Mal gesehen?«, fragte Jennifer Hannah.

Das Mädchen konnte den beiden Erwachsenen nicht folgen. Sie begriff nicht, was das eine mit dem anderen zu tun hatte. Sie warf ihrem Vater einen unsicheren Seitenblick zu, bevor sie antwortete: »So ungefähr vor zwei Stunden.«

»Bei ihnen zu Hause?«, hakte Oliver nach.

Hannah schüttelte den Kopf. »Es gibt einen Keller … unter dem Rewe in der Nähe der Feuerwehr … Zumindest bin ich an der Haltestelle aus dem Bus gestiegen.«

Ein Keller unter einem Supermarkt. Das wurde ja immer besser! Der Staatsanwalt hatte Mühe, Ruhe zu bewahren, doch Hannahs Umtriebe mussten warten. »Denkst du, dass sie noch dort ist?«

Hannah zuckte die Schultern. »Ich wüsste nicht, wohin sie hätte gehen sollen.«

Jennifer hatte bereits den Telefonhörer in der Hand, während sie im Internet noch nach der genauen Adresse des Supermarktes suchte. Während die Kommissarin wählte, ließ sich Oliver von Hannah Tobias' Handynummer geben und rief ihn von Marcel Meyers Apparat aus an. Die beiden Beamten legten gleichzeitig auf.

»Eine Streife ist auf dem Weg zu dem Rewe-Markt. Wenn sie Selina dort antreffen, bringen sie sie hierher. Andernfalls überprüfen sie die Wohnadresse der Geschwister.«

Oliver hatte weniger gute Neuigkeiten. »Jesajas Handy ist ausgeschaltet.« Er blickte nur kurz zu Hannah hinüber, die verwirrt und beschämt zu Boden starrte, bevor er wieder Jennifer ansah. »Ruf Mironowa und Herzig an. Sie sollen das Leben von diesem Fotografen durchleuchten und eine Verbindung zwischen ihm und unseren Opfern finden. Wir brauchen Beweise.«

»In Ordnung.« Jennifer entging nicht, dass noch eine wichtige Information fehlte. Nachdem sie das Telefonat mit Katia beendet hatte, fragte sie deshalb: »Und was machen *wir* in der Zwischenzeit?«

»Wir statten Jürgen Drach einen Höflichkeitsbesuch ab. Mal sehen, was er über die nicht genehmigte Nutzung von Gewerberaum zu Wohnzwecken zu sagen hat. Oder über seine Kontakte zu toten Prostituierten.«

»Ist es für deinen Geschmack nicht ein bisschen früh, dem Herrn auf den Zahn zu fühlen?«, fragte Jennifer mit hochgezogenen Augenbrauen. Sie hatten einige beunruhigende Verdachtsmomente aufgedeckt, die aber keinesfalls eindeutig waren und für einen richterlichen Beschluss kaum ausreichen würden. Effektiv hatten sie gegen den Fotografen nichts in der Hand. Noch nicht.

Für einen kurzen Moment streiften seine Augen Hannah, dann musterte der Staatsanwalt das Foto auf dem Bildschirm. »Er soll wissen, dass wir ihn im Visier haben.«

Jennifer schloss die oberste Schreibtischschublade auf und holte ihre Dienstwaffe hervor. »Er wird alles andere als erfreut sein, uns zu sehen.« Während sie die Pistole in das Holster an ihrem Gürtel schob, sah sie Oliver ernst an. Ihr sogenannter Höflichkeitsbesuch konnte sehr leicht eskalieren. Noch hatte er Gelegenheit, seine Entscheidung zu überdenken.

Hannah hatte leise zu weinen begonnen und blickte verwirrt zwischen den beiden Erwachsenen hin und her.

»Was wird aus ihr?«, fragte Jennifer, die sich nicht vorstellen konnte, dass Oliver seine Tochter jetzt noch nach Hause schicken würde. Erst recht nicht alleine.

Der Staatsanwalt zögerte nur kurz. »Ich denke, die Kollegen unten im Revier haben ein warmes Plätzchen für sie.«

17

Sie waren gerade aus dem Hinterhof des Präsidiums gefahren, als Jennifer fragte: »Wer sind dieser Jesaja und diese Jezebel eigentlich genau?«

Oliver seufzte. »Sie heißen eigentlich Selina und Tobias Fiedler und sind Geschwister. Sie ist Malerin, er ihr Manager und ein absoluter Dreckskerl. Er nutzt die düstere Kunst seiner Schwester, um sich als eine Art Guru der schwarzen Szene zu profilieren.« Der Staatsanwalt schüttelte den Kopf. »Ich verstehe nicht, wie Hannah ausgerechnet an diesen Typen geraten konnte.«

Das war für Jennifer eher nebensächlich. Für Jugendliche in Hannahs Alter gab es unendlich viele Möglichkeiten, an die falschen Leute zu geraten. »Woher kennst du die beiden denn?«

Er zögerte einen Moment. »Durch die Band. Wir hatten vor ein paar Monaten einen Auftritt auf einer von Fiedlers Veranstaltungen. Eine Art Ausstellung mit den morbiden Bildern seiner Schwester, bei der er für jeden etwas bieten wollte, der auch nur im Entferntesten Sinn für Dark Fantasy hat. Eineinhalb Stunden live gespielten Symphonic und Gothic Metal inklusive.«

Jennifer versuchte sich Oliver auf der Bühne vorzustellen. Spielte er eigentlich nur Gitarre oder sang er auch? Im Stillen entschied sie, irgendwann eine Möglichkeit zu finden, sich einen seiner Auftritte anzusehen, ob es ihm gefiel oder nicht. »Du kannst ihn nicht ausstehen«, stellte die Kommissarin fest. »Weshalb?«

»Dieser schmierige Kerl nutzt seine Stellung in der Szene systematisch aus, um junge Mädchen anzulocken. Er hat eine

Vorliebe für Jungfrauen und alles, was altersmäßig gerade so über der Grenze zum Illegalen liegt.«

Jennifer fragte sich, woher der Staatsanwalt so genau darüber Bescheid wusste, beschloss aber, diese Frage erst einmal zurückzustellen. »Er spielt den Mädchen die große Liebe vor, und sobald er hat, was er will, lässt er sie fallen?«

Oliver nickte. »Ein paar von ihnen behält er auch eine Weile und nimmt sie in seinen persönlichen Harem williger Marionetten auf. Dabei sind sie fast noch Kinder. Es ist einfach nur ekelhaft.«

Oliver musste einigen der Mädchen begegnet sein und Nachforschungen angestellt haben. Bei derartigen Typen war es meist nur ein kleiner Schritt bis zur Pädophilie. Jennifer schwieg eine Weile, nicht sicher, ob sie das Offensichtliche wirklich aussprechen sollte. »Das könnte Hannahs Zustand erklären«, äußerte sie schließlich vorsichtig.

»Inwiefern?«

Sie warf ihm einen Seitenblick zu. Seine Mundpartie war verkrampft, seine Augen starr auf die Straße gerichtet. Er wollte den naheliegenden Schluss nicht ziehen. »Du hast es gerade selbst gesagt, Oliver. Hannah machte einen verwirrten und zutiefst verletzten Eindruck …«

Erst schien er überhaupt nicht reagieren zu wollen, dann brach plötzlich ungefilterte Wut aus ihm hervor. Er schlug so heftig auf das Armaturenbrett, dass Jennifer befürchtete, der Airbag könnte ausgelöst werden. »Dieser verdammte Dreckskerl! Ich drehe ihm sein gottverdammtes Genick um!«

Jennifer hatte noch nie erlebt, dass Oliver seinem Zorn freien Lauf ließ, geschweige denn körperliche Aggression zeigte. Da sie nicht sicher war, ob ihn Worte beruhigen oder die Situation nur noch verschärfen würden, schwieg sie und gab vor, sich auf den Verkehr konzentrieren zu müssen.

Der Staatsanwalt wütete weiter, schlug aber wenigstens nicht mehr auf ihr Auto ein. »Verdammt noch mal! Warum ausgerechnet Hannah?! Wieso, zum Teufel …?! Verdammte Scheiße!«

Jennifer wartete eine Weile, bevor sie wagte, etwas zu sagen. »Es ist nur eine Vermutung, Oliver. Falls tatsächlich etwas passiert sein sollte, kannst du leider nichts mehr daran ändern. Wenn ich dich richtig verstanden habe, kennt Tobias Fiedler aber die Grenzen, die er einzuhalten hat … und darüber solltest du froh sein.«

»Er kostet den rechtlichen Rahmen voll aus.« Der Staatsanwalt hatte sich also tatsächlich schon intensiver mit dem Mann beschäftigt. »Zweimal wurde er wegen Vergewaltigung angezeigt, doch die Ermittlungen führten in beiden Fällen nicht zu einer Anklage.«

Auch wenn Jennifer ahnte, dass es keinesfalls so einfach gewesen war, fragte sie: »Aussage gegen Aussage?«

Oliver schüttelte den Kopf. »Es waren Drogen im Spiel, die die Mädchen aber offenbar freiwillig konsumiert hatten … Eine einzige Grauzone.«

Jennifer konnte sich denken, was in seinem Kopf vorging. Hatte Tobias Fiedler seine Tochter mit Drogen gefügig gemacht? Oder hatte sie sich ihm freiwillig hingegeben? Noch bestand Hoffnung, dass Hannah den Mann durchschaut hatte, bevor es zum Äußersten gekommen war.

Jennifer unterdrückte ein Seufzen. Was auch immer vorgefallen war, sie empfand Mitleid mit dem Mädchen. Wenigstens konnten sie davon ausgehen, dass ihr im klassischen Sinn keine Gewalt angetan worden war. »Für Hannah ist es eine beschissene Erfahrung, aber …«

»Sie ist erst sechzehn!«, rief Oliver aus. Jennifer hatte seine Aufmerksamkeit eindeutig zu früh auf seine Tochter zurückgelenkt. »Sie sollte nicht mit Jungs rummachen! Erst recht nicht mit *Männern*, gottverdammt!«

»Sie ist *schon* sechzehn«, berichtigte Jennifer ihn.

Oliver quittierte die Bemerkung mit einem bösen Blick, der keinen Zweifel daran ließ, dass sie gerade dabei war, sich verdammt unbeliebt zu machen.

Jennifer verdrehte seufzend die Augen. »Komm schon, willst du mir vielleicht erzählen, dass du mit sechzehn noch keusch und jungfräulich warst?«

Oliver biss angespannt die Zähne aufeinander. »Ich hätte für Hannah einfach nicht gewollt …« Er verstummte.

»Das will niemand, erst recht nicht für die eigenen Kinder. Doch du kannst sie nicht vor jeder schlechten Erfahrung bewahren. Die besten Eltern der Welt können das nicht.«

»Aber ich hätte doch merken müssen, dass sie mit diesen Leuten rumhängt«, widersprach er. »Wenn ich mitbekommen hätte, dass sie ausgerechnet an Tobias Fiedler geraten ist, dann …«

Jennifer schüttelte den Kopf. »Du hättest Hannah den Umgang mit ihm verboten, aber keine effektive Möglichkeit gehabt, das Verbot durchzusetzen, und dadurch alles nur noch schlimmer gemacht.«

Eine ganze Weile sah er nur schweigend aus dem Seitenfenster. Schließlich stimmte er ihr mit einem Seufzen zu. »Wahrscheinlich hast du recht … Vorwürfe bringen jetzt wohl nichts mehr. Weder gegen mich selbst noch gegen Hannah.«

»Eben. Sei einfach für sie da. Bedräng sie nicht.« Jennifer spürte einen Kloß im Hals. Erst jetzt bemerkte sie, wie nahe ihr die Unterhaltung ging. Sie kratzte zu stark an ihrer eigenen Vergangenheit, an ihren eigenen Erfahrungen.

Sie warf einen Blick auf die Anzeige des Navigationsgeräts. Noch sieben Minuten bis zu der Adresse, unter der Jürgen Drach gemeldet war. Zu viel Zeit. Sie musste das Thema wechseln. »Und was ist mit Jezebel?«, fragte sie. »Warum hast du sie ›Königin der Melancholie‹ genannt?«

Oliver kam der Themenwechsel offenbar nicht ungelegen. »Ihre Bilder sind verstörend … ein einziger Ausdruck von Trauer, Depression und Schwermut. Sie zeigen dunkle, manchmal zerstörte Landschaften, Menschen in tiefster Verzweiflung. Ich kann ihre Wirkung nicht beschreiben, aber wenn du ihre Werke länger betrachtest, fühlst du dich anschließend selbst betrübt, ohne zu wissen, warum.«

»Du magst die Bilder?«

Oliver zuckte die Schultern. »Jezebels Arbeiten sind faszinierend. Sie stellt außerdem noch Skulpturen her, die eine ähnliche Wirkung entfalten. Einen Großteil ihres Vermögens dürften die beiden Geschwister in den letzten Jahren mit Jezebels Nachbildungen von weinenden Engeln gemacht haben, wie sie in *Doctor Who* zu Ehren gelangt sind.«

Jennifer nickte. Sie kannte die britische Serie, allerdings nur dank Moritz Sprenger, der ein echter Fan war. »Und wieso beschäftigt sie sich mit diesen düsteren Themen?«

»Wahrscheinlich, weil sie ihr am ehesten entsprechen. Selina Fiedler hat einige Jahre ihres Lebens in der Psychiatrie verbracht. Depressionen, zeitweise mit psychotischen Symptomen. Mehrere Selbstmordversuche. Ihre Arbeit als Künstlerin scheint so eine Art Therapie für sie zu sein.«

Die Kommissarin runzelte die Stirn. Oliver hatte anscheinend Tobias Fiedlers komplettes Leben umgegraben. Hatte er bei dem Auftritt seiner Band etwas mitbekommen, was ihn zu der Überzeugung gebracht hatte, dass es besser wäre, den Mann aus dem Verkehr zu ziehen?

»Melancholie würde als Gegensatz zur Freude, die Horst Neubert verkörpern sollte, sehr gut passen. Außerdem ist Schwermut das nächste Gefühl auf der Liste«, bemerkte Jennifer. »Selina Fiedler wäre das perfekte Opfer.«

Der Staatsanwalt nickte. »Sie *ist* das perfekte Opfer. Es ist natürlich nicht auszuschließen, dass der Mörder jemand anderen im Visier hat. Trotzdem werde ich mich besser fühlen, wenn ich weiß, dass sie in Sicherheit ist.«

Dem konnte Jennifer nur zustimmen. Bei der dünnen Beweislage eine Überwachung durchzusetzen würde allerdings nicht gerade einfach werden. »Welchen Plan verfolgst du eigentlich bezüglich Drach?«

»Da wir bisher nur Spekulationen und verdächtige Zusammenhänge haben, sollten wir ihm nicht zu sehr auf die Pelle rücken. Ich will mir von dem Typen ein erstes Bild machen und ihm eine Botschaft senden. Falls er tatsächlich unser Mann ist, reicht es mir schon, wenn er kalte Füße bekommt und die Umsetzung seiner Pläne ein paar Tage aufschiebt. Bis wir mehr gegen ihn in der Hand haben … oder uns damit abfinden müssen, dass er es doch nicht ist.«

»Ich glaube nicht an so viele Zufälle.«

Oliver nickte. »Ich ehrlich gesagt auch nicht.«

»Wir könnten versuchen, ihn zu einer Reaktion zu provozieren. Wenn wir ihm zu nahe treten, könnte er sich zu einer Dummheit hinreißen lassen. Ein Fluchtversuch macht sich nicht besonders gut«, warf Jennifer ein. »Und ein Durchsuchungsbefehl und eine Nacht im Knast könnten reichen, um ihn zu überführen.«

Mehrere Sekunden lang musterte Oliver seine Kollegin von der Seite. Sie konnte spüren, wie er mit sich kämpfte. Er hätte den Vorschlag eigentlich kategorisch ablehnen müssen. Es war ein Spiel mit dem Feuer, denn sie konnten ebenso gut einen tätlichen Angriff oder Schlimmeres heraufbeschwören. Dann sagte er aber: »Wir werden sehen, wie es läuft.«

Jennifer nickte grimmig.

Als Erstes nahm sie die Kopfschmerzen wahr. Sie bohrten sich wie ein brennender Pfeil in ihren Hinterkopf. Was zum Teufel war geschehen? Erinnerungsfetzen spülten an die Oberfläche ihres Bewusstseins, blitzten jedoch nur kurz auf, bevor sie wieder im Nirwana versanken.

Es dauerte mehrere Minuten, bis sie begriff, dass sie nicht träumte. Sie spürte die Fesseln um ihre Fuß- und Handgelenke und schmeckte den Weichspüler, mit dem das Stück Stoff gewaschen worden war, das in ihrem Mund steckte. Die harte, unebene Unterlage, auf der sie lag, war kalt und schaukelte.

Motorengeräusche. Sie lag in einem Auto, in einem Transporter … In *seinem* Transporter!

Er hatte sie in sein Fahrzeug gelockt. Sie waren ein Stück weit gefahren. Eine Nebenstrecke. Sie war noch viel zu sehr mit sich und ihrer Wut beschäftigt gewesen, um auf den Weg zu achten. Dann war er in einen Waldweg abgebogen und hatte angehalten. Etwas mit dem Motor sei nicht in Ordnung, hatte er gesagt.

Sie war mit ihm ausgestiegen, denn er hatte sie um Hilfe gebeten. Sie hatte sich über den offenen Motorraum gebeugt, das Kabel, das er erwähnt hatte, aber nicht sehen können. In der Dunkelheit war unter der Motorhaube ohnehin nichts zu erkennen. Dann hatte sie einen heftigen Schlag am Hinterkopf gespürt, und es war dunkel um sie herum geworden.

Erst jetzt setzte die Angst ein. Eisig ergoss sie sich in ihren Brustkorb und breitete sich wie eine Schockwelle in ihrem gesamten Körper aus. Zuvor hatte sie nur wegen der Kälte gezittert, jetzt erfasste sie blanke Panik.

Was hatte der Kerl mit ihr vor? Wohin brachte er sie?

Plötzlich schoss ihr die Frage durch den Kopf: *Wird er mich umbringen? Werde ich sterben?*

Es hatte sehr viele, viel zu viele Zeiten in ihrem Leben gegeben, in denen ihr Selbstmord als einzig denkbarer Ausweg erschienen war. Sie hatte nachts auf Gleisen gestanden und auf den nächsten ICE gewartet, hatte über Wochen hinweg entschlossen Tabletten gesammelt oder auf Balkongeländern im fünfzehnten Stockwerk balanciert. Wochen hatte sie damit zugebracht, sich über Mittel und Wege zu informieren, wie sie diese Welt endlich verlassen könnte – todsicher, ohne die Möglichkeit der Wiederkehr.

Und jetzt glomm auf einmal ein Gedanke in ihr auf, der ihr bisher immer fremd und unerreichbar erschienen war.

Herrgott, ich will nicht sterben!

Selina versuchte sich umzudrehen. Sie blinzelte, konnte aber nichts erkennen. Sie lauschte, doch da waren nur das Quietschen von Metall und das Röhren des Motors. Wo brachte er sie hin? Wie lange war sie bewusstlos gewesen?

Wieso war sie überhaupt in dieses gottverdammte Auto eingestiegen?!

Die letzte Frage war leicht zu beantworten. Wegen Tobias. Nur wegen Tobias und seiner verdammten Vorliebe für unschuldige pubertierende Mädchen!

Sie hatte seinem Treiben lange Zeit zugesehen, die Augen davor verschlossen, ihn sein Ding machen lassen. Die Mädchen waren alt genug, er bewegte sich zwar in Grauzonen, doch niemand konnte ihm etwas anhaben.

Nach der ersten Anzeige hatte sie gehofft, er würde endlich zur Vernunft kommen. Sie hatte sich sogar insgeheim gewünscht, er würde *irgendeine* Strafe aufgebrummt bekommen, nur damit er endlich begriff, welche moralische Schuld er auf sich lud.

Doch vergebens.

Ihr war nichts anderes übriggeblieben, als die Mädchen zu warnen oder zumindest zu versuchen, sie zu vertreiben, und zwar ohne ihre eigene Beziehung zu ihrem Bruder zu gefährden. Sie liebte ihn, er war ihre Familie und der einzige Mensch, der trotz ihrer psychischen Erkrankungen immer zu ihr gestanden hatte.

Ohne ihn wäre sie längst nicht mehr am Leben.

Welche Ironie, dass ausgerechnet er sie jetzt womöglich in die Arme des Todes getrieben hatte!

Vielleicht werde ich überleben. Er kann mir Gewalt antun, aber vielleicht überlebe ich.

Ach, ja?, fragte eine hämische Stimme in ihrem Kopf. *Du kennst ihn. Du kennst seinen Namen. Du weißt, wer er ist! Du würdest ihn doch verraten. Was auch immer er dir antut: Du wirst nicht überleben. Ganz sicher nicht.*

Alles wegen Tobias und dieser verfluchten Hannah!

Selina hatte sich angewöhnt, sich von den Eroberungen ihres Bruders fernzuhalten, sobald sie verloren waren. Unentrinnbar im Netz der Spinne gefangen. Doch Hannah war anders gewesen. Sie hatte Stärke bewiesen. Tobias hatte es nicht geschafft, sie dazu zu bringen, dass sie sich selbst aufgab und ihm ein paar Wochen lang untertänig diente.

Tobias war ein Dreckskerl. Aber er war auch ihr Bruder.

Der Vorfall mit Hannah hatte Selina trotzdem dazu gebracht, sich ihn nach langer Zeit wieder einmal vorzuknöpfen. Kaum war er mit seiner kleinen Orgie fertig gewesen, war sie zu ihm gestürmt. Die ganze Wut, die sich über Monate in ihr aufgestaut hatte, war ungezügelt auf ihn niedergegangen. Zuerst war er perplex und überrascht gewesen – dann hatte er zum Gegenschlag ausgeholt.

Es war hässlich geworden. Sehr hässlich.

Er kannte ihre Schwachstellen besser als jeder andere, vielleicht sogar besser als sie selbst. Als ihm die Argumente ausgingen, hatte er nicht nur seine Finger in ihre Wunden gelegt, er hatte die ganze Hand hineingesteckt und darin herumgewühlt. Bis sie geflohen war, ein heulendes Häufchen Elend voller Selbstzweifel und Selbsthass, zornig darüber, sich nicht gegen ihn zur Wehr setzen zu können, und gleichzeitig außerstande, ihm *nicht* zu verzeihen.

Sie hatte getobt, geschrien, geweint. Gerade weil ihr bewusst gewesen war, dass sie in den Keller zurückkehren und sich mit Tobias versöhnen würde. Früher oder später. Ohne ihn war sie aufgeschmissen, ohne ihn konnte sie nicht leben, nicht atmen, nicht existieren. Ohne ihn kam sie ja nicht einmal nach Hause.

Und dann war *er* aufgetaucht.

Sie hatte ihn noch nie wirklich gemocht. Er war ihr immer merkwürdig distanziert, irgendwie anders, fast schon abnorm vorgekommen. Aber wenn sich ein Retter in der Not anbot, war man nicht sonderlich wählerisch.

Trotzig hatte sie gedacht, sie würde ihrem Bruder zeigen, dass sie ihn nicht brauchte. Hatte gehofft, dass er wenigstens richtig Angst bekommen würde, wenn sie plötzlich verschwunden war. Er konnte schließlich nicht wissen, dass sie jemanden gefunden hatte, der sie nach Hause bringen würde.

Als das Quietschen der Bremsen ertönte, und der Wagen zum Stehen kam, zuckte sie erschrocken zusammen. Sie hatte sich in Gedanken so sehr an Tobias festgebissen, dass sie für einen Moment vergessen hatte, in welcher Situation sie sich befand.

Sie lauschte. Der Wagen schaukelte, als der Fahrer die Tür öffnete und ausstieg. Sie hörte seine Schritte. Er ging um den Transporter herum, dann wurde ein Schlüssel im Schloss herumgedreht, und die hintere Tür schwang auf. Helligkeit flutete in ihr Gefängnis, ihre Augen tränten.

»Endstation«, murmelte die vertraute Stimme, bevor der Mann zu ihr in den Wagen stieg.

18

Das ehemalige Schlachthaus lag zwischen einer Lagerhalle und einer Reinigungsfirma und war eindeutig sanierungsbedürftig. Der Putz an der Vorderseite des langgestreckten Gebäudes blätterte an vielen Stellen ab, Risse zogen sich durch das Mauerwerk, und die Fenster zur Straßenseite hin waren mit Brettern vernagelt.

Jürgen Drach hatte das Gebäude günstig ersteigert, verfügte aber offenbar nicht über die notwendigen Mittel, um es ordentlich instand zu setzen. Oder er ließ es aus irgendeinem Grund absichtlich verkommen.

Jennifer hielt auf der gegenüberliegenden Straßenseite. Als sie die Autotür zuwarf, wechselte sie einen letzten Blick mit Oliver. Er schien noch immer fest entschlossen zu sein.

Die Kommissarin wusste, dass sie eindeutig gegen die Vorschriften verstieß. Sie hätte mindestens noch einen zweiten Polizeibeamten mitnehmen müssen. Oliver gehörte an seinen Schreibtisch im Präsidium, nicht hierher, um mit einem potenziellen Serienkiller einen Plausch zu halten.

Er begab sich in eine Situation, die leicht außer Kontrolle geraten und für sie beide gefährlich werden konnte. Wenn etwas schiefging, wäre er, unbewaffnet und für solche Einsätze nicht ausgebildet, ein leichtes und wahrscheinlich auch bevorzugtes Angriffsziel. Eine Tatsache, die Jennifer verdammt viel ausmachte, wie sie überrascht feststellte.

Sie legten die wenigen Schritte zum Haupteingang zurück, neben dem noch immer das Schild mit dem Firmennamen der

Metzgerei hing. Anstatt es zu entfernen, hatte jemand die ins Metall gefrästen Buchstaben notdürftig zerkratzt. Die Klingel an der Hauswand neben der massiv wirkenden Eingangstür hatte es früher offenbar noch nicht gegeben, denn das Kabel war blank auf dem Putz verlegt und verschwand durch ein Loch in einem der Fensterrahmen ins Gebäudeinnere. Auf dem Klingelschild stand kein Name.

»Er empfängt hier offensichtlich keine Kunden«, bemerkte Oliver trocken, bevor er auf den Klingelknopf drückte.

Mehrere Sekunden verstrichen. Es rührte sich nichts. Jennifer hämmerte gegen die Metalltür. Immer noch nichts.

»Der Vogel scheint ausgeflogen zu sein. Lass uns den Hintereingang checken.«

Die Zufahrt zum Hinterhof lag zwischen dem Schlachthaus und der benachbarten Lagerhalle und führte an vernagelten Fenstern vorbei zu einem Tor, das den Zugang zu dem von einer hohen Mauer umgebenen Hof versperrte. Das Tor war mit einem neuen Schloss ausgestattet und ließ sich nicht öffnen.

Der Hinterhof sah, soweit sie ihn einsehen konnten, dunkel und verlassen aus. Niemand hatte Schnee geräumt, doch in der Zufahrt gab es zahlreiche Reifenspuren, die belegten, dass ein Auto mehrfach in den Hof hinein- und wieder hinausgefahren war.

Jennifer sah Oliver fragend an. »Und jetzt?«

Er zuckte die Schultern. »Wir warten. Zumindest bis wir etwas von Mironowa und Herzig oder der Streife hören, die nach Selina Fiedler sucht.«

Just in dem Moment begann Jennifers Handy zu brummen. Sie hatte es auf Vibrationsalarm gestellt. »Kramer«, sagte sie, bevor sie die Annahmetaste drückte. »Was gibt's?«

Sie lauschte. Tiefe Falten gruben sich in ihre Stirn. »Gebt eine Fahndung nach ihr raus. Sicher ist sicher. Wir sehen uns später.

Oh, und bringt ihren Bruder mit aufs Revier und setzt ihn in einen Verhörraum.« Die Kommissarin legte auf und sah Oliver mit sorgenvollem Blick an. »Selina Fiedler ist verschwunden.«

»Wie, verschwunden? Ist sie nicht zu Hause?«

»Nein, weder zu Hause noch in besagtem Keller. Ihr Handy ist tot. Sie hatte heute Abend einen heftigen Streit mit ihrem Bruder, seitdem ist sie verschwunden.«

»Vielleicht fährt sie nur in der Gegend herum.« Oliver klang selbst nicht überzeugt.

»Sie hat keinen Führerschein, und öffentliche Verkehrsmittel fahren um die Zeit so gut wie keine mehr. Thomas hat sowohl im Keller als auch bei ihr zu Hause Nachrichten für sie hinterlassen, falls sie wieder auftaucht.« Jennifers Blick verriet, was sie dachte. Sie glaubte nicht daran, dass Selina Fiedler wieder auftauchen würde, zumindest nicht lebendig. Ihr Blick wanderte durch die Zufahrt an der Gebäudeseite entlang und blieb an dem Tor vor ihr hängen.

»Du solltest gar nicht erst darüber nachdenken«, sagte Oliver, dem klar war, was in ihrem Kopf vorging. »Wir haben keinerlei Berechtigung …«

Jennifer hörte nicht auf ihn, sondern zog sich an den verrosteten Stäben hoch, kletterte die zwei Meter hinauf und schwang ein Bein auf die andere Seite. »Ich sehe mich nur ein wenig auf dem Gelände um. Versprochen.«

»Jennifer … du riskierst den kompletten Fall!«

Sie ließ sich auf der anderen Seite hinunter und kam beinahe geräuschlos im Schnee auf.

»Verdammte Scheiße!« Bevor er es sich anders überlegen konnte, kletterte Oliver ihr hinterher.

Jennifer hatte inzwischen eine kleine Taschenlampe hervorgeholt und ließ den Lichtstrahl über den Boden wandern. Es gab nicht nur Reifen- und Fußspuren, sondern auch zwei Stellen, an denen der Schnee gänzlich geschmolzen war, typische Vierecke, wie sie die Wärme von geparkten Autos hinterlässt. »Er war erst kürzlich hier«, flüsterte Jennifer.

Der Lichtkegel wanderte weiter durch den Hinterhof, der kaum genug Platz zum Rangieren eines Lkws bot.

Direkt neben dem Tor stand eine große Mülltonne. Jennifer hob den Deckel an und leuchtete hinein, sah aber nur durchsichtige Tüten, deren Inhalt nach normalem Hausmüll aussah. Immerhin ein Hinweis darauf, dass Jürgen Drach hier nicht nur sein Studio unterhielt, sondern tatsächlich auch hier lebte. Unzulässige Nutzung von Gewerberaum war zwar ein vergleichsweise geringfügiges Vergehen, würde ihnen aber immerhin einen Vorwand liefern, falls Drach auftauchte und wissen wollte, warum sie auf seinem Grundstück herumstöberten.

Jennifer orientierte sich an den Fußspuren im Schnee, die zu einem gut drei Meter breiten und drei Meter hohen Metalltor an der Gebäuderückseite führten. Offensichtlich hatte es einst einen elektronischen Öffnungsmechanismus gegeben, doch von dem ursprünglichen Bedienfeld war nur noch ein schwarzer Kasten übrig, aus dem abgerissene Kabel heraushingen. Es gab keinen Hebel, mit dem man das Tor manuell hätte öffnen können.

Dicht gefolgt von Oliver ging sie weiter den Fußspuren im Schnee nach, bis sie fand, was sie eigentlich gesucht hatte: Wenige Meter neben dem Tor befand sich eine Tür, die verdächtig neu aussah. Sie war mit zwei Schlössern gesichert. Jennifer probierte die Klinke, aber erwartungsgemäß war abgeschlossen.

»Es ist sinnlos. Wir brauchen einen Durchsuchungsbefehl«, sagte Oliver leise, aber bestimmt.

Jennifer ignorierte seinen Einwand, trat zwei Schritte zurück und begann die Umgebung um die Tür herum nach einem Versteck für einen Schlüssel abzuleuchten. Es mochte unwahrscheinlich sein, doch Drach wäre nicht der erste Kriminelle gewesen, der einen derart dämlichen Fehler beging.

»Jennifer, verdammt noch mal, das ist ...« Oliver verstummte, als der Lichtkegel ihrer Taschenlampe auf etwas Reflektierendes traf und sie innehielt.

»Was ist das?« Oliver hockte sich hin, um den glänzenden Gegenstand aufzuheben. »Verdammter Mist«, murmelte er, als er aufstand und das Licht der Taschenlampe auf das Schmuckstück in seiner Hand fiel.

Es war ein Ohrring.

Larissa Schröders goldener, mit Diamanten besetzter Ohrring. Das Schmuckstück, das verlorengegangen war und von dem Oliver und Jennifer geglaubt hatten, die Kids in Offenbach hätten ihn vielleicht doch schon verkauft. Oder für sich behalten.

»Brauchst du immer noch eine Sondereinladung?«, fragte Jennifer.

Oliver schüttelte den Kopf. »Gefahr im Verzug.«

Trotz ihrer Anspannung konnte sich Jennifer ein Grinsen nicht verkneifen. »Das wollte ich hören.« Sie wählte Katias Nummer.

Die Kommissarin meldete sich nach dem zweiten Klingeln. »Wir haben noch nichts«, sagte sie sofort.

»Dafür haben wir einen Volltreffer. Ich brauche die Spurensicherung und Verstärkung, mindestens zwei Schupos, aber unauffällig. Keine Sirenen, kein Blaulicht. Und gib eine Fahndung nach Drach und seinem Transporter raus.« Jennifer legte auf, dann zog sie ihre Pistole.

»Wir könnten auf die Kavallerie warten«, warf Oliver ein, ohne es wirklich ernst zu meinen. Wenn Jürgen Drach Selina hier irgendwo in seiner Gewalt hatte, konnten zehn Minuten über Leben oder Tod entscheiden.

»Scheiß auf die Kavallerie.« Die Tür war solide, beide Schlösser waren neu. Doch zwei gezielte Schüsse lösten das Problem, und Jennifer zog die Tür auf. »Polizei!«, rief sie in den dunklen Flur.

Erwartungsgemäß erhielt sie jedoch keine Antwort.

Der Transporter schwankte, als er einstieg und sich neben Selina kniete. Das Licht seiner Taschenlampe blendete sie, sodass sie die Augen zusammenkniff. »Wach«, stellte er emotionslos fest, bevor er sie am Oberarm packte und auf den Rücken drehte.

Fast eine Minute lang hantierte er neben ihr. Sie hörte Klirren, das Gluckern einer Wasserflasche, Tabletten, die aus einem Blister gedrückt wurden. Ihr Herz schlug schnell, ihr Atem ging stoßweise und bildete sichtbare Wolken in der kalten Luft. Vor Angst war sie wie gelähmt. Selina wagte nicht, sich zu rühren, auch dann nicht, als er sich über sie beugte und ihr den Knebel aus dem Mund nahm.

Erst als er ein Bein über sie schwang, ihre Schulter mit dem Knie nach unten drückte und ihr einen Trichter zwischen die Lippen schob, versuchte sie sich zu wehren. Ihre Fesseln ließen jedoch nichts anderes zu, als dass sie sich unter ihm wand wie ein Fisch auf dem Trockenen. Sie konnte nichts gegen ihn ausrichten.

Selina versuchte die Spitze des Trichters mit der Zunge aus ihrem Mund zu schieben, doch seine linke Hand schloss sich wie eine Stahlkralle um ihr Kinn und hielt sie fest, während er den Inhalt einer kleinen Wasserflasche in den Trichter kippte. Es war nicht nur Wasser. Sie bemerkte den bitteren Geschmack von Medikamenten und spürte die sich auflösenden Brocken grob zerteilter Tabletten auf der Zunge.

Selina wollte nicht schlucken. Mit aller Anstrengung hielt sie dem Reflex stand, versuchte zu spucken, doch erneut kam er ihr zuvor. Er warf die Flasche beiseite, zog den Trichter aus ihrem Mund, und noch bevor sie den Kopf drehen oder die Muskeln anspannen konnte, stopfte er ihr den Knebel wieder in den Mund. Seine Finger schlossen sich um ihre Nase und drückten zu.

Sie konnte nicht mehr atmen. Fast augenblicklich verlangte ihr Körper verzweifelt nach Sauerstoff. Selina kämpfte gegen den Schluckreflex und das Brennen ihrer Lungen, verlor den Kampf aber schon nach wenigen Sekunden. Das Wasser und die Tabletten rannen ihre Kehle hinunter. Kaum hatte sie die bittere Mischung geschluckt, nahm er seine Hand weg, und kalte, süße Luft strömte durch ihre Nase in ihren Körper.

Er sah auf sie herunter, beobachtete sie, ohne auch nur die geringste Regung zu zeigen. Ihm schien die Anstrengung nichts auszumachen, sein Tun erregte ihn aber auch nicht. Er arbeitete wie eine Maschine, seine Augen waren kalt und tot. Er starrte sie nicht wie ein Lebewesen an, sondern wie ein lebloses Ding, mit dem er tun und lassen konnte, was er wollte.

Er stieg von ihr herunter, der Kegel der Taschenlampe entfernte sich. Dann Rascheln, metallisches Quietschen, leichtes Schwanken des Transporters. Sich entfernende und wiederkehrende Schritte. Das Licht kam und ging. Er schien irgendwelche Sachen aus dem Wagen zu räumen.

Selina zitterte vor Kälte und vor Angst. Jedes Mal, wenn er in den Wagen kletterte, rechnete sie damit, dass er sie nun holen würde. Sie hielt die Luft an und wagte erst wieder zu atmen, wenn er gegangen war.

Irgendwann entfalteten die Tabletten ihre Wirkung. Selinas Lider wurden immer schwerer. Langsam glitt sie in eine Dunkelheit hinüber, aus der sie womöglich nie wieder erwachen würde. Sie hielt dem schweren Gefühl in ihren Gliedern stand, stemmte sich gegen die süßen Verlockungen des Schlafs. Er hatte ihr irgendwelche Medikamente eingeflößt, die sie betäuben sollten. Die Dosis reichte aber nicht aus, um sie bewusstlos zu machen.

Selina wusste nicht, ob sie dafür dankbar sein sollte. Vielleicht hatte er diese Wirkung beabsichtigt, vielleicht war es aber auch nur Nachlässigkeit.

Selina hörte, wie ein Motor ansprang, allerdings nicht der des Transporters. Das Brummen kam von draußen, und im nächsten Moment veränderte sich die Dunkelheit. Außerhalb des Wagens war eine Lichtquelle aktiviert worden, doch sie war zu weit entfernt, um richtig bis zum Transporter vorzudringen.

Noch immer mit der Taschenlampe in der Hand kehrte er schließlich zurück. Sie kniff die Augen zusammen, als er die Innenbeleuchtung des Transporters einschaltete und die Taschenlampe beiseitelegte. Ihr war sofort klar, dass er diesmal gekommen war, um sie zu holen.

Selina zwang sich, ihre Lider zu öffnen. Im nächsten Moment wünschte sie sich bereits, es nicht getan zu haben. Er hielt ein Teppichmesser in der Hand, die scharfe Klinge reflektierte das Licht. Sie wollte schreien, sich winden, nur fort von ihm, doch ihre Muskulatur reagierte kaum noch auf ihre Befehle.

Während sie kraftlos in den Knebel schrie, beugte er sich zu ihr hinunter und löste ihre Fesseln. Dann begann er in aller Seelenruhe, ihr die Kleider vom Leib zu schneiden.

Jennifer tastete nach dem Lichtschalter und betätigte ihn. Der Flur hinter der Eingangstür führte schnurgerade ins Innere des Gebäudes und war zu beiden Seiten gesäumt von dunkelblauen Türen.

Glühbirnen baumelten in regelmäßigen Abständen von der Decke und tauchten den tristen Gang in hartes, weißes Licht. Die Wände waren kahl, und der Boden bestand aus nacktem Beton.

Jennifer atmete ein letztes Mal tief durch, bevor sie, die Waffe gesichert und den Lauf zu Boden gerichtet, das Gebäude betrat. Oliver folgte ihr.

Sie öffnete die erste Tür zu ihrer Linken. Nachdem sie mit ihrer Taschenlampe hineingeleuchtet und sich versichert hatte, dass sie in dem Zimmer keine unangenehme Überraschung erwartete, schaltete sie dort ebenfalls das Licht ein.

Der Raum befand sich, genau wie der Flur, in einem rohbauähnlichen Zustand. Kabel und ungenutzte, teils rostige Heizungs- und Wasseranschlüsse ragten aus den Wänden. Nur das Fenster schien neueren Datums zu sein und war mit einem Schloss gesichert, was in Anbetracht der Tatsache, dass es von außen zugenagelt war, schon eine gewisse Ironie hatte.

Ein einfacher Klapptisch war in der Mitte des Raumes aufgestellt, und auf einer alten Werkbank an der Wand lag ein buntes Sammelsurium von Stoffen und Decken, Teppich- und Linoleumresten, Holzbrettern und -platten. Daneben stand ein Gestell mit Leinwänden in unterschiedlichen Farben.

Offenbar ging Jürgen Drach hier seinem Gewerbe nach, platzierte Produkte, um sie abzulichten.

Jennifer löschte das Licht, schloss die Tür und ging weiter zur nächsten.

Die beiden anschließenden Räume schienen dem gleichen Zweck zu dienen, nur dass in ihnen andere Hilfsmittel gelagert waren wie Obst und Gemüse aus Plastik oder Geschirr.

Auf die Arbeitsräume folgten zwei Toiletten und dann ein Zimmer, das einst die Kaffeeküche der Angestellten gewesen sein musste. Dort gab es einen Kühlschrank mit Lebensmitteln und Getränken, einen Gaskocher, eine Mikrowelle sowie Dosen- und Fertiggerichte in Regalen an der Wand.

Direkt daneben hatte sich Jürgen Drach eine Art Wohn- und Schlafzimmer eingerichtet. Die Möbel waren ein buntes Sammelsurium unterschiedlicher Stile, Muster und Farben. Alles eher praktisch als wohnlich. Auf dem Beton war laienhaft Teppichboden verlegt worden, die Wände waren gestrichen, und es gab Strom. Ein Heizlüfter in der Ecke ersetzte den fehlenden Heizkörper, war jedoch nicht eingeschaltet.

Selbst in diesem Raum war das Fenster mit Sperrholz verrammelt. Jürgen Drach mochte offenbar kein Tageslicht. Seine Kleidung lagerte in Kisten, nur zwei Anzüge hingen an einer Kleiderstange. Die Laken auf dem Bett waren zerwühlt und sahen nicht so aus, als ob sie oft gewaschen würden. Ein paar Bücher und Zeitschriften lagen herum, und auf einem Tisch stand ein Computer, ein älteres Modell, dessen Netzwerkkabel durch ein Loch im Gemäuer nach draußen verschwand. Neben dem Fenster stand eine große, graue Maschine, die Jennifer erst auf den zweiten Blick als professionellen Fotodrucker erkannte.

Zurück im Flur blieb Jennifer vor einer Tür stehen, die sich deutlich von den dunkelblauen Innentüren unterschied: ein stählernes Monster aus blankem Metall. Sie war ihr bereits zuvor aufgefallen, ebenso das leise Brummen, das aus dem Raum dahinter zu dringen schien.

Jennifer tauschte einen kurzen Blick mit Oliver, bevor sie die Tür nach innen aufstieß. Ein Schwall eiskalter Luft, vermischt mit dem Geruch von Reinigungs- und Desinfektionsmitteln, schlug ihnen entgegen.

Dieser Raum war deutlich größer als die anderen, er maß gut sechs mal vier Meter. Die Wände waren ebenfalls kahl, hier war der Boden allerdings weiß gefliest und fiel zur Mitte hin ab, wo sich ein Abfluss befand. Anstatt normaler Fenster waren knapp unterhalb der Decke zwei Reihen Glasbausteine in das Mauerwerk der Außenwand eingelassen.

An der linken Wand stand eine stählerne Liege, die große Ähnlichkeit mit einem Sektionstisch hatte. Auf einem Metallwagen daneben lagen unterschiedliche chirurgische Instrumente bereit, scharf und blank geputzt. In einem Holzregal standen Gefäße, die an Einmachgläser erinnerten, und weiße Kanister, auf denen deutlich sichtbar das Warnsymbol für Brandgefahr neben der chemischen Formel für Ethanol prangte.

Jennifer stieß hörbar die Luft aus. Oliver neben ihr murmelte einen undeutlichen Fluch. Die Kommissarin ließ ihren Blick weiter durch den Raum wandern.

In der hinteren linken Ecke befanden sich in der Außenmauer zwei Lüftungsgitter einer Klimaanlage, die nicht nur für das Brummen, sondern auch für die eisigen Temperaturen in diesem Raum verantwortlich sein musste. Direkt darunter war ein Waschbecken installiert, unter dem ein Putzeimer samt Lappen und Reinigungsmitteln stand. In einem Holzregal in der Nähe war eine beachtliche Anzahl verschiedenster Kosmetikprodukte aufgereiht. Gleich daneben fielen Jennifer zwei Kleiderständer ins Auge, die jeweils einem männlichen und einem weiblichen Körper nachempfunden waren. Auf einem Rollwagen in der hinteren rechten Ecke des Raumes lagen mehrere Rollen Garn, weiteres Nähmaterial und eine ansehnliche Sammlung von Sicherheitsnadeln.

Die gesamte rechte Wand war mit Kork verkleidet und übersät mit Unmengen von Fotos, Zeichnungen, Skizzen und Zeitungsartikeln, teilweise in mehreren Schichten übereinander gepinnt. An der Korkwand war ein Regal angebracht, und direkt darunter befand sich ein alter Tisch. Beides zusammen diente offenbar als eine Art Altar. Das Regal hatte genau zehn Fächer, von denen die drei obersten belegt waren: Neben einem schlicht gerahmten Foto des jeweiligen Opfers stand ein mit einer durchsichtigen Flüssigkeit gefülltes Glas.

Drei menschliche Herzen schwammen in Ethanol.

Jennifer und Oliver verharrten sekundenlang auf der Schwelle. Die Kommissarin riss sich schließlich als Erste von dem Anblick los. »Ich muss die anderen Räume noch überprüfen«, murmelte sie. Dieses Mal folgte ihr der Staatsanwalt nicht.

Die Kommissarin schaute gewissenhaft hinter die übrigen blauen Türen. Die Räume waren allesamt leer und offensichtlich ungenutzt. Der lange Flur endete im ehemaligen Empfangsbereich, erkennbar an dem noch existierenden Tresen direkt gegenüber der Eingangstür, die zur Straßenseite hin lag.

Als Jennifer zurückkehrte, stand Oliver vor der Korkwand und starrte konzentriert auf die Bilder, die Zeugnis davon ablegten, dass sie den Killer gefunden hatten. Jürgen Drach hatte seine zehn Opfer sorgfältig ausgewählt, über einen längeren Zeitraum beobachtet und ihren Tod nebst anschließender Verwandlung haarklein geplant. Über Wochen, wahrscheinlich Monate hinweg. Bis er sie alle gefunden hatte und beginnen konnte, ihnen die Herzen zu stehlen.

Auch von Selina Fiedler hingen Fotos an der Wand. Wie vermutet, sollte sie ihm als Modell, als Quelle für Schwermut dienen.

Jennifer sah sich noch einmal gründlich um und inspizierte schließlich den Operationstisch und die Werkzeuge. Alles sauber und desinfiziert. »Er war mit ihr noch nicht hier …«, murmelte sie. »Wenn er sie tatsächlich hat, könnte er auf dem Weg hierher sein. Und wenn nicht, taucht er garantiert irgendwann hier auf.«

Sie rief noch einmal Katia Mironowa an. »Es ist definitiv Drach, und er ist hinter Selina Fiedler her, aber er ist nicht hier. Pfeif die Spurensicherung zurück. Sag den Jungs von der Schupo, sie sollen auf Abstand bleiben und nach dem Transporter Ausschau halten. Dasselbe gilt für jeden Polizisten im Umkreis von fünfzig Kilometern. Wir müssen wissen, wo der Kerl steckt.«

Katia zögerte hörbar. »Ihr müsst sofort da raus«, sagte sie schließlich. »Möhring ist gerade eingetroffen …«

Jennifer ließ sie nicht ausreden. Sie wollte auf gar keinen Fall, dass Katia das Gespräch an ihren Chef weitergab, denn sie wusste, wie er auf ihren Alleingang reagieren würde. »Organisiert eine unauffällige Überwachung der Zugangsstraßen. Wir rühren uns so lange nicht vom Fleck, bis wir die Meldung erhalten, dass Drach auf dem Weg hierher oder der Zugriff gesichert ist. Wenn ihr detaillierte Infos über die Situation vor Ort braucht, melde dich.« Sie legte auf, bevor Katia protestieren konnte. Ihr Handy begann sofort zu vibrieren, doch sie leitete den Anruf mit einem Knopfdruck auf die Mailbox um.

Oliver musterte sie eingehend. »Du willst hier sein, wenn er kommt, oder?«

»Wenn er Selina Fiedler hat und sie hier reinschleppt, hat er eine Geisel und kann sich mit ihr verschanzen. Dann kommt sie nicht mehr lebend aus der Sache raus. Möhring wird mit Sicherheit das SEK anfordern, und wir beide wissen, wie lange das dauert. In der Zwischenzeit kann alles Mögliche passieren.« Jennifer schüttelte den Kopf. »Den Teufel werde ich tun und die Stellung hier aufgeben.«

Olivers Antwort bestand aus einem unsicheren Seufzer.

»Du solltest gehen«, sagte sie.

Er sah ihr sekundenlang schweigend in die Augen. Dann schüttelte er den Kopf. »Ich bleibe.«

»Das solltest du nicht tun.«

Er nickte zu dem Tisch mit den chirurgischen Instrumenten hinüber. »Im Zweifel werde ich nicht unbewaffnet sein.«

»Das ist ein schlechter Scherz, Oliver.«

Er versuchte sich an einem Lächeln. »Ich sollte endlich einen Waffenschein machen. Mit dir unterwegs zu sein wird immer irgendwann gefährlich.«

Dito. Jennifer musste unwillkürlich an den Vorfall am Mittwochabend denken. Ein denkbar ungünstiger Zeitpunkt und ohnehin ein mehr als unliebsames Thema. Sie schüttelte den Kopf, um den Gedanken loszuwerden und sich von Olivers Augen loszureißen. »Ich finde das nicht lustig.«

Sie trat an die Wand und ließ die Fotos und die Skizzen für die geplanten Szenerien eine Weile auf sich wirken. Dann wanderte ihr Blick zu dem Tisch vor dem Regal, auf dem sich Papiere sowie weitere Fotos türmten. Sie ging die Unterlagen langsam durch und stellte fest, dass sie sich ausnahmslos mit Selina Fiedler beschäftigten. Auch Fotos, die Drach von ihren Arbeiten angefertigt haben musste, fanden sich darunter, ebenso wie die Skizze einer Szenerie, die er offensichtlich für sein viertes Opfer vorgesehen hatte.

Oliver war zu Jennifer getreten und sah sich die Bleistiftzeichnung an, die sie in Händen hielt.

Ein Engel mit riesigen Flügeln saß in einem opulenten Kleid an einen alten, zerfallenen Grabstein gelehnt. Ein aus Stein gemeißeltes Kreuz thronte darauf und überragte die Frau um gut einen Meter. Auf ihren linken Arm war mit roter Farbe Blut gezeichnet, das über die Hand nach unten lief und im Boden zu versickern schien. Ihre Brust war ebenfalls rot, und sie hielt ihr eigenes Herz in der rechten Hand. Der Ausdruck auf ihrem Gesicht war zwar nur skizziert, wirkte aber trotzdem tieftraurig. Im Hintergrund waren schemenhaft andere Gräber mit nicht weniger auffälligen Steinen und Statuen zu sehen.

»Das könnte eines ihrer eigenen Werke sein. Ich habe hier in der Gegend aber noch nie solche Grabsteine gesehen«, bemerkte der Staatsanwalt. »Wo ist das?«

Jennifer zuckte die Schultern. »Darüber müssen wir uns hoffentlich keine Gedanken mehr machen.« Mit ein wenig Glück würde Selina Fiedler befreit werden, bevor ihr Entführer überhaupt mit ihr hier eintraf.

Jennifer blätterte weiter und überflog Drachs Notizen. Es waren unzusammenhängende Gedanken, deren Sinn sich ihr nicht sofort erschloss. Es ging um seine Taten, seine Pläne, deren Umsetzung, die Wirkung, die er sich erhofft hatte, und welches Ergebnis bei den ersten drei Opfern letztlich eingetreten war.

Langsam kristallisierte sich heraus, dass Doktor Rabe mit seiner Einschätzung recht gehabt hatte. Jürgen Drach schien davon überzeugt zu sein, keine Gefühle empfinden zu können, glaubte aber, dass er sie durch die Menschen, die er umbrachte und deren Herzen er konservierte, erlangen konnte. Er bewahrte ihre Gefühle für sich selbst auf, damit sie auf ihn übergehen konnten.

Offenbar war er davon überzeugt, dass das tatsächlich funktionierte. Er glaubte, dass Larissa Schröder ihm die Fähigkeit verliehen hatte, Liebe zu empfinden, dass Cedric Mattes ihn Hass gelehrt und das konservierte Herz von Horst Neubert ihm Freude geschenkt hatte. Trotzdem war er mit den Ergebnissen nicht zufrieden. Die Wirkung war nicht so stark, wie er sie sich vorgestellt, nicht so intensiv und prägend, wie er gehofft hatte.

Er hatte in seinen Notizen darüber zu phantasieren begonnen, die Herzen zu verspeisen, mehrere Menschen auf einmal zu töten, seine Methode zu intensivieren. Immer weiter hatte er sich in diese Ideen hineingesteigert, bis er sich selbst abrupt zur Ordnung gerufen und entschieden hatte, sein Projekt durchzuziehen und auf eine verzögerte Wirkung zu hoffen.

Hatte er all diese Zeilen, die scheinbar zusammenhanglos über mehrere Blätter verteilt waren, am Stück geschrieben? Jennifer hatte einen Mann vor Augen, der manisch auf den kalten Fliesen kniete und nicht ganz bei sich war, während er diese wirren Gedankengänge auf Papier krakelte.

Weitermachen. Abschließen. Warten. Die Gefühle sind da, aber verschlossen. Müssen besser herausgearbeitet werden … Frischer vielleicht? Zu viel Theater? Zu indirekt? Weiter, ja, weiter, aber verbessert, direkter … Ja …

Wieso hatte er all das überhaupt aufgeschrieben?

Es gab genügend Täter, die beinahe akribisch Buch über ihre Taten führten. Die einen, weil sie der Nachwelt etwas hinterlassen wollten, die anderen, weil sie die frischen Erinnerungen festzuhalten versuchten, um sie immer wieder von Neuem durchleben zu können.

Bei Jürgen Drach schien es eher eine Art Zwang zu sein. Vielleicht litt er an Gedächtnisstörungen. Wenn er ein Opfer von Wilfried Mertens war und eine Gehirnverletzung erlitten hatte, konnte das durchaus sein. Vielleicht war es aber auch nur ein weiteres Symptom seiner Störung.

Keine Umwege mehr … Brauche das Labor nicht zwingend für Nummer vier … Ihre Trauer … Frisch aufgefangen mit ihrem Blut, ja, IHR BLUT, *und wenn ich dann ihr Herz herausschneide … Keine Umwege mehr … Vielleicht sollte ich es filmen … Auf Film gebannt für alle Ewigkeit …*

Jennifer las den letzten Absatz ein zweites und ein drittes Mal. Sie spürte, wie sich in ihrem Magen ein Klumpen bildete. Ihr Blick fiel auf die leeren Kleiderständer. Hätte dort nicht ein aufwendiges Kleid hängen müssen, so wie auf der Bleistiftzeichnung dargestellt? Drach hatte es sehr detailliert skizziert, und es war unwahrscheinlich, dass er den Plan verworfen hatte.

Was war mit den Schuhen und dem Schmuck? Was mit den Engelsflügeln? Jennifer musste an Larissa Schröders Aufmachung denken. Ohne Vorbereitung war es unmöglich, jemanden derart auszustaffieren. Sie hätten irgendetwas finden müssen. Hier in diesem Raum oder irgendwo im Gebäude.

Sie hatten auch nirgendwo eine Kamera entdeckt. Keine Lampen, wie man sie für eine ordentliche Studiobeleuchtung braucht, keine Schirme für indirektes Licht. Vielleicht führte Drach das alles in seinem Transporter ständig mit sich, andererseits war es ein verdammt teures Equipment, das man nicht ohne Grund in der Gegend herumchauffierte.

Drach hatte nicht vor, in seine Werkstatt zurückzukehren. Nicht dieses Mal.

Jennifer nahm wieder die Skizze mit der Friedhofsszene zur Hand.

Keine Umwege. Frisch aufgefangen mit ihrem Blut.

»Verdammte Scheiße«, murmelte sie, bevor sie ihr Handy aus der Hosentasche zerrte und Thomas Kramers Nummer wählte.

Oliver sah sie fragend an. Ihre Reaktion zeigte, dass sie auf irgendetwas gestoßen sein musste.

Sie ließ Thomas nicht einmal Zeit für eine Begrüßung. »Wo steckt ihr mit dem Bruder von Selina Fiedler?!« Die Antwort gefiel ihr nicht. »Wie lange braucht ihr hierher? Ich meine, hierher ins Industriegebiet?« Die nächste Antwort gefiel ihr noch weniger. Sie lief unruhig auf und ab und überlegte. Dann: »Ich schicke dir gleich ein Foto von einer Skizze auf dein Handy. Zeig es ihm. Ich muss wissen, ob er eine Ahnung hat, wo das sein könnte.«

Jennifer legte auf, fotografierte die Skizze und schickte sie an den Polizeiobermeister. Inzwischen war Oliver neben sie getreten und hatte die Zeilen auf dem Blatt überflogen, das sie eben erst beiseitegelegt hatte. Er sagte nichts, doch sie konnte in seinen Augen lesen wie in einem offenen Buch. Er verstand und dachte dasselbe wie sie.

Drach hatte Selina Fiedler. Und er würde direkt mit ihr zu diesem Friedhof fahren.

Das Brummen von Jennifers Handy durchbrach die Stille. »Und?!«

Thomas' Stimme war anzuhören, dass er gerne gewusst hätte, was überhaupt los war, sich aber mit Fragen zurückhielt. »Er denkt, es ist ein Waldfriedhof. In der Nähe von dem kleinen See. Gehört angeblich noch zu Lemanshain, habe ich aber noch nie was von gehört.«

Ebenso wenig wie Oliver und Jennifer. Doch Google Maps kannte den Friedhof. Oliver lud den Eintrag auf seinem Handy, während Jennifer die Verbindung zu Thomas Kramer hielt. Der Kartendienst zeigte ein kleines Quadrat an, mitten im Wald gelegen. Irgendjemand hatte Fotos ins Internet gestellt und sie über Google mit der Örtlichkeit verknüpft. Auf den Fotos waren sehr alte, imposante Grabsteine und Skulpturen zwischen hohen Bäumen zu sehen, die teilweise stark erodiert und von Moos und Efeu überwuchert waren. Ein in Vergessenheit geratener Ort, der nur von einer flachen, an mehreren Stellen eingefallenen Steinmauer begrenzt wurde. Fluchtwege in alle Richtungen offen.

Jennifer und Oliver wechselten einen kurzen Blick und strebten gleichzeitig in Richtung Flur.

»Thomas, hör zu. Wir haben Hinweise darauf gefunden, dass Jürgen Drach Selina Fiedler direkt zu diesem Friedhof gebracht haben könnte. Ich brauche mindestens eine Einheit vor Ort, aber eigentlich müsste der gesamte Bereich umstellt werden. Ohne Sirenen, ohne Blaulicht, kein Funkverkehr. Ich will ihn auf gar keinen Fall aufschrecken oder vorwarnen.« Im besten Fall würde Drach fliehen, er konnte aber genauso gut sein Opfer als Geisel nehmen oder, im schlimmsten Fall, durchdrehen und Selina auf der Stelle töten.

»Der Chef hat alle verfügbaren Einheiten auf die Suche nach Drach und seinem Transporter geschickt. Du solltest das mit Möhring direkt …«

»Dafür habe ich keine Zeit und keine Geduld. Grohmann und ich fahren jetzt zu dem Friedhof. Und denk dran: keine Sirenen, kein Blaulicht, kein Funkverkehr!« Sie legte auf, bevor er widersprechen konnte, und schaltete dann das Handy aus.

Das Letzte, was sie jetzt wollte, war, mit Möhring über ihre Entscheidung zu diskutieren. Die Kommissarin war der festen Überzeugung, dass Selina Fiedler keine Zeit mehr für strategisches Vorgehen der Polizeikräfte blieb, und sie fühlte sich für die junge Frau verantwortlich.

Und für Grohmann. Zumindest ein bisschen.

Sie liefen nach draußen, kletterten über das Tor und legten den Weg zu ihrem Wagen im Laufschritt zurück. Als Jennifer den Motor anließ, sagte sie: »Letzte Möglichkeit, um auszusteigen. Du riskierst gerade nicht nur deinen Job.«

Oliver zuckte mit den Schultern. »Im Zweifelsfall behaupte ich einfach, dass du mich gezwungen hast.«

Selina wehrte sich nach Kräften, doch ihre Bewegungen waren wegen der Medikamente unkoordiniert und kraftlos. Trotzdem machte sie es ihm so schwer wie möglich, ihr das Kleid anzuziehen.

Ihn schien ihr Widerstand nicht im Geringsten zu stören. Seine Augen blieben teilnahmslos, er verzog nicht das Gesicht, fluchte nicht, forderte sie nicht einmal auf stillzuhalten oder versuchte sonst irgendwie, sie zur Ruhe zu bringen.

Er arbeitete einfach weiter. Wie ein Roboter.

Es war seine absolute Gleichgültigkeit, die Selina letztlich dazu bewegte aufzugeben, denn seine Ungerührtheit zeigte ihr nur allzu deutlich, dass er gar nicht damit rechnete, dass sie fliehen könnte. Die Droge war zu stark, sie hatte keine Chance.

Inzwischen hatte Selina sich zusammengereimt, mit wem sie es zu tun hatte. Sie hatte über die Morde im Internet gelesen. Das Wissen, dass er sie weder vergewaltigen noch foltern oder sich sonstwie an ihr vergehen würde, spendete ihr allerdings nur wenig Trost.

Er schloss den Reißverschluss an ihrem Rücken, zupfte das Kleid zurecht, schob ihre Brüste in Position und steckte anschließend den Stoff mit Sicherheitsnadeln an der Hüfte noch etwas enger. Es folgten Strumpfhose, Stiefeletten, Ohrringe und eine

Halskette, bevor er sich minutenlang an ihren Haaren zu schaffen machte. Anschließend begann er ihr mit Abschminkpads das verschmierte Make-up aus dem Gesicht zu wischen.

Er hielt sich unangenehm lange damit auf, trotzdem war sie nicht erleichtert, als er endlich fertig war.

Ihre Verwandlung war abgeschlossen. Sie hatte nicht mehr lange zu leben. Es war ein rationaler Gedanke, der ihr in diesem Moment keine Angst mehr machte. Ihr Körper hatte nicht einmal mehr die Kraft, in ausreichenden Mengen Adrenalin zu produzieren.

Er legte ihr die Fesseln nicht wieder an. Sie konnte sich ohnehin nicht mehr wehren. Mühelos hob er sie hoch, legte sie sich über die rechte Schulter und kletterte mit ihr aus dem Transporter. Ihr wurde übel und schwindelig, weil sie kopfüber hing und die körperliche Nähe zu ihm unerträglich fand.

Ihr Blickfeld war verschwommen, weshalb sie erst erkannte, wo sie sich befanden, als er sie im Schnee absetzte und wie eine Puppe an kaltes Gestein lehnte. Selina blinzelte in das gleißende Licht mehrerer Lampen.

Sie waren auf einem Friedhof. Imposante Grabsteine und verwitterte Skulpturen ragten aus dem Schnee, dazwischen standen einige verfallene Mausoleen. Es war nicht irgendein Friedhof. Es war der Waldfriedhof, auf dem sie schon viele Stunden verbracht hatte. Dieser Ort hatte ihr als Quelle der Inspiration und der Ruhe gedient.

Irgendwie war es passend, dass sie hier sterben sollte.

Sie selbst hatte ihrem Mörder von diesem Friedhof erzählt, als er vor vier oder fünf Monaten zum ersten Mal auf einer Veranstaltung ihres Bruders aufgetaucht war und sie mit schmeichelhaftem Interesse über ihre Bilder und Skulpturen ausgefragt hatte. Wenn sie damals doch nur geahnt hätte, wohin sie diese Begegnung führen würde …

Jetzt fummelte er hinten an ihrem Kleid herum. Sie hatte nicht die geringste Ahnung, was er tat. Er hantierte mit irgendetwas Großem, dann spürte sie starke Gewichte, die sie in Höhe ihrer Schulterblätter nach hinten zogen. Es kostete sie unglaublich viel Kraft, doch sie schaffte es, ihren Kopf ein klein wenig zu drehen. Sie sah dunkle Schatten, die direkt aus ihrem Rücken zu wachsen schienen, trotzdem dauerte es eine Weile, bis sie begriff. Er hatte riesige schwarze Schwingen an der Rückseite des Kleides befestigt.

Sie würde ein Engel sein. Wenn sie in der Lage dazu gewesen wäre, hätte sie über diesen makabren Einfall vermutlich sogar gelacht.

Er ging vorsichtig um sie herum. Offenbar war ihm daran gelegen, den Schnee nicht zu zertrampeln, der als flauschige Decke um sie herum ausgebreitet lag. Er murmelte irgendetwas vor sich hin. Dann packte er sie und zerrte sie in eine andere Haltung. Ihre Muskeln waren schwer, jeder Versuch, sich selbst zu bewegen, scheiterte an der tonnenschweren Last, die in ihren Körper gekrochen war und von den Flügeln an ihrem Rücken noch verstärkt wurde.

Er bettete ihren Kopf an das kalte Gestein und legte ihren rechten Arm auf den oberen Rand des Grabmals. Ihre linke Hand ließ er über ihren Oberschenkel gleiten, bis sie über den Rock des Kleides hinausragte und mit dem Handrücken im Schnee zum Liegen kam. Mehrmals richtete er sich auf, begutachtete sein Werk und griff korrigierend ein.

Dann stellte er sich breitbeinig über sie, mit den Füßen auf den aus dem Schnee ragenden Steinbegrenzungen der Gräber balancierend, und ging anschließend vor ihr in die Hocke. Seine Rechte legte sich zwischen ihre Brüste, während er sie mit der Linken an der Schulter abstützte. Er übte Druck auf ihren Brustkorb aus und schien dabei zu testen, wie er sie am besten zusätzlich abstützen konnte, damit ihre sorgfältig arrangierte Haltung bestehen blieb.

Endlich schien er zufrieden zu sein. Er verließ die von ihm geschaffene Bühne und ging zu einem silbernen Koffer, den er neben einer Studiolampe abgestellt hatte. Er befand sich am äußersten linken Rand ihres Blickfeldes, trotzdem konnte sie verfolgen, wie er zwei Glasbehälter und ein Skalpell herausnahm.

So viel also dazu, dass er sie nicht foltern würde.

Selina wollte schreien, doch sie konnte ihren Mund nicht mehr öffnen.

Mit dem Skalpell in der Hand kehrte er zu ihr zurück und hockte sich erneut über sie. Vorsichtig nahm er ihren linken Arm und begutachtete die bleiche Haut, wie ein Arzt, der die passende Vene für einen Einstich sucht.

Sie zuckte nicht einmal zusammen, als er die Klinge ansetzte und ihr einen tiefen Schnitt am Handgelenk zufügte. Ihr Körper reagierte nicht mehr auf den Reiz. Selbst den Schmerz nahm sie nur noch als dumpfen Druck wahr.

Ihr Blut quoll dick und dunkelrot aus dem Schnitt hervor. Er ließ den Arm nach unten über das Glasbehältnis sinken, das er in ihrem Schoss abgestellt hatte, und fing die Flüssigkeit auf, die viel langsamer aus der Wunde floss, als sie erwartet hätte. Wahrscheinlich eine weitere Wirkung der Droge, die er ihr eingeflößt hatte. Das Mittel musste ihren Blutdruck extrem stark gesenkt haben.

Er wartete geduldig und wirkte dabei so teilnahmslos, als ob er Bier oder Benzin zapfen würde. Schließlich verstärkte er seinen Griff um ihren Arm, sodass der Blutfluss für einen kurzen Moment gestoppt wurde, gerade lange genug, um ihre Hand zurück auf den eisigen Boden sinken zu lassen. Ihr Blut färbte das unschuldige Weiß des Schnees tiefrot.

Selina war vollkommen gebannt von dem Anblick. Das Arrangement entsprach fast bis ins letzte Detail dem Bild, das sie zuletzt gemalt hatte. Tränen rannen über ihre Wangen. Sie hatte die Vorlage für ihren eigenen Tod geschaffen.

Sie hörte ein Schlucken und zwang ihre Augäpfel dazu, sich zu bewegen, bekam aber nur ein schummrig verzerrtes Bild ihres Peinigers zu Gesicht. Trotzdem erkannte sie, dass er aus dem Glasbehältnis trank. Er trank ihr Blut. Wie ein verdammter Vampir.

Grauen packte sie, und die neu entflammte Angst spülte den letzten Rest rationalen Denkens hinweg.

Er hatte ausgetrunken, griff wieder zum Skalpell und packte Selina an der Schulter. Die Klinge bewegte sich in Richtung ihres Brustbeins.

Er würde sie aufschneiden.

Hier. Jetzt.

Ihre Lippen zitterten, doch sie brachte sie noch immer nicht auseinander. Ihr Schrei hallte in ihrem Schädel wider.

Sie hörte, wie die Klinge den Stoff teilte, und spürte noch den undeutlichen Druck beim ersten Schnitt.

Danach folgte Dunkelheit.

19

Sie stellten Jennifers Auto am Straßenrand ab, direkt an der Zufahrt.

Das Licht auf dem Friedhof war schon von Weitem zu sehen. Wie erwartet war der Weg, der von der Straße in den Wald hineinführte, ziemlich zugewachsen, doch es gab frische Fahrspuren im Schnee. Vorsichtig näherten sie sich zu Fuß dem Geräusch, das dem eines laufenden Automotors ähnelte.

Sie erreichten die Überreste eines schmiedeeisernen Tores, das einst eindrucksvoll am Friedhofseingang aufgeragt haben musste, jetzt aber verrostet in seiner Verankerung hing und von Efeu überwuchert war.

Sie betraten den Friedhof und konnten den Spuren des Transporters mühelos zwischen hohen Bäumen und wuchernden Sträuchern hindurch folgen. Drachs Wagen parkte neben Grabsteinen, die so stark verwittert waren, dass ihre Form unter dem Schnee nur noch zu erahnen war.

Neben der Motorhaube des dunkelblauen Sprinters stand ein tragbarer Generator. Von dem Gerät verliefen Kabel zur Mitte des Friedhofs, wo sie offenbar Strom für mehrere Studiolampen lieferten, die einen kleinen Bereich in grelles Licht tauchten.

Sie kamen nicht zu spät. Selina Fiedler war noch am Leben.

Von der hinteren Stoßstange des Transporters aus konnten sie sehen, dass Drach die junge Frau entsprechend seiner Skizze an einen Grabstein gelehnt und in Position gebracht hatte. Sie trug ein pompöses schwarzes Kleid und dunkle Schwingen auf dem Rücken. Er hatte ihr einen Schnitt am linken Handgelenk zugefügt. Selbst aus dieser Entfernung war das Blut zu sehen, das als dünner Strom im Schnee versickerte.

Drach hockte über seinem Opfer und bereitete sich offenbar auf den nächsten Schritt vor, der unverkennbar auf ihren Brustkorb abzielte.

Jennifer musste ihre Entscheidung binnen Sekunden treffen. Sie warf Oliver nicht einmal einen Blick zu. »Geh irgendwo in Deckung und bleib dort. Ruf Möhring an. Sag ihm, wir haben sie. Ich regle das inzwischen.«

Er fragte nicht, was sie genau vorhatte. Die Pistole in ihrer Hand sagte alles. »Sei vorsichtig.«

Jennifer glitt neben den Transporter und bewegte sich langsam vorwärts. Sie setzte jeden Schritt mit Bedacht, trotzdem klang das Knirschen des Schnees in ihren Ohren so laut wie ein Tier, das durchs Unterholz prescht. Zwar stand der Wagen im Dunkeln, und sie ging davon aus, dass Drach sie nicht würde sehen können, da seine Augen an die Festbeleuchtung der Studiolampen gewöhnt waren, dennoch blieb sie vorsichtig. Es war eine sternenklare Nacht und fast Vollmond.

Jennifer wusste nicht, wie Drach reagieren würde, wenn er merkte, dass er aufgespürt worden war. Sie musste ihn zu allererst von Selina Fiedler fortlocken, um sie seinem direkten Zugriff zu entziehen. Er brauchte das Licht. Also war der erste Schritt, ihm die Stromzufuhr zu kappen.

Da sie die einzelnen Schalter an dem tragbaren Gerät nicht erkennen konnte, zog sie die Kabel und unterbrach so den Kontakt. Mit einem letzten Röhren verstummte der Generator, und keine Sekunde später gingen die Studiolampen aus. Jennifer zog sich ein paar Meter zurück und hockte sich bei der hinteren Stoßstange hin. Falls Drach eine Taschenlampe dabeihatte, wollte sie nicht direkt im Lichtkegel stehen, wenn er sie herumschwenkte.

Der Generator dröhnte weiter vor sich hin. Erst jetzt nahm Jennifer den Gestank der Abgase wahr, die die Luft verpesteten.

Ihre Augen gewöhnten sich schnell an die neuen Lichtverhältnisse. Drach stand breitbeinig über Selina Fiedler und rührte sich nicht, die Klinge in seiner Hand reflektierte das blasse Mondlicht. Er wartete. Offenbar hoffte er auf irgendeine Fehlfunktion, die sich von selbst beheben würde. Die Unterbrechung schien er gleichmütig hinzunehmen.

Mehrere Sekunden verstrichen, bevor er vorsichtig aus seiner Stellung balancierte und in den Schnee neben das Grab sprang. Keine Taschenlampe. Das Mondlicht genügte ihm offenbar, oder er hatte keine dabei. Er folgte dem Verlauf der Kabel. Er wirkte kein bisschen angespannt, obwohl er noch immer das Skalpell in der rechten Hand hielt. Sein Blick war auf die Kabel am Boden gerichtet.

Jennifer blieb still sitzen, zielte und hielt unwillkürlich die Luft an.

Sie musste Geduld haben. Er sollte mindestens die Hälfte des Weges zum Transporter zurückgelegt haben, bevor sie ihm ins Bein schoss, eine Verletzung, die ihn lange genug außer Gefecht setzen würde, um ihn überwältigen zu können. Sie wollte nicht riskieren, ihn einfach nur zu stellen. Drach war bewaffnet, auch wenn er nicht den Eindruck machte, sich dessen bewusst zu sein. Er sollte keine Gelegenheit bekommen, zu seinem Opfer zurückzukehren und irgendeine Dummheit zu begehen.

Nur noch zwei Meter, ein Meter …

Plötzlich blieb er stehen, hob das Kinn und sah dabei fast wie ein Hund aus, der Witterung aufnimmt.

Sein Gehör war offensichtlich besser als Jennifers, denn sie nahm das leise Geräusch einer sich nähernden Polizeisirene erst eine Sekunde später wahr.

Sie hatte keine Gelegenheit mehr, eine Entscheidung zu

treffen, als Jürgen Drach bereits kehrtmachte und losrannte. Jennifer sprang aus ihrer Deckung und brüllte ihm hinterher, er solle stehenbleiben, eine Aufforderung, der er selbstverständlich nicht nachkam. Sie hätte auf ihn geschossen, doch die Grabsteine boten ihm genügend Deckung, sodass sie auf seinen Oberkörper oder seinen Kopf hätte zielen müssen. Das würde sie aber nur dann tun, wenn er der jungen Frau zu nahe kam.

Was er allerdings nicht tat. In dem Moment, als ersichtlich wurde, dass er fliehen wollte und gar nicht erst versuchte, sein Opfer als Geisel zu nehmen, ließ Jennifer die Waffe sinken und rannte ihm hinterher. Sie hatte auf dem Friedhof keine Chance, einen auch nur einigermaßen sicheren Treffer zu landen, also nahm sie die Verfolgung auf.

Drach war verdammt schnell und wendig, sprang mühelos über die niedrige Steinmauer am anderen Ende des Friedhofs und verschwand im Wald. Die dicht stehenden Bäume verschluckten ihn beinahe augenblicklich.

Jennifer folgte ihm, wobei sie sich zeitweise nur noch an sich bewegenden Ästen oder dem schemenhaften Aufblitzen seiner hellblauen Jacke orientieren konnte. Mehr als einmal glaubte sie bereits, ihn verloren zu haben, als sie erneut ein verräterisches Zeichen entdeckte.

Sie war kurz davor, sich einzugestehen, dass sie ihn nicht einholen würde, doch die lauter werdenden Sirenen und das entfernt zwischen den Baumstämmen hindurchdringende Blaulicht weckten ihre Hoffnung. Sie war nicht alleine, auch wenn sie nicht einschätzen konnte, wie viele Einheiten es waren. Olivers Anruf bei Möhring konnte für das Eintreffen dieser Verstärkung jedenfalls nicht verantwortlich sein.

Der Wald schien sich zu einer Lichtung hin zu öffnen, hinter den letzten Bäumen begann das Gelände jedoch abzufallen. Jennifer erinnerte sich an den See, der in der Nähe des Friedhofs in den Karten eingezeichnet war. Als Drach die Uferböschung hinunterrannte und direkt auf den zugefrorenen See lief, folgte sie ihm, ohne lange nachzudenken.

Auf der zugeschneiten Oberfläche rutschte sie aus, geriet ins Straucheln und hatte Mühe, sich auf den Beinen zu halten. Ebenso wie Drach. Er kam nicht mehr so schnell voran, trotzdem gelang es Jennifer nicht, zu ihm aufzuschließen. Fast gleichzeitig entdeckten sie die Methode, sich mehr gleitend als laufend über das Eis zu bewegen.

Die Sirenen waren inzwischen ganz nah, Scheinwerferlicht leuchtete zwischen den Bäumen auf, dann hörte Jennifer das Aufheulen eines Motors und das Quietschen von Bremsen. Sekunden später brachen am westlichen Ufer mehrere Beamte durchs Unterholz und postierten sich auf der Böschung des Sees.

Drach unternahm einen letzten Fluchtversuch, indem er sich nach Osten orientierte, doch auch dort erschienen Polizisten. Innerhalb von wenigen Augenblicken war der See umstellt, das Licht zahlreicher Taschenlampen erhellte die Eisfläche. Das Geräusch von Waffen, die entsichert wurden, ertönte, und Drach blieb augenblicklich stehen.

Jennifer schloss schlitternd zu ihm auf, ihre Pistole auf ihn gerichtet. Sie war nicht weniger außer Atem als er, trotzdem schrie sie ihn an. »Ich will Ihre Hände sehen!«

Er breitete die Arme zu beiden Seiten seines Körpers aus, während er sich langsam zu ihr umdrehte. Das Skalpell war verschwunden.

»Hinknien! Hände auf den Rücken!« Er reagierte nicht. »Machen Sie schon!«

Ein gefühlloses Lächeln verzog seine Mundwinkel. »Ich denke nicht daran.«

Jennifer war für den Bruchteil einer Sekunde zu überrascht, um zu begreifen. Dann begann sie sich zu wundern, warum sie noch immer alleine mit ihm hier mitten auf dem See stand. Wo zum Teufel blieb die Verstärkung? Sie ließ ihren Blick kurz zur Uferböschung wandern, wo die Polizisten noch immer regungslos standen. Keiner von ihnen bewegte sich in Richtung See.

Erst jetzt bemerkte Jennifer die grellgelben Schilder am Ufer. Sie musste sie nicht lesen, um zu wissen, dass sie davor warnten, die Eisfläche zu betreten. Das Eis war nicht dick genug, um Menschen sicher zu tragen.

Und sie beide standen mitten drauf. Mindestens zwanzig Meter trennten sie in jede Richtung vom Ufer.

Bis auf entferntes Funkrauschen war es still geworden, die Sirenen waren verstummt. Das leise Knacken unter ihren Füßen war dafür plötzlich umso deutlicher zu hören.

Jennifer sah den leblosen Ausdruck in Jürgen Drachs Augen, der in krassem Gegensatz zu seinem Lächeln stand. Er wusste Bescheid. Ihn schien die Situation allerdings nicht zu beunruhigen. »Tun Sie, was ich sage. Drehen Sie sich langsam um, Hände auf den Rücken. Ich werde Ihnen Handschellen anlegen, und dann gehen wir gemeinsam rüber zum Ufer. Machen Sie keinen Mist. Die Kollegen erschießen Sie, wenn Sie auf dumme Gedanken kommen.«

Ein Geräusch entrang sich seiner Kehle, das nur entfernt an ein Lachen erinnerte. »Ich soll es Ihnen also einfach machen. Und dann? Was wird danach geschehen? Sie verhören mich, stecken mich in eine Gefängniszelle, klagen mich an, verurteilen mich … Und dann verbringe ich den Rest meines Lebens auf acht Quadratmetern?« Er schüttelte den Kopf. »Hört sich nicht sehr verlockend an. Das wäre schlimmer als der Tod. Vielleicht sollte ich einer Kugel im Kopf den Vorzug geben.«

Es war ihm ernst. Todernst. Er überdachte seine Optionen erschreckend nüchtern. Drohungen würden ihn nirgendwohin bewegen. Sie musste ihre Strategie ändern. »Wir wissen von

Mertens. Wir wissen, was Ihnen angetan wurde. Uns ist durchaus bewusst, dass Sie Gründe für Ihre Taten hatten.«

In seinem Gesicht zuckte kein einziger Muskel. »Sie haben keine Ahnung. Sie begreifen nichts.«

»Sie sind überzeugt davon, nicht fühlen zu können, und versuchen, Ihre Emotionen zurückzuerlangen. Doch Ihre Taten sind vollkommen sinnlos und werden Ihnen nicht helfen. Anderen Menschen die Herzen herauszureißen wird Sie niemals dazu befähigen, irgendein Gefühl zu empfinden. Und selbst wenn es möglich wäre … Die Menschen, die sie umbringen, sterben in einem Zustand von Angst und Panik. Alles, was sie erlangen könnten, wären diese beiden Empfindungen, sonst nichts.«

»Ich habe keine Angst«, sagte er. »Im Gegensatz zu Ihnen. Sie haben gerade eine Scheißangst.«

Darüber wollte sie lieber nicht nachdenken. »Meinen Sie? Dies hier ist wirklich nicht der beste Platz, um das auszudiskutieren.«

Er zuckte die Schultern. »Hier, dort, was macht das schon für einen Unterschied? Sie sind gekommen, um mich aufzuhalten. Das haben Sie geschafft. Sie haben mich erwischt. Damit endet alles. Ich wünschte, ich könnte enttäuscht darüber sein, doch in mir herrscht nur Leere. Im Grunde bin ich schon seit vielen Jahren tot.«

Sie drang einfach nicht zu ihm durch. »Wenn Sie jetzt mitkommen, kann Ihnen geholfen werden. Ich kann Ihnen keine Wunder versprechen, doch man wird Sie nicht einfach in eine Zelle stecken. Experten werden sich um Sie kümmern. Sie könnten mit ihnen gemeinsam die Erfolge erzielen, auf die Sie bisher vergeblich warten.«

Drach zeigte erneut sein lebloses Lächeln. »Er hatte absolut recht. Er sagte mir, dass Sie mir diesen Mist erzählen würden, sollten Sie mich kriegen.«

»Wer hat Ihnen das erzählt?«

Drach antwortete nicht. Er starrte auf seine Füße und dann auf die Eisfläche. »Wenn Sie recht hätten, dürfte ich keine Wut über Ihre Lügen empfinden, nicht wahr? Aber ich bin wütend … Sehr wütend sogar.« Er lachte mit Tränen in den Augen. »Alles verloren. Sie haben mir alles genommen.«

Er hob den Kopf. Sein Blick bohrte sich förmlich durch sie hindurch. »Es gibt keine Rettung. Weder für mich noch für Sie.« Dann begann er mit dem rechten Fuß kräftig auf das Eis zu stampfen.

Oliver hatte Selina Fiedler den Rettungssanitätern übergeben. Der Schnitt über ihrem Brustbein war tief, hatte aber keine Organe verletzt. Sie stand unter dem Einfluss irgendeines Medikaments oder einer Droge, weshalb sie zwar noch bei Bewusstsein, aber nicht ansprechbar war. Sie war unterkühlt und hatte viel Blut verloren. Doch sie würde es schaffen.

Die eintreffenden Polizisten hatten ihm nur grob die Richtung gewiesen. Er hatte sich durch den Wald geschlagen und sich am Blaulicht und den Sirenen orientiert. Er schien schon eine Ewigkeit gerannt zu sein, als sich die Wand aus Baumstämmen endlich lichtete, und er auf die Böschung hinaustrat.

Der See war umstellt. Es waren nicht genug Polizisten, um eine wirklich sichere Barriere zu bilden, doch sie hatten den Fliehenden erfolgreich in der Mitte der Eisfläche gestellt. Jennifer hielt ihn mit vorgehaltener Pistole in Schach. Niemand rührte sich.

Oliver legte die wenigen Meter zurück, die ihn von dem nächsten Beamten trennten. Er wollte ihn gerade fragen, warum sie tatenlos herumstanden und nicht endlich nach unten gingen, um den Kerl zu überwältigen und der Sache ein Ende zu bereiten, als sein Blick auf die gelben Warnschilder fiel.

Betreten der Eisfläche verboten! Lebensgefahr!

Sein Puls, der wegen des Spurts ohnehin schon raste, beschleunigte sich noch weiter.

Er sah sich um. Wo steckte Möhring? Wer leitete diesen Einsatz?

Oliver versuchte sich seine Aufregung nicht anmerken zu lassen, als er den Polizisten ansprach. »Gibt es irgendeine Strategie?«

Der Mann sah ihn nur kurz aus den Augenwinkeln an, bevor er sich wieder auf die beiden Personen auf dem See konzentrierte. »Wir haben strikte Anweisung, das Eis nicht zu betreten. Feuerwehr ist unterwegs.« Er zögerte, bevor er hinzufügte: »Dieser See friert wegen der Strömung nicht richtig zu. Es ist ein Wunder, dass die beiden noch nicht eingebrochen sind.«

»Scheiße.«

Seit Wochen herrschten eisige Temperaturen, das Wasser war entsprechend kalt. Wenn Jennifer einbrach, würde sie einen Schock erleiden, der es ihr unmöglich machen würde, sich über Wasser zu halten. Die Strömung konnte sie unter die Eisfläche ziehen. Selbst wenn die Feuerwehr dann schon vor Ort wäre, würden wertvolle Minuten verstreichen, bis Jennifer geborgen werden konnte.

Sie mussten sie von diesem verdammten See runterholen. Sie musste doch wissen, in welcher Lage sie sich befand. Drach konnte nicht mehr fliehen, er schien unbewaffnet zu sein. Warum zog sie sich nicht zurück und brachte sich in Sicherheit?

Sie redete mit Drach, und es sah tatsächlich so aus, als wollte sie ihn zur Aufgabe bewegen. Der Typ konnte die ganze Nacht auf dem Eis festsitzen und darüber nachdenken, was er tun sollte, wenn ihm danach war. Sie konnte bleiben, zusehen, per Megaphon mit ihm verhandeln, wenn sie wollte, nur eben vom sicheren Ufer aus!

Oliver zog sein Handy, wählte ihre Nummer und erhielt sofort die Ansage, dass der Teilnehmer nicht zu erreichen sei. Ihm fiel ein, dass sie ihr Smartphone ausgeschaltet hatte. Wieso schaltete sie es nicht wieder ein? Warum kam sie nicht einfach vom Eis runter? »Verdammte Scheiße!«

Oliver begann unruhig am Ufer hin und her zu gehen. Das Eis knirschte leise. In seinen Ohren klang es wie das Klirren einer zerspringenden Glasscheibe.

Jennifer sprach noch immer mit Drach. Oliver konnte den Gesichtsausdruck des Mannes nicht sehen, dennoch war er sich absolut sicher, dass sie ihren Atem verschwendete.

Die Sekunden schlichen dahin. »Herrgott, Jennifer, komm schon …«

Plötzlich fing Drach an, mit dem Fuß auf die dünne Eisschicht zu stampfen.

Jennifer wich unsicher zwei Schritte zurück. Noch hielt das Eis. Aber noch immer trat sie nicht die Flucht an.

Das Aufstampfen wurde stärker.

Dann fiel ein Schuss.

Drachs Knie wurde von der abgefeuerten Kugel in einem roten Regen zerschmettert. Er heulte schmerzerfüllt auf, während sein Bein einknickte und sein anderer Fuß auf dem glatten Untergrund wegrutschte. Schwer schlug er auf der Eisfläche auf.

Das Knistern vereinzelter Sprünge verwandelte sich in das Krachen zerberstenden Eises.

Oliver hörte sich selbst Jennifers Namen schreien, als die gesamte Oberfläche des Sees in Bewegung geriet. Bedrohlich wankend kämpfte sie um ihr Gleichgewicht, während sich das Eis unter Drachs liegendem Körper zu einem dunklen Schlund öffnete.

Endlich rannte sie los.

Während Drach mit einem Klatschen im eisigen Wasser landete, lief Jennifer über die brechende und sich verschiebende Eisfläche. Der Boden unter ihren Füßen schwankte, die Platten konnten ihr Gewicht nicht mehr tragen, versanken im Wasser oder gerieten in Schräglage.

Das sichere Ufer kam näher, und als sie endgültig den Halt zu verlieren drohte, sprang Jennifer. Es waren nur noch wenige Meter bis zur Böschung, doch die Entfernung war zu groß.

Noch bevor sie realisierte, dass sie durch das Eis gebrochen war, umgaben sie lähmende Kälte und Dunkelheit. Sie strampelte wild mit den Füßen, versuchte verzweifelt, sich an die Oberfläche zurückzukämpfen, doch über ihr schien sich das Eis auf magische Weise geschlossen zu haben. Ihre Kleidung hatte sich binnen Sekunden mit Wasser vollgesogen, und die Last drohte sie nach unten zu ziehen. Ihre Gegenwehr schien vollkommen zwecklos.

Dann berührten ihre Finger kalten Schlick. Der See war an dieser Stelle nicht mehr sehr tief. Sie rammte ihre Füße in den Boden und stemmte sich nach oben, dem wenigen Licht entgegen.

In dem Moment spürte sie auch schon Hände, die sie packten und an die Oberfläche zerrten.

Jennifer saß mit mehreren Decken um die Schultern im geöffneten Kofferraum eines Polizeiautos und biss die Zähne aufeinander, um das Zittern ihrer Kinnpartie zu unterdrücken. Ihre nasse Kleidung war teilweise gefroren, ebenso ihre Haare, die steif zu beiden Seiten ihres Gesichts klebten. Die Wärme des Tees, den ihr ein Sanitäter in die Hand gedrückt hatte, tat ihr an den Fingern schon beinahe weh.

Wenn es nach dem Arzt gegangen wäre, der sie vor einer halben Stunde begutachtet hatte, wäre sie längst in Richtung

Klinik unterwegs. Er war der Meinung, sie müsse sich wegen Unterkühlung behandeln lassen, sie hatte sich jedoch geweigert, den Schauplatz zu verlassen, bevor Jürgen Drach geborgen worden war. Nachdem der Arzt ihre Vitalfunktionen überprüft hatte, hatte er sich widerwillig damit einverstanden erklärt, sie zurückzulassen.

Jennifer wusste, dass ihr Kreislauf jeden Augenblick zusammenbrechen konnte, doch sie musste sicher sein, dass sie Drach tatsächlich fanden – tot oder lebendig.

Dafür hatte sie sogar Möhrings Vortrag stumm über sich ergehen lassen, in dem er ihr eigenmächtiges Handeln gerügt hatte. Letztlich hatte er ihr die Schulter gedrückt und »Gute Arbeit« gemurmelt. Er musste natürlich anerkennen, dass Selina Fiedler jetzt tot auf dem Friedhof sitzen würde, wenn Jennifer und Grohmann nicht ihrer gemeinsamen Eingebung gefolgt wären.

Als endlich Bewegung an der Uferböschung entstand, sah sie sich schon nicht mehr in der Lage, aufzustehen und den Leuten entgegenzugehen. Professor Meurer und sein Assistent betraten als Erste die Lichtung, auf der Streifen- und Feuerwehrwagen standen, ein sicheres Zeichen dafür, dass sie Drach gefunden hatten.

Die Taucher der Feuerwehr hatten seinen Leichnam geborgen. Nach einer Dreiviertelstunde war auch nicht mehr damit zu rechnen gewesen, dass sie ihn lebend aus dem Wasser fischen würden.

Vier Männer trugen die Bahre zum Leichenwagen. Er stand direkt neben dem Auto, dessen Kofferraum Jennifer sich nicht umsonst zum Ausruhen ausgesucht hatte. Bevor sie ihn verluden, öffnete Professor Meurer den schwarzen Leichensack, sodass die Kommissarin einen Blick auf den Toten werfen und mit einem knappen Nicken bestätigen konnte, dass es sich um den Verdächtigen handelte.

Drachs Körper wies eine bläulich-weiße Verfärbung auf und sah so steif gefroren aus, wie Jennifer sich fühlte. Nur die Narbe zwischen seiner Nase und seinem linken Auge zeichnete sich dunkelrot ab.

Die Taucher der Feuerwehr und einige Uniformierte kamen auf die Lichtung. Möhring und Grohmann bildeten das Schlusslicht. Sie sprachen noch kurz miteinander, bevor der Leiter der Einsatzabteilung in seinen Wagen stieg und Oliver zu ihr herübergeschlendert kam. Er sah erschöpft und müde aus. An seinem Mantel und seiner Jeans klebte Selina Fiedlers Blut.

Mit einem stummen Kopfschütteln drückte er seine Missbilligung darüber aus, dass Jennifer noch immer hier herumsaß. Er ließ sich neben ihr in dem offenen Kofferraum nieder und sah zu, wie der Leichenwagen abfuhr.

Einen Moment lang sagte keiner von beiden etwas.

Jennifer bemühte sich nach Kräften, nicht mit den Zähnen zu klappern. »Wer hat geschossen?«, fragte sie.

»Ein Beamter auf Möhrings Anweisung hin. Eigentlich sollte verhindert werden, dass Drach das Eis zum Brechen bringt.« Olivers Stimme klang geschwächt. »Ich habe mir seinen Namen nicht gemerkt. Unwichtig.«

»Und welcher Vollidiot ist mit Sirene und Blaulicht zum Friedhof gefahren?« Der Fotograf könnte noch leben, wenn ihre Anweisungen befolgt worden wären. Sie hätte ihn überwältigen und festnehmen können. Jetzt war er tot. Bei der Aufarbeitung des Falls waren sie nun ausschließlich auf die Beweise angewiesen, die er zurückgelassen hatte.

»Deine Ansage hat nicht alle erreicht. Möhring hatte bereits Einheiten losgeschickt, als er von Thomas Kramer über unseren Plan informiert wurde.« Olivers Lächeln fiel schwach aus. »Niemand da, dem du den Kopf abreißen kannst.«

»Du aber auch nicht.«

Er runzelte die Stirn. »Wieso sollte ich?«

»Kein Verfahren, keine Verurteilung. Ein toter Killer.«

Oliver nahm es gelassen. »Damit kann ich leben.«

Jennifer fröstelte. »Ist es nicht der Traum eines jeden Staatsanwalts, so einen Typen lebenslang hinter Gitter zu bringen, mit anschließender Sicherungsverwahrung?«

»Keine Ahnung. Mein Traum ist es jedenfalls nicht. Außerdem hätte Drach wahrscheinlich ohnehin nicht als schuldfähig gegolten.« Er schwieg kurz. »Es ist vorbei. Ich bin einfach nur froh, dass Selina Fiedler noch lebt und auch dir nichts Ernstes passiert ist.«

Dito, dachte Jennifer, sagte es jedoch nicht. »Ich bin hart im Nehmen.« Sie schloss die Augen und spürte sofort, wie Müdigkeit und Erschöpfung über sie hinwegrollten – wie eine riesige Welle, die sie zu verschlingen drohte. »Wärst du so nett, mich auf dem Weg ins Präsidium zu Hause abzusetzen?«

Er musterte sie mehrere Sekunden lang und fasste dann einen Entschluss. »Ich hätte dir einen anderen Vorschlag zu machen.«

»Und der wäre?«

»Ich fahre dich in die Klinik.« Sie wollte protestieren, doch er kam ihr zuvor. »Zu Hause bist du alleine, Jennifer. Wenn du heute Nacht kollabierst, bekommt das niemand mit. Mein Vorschlag lautet, dass ich dich ins Krankenhaus bringe, du über Nacht dort bleibst und dich behandeln lässt. Morgen am späten Vormittag, sobald sich die Ärzte bereit erklären, dich auf eigenen Wunsch zu entlassen, hole ich dich ab, und wir fahren gemeinsam nach Wiesbaden.«

Jennifer runzelte die Stirn. »Wieso nach Wiesbaden?«

»Die Spurensicherung nimmt gerade den Schlachthof auseinander. Sie haben Briefe von Mertens gefunden. Ich weiß zwar noch nicht, was drinsteht, aber ich gehe jede Wette ein, dass ich morgen Mittag etwas habe, worüber ich mich mit diesem

Scheißkerl unterhalten will. Möglicherweise etwas, das über Strafvereitelung und Behinderung der Justiz hinausgeht.«

»Briefe?« Benommen schüttelte Jennifer den Kopf. Jetzt verstand sie, von wem Drach gesprochen hatte. Mertens hatte gewusst, wer der Täter war, und hatte geschwiegen. Und möglicherweise nicht nur das.

Am liebsten wäre sie sofort in die ehemalige Schlachterei zurückgekehrt und hätte sich die Briefe selbst angesehen, doch sie wusste, dass sie das nicht mehr durchhalten würde. Es gab Teile ihres Körpers, die sich kaum noch wie ihre eigenen anfühlten, und jeder einzelne Muskel schien lahm und schwer zu sein.

Sie stellte den Becher mit dem Tee ab, der inzwischen abgekühlt war, und fummelte mit steifen Fingern ihren Schlüsselbund aus der Jackentasche. »Hier. Das ist der Schlüssel zu meiner Wohnung. Bring mir morgen was zum Anziehen mit und gib Gaja eine Dose in den Napf. Die dürfte inzwischen halb verhungert sein.«

Der perplexe Ausdruck auf Olivers Gesicht ließ sie unwillkürlich lächeln. Er hatte nicht damit gerechnet, dass sie einwilligen würde. »Sagtest du nicht, ich dürfte niemals mehr deine Wohnung betreten?«

»Ich müsste sonst Katia bitten, und das wäre alles viel zu umständlich. Also muss ich dir wohl oder übel vertrauen. Im Schlafzimmer steht noch ein Korb mit gewaschener Wäsche. Stopf einfach ein paar Teile davon in eine Tasche. Und falls Gaja da sein und sich nicht erwartungsgemäß vor dir verkriechen sollte, lass die Finger von ihr, wenn du nicht massakriert werden willst. Die Kleine mag Fremde nicht besonders.«

Oliver wog den Schlüsselbund zögernd in der Hand, bevor er ihn einsteckte. Dann stand er auf und hielt Jennifer die Hand hin. »Es wird Zeit, dass du ins Warme kommst.«

Sie nahm seine Hilfe dankbar an.

20

Der Raum, den ihnen die Pfleger im Altenheim widerwillig zur Verfügung gestellt hatten, war klein und roch nach einer Mischung aus Desinfektionsmittel und Rheumasalbe. Aber wenigstens gab es einen Tisch und vier Stühle, sodass sie Mertens gegenübersitzen konnten.

Der ehemalige Nervenarzt musterte die beiden Beamten eingehend. Seine Haltung wirkte arrogant und herablassend. Er hatte die Arme vor der Brust verschränkt, und seine Mundwinkel zuckten, als hätte er Mühe, ein Grinsen zu unterdrücken.

Er wusste, warum sie hier waren, hatte es gewusst, noch bevor sie das Aufnahmegerät eingeschaltet und ihn über seine Rechte aufgeklärt hatten. Er hatte auf einen Anwalt verzichtet und seinen Betreuer aus dem Raum geschickt. Er schien sich seiner Sache verdammt sicher zu sein.

»Sie sehen noch immer etwas durchgefroren aus«, wandte er sich plötzlich unvermittelt an Jennifer.

Sie antwortete nicht darauf.

»Der Bericht kam im Fernsehen«, sagte Mertens ruhig, ohne den Blick von ihr abzuwenden. »Es hieß, man habe Sie in der Nacht noch wiederbeleben müssen.«

»Sie sollten nicht alles glauben, was die Medien berichten. Aber das werden Sie noch früh genug am eigenen Leib erfahren.« Jennifer fragte sich, woher die Reporter ihre Informationen bekommen hatten. Hatte ein Arzt oder eine Schwester dramatisiert, oder hatten die Journalisten die Angelegenheit selbst noch ein wenig aufgebauscht?

Fakt war, dass sie auf dem Weg ins Krankenhaus auf dem Beifahrersitz eingeschlafen war und Oliver sie auf dem Parkplatz nicht mehr hatte wecken können. Sie war kollabiert, ihr Kreislauf war schließlich doch noch zusammengebrochen. Ihr Zustand war kritisch gewesen, Puls und Blutdruck besorgniserregend, doch die Ärzte hatten sie glücklicherweise recht bald stabilisieren können.

Irgendwann am Morgen war sie in einem Zimmer aufgewacht, an alle möglichen Überwachungsgeräte und Infusionen angeschlossen. Sie war weit davon entfernt, sich gut zu fühlen, trotzdem hatte sie darauf bestanden, das Krankenhaus zu verlassen und mit Oliver nach Wiesbaden zu fahren.

Den Besuch bei Mertens hatte sie sich nicht entgehen lassen wollen.

»Sie wissen also, warum wir hier sind«, stellte Grohmann tonlos fest.

Der alte Mann zuckte die Schultern. »Es war in den Nachrichten, zumindest in den lokalen … Sie sind hier, um mir zu sagen, dass Sie den Typen umgebracht haben, der mir die Fotos geschickt hat.«

»Er hat seinen Tod selbst zu verantworten«, berichtigte der Staatsanwalt mit leisem Zorn in der Stimme. »Außerdem sollten Sie nicht vergessen, dass er mindestens drei Menschen auf dem Gewissen hat. Ebenso viele wie Sie selbst.«

»So viele wie ich?«, fragte Mertens überrascht. »Ich dachte, Sie wären der Meinung, dass ich weitaus mehr Menschen getötet hätte.«

»Ich spreche nicht von Ihren Patienten. Ich spreche von Larissa Schröder, Cedric Mattes und Horst Neubert.«

Mertens runzelte die Stirn. »Sind das die drei, denen er die Herzen rausgeschnitten hat? Die Medien nennen ihn ›Herzensbrecher‹. Eine wirklich passende Bezeichnung, finden Sie nicht?«

Seine aufgesetzt gute Laune war widerlich. Oliver hatte Mühe, einigermaßen ruhig zu bleiben. Er legte drei Kopien vor dem alten Mann auf den Tisch. Es waren handschriftlich verfasste Briefe, die Blätter eng beschrieben. »Haben Sie uns hierzu etwas zu sagen?«

Mertens warf nur einen kurzen Blick darauf. »Das ist meine Handschrift. Und weiter?«

»Sie haben ihm Briefe geschrieben«, stellte Oliver fest und ballte die Hand unter dem Tisch zur Faust. »Briefe, die ihn in seinem Tun bestärkt haben.«

Wieder ein Schulterzucken. »Wenn Sie das sagen.«

»Sie wussten, wer er war und was er tat.«

»Kann schon sein.«

Oliver knirschte unwillkürlich mit den Zähnen. Der Scheißkerl hatte Drachs Phantasien Nahrung gegeben, sie weiter befeuert und all seine Zweifel im Keim erstickt. Noch gab es kein abschließendes Gutachten, doch Doktor Rabe tendierte zu der Annahme, dass Jürgen Drach niemals zum Mörder geworden wäre, wenn Mertens ihn nicht dazu motiviert hätte.

»Wir haben Drachs Aufzeichnungen, Herr Mertens. Sie haben ihn erschaffen. Den Mann, der glaubte, nicht fühlen zu können, und den Mann, der gemordet hat.«

Der Neurologe sagte nichts darauf.

Die Ermittler hatten durch Drachs wirre Notizen erstaunlich viel erfahren, nachdem sie sich erst einmal in seine Gedankengänge eingefunden hatten. »Ursprünglich war er auf der Suche nach Ihnen. Er hat Sie aufgespürt, in diesem Heim. Er hat sich nachts hier eingeschlichen, um Sie zu töten. Sein Fehler war allerdings, dass er Ihnen nicht einfach wie geplant die Kehle durchgeschnitten, sondern Sie zuerst zur Rede gestellt hat.« Grohmann schüttelte angewidert den Kopf. »Und Sie haben mit ihm geredet. Sie haben sich seine labile Persönlichkeit zunutze gemacht und ihm eingeredet, Sie könnten ihm helfen. Es war offensichtlich, dass er keinesfalls unfähig war, Gefühle zu empfinden. Das haben sein Hass auf Sie und sein Wunsch nach Rache zweifellos bewiesen. Aber anstatt ihm eine ärztliche Behandlung oder eine Therapie nahezulegen, haben Sie ihn in seiner Annahme bestärkt, er könne keine Gefühle empfinden. Sie haben widerliche Vorstellungen und Ideen in seinen Kopf gepflanzt und ihm eingeredet, er könne die Gefühle anderer Menschen auf sich übertragen, indem er ihnen das Herz herausschneidet. Sie haben den Menschen, der er einmal war, gleich zweimal zerstört.«

Mertens ließ die Anschuldigungen regungslos über sich ergehen. Dann lächelte er plötzlich selbstzufrieden. »Ich habe ihn nicht zerstört. Ich habe an ihm einen Beweis erbracht.«

»Und welcher Beweis sollte das sein?«, fragte Jennifer, die ihm am liebsten das Grinsen aus dem Gesicht geschlagen hätte.

»Der Beweis, dass meine frühere Arbeit richtig war. Ich habe ihn beeinflusst und einen anderen Menschen aus ihm gemacht, das stimmt. Der zentrale Punkt aber ist doch, dass ich durch die Operation dieses verstörten, labilen, kranken Jungen überhaupt erst die Grundlage dafür geschaffen habe, einen anderen Menschen aus ihm formen zu können. Zwar habe ich ihn in eine Person verwandelt, die Ihnen zuwider ist, aber das war die einzige Möglichkeit, um den Fall einer größeren Öffentlichkeit bekanntzumachen.« Mertens' Lächeln war breit, seine Augen glänzten vor Stolz. »Er wird in Erinnerung bleiben und somit auch ich selbst und meine Arbeit, meine Erfolge.«

Jennifer konnte kaum glauben, was sie hörte. Jetzt verstand sie auch, warum Mertens Drach dazu angehalten hatte, ihm Fotos seiner Taten zu schicken, obwohl ihm klar gewesen sein musste, dass das die Polizei auf den Plan rufen würde. Mertens hatte gewollt, dass sie ihm auf die Spur kamen. Er wollte Publikum. »Das ist krank. Vollkommen krank.«

Mertens schüttelte den Kopf. »Das ist Ihre Sicht der Dinge. Ich bin mir aber sicher, dass dieser Fall dazu führen wird, die Lobotomie in der sogenannten Expertenwelt erneut zu diskutieren. Es wird ein Umdenken stattfinden. Und ich werde als Initiator dieser neuen Ära in die Geschichte eingehen.«

»Das Einzige, was in Erinnerung bleiben wird, sind die Menschen, die Ihretwegen sterben mussten – und Ihr Prozess«, erwiderte Oliver. »Und einen Prozess wird es geben. Ich bin nicht der Einzige, der ein verdammt großes Interesse daran hat, Sie vor Gericht zu sehen, selbst wenn ›lebenslang‹ für Sie nur noch wenige Wochen bedeuten sollte.« Der Staatsanwalt schob Mertens ein Dokument über den Tisch hinweg zu. Es war der Haftbefehl, den er am frühen Morgen erwirkt hatte. »Draußen warten zwei Beamte darauf, Sie dem Haftrichter vorzuführen und anschließend in die Justizvollzugsanstalt zu bringen. Wegen des Verdachts auf Anstiftung zum Mord, Strafvereitelung und Behinderung der Justiz.«

»Und das soll mir jetzt Angst machen?«, fragte Mertens. »Sie haben es selbst gesagt, mir bleibt nur noch wenig Zeit. Ich kann mich glücklich schätzen, dass Sie mir die öffentliche Bühne eines Prozesses bereitstellen, bevor ich sterbe.«

»Ich wünsche Ihnen, dass Sie bis Prozessbeginn fit genug bleiben, um den Zeugenaussagen folgen zu können, vor allem denen der Gutachter, die Ihr sogenanntes Lebenswerk auseinandernehmen und Ihnen wahnhafte Ideen bescheinigen werden.« Oliver beugte sich vor. »Hoffentlich bekomme ich die Gelegenheit, Ihnen in die Augen zu sehen, wenn Ihnen bewusst wird, dass Sie bestenfalls als verblendeter Narr in die Geschichte eingehen werden.«

Mertens schüttelte erneut den Kopf. »Sie haben keine Ahnung. Selbst wenn meine Arbeit nicht anerkannt werden sollte, habe ich doch eine Manipulation durchgeführt, von der gewöhnliche Psychiater und Psychologen nur träumen können. Sie werden mich verehren – auf die eine oder eben die andere Weise.«

Oliver musste einsehen, dass es keinen Sinn hatte, mit dem Kerl zu diskutieren. Er würde seinen kranken Überzeugungen erlegen bleiben, bis er für immer die Augen schloss.

Es gab einiges, was er ihm gerne ins Gesicht gesagt hätte. Beispielsweise, dass die ärztliche Versorgung im Gefängnis nicht gut genug sein würde, um ihm qualvolle Schmerzen zu ersparen. Dass sich sein Sterben lange hinziehen und er bei vollem Bewusstsein miterleben würde, wie der Krebs seinen Körper Zelle für Zelle zerfraß. Doch Grohmann sprach nichts von alldem aus.

Er nickte Jennifer zu. Sie standen auf und verließen grußlos den Raum.

Die beiden uniformierten Beamten gingen hinein, um Wilfried Mertens festzunehmen.

Oliver lehnte auf dem Rewe-Parkplatz an seinem alten Ford und beobachtete aus sicherer Entfernung die Polizeirazzia in dem darunterliegenden Keller. Es war zwar bereits Abend, der Supermarkt hatte aber noch geöffnet, und so ging er in der Menge der Neugierigen unter, die stehenblieben, um der Polizei bei der Arbeit zuzuschauen.

Zufrieden sah er, wie die Beamten allerlei schräge Vögel abführten, in die bereitstehenden Streifenwagen setzten und davonfuhren. Es folgten Kisten und Kartons mit beschlagnahmtem Beweismaterial. Zwei Leute von der Spurensicherung kamen und fuhren eine Stunde später wieder davon.

Um halb elf brachten die Beamten schließlich Tobias Fiedler nach oben, in Handschellen, sein Gesicht eine Maske aus Wut und Enttäuschung. Der Anblick erzeugte in Oliver ein Gefühl tiefer Befriedigung.

Er hatte aus Hannah nicht herausbekommen, was am Samstagabend passiert war, dafür hatte aber Selina Fiedler, die sich zumindest körperlich bereits auf dem Weg der Besserung befand, ziemlich viel über ihren Bruder erzählt. Über die Drogen, die Mädchen, die Sammlung konservierter Organe. Sie hatte genügend Informationen geliefert, um den Oberstaatsanwalt von einem Besuch in Fiedlers Keller und seinem Haus zu überzeugen. Die Organe bei ihm zu Hause waren bereits sichergestellt.

Olivers Handy klingelte. Die Nummer seiner Kollegin Laura Conrad. Die Durchsuchung war also beendet. Laura hatte die Ermittlungen übernommen, damit man ihm später nicht Befangenheit wegen Hannahs Verbindung zu Fiedler vorwerfen konnte.

»Grohmann.«

Die Stimme der Staatsanwältin klang ernst und zufrieden zugleich. »Wir haben weitere Organe, Gras und etwas Kokain gefunden. Das reicht für eine Nacht im Knast, aber letztlich wohl nur für einen Strafbefehl, ein paar Monate auf Bewährung. Fiedler ist nicht vorbestraft.«

»Mehr habe ich auch nicht erwartet.« Einerseits wäre es eine Genugtuung gewesen, wenn sie mehr gefunden hätten, andererseits war Oliver wegen Hannah froh, dass es bei der Durchsuchung nicht noch irgendwelche Überraschungen gegeben hatte. »Außerdem: Danach ist er vorbestraft.«

»Ich werde die Organe ins Labor schicken lassen, dann können wir den DNA-Abgleich vornehmen. Falls Fiedler tatsächlich irgendeins der Organe von dem Killer bekommen haben sollte und wusste …« Sie beendete den Satz nicht.

»Davon ist nicht auszugehen, aber man kann nie wissen.«

»Jedenfalls wird Fiedler in den nächsten Stunden keine schöne Zeit haben. Wir können ihm zwar, was die Mädchen angeht, keine Straftat nachweisen, aber er ist trotzdem ein widerlicher Kerl. Ich werde persönlich dafür sorgen, dass er die schlimmsten Stunden seines bisherigen Lebens durchmacht, bis der Haftrichter ihn wieder von der Leine lässt.«

Oliver grinste. »Das wollte ich hören. Danke.« Er legte auf, blieb aber noch so lange auf dem Parkplatz stehen, bis die letzten Beamten den Keller verließen und anschließend die Tür versiegelten. Die Menge der Schaulustigen löste sich auf, und auch für den Staatsanwalt war es an der Zeit, nach Hause zu fahren.

Als er durch den Vorgarten des Mehrfamilienhauses ging, klingelte erneut sein Telefon. Diesmal ertönte jedoch der Refrain von Lily Allens »Fuck You«. Bianca versuchte ihn zu erreichen, zum zigsten Mal, seit Hannah bei ihm war. Ein kurzer Griff in die Hosentasche, ein Knopfdruck, und der Anruf landete auf seiner Mailbox.

Irgendwann würde er mit ihr sprechen müssen. Irgendwann. Aber nicht heute Abend.

»Schön zu wissen, dass ich dir einen solchen Klingelton wert bin.«

Oliver erstarrte, keinen Meter von der Haustür entfernt. Er drehte sich erst zu seiner Exfrau um, als ihn die Schritte in seinem Rücken fast erreicht hatten. Der Anblick war verstörend. Hannah hatte erwähnt, dass ihre Mutter sich seit einiger Zeit nicht mehr angemessen kleidete. Dass sie allerdings trotz der Kälte in einem viel zu kurzen Minirock, Spitzenstrumpfhosen und einem Mantel mit Leopardenmuster herumlief, war dann doch ein Schock.

»Bianca«, sagte er nur und verschränkte die Arme vor der Brust.

Sie war gut einen Kopf kleiner als er und musste zu ihm

aufschauen. Ihr Gesicht war vor Zorn rot angelaufen. »Willst du eigentlich jeden meiner Anrufe einfach wegdrücken?!«

Oliver ignorierte die Frage und ließ seinen Blick auf die andere Straßenseite wandern, wo eine in die Jahre gekommene rote Corvette unter einer Laterne im Parkverbot stand. Der Typ, der kaugummikauend auf dem Fahrersitz lümmelte, war höchstens Mitte zwanzig. Sie hatte also auch noch ihren Lover mitgebracht. »Kommst du eigentlich immer ohne Voranmeldung?«

»Ich bin gekommen, um meine Tochter abzuholen«, erwiderte Bianca. »Ich habe geklingelt, es macht aber keiner auf.«

Oliver zuckte die Schultern. »Vielleicht ist sie nicht da.«

»Sie ist da. Sie ist kurz am Fenster erschienen und hat gesagt, ich soll mich verpissen.«

»Ich werde ihr mitteilen, dass ihre Wortwahl nicht unbedingt angemessen war, ansonsten kann ich mich der Aussage aber nur voll und ganz anschließen.«

Bianca ballte die Hände zu Fäusten, ihr Atem beschleunigte sich, doch noch hatte sie sich unter Kontrolle. »Sie soll ihren Kram packen und nach Hause kommen! Dorthin, wo sie hingehört!«

»Ich denke, sie ist alt genug, um zu entscheiden, wo sie wohnen will«, erwiderte Oliver ruhig. »Wir haben beide das Sorgerecht. Es gibt keinen Grund, warum sie nicht hier sein sollte.«

»Was glaubst du, warum sie zu dir gerannt ist? Weil ihre Zicken bei allen anderen nicht mehr funktioniert haben, aber dir kann sie ja noch ausgiebig auf der Nase herumtanzen!« Bianca schüttelte den Kopf, während sie ihren rechten Zeigefinger in seine Richtung stieß. »Und was das Sorgerecht angeht: Mein Anwalt ist bereits damit beschäftigt, eine Klage vorzubereiten.«

Oliver seufzte. »Du machst es nur noch schlimmer.«

»Ach ja?! Was mache ich denn nur noch schlimmer?!«

Er fragte sich, was aus der Frau geworden war, die er einst

geliebt hatte. Wo war die intelligente, leidenschaftliche Bianca geblieben, die diesem Typen in seiner Angeberkarre allenfalls den Mittelfinger gezeigt hätte? Wo war die liebevolle Mutter geblieben, die für ihre Tochter über Leichen gegangen wäre?

»Hannah ist zu mir gekommen, weil sie auf deinen Lover und deine neue Jugendlichkeit keinen Bock mehr hat«, erklärte Oliver. »Und was tust du? Du kommst hierher, diesen Kerl im Schlepptau, und glaubst tatsächlich, dass sie mit dir mitkommt? Du bist doch gar nicht hier, weil du sie unbedingt zurückhaben willst, sondern wegen mir. Wenn sie zu ihrer Oma abgehauen wäre, würdest du die Zeit mit deinem Lover genießen und für ein paar Wochen einfach vergessen, dass Hannah überhaupt existiert.«

Bianca verdrehte die Augen. »Geht jetzt wieder dieses Juristengeschwätz los? Du hast doch keine Ahnung!«

»Hast du dich in letzter Zeit mal im Spiegel angesehen?«, fragte Oliver. »Ich kenne Nutten, die besser angezogen sind als du.«

»Gut zu wissen, welchen Umgang du derzeit pflegst. Das wird das Familiengericht bestimmt höchst interessant finden.« Sie starrte ihn an. Ihre Lippen verzerrten sich zu einem bösen Lächeln. »Letzte Chance, Oliver. Sag Hannah, sie soll zu mir zurückkommen. Schmeiß sie raus, wenn's sein muss. Oder …«

»Oder was?«

Siegessicher hielt sie ihm ein zerknittertes DIN-A4-Blatt entgegen. »Oder dein Dienstherr erfährt, dass du unserer Tochter bei einer Urkundenfälschung geholfen hast. Ich habe den Antrag für Hannahs Schulwechsel nie unterzeichnet.«

Oliver stieß ein freudloses Lachen aus. »Und was sollte dir das bringen? Willst du, dass ich meinen Job verliere? Dann kannst du deine Unterhaltszahlungen vergessen.«

»Mein Anwalt sagt, du könntest als Strafverteidiger wesentlich mehr verdienen.«

»Wenn ich eine Stelle finden würde, vielleicht.« Oliver zuckte die Schultern.

»Willst du Krieg?«, fragte Bianca, als ihr klarwurde, dass sie mit ihren Forderungen kläglich gescheitert war. »Kannst du gerne haben. Ich kann dir das Leben noch immer zur Hölle machen, Oliver, vergiss das nicht.«

Er hatte keine Lust mehr auf diese Diskussion und Biancas Gekeife. Sie machte ihn wütend, und er hatte entschieden genug davon, wütend auf seine Ex zu sein. »Tu, was du willst. Schau, wie weit du damit kommst. Zeig mich an, verklag mich, informiere meine Vorgesetzten über was auch immer. Hannah hat entschieden, erst einmal bei mir zu bleiben, und daran wirst du im Moment nichts ändern. Also verschwinde jetzt mit deinem Liebhaber aus meiner Stadt.«

Sie warf ihm einen letzten vernichtenden Blick zu, machte wortlos kehrt und stöckelte auf ihren rosafarbenen High Heels zum Auto zurück. Ihr Freund ließ den Motor bereits an, als sie die Hälfte des Weges zurückgelegt hatte.

Oliver sah der Corvette hinterher, bis sie an der nächsten Kreuzung abbog und aus seinem Sichtfeld verschwand. Eine leise, hämische Stimme flüsterte ihm zu, dass er diese Begegnung möglicherweise bald bereuen würde.

Er wollte gerade die Haustür aufschließen, als sie von innen geöffnet wurde. Hannah stand hinter der Tür und ließ ihn ein. Sie hatte Tränen in den Augen. Sie musste die ganze Zeit dort im Flur gestanden und die Auseinandersetzung ihrer Eltern belauscht haben.

Ihre Blicke trafen sich.

Augenblicklich wünschte er, einiges von dem zurücknehmen zu können, was er zu ihrer Mutter gesagt hatte. Hannah mochte inzwischen sechzehn sein, trotzdem hätte sie von alldem besser nichts mitbekommen.

Wenigstens schien sie nicht wütend zu sein. Zu seiner Überraschung umarmte sie ihn plötzlich, legte ihren Kopf an seine Schulter und murmelte: »Danke.« Auch wenn es nur ein kurzer Moment war, war Oliver froh, sie in den Armen halten zu können.

Epilog

Als Jennifer am Dienstagabend das Präsidium durch den Hintereingang verließ und auf den Hof hinaustrat, war es bereits dunkel. Immerhin hatte sie den Absprung früh genug geschafft, um noch einkaufen gehen zu können, auch wenn man sie vermutlich zur Kasse treiben würde, kaum dass sie den Supermarkt betreten hatte.

Die Aufarbeitung des Falles lief auf Hochtouren, wobei sie sich im Moment auf Drachs Verbindung zu Wilfried Mertens und auf den unaufgeklärten Mord an der Frankfurter Prostituierten konzentrierten.

Jürgen Drach würde am Mittwoch anonym beerdigt werden. Man hatte ihn obduziert, und die polizeiinternen Untersuchungen, die der Tod eines Verdächtigen sowie der Gebrauch von Schusswaffen grundsätzlich nach sich zog, waren so gut wie abgeschlossen. Erwartungsgemäß hatten sie keine Verwandten ermitteln können. Bisher waren nur wenige Details über Drachs Leben zusammengetragen worden, doch er schien seine Kindheit und Jugend überwiegend in Heimen und anderen Erziehungsanstalten verbracht zu haben.

Wie schwer die Schädigungen durch die Lobotomie waren und wie stark der Eingriff seine Gehirnfunktionen beeinträchtigt hatte, mussten die Experten klären. Drachs Gehirn würde noch längere Zeit von Neurologen und anderen Spezialisten untersucht werden.

Die Staatsanwaltschaft Frankfurt hatte die Ermittlungen zu den von Mertens in seiner Praxis durchgeführten Operationen wiederaufgenommen und arbeitete mit Hochdruck daran, weitere Opfer und Beweise zu finden. Inwieweit diese Ergebnisse Eingang in eine Anklage finden würden, war noch nicht abzusehen. Viele der Taten waren vermutlich bereits verjährt.

Der Fall würde die Kommissarin und ihre Kollegen die nächsten Wochen beschäftigen, auch wenn er insgesamt als aufgeklärt gelten konnte. Trotzdem war die Anspannung noch nicht gänzlich von Jennifer abgefallen. Sie litt nach wie vor an Kopfschmerzen und Erschöpfung. Der Kollaps nach ihrem unfreiwilligen Bad im See war vielleicht doch ernster gewesen, als sie sich selbst eingestehen wollte.

Sie hob den Kopf, als sie nur noch wenige Meter von ihrem Auto entfernt war. Eine Gestalt lehnte an ihrem VW und wartete auf sie. Ihr erster Gedanke war, dass irgendein lästiger Reporter es geschafft hatte, sich auf das Gelände zu schleichen. Doch dann erkannte sie zu ihrer Überraschung Oliver Grohmann.

Sie blieb stehen und musterte ihn einen Moment lang. »Was tust du denn hier?«

Er zuckte die Schultern. »Ich war gerade auf dem Weg zu meinem Auto, da habe ich gesehen, wie in deinem Büro das Licht ausging.«

Sie runzelte die Stirn. »Und da bleibst du hier in der eisigen Kälte stehen, um auf mich zu warten? Wieso das denn?«

»Vielleicht wollte ich sichergehen, dass du tatsächlich nach Hause fährst und nicht nur vorhast, so zu tun, als ob?«, fragte er mit dem Anflug eines Grinsens.

Eigentlich hätte sie verstimmt sein sollen, doch erstaunlicherweise war sie es nicht. »Du glaubst also, ich sitze an meinem Fenster, bis du auf dem Parkplatz auftauchst, um dann das Licht auszumachen und darauf zu warten, dass du wegfährst?«

»Zuzutrauen wäre es dir.«

»Ich sollte wohl eher fragen, wieso du zu meinem Büro hochsiehst, bevor du losfährst.« Als Jennifer bewusst wurde, dass sie die Bemerkung mit vollkommen ernster Miene ausgesprochen hatte, schob sie schnell ein Lächeln hinterher. »Stalkst du mich?«

Der neckende Tonfall in ihrer Stimme konnte nicht einmal sie selbst überzeugen. Das Grinsen auf Olivers Gesicht war verschwunden. Er stieß sich von ihrem Auto ab und kam einen Schritt auf sie zu. »Nein … eigentlich nicht.«

Sie standen sich gegenüber. Jennifer wollte sich seinem Blick entziehen, konnte ihm jedoch nur wie gebannt in die Augen sehen. »Dann ist es ja gut«, brachte sie schließlich schon beinahe heiser hervor.

Endlich gelang es ihr, sich loszureißen. Sie erinnerte sich wieder an den Schlüsselbund in ihrer Hand und trat zur Fahrertür. »Ich muss noch einkaufen«, sagte sie.

»Jennifer …«

Sie hielt inne.

»Ich wollte eigentlich nur …«

Die Sekunden schlichen dahin, während er nach Worten suchte. Er machte erneut einen Schritt auf sie zu.

Jennifer verspürte einen unwillkürlichen Fluchtreflex und blieb doch regungslos stehen. Ihr kamen eine Menge unterschiedlichster Dinge in den Sinn, die er sagen könnte. Und nichts davon wollte sie hören.

Oliver fing sich wieder. »Ich wollte eigentlich nur fragen, wie es dir geht. Die Ärzte sind bestimmt nicht begeistert davon, dass du arbeitest … und dann auch noch Überstunden schiebst.«

Jennifer setzte ein Lächeln auf, das sich falsch anfühlte. Es konnte weder ihre Erleichterung vertreiben noch ihre Enttäuschung. »Mir geht's gut. Und was die Ärzte betrifft … die haben doch ohnehin keine Ahnung.«

Oliver wollte noch etwas sagen, aber sie kam ihm zuvor. »Ich muss jetzt wirklich …. Wir sehen uns morgen.«

Jennifer stieg in ihr Auto, ließ den Motor an und fuhr los. Während sie an der Ausfahrt hielt, konnte sie im Rückspiegel sehen, wie er die Lippen bewegte.

»Bis morgen.«

Dann bog sie auf die Straße.

Danksagung

Ich danke allen, die mich durch diese wunderbare Phase meines Lebens begleiten und mir mit Rat und Tat zur Seite stehen. Sie alle sind mir eine große Hilfe und setzen alles daran, dass ich meinen Traum leben kann: Christoph, Janine, Alexandra, Ulrike, Christina, Claudia Schlottmann, Julia Aumüller und Franka Zastrow. Vielen, vielen Dank, dass ihr/Sie für mich da seid/sind!

Ein ganz lieber Dank gilt allen Mitarbeitern des Egmont Lyx Verlages sowie der Literarischen Agentur Schlück, die ihren entscheidenden Beitrag meist im Hintergrund leisten!

Im Besonderen bedanke ich mich bei allen Lesern von »Todeszeichen«, den Rezensenten, Bloggern, den Teilnehmern der Leserunden, den Foren & Portalen sowie allen, die meine Lesungen besucht haben. Es ist eine unbeschreibliche Erfahrung mit jenen Menschen in Kontakt zu kommen, für die mein Werk bestimmt ist und ihr Feedback zu erhalten. Es waren unglaublich tolle Erlebnisse und Begegnungen, die ich nicht missen möchte! Ich hoffe sehr, dass auch »Herzenskälte« euch gefallen wird.

Mühlheim im Oktober 2013

Saskia Berwein

Todeszeichen

Prolog

Die Dunkelheit hellte sich ein wenig auf, zumindest veränderte sich die Schwärze. Langsam kehrte Gefühl in ihren Körper zurück, doch das Erwachen breitete sich nur sehr zähflüssig in ihren Gliedern aus und wurde von Schwindel und Übelkeit begleitet. Sie hatte den Eindruck, schwerelos im Nichts zu schweben, dann wieder schien ihr Körper ins Bodenlose zu fallen.

War sie tot? Löste sich ihre Seele gerade in diesem Augenblick von ihrem Körper? Würde sie bald ein weißes Licht sehen?

Ein Teil ihres langsam erwachenden Verstandes hoffte darauf. Dann wären die Qualen wenigstens vorbei. Endlich vorbei.

Doch dann schmeckte sie Blut und Galle. Sie war nicht erlöst worden. Noch nicht.

Die Bewusstlosigkeit zog sich mehr und mehr zurück. Geräusche drangen zu ihr durch und gewannen an Klarheit: das leise Surren eines Computers oder einer Klimaanlage, das monotone Ticken einer Uhr, dem sie bereits irgendwann zuvor gelauscht und dabei jede einzelne Sekunde gezählt hatte.

Der Übelkeit erregende Geruch, eine Mischung aus Chemie und Körpersäften, hing noch immer im Raum. Etwas hatte sich jedoch verändert.

Sie lag anders. Und er war nicht bei ihr.

Als sie das letzte Mal aufgewacht war – es mochten Stunden oder Tage seitdem vergangen sein –, hatte sie auf dem Rücken gelegen, auf eine harte Pritsche geschnallt, die gespreizten Beine mit Halterungen fixiert.

Er war bei ihr gewesen. Er hatte nackt zwischen ihren Beinen gestanden und sich an ihr vergangen. Immer und immer wieder. Auch jetzt noch hallten sein Stöhnen, seine obszönen Worte und seine Beschimpfungen in ihrem Kopf wider.

Inzwischen lag sie jedoch auf dem Bauch. Die Pritsche unter ihr war kalt und hart. Ihre Arme waren über ihrem Kopf an die Liege gefesselt, und auch um ihre Knöchel waren Nylonbänder festgezurrt, die die Blutzufuhr abschnitten. Dass sie ihre Hände und Füße kaum noch spürte, überraschte oder beunruhigte sie aber schon nicht mehr.

Sie lauschte und konzentrierte sich. Ihr Herzschlag und ihre Atmung waren alles, was sie wahrnahm, wenn sie das technische Surren und das mitleidlose Ticken ausblendete. Er war nicht hier. Nicht in diesem Raum.

Endlich wagte sie es, die Augen einen Spaltbreit zu öffnen.

Sie hatte Angst. Falls er doch noch hier war und bemerkte, dass sie wieder zu sich kam, würden die Torturen von Neuem beginnen.

Vor nicht allzu langer Zeit hatte sie in irgendeiner Zeitschrift gelesen, dass Vergewaltiger sich besonders an der Angst und dem Schmerz ihrer Opfer erregten. Sie wollten, dass die Frauen wach und bei Bewusstsein waren, sonst fehlte ihnen der Anreiz, den sie meistens benötigten, um überhaupt eine Erektion zu bekommen.

Anfangs hatte sie deshalb versucht, sich bewusstlos zu stellen, doch das hatte sie kaum ein paar Minuten durchgehalten. Er hatte sie berührt, jeden Millimeter ihres Körpers erkundet. Teilweise mit der Zärtlichkeit eines aufmerksamen Liebhabers, dann wieder mit Gewalt.

Als sie nicht die gewünschten Reaktionen zeigte, hatte er jedoch nicht aufgegeben, sondern seine Bemühungen, ihr Schmerz zuzufügen und sie zu demütigen, noch gesteigert.

Schließlich hatte er ihre ohnehin dünnen Mauern durchbrochen, indem er sie geküsst und seine Zunge in ihren Mund gestoßen hatte, während sich seine Hände immer fester um ihren Hals schlossen.

Wer auch immer den Artikel in dem Magazin verfasst hatte, hatte offensichtlich keine Ahnung, wovon er oder sie sprach. Denn letztlich entkam man seinem Peiniger nicht, sondern zog sein eigenes Leiden nur unnötig in die Länge.

Es gab kein Entkommen.

Zumindest traf dies auf den Mann zu, in dessen Fänge sie geraten war.

Wo war er hingegangen? Seine Abwesenheit erzeugte gemischte Gefühle in ihr. Angst und Verwirrung. Er hatte ihre Position verändert, was bedeuten konnte, dass er es leid war, in ihr schmerzverzerrtes Gesicht zu blicken. Oder er wollte zu einer neuen Art von Quälerei übergehen.

Das grelle Licht, das von nackten Neonröhren an der Decke ausging, schmerzte und trieb ihr Tränen in die Augen. Der Raum um sie herum verschwamm, doch sie erkannte einige Details, wenn auch nichts, was ihr irgendwie weitergeholfen hätte. Er hielt sie in einem fensterlosen Kellerraum oder einer Art Bunker gefangen. Die kahlen Betonwände, die in ihrem Blickfeld lagen, wirkten vollkommen anonym. Sie hätte sich überall und nirgends befinden können.

Wieso sie überhaupt nach Anhaltspunkten für ihren Aufenthaltsort suchte, war ihr selbst ein Rätsel. Tief in ihrem Innern wusste sie längst, dass sie in diesem Raum sterben würde.

Er würde sie niemals lebendig gehen lassen.

Als ihr dieser Gedanke zum ersten Mal gekommen war, hatte

panische Angst von ihr Besitz ergriffen. Jede Faser ihres Körpers und jeder Winkel ihres Verstandes hatten sich gegen diese Gewissheit aufgelehnt. Doch inzwischen dachte sie anders darüber. Inzwischen hatte sie sich nicht nur damit abgefunden zu sterben, sondern sehnte den Moment geradezu herbei.

Denn nichts sonst würde ihre Qualen beenden. Sie hoffte, dass wenigstens dieser letzte Akt schnell vorübergehen würde. Sie hatte die Augen bereits wieder geschlossen, als sie gedämpfte Schritte und dann das Quietschen einer Tür hörte. Sie erkannte ihn am Klang seiner Schritte. Er war zurückgekehrt.

Langsam umrundete er die Pritsche. Obwohl sie ihn nicht sah, wusste sie, dass seine Augen über ihren Körper glitten und er sich an dieser erniedrigenden Fleischbeschau ergötzte. Als er hinter ihr stehenblieb und freien Blick auf ihre zerschundene Scham haben musste, hörte sie ein kehliges Geräusch, eine Mischung aus einem Aufstöhnen und einem Glucksen.

Einige Sekunden vergingen, dann packte er ohne jede Vorwarnung ihren linken Oberschenkel. Im nächsten Moment rammte er ihr zwei Finger in die Scheide.

Obwohl sie ihre ganze Willenskraft aufbrachte, zuckte sie unwillkürlich zusammen. Den Schmerz nahm sie nur noch gedämpft wahr, trotzdem entrang sich ihren zusammengepressten Lippen ein Schrei, mehr aus Überraschung als vor Schmerz.

Wieder stieß er einen dumpfen, kehligen Laut aus. Er lachte. Es erfreute ihn, dass sie wach war.

Er zog sich aus ihr zurück, und sie bereitete sich innerlich darauf vor, dass er erneut seine Erektion oder irgendeinen Gegenstand unbarmherzig in sie hineinstoßen würde, als wäre sie ein totes, gefühlloses Stück Fleisch. Doch das geschah nicht. Sie hörte, wie er zur Seite trat, dann metallisches Klirren.

Sie konnte nicht verhindern, dass sie sich anspannte. Was würde als Nächstes geschehen? Hatte er sich etwas Neues ausgedacht, um sie zu quälen? Obwohl sie nie gläubig gewesen war, betete sie nun abwechselnd um eine tiefe Bewusstlosigkeit und einen schnellen, baldigen Tod.

Aber Gott hörte nicht zu. Er hatte ihr noch nie zugehört.

Ihr Peiniger strich über ihren Rücken. Seine Handfläche war kühl und feucht. Es war eine beinahe zärtliche Geste. »Perfekt«, flüsterte er. »Einfach perfekt …«

Er schien mit einer Hand ihre Haut in Höhe der Nieren zu straffen. Was hatte er vor?

Der plötzlich einsetzende Schmerz, als er mit einer scharfen Klinge in ihre Haut schnitt, ließ sie aufschreien.

1

Sie trat heftig auf die Bremse, und das Auto kam beinahe augenblicklich zum Stehen. Mit zusammengekniffenen Augen stierte sie in die Dunkelheit, dann kontrollierte sie noch einmal die Daten des Navigationssystems. Von der Straße führte ein wenig einladend aussehender Weg in den Wald, doch kein Schild wies darauf hin, dass sich dort ein Parkplatz für Wanderer befand.

Dennoch, irgendwo in dieser Richtung musste ihr Ziel liegen. Sie zuckte die Schultern, legte den ersten Gang ein und lenkte ihren VW auf den unwegsamen Pfad, dessen Zustand sich mit jedem Meter verschlechterte. Vor ihr taten sich so tiefe Löcher auf, dass der Unterboden des Autos mehrfach über die Erde schrammte. Gebüsch und Grünzeug ragten über den Weg und wirkten im Licht der Scheinwerfer wie dürre Arme, die nach ihrem Wagen griffen.

Äste schabten zu beiden Seiten über die Fenster. Sie war bereits kurz davor, anzuhalten und den Rückwärtsgang einzulegen, als sich das Gehölz zu einer kleinen, halb zugewachsenen Lichtung hin auftat. Ein in die Jahre gekommener Opel Corsa mit lächerlich großem Auspuff nahm fast den gesamten freien Platz ein.

Sie schaffte es, den VW neben den Opel zu quetschen. Wer auch immer diese Lichtung als Parkplatz bezeichnete, musste eine besondere Art von Humor haben. Wenigstens bestätigte das Kennzeichen des Corsa, dass sie hier richtig war.

Jennifer warf einen Blick auf die Uhr. Halb drei. Der Anruf hatte sie vor gut einer Stunde geweckt. Wenn sie Glück hatte, waren das Team der Spurensicherung und der Leichenbeschauer schon vor Ort.

Jennifer kramte im Handschuhfach nach einem Haargummi, die Suche blieb allerdings erfolglos. Sie würde ihre vom Kopf abstehenden braunen Haare nicht bändigen können. Die Frisur passte aber immerhin zu den tiefen Schatten unter ihren ohnehin geröteten Augen.

Also begnügte sie sich mit der Taschenlampe, überprüfte die Batterien und stieg aus.

Ihr schlug eine Welle feuchter Luft entgegen, die ihr nach der Fahrt im klimatisierten Auto beinahe den Atem nahm. Es war zwar bereits Anfang Oktober, doch tagsüber herrschten nach wie vor fast sommerliche Temperaturen, die wegen gelegentlicher Regenfälle von einer drückenden Schwüle begleitet wurden. Selbst die nächtliche Kühle vermochte die Feuchtigkeit nicht nachhaltig zu vertreiben.

Der Lichtkegel der Taschenlampe erfasste einen Trampelpfad, der tiefer in den Wald und auf das Licht zuführte, das zweifellos von Lampen stammte, die am Fundort aufgestellt waren. Der Pfad sah ebenso zugewachsen aus wie der Weg, den sie mit dem Auto gekommen war. Es gab aber deutliche Spuren, die darauf hinwiesen, dass hier diese Nacht schon jemand durchgekommen war.

Vermutlich die beiden Insassen des Corsa.

Jennifer marschierte einige Minuten, dann musste sie den Pfad verlassen. Ihre Trekkingstiefel sanken in den weichen, von Blättern bedeckten Waldboden, doch glücklicherweise hatte sich die Erde trotz der Regenfälle noch nicht gänzlich von dem extrem heißen, trockenen Sommer erholt. Normalerweise war dieses Gebiet besonders feucht, der Boden beinahe sumpfig.

Der Wald öffnete sich vor ihr zu einer etwas größeren Lichtung. Mehrere Taschenlampen schwenkten in ihre Richtung und blendeten sie für ein paar Sekunden, bevor die Beamten sie erkannten und die Lampen senkten, mit denen sie zusätzlich zu den zwei aufgestellten Flutlichtern den Fundort beleuchteten.

Vier Uniformierte von der Schutzpolizei standen um eine trichterförmige Grube von gut zehn Metern Durchmesser herum, deren Ränder mit Laub bedeckt waren. In einigen Metern Tiefe maß das Loch noch immer gut fünf Meter, und der Boden bestand aus einer schwarzen, schlammigen Schicht, aus deren Mitte eine Insel aus Granitgestein ragte.

Drei Männer in bis zur Brust reichenden Gummihosen steckten beinahe hüfttief im Schlamm. Sie hatten eine kurze, tiefe Metalltrage dabei und machten sich an blauen Plastiksäcken zu schaffen, die zwischen den kantigen Granitfelsen im Morast steckten.

Es stank nach Fäulnis und Verwesung. Der typische Leichengeruch war unverkennbar.

Thomas Kramer, der den Einsatz der Schutzpolizei vor Ort leitete, kam mit ernster Miene auf Jennifer zugeschlendert. Er hatte dunkle Ringe unter den Augen und wirkte nervös. Die Folgen einer überlangen Schicht und des Nikotinentzugs. Kramer war starker Raucher, und es fiel ihm nicht leicht, an Tat- oder Fundorten auf seine geliebten Zigaretten zu verzichten.

»Hallo, Jennifer. Schön, dass du es so schnell geschafft hast.«

Sie bemerkte den leicht bissigen Unterton, der sich in die Stimme des knapp dreißigjährigen Polizeiobermeisters geschlichen hatte, ignorierte ihn aber.

Selbst Professor Meurer war schon da. Im Gegensatz zu allen anderen wirkte der Gerichtsmediziner frisch und ausgeruht. Seine Kleidung saß perfekt, auch wenn die dunkelgraue Tweedhose nicht unbedingt zu den klobigen Arbeitsstiefeln passte, die er sonst vermutlich nur bei der Gartenarbeit trug.

Der Professor stand mit Jarik Fröhlich von der Spurensicherung zusammen und beobachtete eher missmutig als konzentriert, wie die Männer mit der Bergung des Fundes kämpften.

Jennifer hätte auch eine halbe Stunde später kommen können, ohne dass Kramers Einsatz sich verlängert hätte, doch sie nahm ihm seine Frustration nicht übel.

Die Schutzpolizei von Lemanshain hatte in letzter Zeit ebenso mit Unterbesetzung zu kämpfen wie fast jede andere Behörde, die mit ihrem aktuellen Fall zu tun hatte. Auf die Zahl der Leichen, mit denen sie seit Anfang des Jahres konfrontiert wurden, waren sie einfach nicht vorbereitet. Und bisher taten die Stadtoberen nichts, um diesem Problem angemessen zu begegnen.

»Ich habe dich sofort angerufen, als der Notruf reinkam«, fügte Kramer hinzu und stieß ein Seufzen aus. Er war offensichtlich erleichtert, dass er die Verantwortung jetzt an sie, die zuständige Kriminalbeamtin, abgeben konnte.

Jennifer schenkte ihm ein Lächeln, das vermutlich nicht halb so aufmunternd wirkte wie beabsichtigt. »Sorry, Thomas, ich glaube, ich habe mich verfahren.«

Er nickte und fuhr sich mit der Rechten durch die kurz geschnittenen dunkelblonden Haare. Das tat er immer, wenn die Lust auf eine Zigarette allzu groß wurde und er seine Hände mit irgendetwas beschäftigen musste. »Falsche Seite. Der Parkplatz, den ich dir genannt habe, liegt nördlich von hier.«

Jennifer zuckte die Schultern und ließ sich nicht anmerken, dass sie sich über sich selbst ärgerte. Tagsüber hatte sie solche Probleme nicht, doch ihr nächtlicher Orientierungssinn war nicht der beste. Vermutlich war sie an dem Schild, das den Parkplatz auswies, vorbeigefahren, ohne es zu bemerken. »Dafür habe ich den Corsa der beiden Jungs entdeckt.«

Kramer nickte nur wieder. Es schien keine Information zu sein, die ihn sonderlich interessierte.

»Also, was ist hier los?«, fragte Jennifer.

»Die zwei Jungs haben in dem Loch da unten eine Leiche entdeckt. Oder vielmehr das, was davon noch übrig ist. Die Verwesung ist wohl schon ziemlich weit fortgeschritten. Die Überreste stecken in Müllsäcken.«

Jennifer stieß hörbar die Luft aus. »Also nicht unser Mann.«

Kramer nickte. »Unwahrscheinlich, nach dem zu urteilen, was wir bisher haben.«

Jennifer wusste nicht so recht, ob sie erleichtert sein sollte oder nicht. Denn immerhin bedeutete es eine weitere Leiche in ihrem Zuständigkeitsbereich. »Und was haben die Jungs hier mitten in der Nacht verloren?«

»Geocaching.«

»Geocaching?« Jennifer hatte davon schon mal gehört, konnte sich auch entfernt an einen Zeitungsbericht erinnern, doch im Moment sagte ihr der Begriff nichts.

»Versteckte Kisten, nach denen irgendwelche Verrückten suchen, mit nichts als GPS-Daten als Hinweis«, erklärte Kramer in einem Tonfall, der andeutete, dass er dieses Wissen für Allgemeinbildung hielt. »Eine Art moderne Schnitzeljagd.«

Jennifer nickte, auch wenn ihr das Ganze noch immer nur entfernt bekannt vorkam.

»Die Jungs waren auf der Suche nach einem Rätselcache mit mehreren Stationen, der nur nachts gefunden werden kann. Man muss Rätsel lösen, um die Koordinaten der nächsten Station zu ermitteln.« Kramer zuckte die Schultern. »Beim Lösen und Berechnen der Koordinaten für das Ziel haben sie ganz schön Mist gebaut und sind dann hier gelandet. Sie sahen den Zipfel eines Müllsacks zwischen den Granitfelsen und dachten, das sei ihr Schatz.«

»Die Jungs sind in den Schlamm da runtergestiegen?«, fragte Jennifer überrascht.

»Einer von ihnen. Er hat sich an dem Sack zu schaffen gemacht, sah einen eindeutig menschlichen Knochen und … na ja, jetzt sind wir hier.«

Jennifer schüttelte den Kopf. Sie ließ den Blick über den Krater schweifen. Er war vermutlich im Zweiten Weltkrieg entstanden, als eine Bombe, die eigentlich Hanau oder Würzburg hätte treffen sollen, fälschlicherweise über dem Wald abgeworfen worden war. Es war offensichtlich, dass das Loch normalerweise fast bis zum Rand mit Wasser gefüllt und während des ungewöhnlich heißen Sommers teilweise ausgetrocknet war. Die Leiche hatte man vermutlich zu einem Zeitpunkt dort deponiert, als der Wasserstand noch sehr viel höher war.

»Wo sind die Jungs jetzt?«, fragte Jennifer.

»Ich habe sie aufs Revier bringen lassen, damit sich der eine Kerl duschen kann. Sie sind etwas geschockt, aber wenn du willst, kannst du sie heute Nacht noch vernehmen.«

Jennifer dachte kurz darüber nach, doch ein Blick auf die Männer, die sich mit den Säcken in dem Krater abmühten, sagte ihr, dass es noch eine ganze Weile dauern würde, bis sie hier wegkam. »Wohnen sie hier in der Nähe?«

»Ja. Der eine arbeitet in der Möbelfabrik, der andere in der Klinik.«

»Kamen sie dir irgendwie verdächtig vor?«, fragte Jennifer. Sie schätzte Kramers Gespür, Lügen und erfundene Geschichten zu entlarven.

»Die haben meiner Auffassung nach nichts damit zu tun. Selbst wenn der eine nicht in diese Drecksbrühe gestiegen wäre, ihre Geschichte ist glaubhaft. Sie haben die Ausrüstung und die Aufzeichnungen dabei, und auch den Cache gibt es wirklich, habe ich schon überprüfen lassen.«

Jennifer nickte. »Dann schick sie nach Hause und mail mir ihre Daten zu. Sie sollen in der Stadt bleiben und sich morgen früh für eine Befragung bereithalten. Ihr Auto können sie abholen, wenn sie wollen.«

»Okay«, bestätigte Kramer und wandte sich ab, um ihre Anweisungen weiterzugeben.

Jennifer ging zu Jarik Fröhlich und Professor Meurer hinüber. Jarik verständigte sich gerade mit den Männern in der Grube, die es inzwischen geschafft hatten, zwei Müllsäcke zu bergen und auf die Trage zu hieven. Der Koordinator der Spurensicherung sah so erschöpft aus, wie sich Jennifer fühlte. Im Gegensatz zu ihr hatte er es aber geschafft, seine schulterlangen schwarzen Haare zu einem ordentlichen Pferdeschwanz zusammenzubinden.

Jennifer begrüßte die beiden Männer mit einem kurzen Nicken.

Als Jarik nicht mehr seine ganze Konzentration für seine Leute brauchte, fragte sie ihn routinemäßig, ob sie schon mit der Suche nach Hinweisen im Umkreis begonnen hätten. Sie hatte die durch den umliegenden Wald blitzenden Lichtkegel allerdings längst bemerkt.

Er beantwortete ihre Frage mit einem knappen Ja. Sie befürchteten beide, dass die nächtliche Suche genauso wenig bringen würde wie eine zweite Besichtigung bei Tageslicht. In einem Gebiet, in dem regelmäßig Schatzsucher unterwegs waren, würde sich kaum eine brauchbare Spur finden lassen, zumal die Leiche bereits geraume Zeit hier lag.

Die Männer von der Spurensicherung machten sich mit den Müllsäcken auf der Trage vorsichtig an den Aufstieg. Der Verwesungsgestank schien sich noch zu verstärken, und als sie oben angekommen waren, wusste Jennifer auch, warum. Die Säcke waren aufgerissen. Klebrige dunkle Flüssigkeit war ausgetreten und sammelte sich am Boden der tiefen Trage.

Jennifer begann sofort durch den Mund zu atmen, was den Geruch jedoch nur geringfügig erträglicher machte.

Professor Meurer trat vor und warf einen Blick durch einen der größeren Risse. Warum er überhaupt näher trat, war Jennifer ein Rätsel, denn selbst von ihrem Standpunkt aus konnte sie die Überreste einer menschlichen Hand erkennen. Er rückte seine Brille zurecht, trat von der Trage zurück und verkündete überflüssigerweise: »Es handelt sich um menschliche Überreste im fortgeschrittenen Zustand der Verwesung.«

Der Leichenbeschauer blickte von Jarik Fröhlich zu Jennifer Leitner. »Ich muss Ihnen wohl kaum sagen, dass die Auffindungssituation für sich spricht, aber Genaues kann ich natürlich erst nach einer ausführlichen Begutachtung und Obduktion sagen. Ich gehe davon aus, dass Sie die Untersuchung so schnell wie möglich wollen?«

Jennifer nickte. »Was halten Sie von sieben Uhr, Professor?«

Meurer nickte ebenfalls. Er verabschiedete sich mit einem undeutlichen Murmeln und ging. Die Tageszeit hatte sogar auf seine normalerweise perfekten Umgangsformen Auswirkungen.

Jennifer wandte sich an die Beamten der Spurensicherung. »Wisst ihr, ob die Säcke bereits in diesem Zustand waren, oder sind sie erst bei der Bergung aufgerissen?«

Einer der Männer antwortete mit einem unsicheren Schulterzucken. »Schwierig zu sagen. Sie steckten ziemlich fest, sind aber auch in einem verdammt schlechten Zustand. Ich würde davon ausgehen, dass der eine Sack schon vorher an der Unterseite zerrissen war.«

Jarik Fröhlich wechselte einen kurzen Blick mit Jennifer, dann nickte er seinen Männern zu. Sie trugen die Trage zu ihrem Wagen, um sie transportfähig zu verpacken und dann in die Gerichtsmedizin zu bringen. Jarik und Jennifer sahen ihnen mit einem unguten Gefühl nach, denn sie wussten, dass ihnen in wenigen Stunden eine nicht gerade angenehme Wiederbegegnung mit den verwesten Überresten bevorstand.

»Verdammt«, murmelte Jennifer schließlich. »Das heißt, wir haben einen Teil der Leichensuppe jetzt da unten im Matsch und möglicherweise noch weitere Leichenteile oder Beweise.«

Jarik nickte nur stumm, denn er ahnte, was als Nächstes kommen würde.

»Was würdest du vorschlagen, wenn wir hundertprozentig sichergehen wollen?«

Der Mann von der Spurensicherung seufzte resigniert. »Die ganze Grube auspumpen, ausheben und entsprechend untersuchen.«

Jennifer nickte. »Gut. Dann weißt du, was deine Truppe zu tun hat.«

Jariks Gesichtsausdruck spiegelte puren Unglauben. »Bist du verrückt? Weißt du, was das kostet? Der Alte reißt mir den Kopf ab.«

»Anordnung meinerseits. Ich werde morgen früh dafür sorgen, dass der Oberstaatsanwalt das bestätigt und unserem Chef entsprechend mitteilt. Fang also schon mal mit den Vorbereitungen an.«

Jarik stöhnte auf, als sie sich abwandte und damit jede Diskussion im Keim erstickte: »Scheiße!«

2

Jennifer hatte sich zwar vorgenommen, noch wenigstens eine Stunde zu schlafen, doch sie war in Gedanken zu sehr mit dem Leichenfund beschäftigt, um auch nur ein Auge zuzutun. Sie fuhr deshalb schon um halb sechs ins Büro und traf erste Vorbereitungen für den Tag, die hauptsächlich darin bestanden, Notizzettel auf dem Schreibtisch von Freya Olsson zu deponieren, der Büroassistentin der Lemanshainer Kripo.

Jennifer rechnete damit, dass Leichenschau und Obduktion sie zwei, drei Stunden lang beschäftigen würden. Falls sich kein Hinweis auf die Identität des oder der Toten fand, wovon sie im Moment ausging, würde sie anschließend die Daten der Leiche ins System eingeben, um herauszufinden, ob die Überreste zu jemandem passten, der als vermisst gemeldet war.

Auch wenn die Todesursache vermutlich nicht mehr zweifelsfrei festgestellt werden konnte, mussten sie von einem Gewaltverbrechen ausgehen. Eine Mordkommission musste einberufen und der zuständige Staatsanwalt informiert werden. Jennifer hinterließ Freya deshalb eine Notiz, sie möge im Büro der Staatsanwaltschaft anrufen und einen Termin für zwei Uhr vereinbaren.

Die beiden jungen Männer, die die Überreste gefunden hatten, sollte sie um vier Uhr für eine Befragung in Jennifers Büro bestellen.

Der Fall würde so oder so an ihr hängenbleiben, darüber machte Jennifer sich keine Illusionen. Weshalb sie ihrem Chef einen Zettel mit der kurzen Nachricht hinterließ, dass sie alles Notwendige in die Wege leiten würde. Irgendwann diese Woche musste sie versuchen, ihn für ein ernstes Gespräch zu erwischen, denn ihnen wuchsen die Leichen nun endgültig über den Kopf.

Pünktlich um halb sieben saß sie in ihrem VW und legte grübelnd die viertelstündige Fahrt zur Echtermann-Klinik zurück.

Das weiße Gebäude erhob sich am Ende einer kurzen Allee, ein paar Querstraßen von den Hauptverkehrsadern entfernt. Mit seinen verspiegelten Fenstern und den großzügigen Balkons wirkte es eher wie ein Hotel als eine Klinik.

Ein Eindruck, der nicht unbedingt täuschte, denn die Echtermann-Klinik behandelte ausschließlich zahlungsstarke Privatpatienten und beherbergte neben den üblichen Stationen auch Abteilungen für plastische Chirurgie und Suchtbehandlung sowie einen Kurbereich.

Einrichtungen wie die Echtermann-Klinik, die Privatuniversität und das private Internat waren die Geld- und Machtquellen von Lemanshain. Ihnen, ihrer Kundschaft und den finanziell gut situierten Bürgern, die diese Institutionen anzogen, verdankte die Stadt ihre Unabhängigkeit und ihren eigenen Behördenapparat inklusive Amtsgericht und Staatsanwaltschaft, obwohl sie nur knapp fünfunddreißigtausend Einwohner zählte.

Die Stadt verdankte ihren Gönnern auch Leander Meurer, der als Professor der Rechtsmedizin einen ausgezeichneten Ruf genoss. Obwohl er dieser Fachrichtung schon länger nur noch als beratender Experte zur Verfügung stand, war es den Stadtoberen gelungen, ihn als Leichenbeschauer für Lemanshain zu gewinnen.

Jennifer wollte sich nicht ausmalen, was die Stadt sich ihren eigenen hochdotierten Gerichtsmediziner kosten ließ. Seine Berufung war ihr im Hinblick auf die drei bis fünf Leichen im Jahr, die normalerweise in seine Zuständigkeit fielen und bis auf seltene Fälle alles Unfalltote waren, ohnehin immer übertrieben erschienen. Ein Statussymbol, das man sich leistete, weil man es eben konnte – genauso wie den Obduktionsraum, dessen Ausstattung einer amerikanischen Krimiserie hätte entsprungen sein können.

Lemanshain war eine Stadt, in der die Kriminalitätsrate, besonders im Bereich Gewaltverbrechen, weit unter dem nationalen Durchschnitt lag. Polizei und Gerichtsbehörden waren deshalb entsprechend dünn besetzt.

Hier Polizist zu sein war keine besonders aufregende, sondern fast schon eine entspannte Aufgabe. Kein Vergleich zu Frankfurt, wo Jennifer zuvor gearbeitet hatte. Nachdem sie das Angebot zur Versetzung angenommen hatte und nach Lemanshain übergesiedelt war, war Jennifer von der Ruhe in ihrer neuen Dienststelle zunächst genervt gewesen. Inzwischen hatte sie sie jedoch zu schätzen gelernt.

Alles war in geordneten und gut organisierten Bahnen verlaufen. Bis der »Künstler« Anfang des Jahres aufgetaucht war und ihnen in Abständen von einigen Wochen bis zu drei Monaten immer neue Leichen serviert hatte.

Mit einem Serienkiller waren sie schon aufgrund der Mannstärke ihrer Truppe überfordert. Trotzdem weigerte sich der Magistrat der Stadt vehement, irgendeine Art von Amtshilfe in Hanau oder bei einer anderen größeren Behörde zu beantragen. Und Jennifers Vorgesetzte bis hin zum Polizeichef selbst folgten brav dem Willen des Bürgermeisters und der Abgeordneten.

Vermutlich werteten sie eine solche Anfrage als Unfähigkeitseingeständnis, eine Blöße, die sie sich keinesfalls geben wollten. Sie hatten Angst, dass die Unabhängigkeit, die sie der Stadt im Rahmen der gesetzlichen Möglichkeiten erkämpft hatten, in Gefahr geraten könnte.

Also stand das Team um Kriminaloberkommissarin Jennifer Leitner und ihren Partner Marcel Meyer mit einem verrückten Mörder und seinen Opfern ziemlich alleine da.

Selbst der Presseauflauf, den die ersten drei Opfer noch ausgelöst hatten, hatte die Verantwortlichen nicht zum Umdenken bewegen können. Sie hatten das mediale Interesse geschickt ausgesessen, bis aus den Schlagzeilen Randnotizen geworden waren. Wirtschaftskrise und Stuttgart 21 hatten schnell wieder die Titelseiten übernommen. Die lokale Presse berichtete zwar noch immer, doch bissige Kommentare im *Lemanshainer Stadtanzeiger* interessierten in den oberen Etagen nun mal niemanden.

Natürlich war Jennifer froh, dass die Reporter wieder abgezogen waren und sie sich nicht auch noch mit den Medien herumschlagen musste. Manchmal wünschte sie sich trotzdem im Stillen zumindest einen kleinen Skandal, der ihre Chefs endlich zum Handeln zwingen würde. Marcel und ihr hätte die eine oder andere Unterstützung, beispielsweise durch die Hanauer Kripo, wirklich nicht geschadet.

Und jetzt war auch noch eine Leiche aufgetaucht, die offenbar nicht auf das Konto des »Künstlers« ging. Der Fund passte in keiner Weise in sein Muster. Unfall oder Selbstmord waren allerdings ausgeschlossen. Mit etwas Glück hatten sie es mit morbidem Versicherungsbetrug zu tun. Vielleicht kassierte jemand die Rente eines längst verstorbenen Verwandten, dessen Leiche er nach dem Auffinden entsorgt hatte.

So richtig daran glauben konnte Jennifer allerdings nicht. Wenn die Leiche im Wald ordentlich vergraben worden wäre und nicht zerstückelt, dann vielleicht … So allerdings wies ihre Intuition eher in Richtung Totschlag oder Mord.

Sie seufzte, als sie ihren Wagen durch die großzügige Tiefgarage unterhalb der Klinik lenkte. An der hinteren Ausfahrt, die nur für Personal bestimmt war, drückte sie auf die Klingel, hielt ihren Ausweis vor die Kamera und wurde durchgelassen. Sie stellte ihren Wagen auf dem Parkplatz ab, der für das Personal der Küchen, Wäschereien und Labors reserviert war. Obwohl es erst kurz vor sieben war, begann sich die Luft bereits zu erwärmen.

Die wenig genutzten Räume der Gerichtsmedizin lagen im hintersten Teil des Gebäudekomplexes, überraschenderweise nicht im Keller. Die Fenster waren aber spiegelverglast, sodass niemand einen Blick hineinwerfen konnte. Von den nach Osten gelegenen Räumen überblickte man jedoch einen grünen Zipfel des großzügigen Parks, der zu den Echtermann-Kliniken gehörte.

Jennifer hatte die Eingangstür noch nicht erreicht, als ihr Handy klingelte. Sie musste nicht einmal einen Blick auf das Display werfen, denn diesen speziellen Klingelton hatte sie nur einer einzigen Nummer zugeordnet. Mit einem Seufzen zog sie das Telefon aus der hinteren Tasche ihrer Jeans.

Ihre Mutter hatte in den letzten drei Tagen wiederholt versucht, sie zu erreichen, und ihr mehrere Nachrichten auf dem Anrufbeantworter und der Mailbox hinterlassen. Jennifer hatte noch immer nicht zurückgerufen, und die Versuchung, auch dieses Gespräch mit einem Knopfdruck umzuleiten, war groß.

Ihr schlechtes Gewissen siegte jedoch. »Hallo, Ma.«

»Jetzt muss ich dich schon morgens in aller Herrgottsfrühe anrufen, um dich endlich mal zu erreichen!«, empörte sich Annabelle Leitner. »Auf meine Anrufe zu reagieren kommt dir ja offenbar nicht in den Sinn.«

Jennifer stieß ein hörbares Stöhnen aus. »Ich habe viel zu tun, Mama, das weißt du doch.«